Lee Child & Andrew Child

Der Puma

Ein Jack-Reacher-Roman

Deutsch von Wulf Bergner

blanvalet

Die Originalausgabe erschien 2022
unter dem Titel »No Plan B« bei Bantam Press, London.

FSC
www.fsc.org
MIX
Papier | Fördert gute Waldnutzung
FSC® C014496

Penguin Random House Verlagsgruppe FSC® N001967

1. Auflage 2025

Umschlaggestaltung und -motiv: © Miguel Sobreira /
Trevillion Images (MLA182909),
© Mark Owen / Trevillion Images (MON40707) und
www.buerosued.de
HK · CS
Satz: Satzwerk Huber, Germering
Druck und Bindung: GGP Media GmbH, Pößneck
Printed in Germany
ISBN 978-3-7645-0878-4

www.blanvalet.de

Für alle, die wir zu früh verloren haben

1

Die Besprechung fand in einem fensterlosen Raum statt.

Dieser war rechteckig und hatte keine Fenster, weil er keine Außenwände besaß. Er befand sich in einem größeren quadratischen Raum. Und dieser quadratische Raum lag in einem noch größeren achteckigen Raum. Gemeinsam bildeten die ineinander verschachtelten Räume die Kommandozentrale von Einheit S2 des Gefängnisses Minerva in Winson, Mississippi. Wie der zweite Hochsicherheitstrakt S1 gehörte S2 zu den sichersten Orten des weitläufigen Komplexes. Seine Mauern glichen den konzentrischen Ringen einer mittelalterlichen Burg. Entworfen und gebaut, um uneinnehmbar zu sein. Von außen, selbst wenn eine Gefangenenbefreiung mit brachialen Mitteln versucht wurde. Von innen, selbst wenn es zu einer extremen Häftlingsrevolte kam.

Der Sicherheitsaspekt war willkommen, aber der eigentliche Grund, weshalb man die Zentrale gewählt hatte, war ihre Abgeschiedenheit. Sie erfüllte alle Voraussetzungen für höchste Geheimhaltung, denn die Einheit S2 stand leer. Hier gab es keine Wachen, kein Verwaltungspersonal. Und keine ihrer hundertzwanzig Einzelzellen war belegt. Sie wurden nicht gebraucht. Nicht mehr, seit das Gefängnis unter neuer Leitung stand. Ihr fortschrittlicher Ansatz war ein Quell großen Stolzes. Und er ließ sich wundervoll für PR-Zwecke ausschlachten.

In dem Raum befanden sich sechs Männer, und dies war binnen Wochenfrist ihr drittes Geheimtreffen. Die an einem langen schmalen Tisch sitzenden Männer hatten die beiden freien Stühle an die kahle weiße Wand geschoben. Eingerichtet war der Raum mit Möbeln aus leuchtend blauem Polykarbonat, das keine Fugen oder Nähte aufwies. Form und Material der Möbel machten es fast unmöglich, sie zu zertrümmern. Die Farbe erschwerte es, vielleicht doch abgebrochene Teile zu verbergen. Die Möbel waren praktisch, aber nicht sehr bequem. Und sie stammten noch aus der Zeit der vorigen Leitung.

Drei der Männer trugen Anzüge. Bruno Hix, Mitbegründer und Direktor von Minerva, saß am oberen Tischende. Damon Brockman, Mitbegründer und stellvertretender Direktor, saß rechts neben ihm. Und Curtis Riverdale, Chef der Aufseher, saß neben Brockman. Der Mann neben Riverdale trug eine Uniform. Er war Rod Moseley, der Polizeichef von Winson. Auf der anderen Seite des Tischs saßen links von Hix zwei Männer Ende zwanzig. Beide trugen Jeans und schwarze T-Shirts. Der eine hatte eine gebrochene Nase, zwei blaue Augen und einen Bluterguss auf der Stirn. Der andere hatte den linken Arm in einer Schlinge. Beide vermieden es angelegentlich, die Männer ihnen gegenüber anzusehen.

»Gibt es also ein Problem oder nicht?« Brockman zuckte mit den Schultern. »Kann jemand bestimmt sagen, dass es eines gibt? Nein. Deshalb sollten wir wie geplant weitermachen. Hier steht zu viel auf dem Spiel, als dass wir vor Schatten weglaufen dürften.«

»Nein.« Riverdale schüttelte den Kopf. »Wie ich die Sache sehe, bedeutet ein *mögliches* Problem, dass es ein Problem gibt. Wir sollten …«

»Wir sollten uns Gewissheit verschaffen«, sagte Moseley. »Unsere Entscheidung auf der Basis von Fakten treffen. Hier geht's darum, ob der Kerl in den Umschlag gesehen hat. Das müssen wir rausbekommen.«

Keiner sprach.

»Nun?« Moseley streckte ein Bein unter dem Tisch aus und stieß den Mann mit dem Arm in der Schlinge an. »Aufwachen! Beantworten Sie meine Frage.«

»Geht's noch?« Der Mann unterdrückte ein Gähnen. »Wir mussten nachts durchfahren, um nach Colorado zu kommen. Und wieder eine Nacht, um zurückzukommen.«

»Schluss mit dem Gejammer.« Moseley stieß ihn nochmals an. »Sagen Sie's mir einfach. Hat er reingesehen?«

Der Kerl starrte die Wand an. »Das wissen wir nicht.«

»Ein Blick in den Umschlag lässt keine eindeutigen Schlüsse zu«, sagte Riverdale. »Hat er's getan, müssen wir wissen, ob er verstanden hat, was drin stand. Und was er in dieser Hinsicht unternehmen will.«

»Ob der Kerl reingesehen hat, ist irrelevant«, sagte Brockman. »Und wenn er's getan hat? Der Inhalt hat keinerlei Hinweis auf die laufenden Ereignisse gegeben.«

Riverdale schüttelte den Kopf. »Darin war zehn Uhr am Freitagmorgen genannt. Unübersehbar. Uhrzeit, Datum, Ort.«

»Und wenn schon.« Brockman hob die Hände. »Freitag ist ein Anlass zur Freude, zum Feiern. Daran kann ich nichts entfernt Verdächtiges finden.«

»Aber das Foto war mit drin.« Riverdale stach bei jeder Silbe mit dem Zeigefinger in die Luft. »Dreizehn mal siebzehn. Unmöglich zu übersehen.«

»Auch das hat nichts zu bedeuten.« Brockman lehnte sich auf seinem Stuhl zurück. »Außer der Kerl kreuzt tatsächlich hier auf. Aber selbst wenn er am Freitag kommt, kann nichts passieren. Wir haben sehr sorgfältig gewählt.«

»Nein, das stimmt nicht. Wie denn auch? Wir hatten nur neun zur Auswahl.«

Moseley grinste. »Ironie des Schicksals, nicht wahr? Dass der Kerl, den wir ausgewählt haben, tatsächlich unschuldig ist.«

»So würde ich's nicht nennen.« Riverdale machte ein finsteres Gesicht. »Und es waren keine neun, sondern nur fünf. Die anderen hatten Familie. Also sind sie nicht infrage gekommen.«

»Neun?«, fragte Brockman. »Fünf? Wie viele auch immer. Die Zahl spielt keine Rolle. Nur das Ergebnis ist wichtig. Und das ist bereits gut. Selbst wenn der Kerl sich blicken ließe – wie nahe käme er denn heran? Höchstens bis auf fünfzig Meter.«

»Er braucht nicht selbst aufzukreuzen. Er könnt's im Fernsehen verfolgen. Online. In der Zeitung davon lesen.«

»Der Chef hat recht«, sagte Moseley. »Vielleicht wär's besser, dieses Mal weniger Aufsehen zu erregen. Vielleicht sollten wir die Medien ausschließen. Wir könnten irgendwelchen Bullshit verbreiten, dass wir die Persönlichkeitsrechte des Häftlings wahren oder so ähnlich.«

»Nicht nötig.« Brockman schüttelte den Kopf. »Glauben Sie, dass dieser Kerl einen Fernseher hat? Einen Computer? Ein Abonnement für die *New York Times*? Verdammt noch mal, er lebt in ärmlichen Verhältnissen. Diese Suche nach Problemen muss aufhören. Es gibt keine.«

Er klopfte mit den Fingerspitzen auf die Tischplatte. »Jede Erwähnung in den Medien ist gut für die Marke. Wir veröffentlichen alles. Das haben wir schon immer getan. Eine plötzliche Änderung würde nur Aufsehen erregen. Die Leute auf die Idee bringen, hier stimme etwas nicht. Aber ich denke, dass wir's erfahren müssen. Hat er reingesehen?« Brockman wandte sich an die beiden Männer in T-Shirts. »Was vermuten Sie? Hier gibt's keine falsche Antwort. Was passieren soll, passiert eben. Darüber sind wir uns im Klaren. Wir wollen nur wissen, was Sie glauben.«

Der Typ mit der gebrochenen Nase atmete tief durch. »Ich glaube, er hat reingesehen.«

»Das *glauben* Sie?«, fragte Hix. »Aber Sie wissen es nicht bestimmt.«

»Nicht hundertprozentig.«

»Okay. Wo war der Umschlag?«

»In dem Müllbeutel.«

»Wo war der Beutel?«

»Der hat auf dem Boden gelegen.«

»Sie haben ihn abgelegt?«

»Ich wollte die Hände frei haben.«

»Wo war er, als der Wagen gekommen ist?«, fragte Hix.

Der Mann mit dem Arm in der Schlinge sagte: »Wie vorher auf dem Boden.«

»An derselben Stelle?«

»Woher soll ich das wissen? Ich war nicht dabei, als Robert ihn abgelegt hat. Robert war bewusstlos, als ich ihn mir geschnappt habe.«

Hix machte eine kurze Pause. »Okay. Wie lange war der Kerl mit dem Beutel allein?«

»Das wissen wir nicht. Kann nicht lange gewesen sein. Höchstens ein paar Minuten.«

»Also *kann* er reingesehen haben«, stellte Hix fest. »Wenigstens flüchtig.«

»Genau«, sagte der Kerl mit der gebrochenen Nase. »Und denken Sie daran, dass der Sack am oberen Rand beschädigt war. Wie ist das passiert? Und warum? Wir haben ihn nicht beschädigt.«

Brockman beugte sich nach vorn. »Ihrer Schilderung nach muss das eine verrückte Szene gewesen sein. Überall Trümmer. Totales Chaos. Wahrscheinlich ist der Müllbeutel aus Versehen beschädigt worden. Das klingt nicht nach einem wichtigen Hinweis. Und die beiden anderen haben nicht gemeldet, dass er reingesehen hat.«

Der Mann mit der Schlinge sagte: »Sie haben überhaupt nichts gemeldet. Wo sie sind, wissen wir nicht.«

Brockman sagte: »Bestimmt noch auf der Rückfahrt. Vermutlich haben sie irgendein Handyproblem. Aber wenn es was gäbe, das uns Sorgen machen müsste, hätten sie eine Möglichkeit gefunden, uns zu benachrichtigen.«

»Und der Kerl hat der Polizei gegenüber nichts erwähnt«, sagte Moseley. »Ich habe mehrmals mit dem Lieutenant dort drüben telefoniert. Das muss irgendwas bedeuten.«

»Ich glaube trotzdem, dass er reingesehen hat«, sagte der Typ mit der gebrochenen Nase.

»Wir könnten den Stecker ziehen«, schlug Riverdale vor.

»Das wäre das Dämlichste, was wir tun könnten«, meinte Brockman. »Wir haben das Datum nicht festgelegt. Auch den Zeitpunkt nicht. Das hat der Richter getan, als er die Entlassung verfügte. Das wissen wir alle. Verfallen wir auf irgendeine Verzögerungstaktik, haben wir sofort ein paar Inspektoren auf dem Hals. Ihr wisst, wohin das für uns führen könnte, gleich hier, sofort.«

Riverdale runzelte die Stirn. »Ich wollte nicht vorschlagen, auf Zeit zu spielen. Ich finde, wir sollten zum ursprünglichen Plan zurückkehren. Der Tausch war schon immer ein Fehler.«

»Damit wäre das Freitagsproblem gelöst. Falls es eines gibt. Aber dann gäbe es keinen Ausweg aus der noch schlimmeren nächsten Krise, in die wir prompt geraten würden. Carpenters Dilemma.«

»Ich habe von Anfang an gesagt, dass die Lösung ganz einfach ist. Ein Genickschuss reicht aus. Den übernehme ich selbst, wenn ihr zu zimperlich seid.«

»Wissen Sie, was uns das kosten würde? Wie viel Umsatz wir einbüßen könnten?«

»Wir verlieren weit mehr als nur Geld, wenn dieser Kerl anfängt, das große Bild zu begreifen.«

»Wie könnte das passieren?«

»Er könnte herkommen. Das haben Sie selbst gesagt. Er könnte alles Mögliche ausgraben. Er war früher bei der Militärpolizei. Das liegt ihm im Blut.«

»Seine Zeit als MP ist lange her«, sagte Moseley. »Das hat mir der Lieutenant erzählt.«

Hix klopfte mit einem Fingerknöchel auf den Tisch. »Was wissen wir sonst noch?«

»Nicht viel. Er besitzt keinen Führerschein. Hat nach Auskunft der Steuerbehörde nie regelmäßig gearbeitet. Nicht mehr seit seinem Ausscheiden aus der Army. Keine Präsenz in den sozialen Medien. Es gibt nicht mal ein aktuelles Foto von ihm. Heutzutage könnte man ihn als Landstreicher bezeichnen. Irgendwie traurig, aber leider wahr. Das klingt nicht nach jemandem, der uns wirklich Sorgen machen müsste.«

Brockman sagte: »Landstreicher oder Millionär, wie verrückt muss man sein, um durchs halbe Land zu reisen, nur weil man ein paar Dokumente gelesen und ein harmloses Foto gesehen hat?«

»Trotzdem macht mir das Sorgen«, warf Riverdale ein. »Bei jedem unserer Treffen haben wir geglaubt, das Problem sei gelöst. Aber was ist, wenn wir uns wieder täuschen?«

»Ausgeschlossen!« Brockman schlug mit der flachen Hand auf den Tisch. »Wir haben auf jede Situation reagiert, als sie entstanden ist. Neunundneunzig Prozent.«

»Ja, aber nicht hundert.«

»Das Leben ist nicht perfekt. Manchmal muss man zerbrochenes Glas aufkehren. Das haben wir getan. Wir haben gemerkt, dass es ein Leck gab, und es wie vereinbart abgedichtet. Wir haben von dem verschwundenen Umschlag erfahren. Den haben wir wie beschlossen zurückgeholt.«

»Und jetzt hat dieser unbekannte Typ in den Umschlag gesehen.«

»Vielleicht hat er's getan. Das wissen wir nicht mit Sicherheit. Aber es ist unwahrscheinlich, das müsst ihr zugeben. Den Cops hat er nichts davon erzählt. Das wissen wir. Und er hat weder das FBI noch die Gefängnisbehörde informiert. Davon hätten wir längst erfahren. Nehmen wir mal an, er hätte alles bei einem einzigen kurzen Blick in den Umschlag erfasst. Wieso hätte er sein Wissen dann für sich behalten? Was will er damit anfangen? Uns erpressen? Und ihr denkt, dass er's irgendwie schafft, bis Freitag zwölfhundert Meilen per Anhalter zurückzulegen? Ausgeschlossen.«

»Gentlemen!« Hix pochte erneut auf die Tischplatte. »Wir haben genug diskutiert. Hier ist meine Entscheidung: Wir können nicht wissen, ob der Kerl in den Umschlag gesehen hat. Wahrscheinlich nicht, also sollten wir nicht in Panik geraten. Vor allem nicht angesichts der möglichen Folgen. Trotzdem ist Vorsicht geboten. Er ist leicht zu erkennen, oder?«

Der Typ mit der gebrochenen Nase nickte. »Allerdings! Er ist nicht zu übersehen. Fast zwei Meter. Gut hundert Kilo. Ein wenig verwahrlost.«

»Und er ist ziemlich übel zugerichtet«, sagte der Mann mit der Schlinge. »Dafür hab ich gesorgt.«

»Sie hätten ihn erledigen sollen«, meinte Brockman.

»Ich dachte, ich hätt's getan.«

»Sie hätten sich vergewissern sollen.«

»Wie denn? *Das Ganze soll wie ein Unfall aussehen.* Das waren Ihre Anweisungen für die beiden anderen. Ich dachte, sie würden auch für diesen Kerl gelten. Die Unfallgeschichte ist schwer zu verkaufen, wenn ich ihm eine Kugel in den Kopf jage.«

»Schluss jetzt!« Hix wartete, bis wieder Schweigen herrschte. »Hier ist der Plan. Wir richten eine Überwachung ein. Tag und Nacht. Ab sofort bis Samstag. Setzt er nur einen Fuß in unsere Stadt, stehen wir bereit. Und hier braucht uns nicht zu kümmern, wie irgendwas aussieht.«

2

Zwei Tage bevor die Minerva-Verantwortlichen zu ihrer dritten Geheimbesprechung zusammenkamen, traf Jack Reacher an einem Montagvormittag in Gerrardsville, Colorado, ein. Weil er per Anhalter mit einem Lkw mitgefahren war, der Luzerneballen für eine Farm südlich der Stadt geladen hatte, legte er die letzten fünf Meilen zu Fuß zurück. Das war ein angenehmer Spaziergang. Das Wetter war warm, aber nicht heiß. Über den klaren blauen Himmel segelten weiße Wolken wie Wattebäusche. So weit das Auge reichte, war das Land eben, grün und fruchtbar. Wassergräben bezeichneten die Grenzen riesiger Felder, auf denen Stängel und Blätter in allen möglichen Formen und Grüntönen der Sonne entgegenstrebten. Links wurde der Horizont von einer Bergkette begrenzt. Die Berge wuchsen ohne vorgelagerte sanfte Hügel direkt aus dem Boden, und ihre schneebedeckten Gipfel ragten wie die Zähne einer Säge in den Himmel.

Reacher marschierte weiter, bis er die Hauptstraße der Kleinstadt erreichte. Sie erstreckte sich ungefähr eine halbe Meile weit, aber schon nach einem Block gingen die Büro- und Geschäftshäuser in Wohnbebauung über. Die kommerziell genutzten Gebäude waren ohne Ausnahme einstöckig und sahen sich äußerlich ähnlich. Alle stammten aus derselben Zeit – Ende des neunzehnten Jahrhunderts, wie auf einigen Türstürzen eingemeißelt zu lesen war –, was dem Ort eine Art Zeitkapselatmosphäre verlieh. Eine Zeit, in der Handwerkskunst noch geschätzt wurde. Das war unübersehbar. Alle Fassaden bestanden aus Marmor oder Granit. Die hölzernen Tür- und Fensterrahmen waren aufwendig geschnitzt und teils üppig vergoldet und auch nach so vielen Jahren tadellos erhalten. Reacher gefiel, was er sah. Aber er war nicht hergekommen, um die hiesige Architektur zu bewundern, sondern um ein Museum zu besuchen.

Am Tag zuvor hatte Reacher in einer von jemandem in einem Schnellrestaurant liegen gelassenen Zeitung geblättert. Er hatte einen Artikel über einen Zahnarzt und seinen Metalldetektor gelesen. Das Gerät hatte der Mann bei der Verabschiedung in den Ruhestand geschenkt bekommen. Ein Insiderscherz, der auf seine Marotte abzielte, bei Patienten die Zahnfüllungen anderer Dentisten zu entfernen und durch eigene zu ersetzen. Um seine unbegrenzte Freizeit zu nutzen, hatte der Mann sich als Amateurarchäologe neu erfunden. Weil er sich seit Langem für den Bürgerkrieg interessierte, war er aufgebrochen, um die damaligen Schlachtfelder zu besuchen. Große und kleine, berühmte und fast vergessene. Bei Pea Ridge, Arkansas, hatte er eine Menge Granatsplitter und weitere Artefakte gefunden. Daraus war eine Wanderausstellung über die Entwicklung der Taktik der Nordstaaten entstanden, auf die Reacher aufmerksam geworden war. Gerrardsville gehörte zu den Orten, an denen sie gastierte. Und weil er sich gerade nur ein paar Dutzend Meilen entfernt aufhielt, wollte er sich die Ausstellung ansehen.

In einem Café, an dem er vorbeikam, trank Reacher eine Tasse Kaffee und war kurz vor Mittag in dem Museum. Dort blieb er, bis es geschlossen wurde. Tatsächlich musste ihn eine der Kuratorinnen hinausscheuchen. Sie hieß Alexandra. Reacher verwickelte sie in ein Gespräch über die Ausstellung. Danach tauschten sie sich über Restaurants in der Stadt aus, und zuletzt gingen sie gemeinsam einen Burger essen. Alexandra führte ihn in ein eher rustikales Lokal mit naturbelassenen Holztischen, an denen lange Bänke standen. Die Wände waren mit alten LP-Hüllen tapeziert. Aber das Essen kam schnell und schmeckte gut. Die Teller waren üppig bestückt und die Preise niedrig. Reacher gefiel alles daran.

Nachdem sie beim Essen über Musik gesprochen hatten, landeten sie in einer Bar. Sie war klein und intim. Dunkel. Ein Quartett spielte Blues. Hauptsächlich von Magic Slim mit ein paar eingestreuten Songs von Howlin' Wolf. Auch das gefiel Reacher. Alexandra bestellte zwei Bier, und während sie tranken, wechselten sie erneut das Thema. Diesmal führte es sie in eine ganz andere Richtung – bis in Alexandras Wohnung.

Ihr Apartment lag über dem Supermarkt an der Hauptkreuzung von Gerrardsville. Es war ziemlich klein. Minimalistisch eingerichtet. Hier gab es kaum Möbel, Bilder und Vorhänge. Aber einen Kühlschrank, sodass sie noch ein Bier trinken konnten. Und einen CD-Player, sodass sie dabei Musik hören konnten. Und ein Schlafzimmer. Als sie es erreichten, war alles andere ohnehin überflüssig.

3

Am folgenden Morgen öffnete das Museum erst um zehn Uhr, also blieben Reacher und Alexandra bis zur letzten Minute im Bett.

Sie blieben im Bett, ohne jedoch zu schlafen. Obwohl Alexandra wusste, dass die Zeit drängte, duschte sie noch rasch. Das erschien ihr nach ihren letzten Aktivitäten angebracht. Reacher kochte inzwischen Kaffee. Dann küsste sie ihn zum Abschied und brach zu ihrer Zeitreise in die Vergangenheit auf. Reacher duschte etwas gemächlicher, bevor er die Treppe hinunterstieg und auf den Gehsteig trat. Er blieb kurz stehen, um die Bergkette zu betrachten. Dann sah er eine Frau auf sich zukommen. Sie befand sich auf der anderen Straßenseite, fast schon an der Kreuzung nach Westen. Die Fußgängerampel zeigte Rot. An der Ecke wartete ein Mann darauf, die Straße überqueren zu können. Und ein nach Norden fahrender Bus war kurz davor, die beiden zu passieren.

Die Busfahrerin sah nur eine Bewegung.

Nicht viel mehr als ein verschwommener Schatten. Ein kugelförmiges Objekt, das vor ihr einen perfekten Viertelkreis beschrieb. Wie eine Melone am Ende eines Seils, erklärte sie der Polizeipsychologin am folgenden Tag. Nur war das keine Melone, sondern ein Kopf. Ein menschlicher Kopf. Der einer Frau. Dicht vor der Frontscheibe. Im Sonnenschein hell und blass, als gehörte er bereits einem Gespenst. Dann wieder weg, aber nicht, weil die Fahrerin ihn sich nur eingebildet hatte. Nicht weil er eine Illusion war, wie sie hoffte, sondern weil er seine Bewegung bis zum Asphalt hinunter fortsetzte. Vor den Bus.

Dann darunter.

Die Busfahrerin zog scharf nach links. Sie trat mit aller Kraft aufs Bremspedal. Ohne Zögern. Ohne Panik. Sie war gut ausgebildet. Sie hatte jahrelange Erfahrung. Aber ihre Reaktion kam trotzdem zu spät. Sie hörte die Bremsen kreischen. Hörte die Fahrgäste schreien. Und spürte den Aufprall durchs Lenkrad. Nur ein von der Lenkradpolsterung gedämpftes leichtes Zittern. Weniger stark, als wenn sie in ein Schlagloch oder über einen dicken Ast gefahren wäre. Aber Asphalt hatte keine Knochen, die gebrochen und zertrümmert werden konnten. Holz hatte keine Organe, die blutend zerquetscht werden konnten.

Die Fahrerin schloss die Augen und versuchte, sich nicht zu übergeben. Sie wusste, was für ein Bild sie draußen auf der Straße erwarten würde. Sie hatte schon einmal unfreiwillig bei einem Selbstmord mitgewirkt. Das war ein Berufsrisiko.

Der Mann auf der anderen Straßenseite sah viel mehr.

Er sah den nach Norden fahrenden Bus. Er sah, wie die Frau die Südwestecke der Kreuzung erreichte. Seine Sicht war durch nichts eingeschränkt. Er war nahe genug dran, um glaubwürdig zu sein. In seiner Aussage gab er zu Protokoll, die Frau habe nervös gewirkt. Unruhig. Er sah sie einen Blick auf ihre Uhr werfen. Anfangs glaubte er, sie habe es eilig. Sie schien zu überlegen, ob sie vor dem Bus über die Straße laufen sollte. Aber dann tat sie's doch nicht. Sie stand ruhelos von einem Fuß auf den anderen tretend da, bis der Bus fast heran war. Bis die Fahrerin keine Chance mehr hatte auszuweichen oder rechtzeitig zu bremsen.

Dann warf sie sich unter die Räder.

Die Frau warf sich darunter. Das stand für den Mann fest. Sie stolperte nicht, sie fiel nicht. Das war Absicht gewesen. Das bewies ihm der zeitliche Ablauf. Er beobachtete, wie ihr Körper beschleunigte. Sah die Kurve, die er beschrieb. Das konnte kein Unfall gewesen sein. Sie hatte sich absichtlich vor den Bus geworfen. Es gab keine andere Erklärung.

Reacher war der Einzige, der den gesamten Ablauf verfolgen konnte.

Er befand sich etwa fünfzehn Meter von der Kreuzung entfernt. Auch seine Sicht war nicht eingeschränkt, aber sein Blickfeld war größer. Er sah die Frau und einen Mann, die an der Ampel in entgegengesetzten Richtungen warteten. Und er sah eine weitere Person, einen mittelgroßen, drahtigen Mann in Jeans und Kapuzenjacke. Auf derselben Seite wie die Frau. Einen halben Meter vom Randstein und zweieinhalb Meter von ihr entfernt. Unbeweglich dastehend.

Der Kerl hatte sich diese Stelle sorgfältig ausgesucht. Das war offensichtlich. Er stand so nahe an dem Übergang, dass er nicht auffiel. Wie jemand, der sich ziellos herumtreibt. Andererseits war er weit genug von der Frau weg, um nicht den Eindruck zu erwecken, er habe irgendwas mit ihr zu tun. Aber als der Bus herankam, hielt er sich nahe genug auf, um mit wenigen Schritten neben ihr zu sein. Seine Bewegungen waren geschmeidig. Er glich mehr einem Schatten als einem Menschen. Die Frau merkte nicht, dass er neben ihr stand. Sie merkte nicht mal, dass er einen Fuß vor ihre Schuhe stellte.

Der Kerl legte eine Hand zwischen die Schulterblätter der Frau und versetzte ihr einen Stoß. Das war nur eine kleine Bewegung. Kraftsparend, undramatisch. Nichts, was die meisten Beobachter richtig wahrgenommen hätten. Aber für die Zwecke des Kerls ausreichend, das stand fest. Dass die Frau nur vorwärtsstolperte und von dem Bus abprallte, war ausgeschlossen. Dass sie mit Knochenbrüchen und einer Gehirnerschütterung davonkam, war ebenfalls ausgeschlossen. Dafür sorgte der Fuß des Kerls. Er verhinderte, dass die Frau ihre Füße bewegte. Er stellte sicher, dass sie mit den Armen rudernd nach vorn stürzte. Und er garantierte, dass sie der Länge nach auf den Asphalt schlug.

Der Aufprall trieb die Luft aus der Lunge der Frau. Ihren letzten Atemzug. Im nächsten Augenblick quetschte das Vorderrad des Busses ihren Unterleib flach wie eine gefaltete Zeitung zusammen.

4

Der Bus kam schräg zum Randstein zum Stehen, als wäre er von einem Betrunkenen entführt worden, der ihn so abgestellt hatte, als er den Spaß daran verlor. Sein vorderer Teil ragte in die Kreuzung hinein. Reacher sah die Fahrtzielanzeige über der vorderen Tür plötzlich zu POLIZEI RUFEN wechseln. Er sah auch die Beine der Toten. Sie ragten ungefähr in der Mitte zwischen Vorder- und Hinterachse seitlich unter dem Bus heraus. Einer ihrer Sneaker lag daneben. Der Kerl, der sie gestoßen hatte, zog einen schwarzen Müllbeutel aus der Hüfttasche seiner Jeans. Damit kniete er sich neben den nackten Fuß, griff mit einem Arm unter den Bus, bekam etwas zu fassen und zog es heraus. Reacher sah, dass es die Umhängetasche der Frau war. Er steckte sie in den Sack und stand auf. Rückte seine Kapuze zurecht. Schlenderte nach Süden davon und kam außer Sicht.

Reacher rannte schräg über die Straße auf den Bus zu. Auf dem Gehsteig sammelten sich bereits Menschen an. Aus Läden, Cafés und Büros strömten Leute, um die Tote anzugaffen. Ein Mann im Anzug hielt mit dem Auto an und stieg aus, um das Ganze besser sehen zu können. Aber niemand achtete auf den Kerl in dem grauen Hoodie, der sich unauffällig entfernte. Reacher bahnte sich seinen Weg durch die Menge, stieß Leute beiseite, trat einem Mann sogar in den Hintern. Der Kerl in dem Hoodie ließ die letzten Gaffer hinter sich, wurde schneller. Reacher kämpfte sich zwischen einem letzten Paar durch und trabte weiter. Der Kerl hatte zwanzig Meter Vorsprung. Reacher verringerte ihn allmählich auf knapp fünfzehn Meter. Dann bemerkte der Kerl, dass er verfolgt wurde. Er schaute sich um, entdeckte Reacher hinter sich und begann zu rennen, während er den Müllbeutel weiter an seine Brust gedrückt hielt. Mit der freien Hand griff er nach dem Ohrhörer unter seiner Kapuze. Er blaffte ein paar kurze Sätze hinein, dann verschwand er in einer nach links wegführenden Gasse.

Reacher machte gut einen Meter vor der Einmündung der Gasse halt, um zu horchen. Als nichts zu hören war, kniete er sich hin, rutschte vorwärts und spähte um die Ecke. Besaß der Kerl eine Pistole, würde er Ausschau nach einem Ziel in Kopfhöhe halten. Hatte er ein Messer, würde er's auf einen Stich in den Unterleib anlegen. Doch Reacher sah sich mit keiner Gefahr konfrontiert. Es gab keinerlei Reaktion. Also stand er auf und trat zwei Schritte vor.

Die Gasse war sauberer als alle anderen, die er jemals gesehen hatte. Die Mauern der Gebäude, von denen sie begrenzt wurde, bestanden aus präzise verlegten blassgelben Klinkersteinen. Hier gab es keine Graffiti. Keines der Fenster im ersten Stock war eingeworfen. Die blauen und grauen Abfallcontainer auf der Gasse standen in regelmäßigen Abständen verteilt. Jeder verfügte über einen Deckel. Keiner quoll über, und um sie herum lag kein Müll auf dem Pflaster.

Der Kerl stand zehn Meter weit entfernt mit dem Rücken zur linken Wand. Er stand unbeweglich da, hatte den schwarzen Müllbeutel vor sich abgelegt. Reacher bewegte sich auf ihn zu. Er verringerte den Abstand auf acht Meter. Daraufhin hob der Kerl den Saum seines Hoodies hoch. In seinem Hosenbund steckte eine klobige schwarze Pistole.

Der Kerl sagte: »Halt, das ist nah genug.«

Reacher bewegte sich weiter. Er verringerte den Abstand auf fünf Meter.

Die Hand des Kerls lag auf dem Pistolengriff, als er sagte: »Stopp! Lassen Sie Ihre Hände, wo ich sie sehen kann. Hier braucht niemand zu Schaden zu kommen. Wir müssen nur miteinander reden.«

Reacher verringerte den Abstand auf zwei Meter. Dann sagte er: »Das gilt nicht für alle.«

»Was?«, fragte der Kerl.

»Jemand ist schon zu Schaden gekommen. Die Frau, die Sie vor den Bus gestoßen haben. Weshalb?«

Der Mund des Kerls öffnete und schloss sich, aber er brachte kein Wort heraus.

»Hinlegen«, befahl Reacher ihm. »Hände hinter dem Kopf falten.«

Der Kerl reagierte nicht.

»Vielleicht braucht wirklich niemand zu Schaden zu kommen«, sagte Reacher. »Damit meine ich *Sie*. Das hängt ganz davon ab, was Sie als Nächstes tun.«

Der Kerl wollte seine Pistole ziehen. Er war schnell, aber nicht schnell genug. Reacher bekam sein rechtes Handgelenk zu fassen und riss den Kerl nach rechts, sodass er der Mauer zugekehrt dastand.

»Stopp!« Die Stimme des Kerls klang plötzlich schrill. »Was soll der Scheiß?«

»Ich will sehen, wie's Ihnen gefällt«, antwortete Reacher. »Hier gibt's keinen Bus, aber Ziegel. Die müssen reichen.«

Reacher ließ das Handgelenk des Kerls los. Legte eine Hand zwischen seine Schulterblätter und schob kräftig an. Sein Stoß war unwiderstehlich. Ungebremst. Wild. Viel kräftiger als nötig. Der Kerl versuchte noch, sich zu retten, aber er hatte keine Chance. Der Druck war überwältigend. Er knallte mit dem Gesicht voran an die Mauer und sackte zusammen, als wären seine Beine plötzlich kraftlos geworden. Von Platzwunden auf der Stirn lief ihm Blut übers Gesicht. Seine gebrochene Nase schwoll bereits an. Er war ernstlich in Gefahr zu ersticken.

Keine dieser Möglichkeiten machte Reacher große Sorgen.

5

Reacher hatte vorgehabt, sich den Kerl über die Schulter zu hieven und zu dem Bus zurückzutragen. Dann wäre er bereit gewesen, wenn die Polizei eintraf. Aber als er den schwarzen Müllbeutel aufhob, zögerte er. In dem Beutel steckte die Umhängetasche der Frau. Irgendwas in ihr war so wertvoll, dass es einen Mord lohnte. Reacher war dreizehn Jahre lang Ermittler bei der Militärpolizei gewesen. Alte Gewohnheiten hielten sich hartnäckig. Und er konnte bisher keine Sirenen hören. Er wusste, dass ihm noch etwas Zeit blieb.

Reacher hob die klobige Pistole auf, steckte sie in seinen Hosenbund. Dann wälzte er den Kerl am Fuß der Mauer in eine stabile Seitenlage und machte sich daran, seine Taschen zu durchsuchen. Wie erwartet enthielten sie nichts mit einem Namen oder einer Adresse, aber der Mann hatte einen Schlüsselbund. Reacher wählte den spitzesten Schlüssel aus und benutzte ihn dazu, vom oberen Rand des Müllbeutels zwei breite Plastikstreifen abzutrennen. Mit denen umwickelte er seine Hände, bevor er die Tasche aus dem Sack zog. Sie war vierzig mal vierzig Zentimeter groß, bestand aus beigem Lederimitat und besaß außer einem langen Schulterriemen auch zwei normale Tragegriffe. Eine Seite war mit Blut gesprenkelt. Oben hatte die Tasche einen Reißverschluss, den Reacher aufzog. Als Erstes nahm er die Geldbörse der Frau heraus. Sie enthielt einen in Mississippi auf den Namen Angela St. Vrain ausgestellten Führerschein mit einer Adresse in Winson. Dazu dreißig Dollar in kleinen Scheinen, einen Packen Rechnungen aus einem Supermarkt und einem Drugstore. Und ein Foto von Angela mit einem kleinen Mädchen von etwa drei Jahren. Die beiden sahen sich unverkennbar ähnlich. Mutter und Tochter, das stand für Reacher fest.

Reacher legte die Geldbörse auf den Boden und griff erneut in die Umhängetasche. Diesmal zog er eine laminierte Karte an einem hellblauen Band heraus. Ein Dienstausweis mit Foto. Er zeigte, dass Angela in irgendeinem Gefängnis arbeitete: im Minerva, ebenfalls in Winson, Mississippi. Außerdem fand er eine Haarbürste, Lippenstift, Wimperntusche und weiteren persönlichen Besitz. Als Nächstes einen Schlüsselring mit drei Schlüsseln und einen großen braunen Briefumschlag. Er war jedoch an einen gewissen Danny Peel in Winson adressiert. Und er war geöffnet worden.

Der Umschlag enthielt eine Schwarz-Weiß-Aufnahme – ein siebzehn Jahre altes Polizeifoto – und einen Stapel Dokumente. Das Foto zeigte einen jungen Erwachsenen. Sein schmales Gesicht war verhärmt, sein aschblondes Haar so kurz, dass die blasse Kopfhaut durchschimmerte. Reacher fielen die dicht beieinanderstehenden Augen des Jungen auf. Sie waren halb ängstlich, halb verwirrt weit aufgerissen. Und der Junge wies ein weiteres unveränderliches Kennzeichen auf: sein linkes Ohrläppchen fehlte. Es schien glatt abgesäbelt worden zu sein. Die Schnittkante sah gerade aus, und eine Narbe setzte sich zum Genick hin fort. Mit einem Rasiermesser, vermutete Reacher. Jemand musste versucht haben, dem Jungen die Kehle durchzuschneiden, aber er hatte im letzten Augenblick den Kopf wegdrehen können. Nicht schnell genug, um unverletzt zu bleiben. Aber schnell genug, um zu überleben. Wenigstens etwas, dachte Reacher. Vielleicht.

Die Schriftstücke bildeten zwei Gruppen. Die erste stammte aus der Strafverfolgungsbehörde des Staats Mississippi und begann mit dem Lebenslauf eines Kerls namens Anton Begovic. Geschildert wurde zumindest sein Erwachsenenleben. Angefangen hatte alles damit, dass Begovic bei einem Einbruch geschnappt wurde. Dazu kamen weitere Straftaten, die ihn zuletzt hinter Gitter brachten. Eine anscheinend unaufhaltsame Entwicklung. Und im Gefängnis wurde alles nur noch schlimmer. Binnen drei Jahren kam er in Einzelhaft, in der er sieben Jahre lang blieb. Doch die zweite Gruppe von Schriftstücken dokumentierte eine Wende in Begovic' Leben.

Ursächlich für diese Wende war die Übernahme des Gefängnisses durch das Unternehmen Minerva Correctional, bei dem Angela gearbeitet hatte. Begovic kam wieder in eine Gemeinschaftszelle. Sein Verhalten besserte sich. Die Gefängnisverwaltung unterstützte einen Antrag auf Wiederaufnahme seines Verfahrens. Ein Privatdetektiv brachte eine auf dem Totenbett gemachte Aussage eines Exhäftlings bei, Begovic sei zu Unrecht beschuldigt worden. Der damals in seinem Fall ermittelnde Kriminalbeamte hatte vor einem Jahrzehnt wegen astronomisch hoher Spielschulden Selbstmord verübt. Daraufhin ordnete ein Richter Begovic' Freilassung an, die unmittelbar bevorstand. Am kommenden Freitag um zehn Uhr sollte er entlassen werden.

Reacher schob das Foto und die Schriftstücke zurück in den Umschlag und steckte ihn mit dem übrigen Zeug wieder in Angelas Umhängetasche. Er zog den Reißverschluss zu und ließ die Tasche in den Müllbeutel fallen. Dann wickelte er die Plastikstreifen von seinen Händen und steckte sie ein. Er dachte über den Inhalt des Umschlags nach. Die tragische Geschichte eines zu Unrecht verurteilten Mannes. Er fragte sich, was sie mit Angela St. Vrain zu tun gehabt hatte. Was zu einer weiteren tragischen Geschichte führte, die eben erst begann. Für das kleine Mädchen auf dem Foto in der Geldbörse. Angelas Tochter, die nun ohne Mutter aufwachsen musste.

6

Ein Auto fuhr in die Gasse ein. Eine schwarze Limousine. Glänzender Lack, elegante Linien. Ein BMW, das sah Reacher an dem blau-weißen Emblem auf der Motorhaube. Es sollte einen Propellerkreis darstellen. Das hatte Reacher irgendwo gelesen. Es erinnerte an die Anfänge des Autobauers als Hersteller von Flugmotoren. Allerdings hatte er keine Ahnung, um welches Modell es sich handelte. Von Autos verstand er nicht viel.

Der BMW kroch weiter. Auch sein Fahrer trug einen grauen Kapuzenpullover. Der Kerl hielt an, fuhr sein Fenster herunter und sagte: »Hände, wo ich sie sehen kann. Dann zur Seite treten.«

Reacher bewegte sich nicht.

Der Fahrer stellte den Wählhebel auf N und ließ den Motor zwei-, dreimal aufheulen. Er wartete, bis der Lärm verhallt war. »Zur Seite treten, hab ich gesagt.«

Reacher blieb stehen.

Der BMW war zehn Meter von Reacher und acht Meter von der Mauer entfernt. Der bewusstlose Kerl lag dicht vor Reachers Füßen. Bestimmt war er ein Kumpel des Fahrers. Deshalb sollte Reacher zur Seite treten – damit nicht beide zu Schaden kamen.

Reacher blieb, wo er war.

Die Limousine kroch vorwärts. Der Fahrer schlug das Lenkrad ein. Er rollte weiter, bis der Abstand zwischen Reacher und der vorderen Stoßstange nur noch vier Meter betrug. Dann gab er plötzlich Gas. Der Wagen schoss vorwärts. Der Fahrer lenkte mit der rechten Hand. Mit der Linken öffnete er seine Tür. Er stieß sie ganz auf und hielt sie fest, als wäre er ein Ritter, der einen Gegner mit seinem Schild rammen und aus dem Sattel heben wollte.

Aber Reacher wich nicht zurück. Stattdessen machte er einen Schritt nach vorn – auf den BMW zu. Ein gewaltiger Fußtritt, in den er sein ganzes Gewicht legte, traf die Autotür mittig. Stahlblech verformte sich, wurde kreischend tief eingedellt. Die Autotür schloss sich mit lautem Knall, dann flitzte der Wagen an Reacher vorbei. Der Fahrer kämpfte mit dem Lenkrad. Er bremste scharf, aber einen Augenblick zu spät. Die Limousine rammte einen Abfallcontainer, wobei ihr rechter Scheinwerfer zersplitterte. Der Fahrer wechselte zu R und gab erneut Gas. Er schlug das Lenkrad ein, bis die linke Schlussleuchte auf Reachers Beine zielte. Dem Liegenden würde nichts passieren. Er war unter dem Überhang der Limousine sicher. Aber für Reacher gab es kein Entrinnen. Nicht bei diesem Winkel. Er würde an die Mauer gequetscht werden.

Reacher warf sich zur Seite, rollte sich ab und rappelte sich sofort wieder auf. Der Wagen prallte gegen die Mauer. Wieder zersplitterte Glas. Splitter regneten auf Brust und Unterleib des bewusstlosen Kerls herab. Aber sie waren nicht scharf genug, um ihn zu verletzen. Und der Aufprall reichte nicht aus, um den BMW fahruntüchtig zu machen.

Der Fahrer war die ganze Zeit im Wagen geblieben – verständlicherweise. Eine körperliche Auseinandersetzung zu vermeiden, war ein cleverer Schachzug. Aber er hatte auch nicht zu schießen versucht. Reacher vermutete, dass er's darauf anlegte, ihn als Opfer eines Unfalls erscheinen zu lassen.

Das wäre verdächtig gewesen, wenn man bedachte, wie nahe sich die Kreuzung befand, an der Angela St. Vrain vor den Bus gestoßen worden war. Aber weit weniger verdächtig als eine Leiche mit tödlichen Schusswunden.

Für Reacher galten solche Erwägungen nicht. Er zog die Pistole, die er von dem Bewusstlosen erbeutet hatte, und trat seitlich an den Wagen, um durchs rechte vordere Fenster zu schießen. Als der Fahrer erkannte, was kommen würde, gab er Vollgas und raste in der Mitte der Gasse davon. Reacher gab drei Schüsse auf die Heckscheibe ab. Der erste verwandelte die Scheibe in ein dichtes Geflecht aus undurchsichtigen Kristallen. Der zweite schmetterte alles Glas auf den Rücksitz des Wagens. Der dritte traf etwas in seinem Inneren, davon war Reacher überzeugt. Aber er wusste nicht, ob er den Fahrer oder seine Kopfstütze getroffen hatte. Oder irgendein anderes Bauteil.

Der Wagen wurde langsamer, hielt an. Im nächsten Augenblick leuchtete der noch verbliebene Rückfahrscheinwerfer auf. Durchdrehende Reifen quietschten, als der BMW herangerast kam. Reacher gab drei weitere Schüsse ab. Alle trafen den Fahrersitz, aber der Wagen wurde nicht langsamer. Er hielt unbeirrbar genau auf Reacher zu. Der Fahrer musste tief nach unten gerutscht sein. Vielleicht bis halb in den Fußraum, wenn er klein genug war. Reacher vermutete, der Kerl benutzte die Rückfahrkamera, um zu sehen, wohin er lenken musste. Er hob die Pistole und fragte sich, wo das Kameraobjektiv eingebaut sein mochte. Dann verwarf er diesen Gedanken wieder. Dafür war keine Zeit mehr. Er wandte sich scheinbar nach links, flitzte aber nach rechts, um wieder ans Beifahrerfenster zu kommen. Das war knapp. Noch ein paar Sekunden, dann würde er freies Schussfeld haben, um den Kerl zu erledigen. Das stand verdammt fest. Der Fahrer lenkte stark nach rechts. Reacher steckte mit dem Rücken zur anderen Mauer in der Klemme. Seitlich konnte er nicht ausweichen. Oder nach vorn. Oder indem er zurückwich.

Der Wagen kam schnell näher. Sein Heck war nur mehr einen Meter entfernt.

Reacher konnte nirgendshin.

Außer nach oben. Wenn er den richtigen Moment erwischte.

Er steckte die Pistole in seinen Hosenbund. Wartete noch eine Zehntelsekunde, bevor er auf den Kofferraumdeckel des BMW sprang. Dann schnellte er mit hochgereckten Armen in die Luft. Seine Fingerspitzen streiften Metall. Rauen, kalten Stahl, Teil einer Feuertreppe. Eine der Stufen in ihrer waagrecht hochgeklappten untersten Sektion. Er fasste nach und zog sich mit beiden Händen hoch, sodass seine Füße das Autodach nicht mehr berührten.

Reacher schaffte es beinahe. Der Oberrand des Heckfensters prallte an seine Zehenkappen. Das war ein gewaltiger Schlag, der eine Schockwelle durch den ganzen Körper bis in seine Fingerspitzen auslöste. Sein Griff lockerte sich etwas, aber Reacher ließ nicht los. Er packte noch fester zu und beobachtete, wie die Motorhaube des Wagens unter ihm hinwegglitt. Er streckte die Beine und machte sich bereit, sich fallen zu lassen, sich herumzuwerfen und erneut abzudrücken. Dieses Mal würde er durch die Frontscheibe schießen. Direkt von vorn, sodass der Fahrer sich nicht mehr wegducken konnte.

Dann hörte Reacher ein Geräusch über sich. Ein metallisches Schleifen, Scharren und Krachen. Dem folgte ein lauter Knall wie ein weiterer Schuss. Diese aus der Stahlkonstruktion kommenden Geräusche wiederholten sich. Irgendwas brach auseinander. Vielleicht wegen Reachers Gewicht. Vielleicht weil es die Feuertreppe schlagartig belastet hatte. Oder weil ihr Wartungszustand schlechter war, als zu vermuten gewesen wäre. Vielleicht hatten immer wieder neue Farbschichten strukturelle Defekte überdeckt. Jedenfalls rissen die Bolzen, die den beweglichen unteren Teil mit dem Rest der Feuertreppe verbanden. Die gesamte Konstruktion erzitterte. Sie begann nach außen, von dem Gebäude weg, zu kippen. Zehn Grad. Fünfzehn Grad weit. Dort kam sie in ungewohnt neuer Position zur Ruhe. In einem Winkel, für den die Verankerungen in der Mauer nicht ausgelegt waren. Sie wurden herausgerissen. Eine Verankerung nach der anderen vibrierte, knackte und kreischte, als ihr Dübel nachgab.

Reacher erkannte, was kommen würde. Er ließ die Stufe los. Seine Füße berührten das Pflaster. Er machte einen halben Schritt. Dann krachte eine Masse aus verdrehten Eisenträgern auf ihn herab.

7

In den ersten fünfzehn Jahren seines Lebens machte Jed Starmer sich nicht viele Gedanken über den Sinn und Zweck von Gesetzen.

Ihm war bewusst, dass es Gesetze gab. Er verstand, dass sie die Welt um ihn herum irgendwie formten und kontrollierten, aber nur auf unsichtbare, abstrakte Weise wie die Schwerkraft oder der Magnetismus. Er wusste, dass Gesetzesverstöße Folgen hatten. Stress und Strafen. Alle möglichen Unannehmlichkeiten. Er hatte gesehen, wie kleine Gruppen von Männern in orangeroten Häftlingsoveralls an Straßenrändern Müll aufsammeln mussten. Er kannte die Warnungen seiner Pflegeeltern vor Erziehungsanstalten. Und Gefängnissen. Und letztlich der Hölle. Aber trotzdem hatte ihn nichts davon wirklich beeindruckt. Es schien für sein Leben nicht relevant zu sein. Er hatte nicht vor, eine Bank zu überfallen. Oder ein Auto zu stehlen. Er schwänzte nicht mal sehr oft die Schule. Es gab andere Dinge, die ihm Sorgen machten. Weit wichtigere Dinge. Wie er vermeiden konnte, aus dem Haus geworfen zu werden und auf der Straße leben zu müssen. Und wie er vermeiden konnte, erschossen oder erstochen zu werden, wenn er irgendwohin unterwegs war.

Jeds Perspektive änderte sich an seinem fünfzehnten Geburtstag vollständig. Der lag jetzt zwei Wochen und zwei Tage zurück. Während seine Pflegeeltern an diesem Sonntag in der Kirche waren, fuhr er mit dem Bus fünf Meilen weit tief nach South Central L.A. hinein, was ihm streng verboten worden war. Die letzten zweihundert Meter legte er auf einem unebenen Gehsteig zurück: verzweifelt bemüht, nicht ängstlich zu wirken, jeden Blickkontakt mit etwaigen Beobachtern meidend. So erreichte er die wenigen ausgetretenen Steinstufen, die ins Apartmentgebäude seiner leiblichen Mutter hineinführten. Hastete die Treppe hinauf. Stieß die Haustür auf. Wie bei früheren Besuchen in den letzten Jahren funktionierte das Schloss nicht richtig, also betrat er den Eingangsbereich und stieg die Treppe empor. In den zweiten Stock. Dort ging er bis zum Ende des Korridors. Weil er wusste, dass Klingeln keinen Zweck hatte, klopfte er nur. Er wartete. Und er hoffte, dass seine Mutter zu Hause und nüchtern sein würde. Und dass sie sich wenigstens an ihn erinnern würde, selbst wenn sie vielleicht nicht wusste, welcher Tag heute war.

Wie sich zeigte, erinnerte seine Mutter sich. An den Tag und die Person. Sie war völlig nüchtern. Sie war sogar angezogen. Sie machte ihm mit einer Zigarette in der Hand auf und ging durch den blauen Qualm ins Wohnzimmer voraus. Die Jalousien waren heruntergelassen. Der Raum glich einer Müllhalde: Kleidung, Schuhe, Taschen, Bücher, Zeitschriften, CDs, Briefe und Rechnungen bildeten wüste Haufen, als hätte jemand ohne wirklichen Begriff von Ordnung versucht, hier etwas aufzuräumen. Sie blieb kurz in der Mitte des Raums stehen, seufzte und zeigte auf das Sofa. Jed fand mühsam in einer Ecke Platz. Sie setzte sich in die andere, drückte ihre Zigarette in dem übervollen Aschenbecher auf einem Beistelltisch aus. Ein Aschestrom rieselte auf den Teppichboden. Sie seufzte erneut, dann wandte sie sich Jed zu und sagte, sie habe ihn erwartet. Sie habe leider kein Geschenk für ihn, sei aber froh, dass er gekommen sei, weil sie ihm etwas sagen müsse. Sie habe sogar zwei Mitteilungen für ihn.

Die erste war, dass sie krank sei. Sie hatte Bauchspeicheldrüsenkrebs im vierten Stadium. Jed kannte sich mit dem menschlichen Körper nicht sehr gut aus. Er wusste nicht, wofür die Bauchspeicheldrüse diente. Auch die Zahl sagte ihm nichts. Aber die Tränen seiner Mutter zeigten ihm, dass die Nachricht schlecht war. Sie hatte nicht mehr lange zu leben. Vielleicht Monate. Vielleicht nur Wochen. Auf keinen Fall länger.

Die zweite Mitteilung von Jeds Mutter betraf die Wahrheit über seinen Vater. Oder zumindest das, was sie für die Wahrheit hielt.

Die erste Nachricht bewirkte, dass Jed sich schuldig fühlte. Das war eine unerwartete Reaktion. Im Lauf der Jahre hatte er beobachtet, dass die meisten Leute erstarrten, wenn sie erfuhren, enge Verwandte würden bald sterben. Aber als er die Nachricht ganz begriff, stellte er fest, dass er nicht traurig war, sondern erleichtert. Das war nicht richtig, aber er konnte es nicht ändern. Ihm schien, als wäre er sein Leben lang mit einem um die Taille gebundenen Gewicht gegen die Strömung angeschwommen. Mit Sorgen belastet. Die ständige Angst, dass die Polizei bei seinen Pflegeeltern aufkreuzen würde. Mit Nachrichten über seine Mutter. Dass sie an einer Überdosis gestorben oder ermordet worden war. Oder in irgendeinem erbärmlichen Loch tot aufgefunden worden war, sodass er hingehen und sie identifizieren musste. Oder noch schlimmer, dass sie in einem unbeschreiblichen Zustand bei ihm vor der Tür stehen würde. Seine Pflegeeltern missbilligten seine Mutter. Sogar sehr. Das machten sie ihm bei jeder Gelegenheit klar. Und Jed hatte keine Lust auf weitere Vorwürfe, bloß weil er mit ihr Kontakt pflegte. Aber nun war ein Ende in Sicht. Er wusste jetzt, wie die Geschichte seiner Mutter enden würde. Und wann. Das Seil würde bald gekappt werden. Dann konnte er endlich frei schwimmen.

Die zweite Nachricht hatte eine andere Wirkung auf Jed. Die Worte seiner Mutter leuchteten wie ein Scheinwerfer in einen Winkel seiner Vergangenheit, der ihm bis dahin verborgen gewesen war. Sie erhellten die punktierte Linie, die sein Leben mit dem Gesetz verband. Zeigten ihm eine Verbindung, von der er bisher nichts geahnt hatte. Etwas sehr Persönliches. Ein Link, der Auswirkungen auf seine gesamte Existenz gehabt hatte. So gelangte er zu einem ganz neuen Respekt. Einer Entschlossenheit, nie gegen irgendein Gesetz zu verstoßen, sondern den Zyklus zu unterbrechen. Um zu verhindern, dass die Geschichte sich wiederholte.

Jeds Entschlossenheit hielt exakt zwei Wochen an. Dann wurde sie durch eine Onlinerecherche, während seine Pflegeeltern sonntags in der Kirche waren, auf eine ganz neue Ebene gehoben. Als Erstes begann er eine Google-Suche auf Grundlage der Informationen über seinen Vater, die seine Mutter ihm gegeben hatte. So gelangte er zuletzt zu einem Artikel auf einer Nachrichtenseite, der eine komplizierte Geschichte erzählte, die sich über viele Jahre erstreckte. Jed las ihn sorgfältig. Er merkte sich alle Einzelheiten. Registrierte alle Unstimmigkeiten. Und als er fertig war, hatte er das Gefühl, in seinem Kopf sei ein Suchscheinwerfer eingeschaltet worden. Eine Million Watt an gleißend heller Erleuchtung. Im Vergleich dazu wirkte die Version seiner Mutter leblos blass. Als hätte sie die wichtigen Dinge mit einer Kerze beleuchtet. Oder mit einem Glühwürmchen. Den springenden Punkt hatte sie ganz übersehen. Nun erkannte Jed nicht nur die Macht des Gesetzes, sondern sah auch die von ihm ausgehende Gefahr.

Das Licht von Jeds neuem Wissen fiel nicht nur in seine Vergangenheit zurück. Es leuchtete auch voraus, zeigte ihm, was er tun musste. Und wohin er musste. Erst mal fort von seinen Pflegeeltern. Dann ganz weg aus Kalifornien.

Jed hatte zwei Tage Zeit, um einen Plan auszuarbeiten. Um seine Recherchen abzuschließen. Um sich Mut zu machen. So kam es, dass Jed in dem Augenblick, in dem Reacher die Gasse in Gerrardsville, Colorado, betrat, im Schlafzimmer seiner Pflegeeltern vor der Kommode stand. Die abgetragene Unterwäsche seiner Pflegemutter war zur Seite geschoben. Darunter war ein Packen Zwanziger sichtbar. Und Jed steckte in einem Dilemma. Er brauchte dieses Geld. Unbedingt. Aber er wollte es nicht stehlen. Weil er kein Gesetz brechen wollte, versuchte er, sich einzureden, es sei kein Diebstahl, wenn das Geld bereits gestohlen war. Was es ja irgendwie war. Der Staat hatte es gezahlt, um ihm Nahrung und Unterkunft zu sichern. Ihm und den drei weiteren Pflegekindern, mit denen er zusammenlebte. Und trotzdem lag das Geld unangetastet hier, während er Sachen trug, die ihm längst nicht mehr passten und fast jeden Abend hungrig ins Bett ging.

Das Endresultat war, dass Jed keine Straftat begehen wollte. Aber er wollte auch nicht verhungern. Oder mehr als die Hälfte der Strecke zwischen West- und Ostküste per Anhalter zurücklegen müssen. Denn unabhängig von dem, was er wollte, standen drei Tatsachen fest: Vor ihm lag eine weite Reise. Ihm blieb nicht viel Zeit, um sein Ziel zu erreichen. Und er konnte es sich nicht leisten, zu spät anzukommen.

8

Reachers Ohren summten, als er wieder zu sich kam. Er hatte bohrende Kopfschmerzen. Das auf seiner Brust lastende Gewicht machte jeden Atemzug mühsam. Er brauchte einen Augenblick, um herauszufinden, worunter er festgenagelt war. Dann musste er weitere fünf Minuten lang heben und schieben und sich verrenken, bevor er unter dem Gewirr aus Stahlträgern hervorkriechen konnte.

An der Einmündung der Gasse hatte sich eine kleine Menge versammelt. Reacher erkannte einige der Leute wieder. Sie hatten den Bus und die überfahrene Angela St. Vrain angegafft. Die erste Aufregung darüber musste sich gelegt haben. Sie schienen darauf gesetzt zu haben, dass die Action in der Gasse spannender sein würde. Jedenfalls waren sie mehr daran interessiert zu gaffen, als Hilfe zu leisten. Erst als Reacher sich aus dem Stahlgewirr befreit hatte, traten ein paar der jüngeren Männer vor und versuchten, ihm beim Aufstehen behilflich zu sein.

Reacher stieß sie beiseite.

Einer von ihnen fragte: »Alles okay, Kumpel?«

Reacher gab keine Antwort.

»Wir dachten, wir hätten Schüsse gehört.« Der Kerl zuckte mit den Schultern. »Aber das muss das Krachen des Absturzes gewesen sein.«

Reacher atmete mehrmals tief durch, während er darauf wartete, dass die Menge sich zerstreute, und sah sich dann in der Gasse um. Auf dem Pflaster waren Reifenspuren zu erkennen. Die Mauern wiesen an einigen Stellen Schrammen mit Spuren von schwarzem Autolack auf. Der nächste Abfallcontainer war stark eingebeult. Hier und da waren kleine Haufen von Glassplittern zu sehen. Aber keine Pistole. Keine Männer in Hoodies. Kein Auto, Kein Müllbeutel. Keine Schultertasche. Und kein Umschlag.

Die Rettungsdienste waren in voller Stärke im Einsatz, als Reacher wieder die Straße erreichte. Die Kreuzung war durch vier quer gestellte Streifenwagen mit eingeschalteten Blinkleuchten gesperrt. Die linke Seite des Busses, unter der Angela St. Vrains Leiche gelegen hatte, war unter einem hastig errichteten Zelt verschwunden. Nicht als Wetterschutz, vermutete Reacher, sondern als Sichtschutz vor Fernsehteams mit Teleobjektiven oder Hubschraubern. Die Todesursache der Frau war kein großes Rätsel. Die Frage nach dem Täter war eine andere Geschichte. Und die nach seinem Motiv.

Reacher registrierte vier uniformierte Cops, die dabei waren, die hartnäckigen Gaffer zu befragen. Er verfolgte das Ganze weiter, bis er einen Mann in einem Anzug hinter dem Bus hervorkommen sah. Der Kerl trug sterile Handschuhe und hielt ein kleines Notizbuch in der linken Hand. Reacher fand, es sage einiges über die Kriminalitätsrate in Gerrardsville aus, wenn zu einem scheinbar gewöhnlichen Verkehrsunfall gleich ein Kriminalbeamter auftauchte. Aber er beschwerte sich nicht darüber. So sparte er sich die Mühe, das Polizeirevier aufzusuchen.

Der Kriminalbeamte schien Anfang dreißig zu sein. Er war über einen Meter achtzig groß, wirkte durchtrainiert und hatte einen Bürstenhaarschnitt. Seine Anzughose besaß messerscharfe Bügelfalten. Sein Oberhemd war frisch gebügelt, die Krawatte ordentlich gebunden. Und seine Schuhe waren auf Hochglanz poliert.

Als der Mann merkte, dass Reacher ihn beobachtete, ging er auf ihn zu und streckte die Hand aus. »Detective Harewood. Was kann ich für Sie tun?«

Reacher berichtete, was er an der Kreuzung gesehen und was sich anschließend in der Gasse ereignet hatte. Er sprach langsam und brachte die Informationen leicht verständlich an den Mann. Harewood schrieb alles in sein Notizbuch. Er ließ nichts aus. Er fasste nichts zusammen. Und er vergeudete keine Zeit damit, nach Reachers Beruf oder Adresse zu fragen.

Als sie fertig waren, ließ Reacher sich Harewoods Karte geben und versprach ihn anzurufen, wenn ihm nachträglich weitere Details einfielen. Dann ging er mit der Überzeugung davon, dass der Fall in guten Händen war. Er überlegte, ob er versuchen sollte, die Stadt per Anhalter zu verlassen, kam aber zu einem anderen Resultat. Sein Kopf schmerzte. Sein Körper fühlte sich wund und steif an. Um sich zu erholen, war es bestimmt besser, gut auszuschlafen. Dafür sprach auch etwas anderes: Die Kerle in Hoodies konnten zurückkommen. Sie brauchten natürlich ein Ersatzfahrzeug. Und vielleicht wollten sie den Umschlag jemandem übergeben. Oder ihn irgendwo sicher aufbewahren. Aber dann würden sie vielleicht an den Augenzeugen denken, den sie zurückgelassen hatten. Wahrscheinlich würden sie etwas dagegen unternehmen wollen.

Das hoffte Reacher jedenfalls.

Gerrardsville war nicht groß. Reacher verbrachte den Nachmittag damit, so sichtbar wie möglich zu sein. Er schlenderte durch die Straßen, interessierte sich für die Auslagen der Geschäfte und saß Kaffee trinkend vor mehreren Cafés. Das begann als angenehmer Zeitvertreib. In der Stadtmitte gab es Fußgängerzonen mit Sitzbänken unter Bäumen. Die hiesige Einwohnerschaft schien überwiegend aus Studenten, jungen Eltern mit Babys in Kinderwagen, Hipstern und smarten Akademikern in übertrieben lässiger Kleidung zu bestehen. Aber je länger Reacher sich zeigte, desto frustrierter wurde er. Er musste sich mit den Tatsachen abfinden. Wenn er der Wurm war, wollte kein Fisch anbeißen. Also gab er dieses Vorhaben auf und machte sich auf den Weg zum südlichen Stadtrand, an dem ihm am Vortag zwei Motels aufgefallen waren.

Reacher hatte sich getäuscht.

Das stellte er fest, bevor er zwei Blocks zurückgelegt hatte. Er wurde beobachtet. Jemand behielt ihn im Auge. Das spürte er. Ein kalter Schauder lief ihm über den Rücken. Eine steinzeitliche Reaktion. Ein von seinem Echsengehirn ausgehendes Warnsignal. Äußerst zuverlässig. Niemals zu ignorieren.

Reacher machte vor dem nächsten Schaufenster halt. In dem Laden gab es bunt verpackte Schokolade in allen möglichen Geschmacksrichtungen. Aber er interessierte sich nicht für die Auslage, sondern nur für die Scheibe, in der sich die Straße hinter ihm spiegelte.

Ein höher gelegter schwarzer Truck mit Chromfelgen rollte vorbei. Sein Beifahrersitz war leer. Der Fahrer achtete nicht auf Reacher. Beim nächsten Wagen handelte es sich um einen silbergrauen Jeep mit zwei Kajaks auf dem Dach und roten Schlammspritzern an den Seiten. Sein Fahrer hatte nur

Augen für den schwarzen Truck vor ihm. Dann tauchte ein weißer Viertürer auf. Ein Toyota Corolla.

Reacher hatte das Gefühl, ihn wiederzuerkennen. Allerdings war er sich nicht sicher, ob er genau diesen Wagen schon mal gesehen hatte. Corollas waren beliebte Autos. Dann kam der Wagen näher. Das Kältegefühl in Reachers Nacken wurde stärker, als er den Kerl auf dem Beifahrersitz sah. Mitte zwanzig. Stämmig. Bürstenhaarschnitt. Blaues T-Shirt. Er hätte ein Klon des Typen sein können, der Angela St. Vrain vor den Bus gestoßen hatte, aber sein Gesicht war noch intakt. Und er beobachtete Reacher. Das stand fest. Er starrte ihn an, als der Toyota vorbeifuhr, schaute kurz auf sein Handy und drehte sich dann noch mal nach ihm um.

Reacher setzte sich wieder in Bewegung. Der Corolla bog bei erster Gelegenheit rechts ab. Reacher stellte sich vor, wie er noch zweimal rechts abbog, und rechnete sich aus, wie lange er ungefähr dafür brauchen würde. Dann überquerte er die Straße. Das lieferte ihm eine Entschuldigung dafür, in die andere Richtung zu sehen, ohne misstrauisch zu wirken. Der Toyota wartete an der Kreuzung hinter ihm. Reacher ging weiter. Nicht schnell, nicht gemächlich. Ohne etwas zu tun, das anderen signalisierte, dass er wusste, dass der Corolla ihm folgte. Dann verschwand er in der nächsten Gasse, die er passierte. Sie glich der, in die er den Mörder verfolgt hatte. Sie war sauber. Aufgeräumt. Auch hier standen Abfallcontainer. Und es gab Feuertreppen, die einen solideren Eindruck machten. Der einzige große Unterschied war das für Dacharbeiten errichtete Baugerüst am zweiten Haus links.

Der Toyota war nicht vorbeigefahren.

Reacher blieb an die Hauswand gedrückt stehen und riskierte einen Blick um die Ecke. Er sah die Motorhaube eines weißen Autos, das weit genug von der Einmündung entfernt parkte, um nicht verdächtig zu wirken. Dann überquerte er die Gasse zu dem Baugerüst, dessen Metallstangen von Krampen und Bolzen zusammengehalten wurden. Diese Verbindungen saßen unverrückbar fest, ließen sich ohne Werkzeug nicht so schnell lösen. Also versuchte er's mit den Bohlen der untersten Ebene. Die mittlere war locker. Er stemmte sie hoch, zog sie heraus und nahm sie zur Einmündung der Gasse mit.

Der Wagen parkte noch immer an derselben Stelle. Reacher hoffte, dass die Kerle, die hinter ihm her waren, ungeduldig waren. Er hoffte, sie würden nicht endlos lange warten wollen, bis er wieder auftauchte. Er hoffte, sie würden die Initiative ergreifen und wie der Typ mit dem BMW in die Gasse rauschen. Dann würde er vortreten und die Bohle durch die Frontscheibe rammen. Die Brust des Fahrers treffen. Ihm die Rippen brechen. Oder vielleicht den Kopf treffen, ihn glatt vom Körper trennen. Was Reacher etwas Zeit mit dem Kerl auf dem Beifahrersitz verschaffen würde.

Der Corolla bewegte sich nicht.

Zehn Minuten vergingen. Zwanzig. Eine halbe Stunde.

Der Corolla bewegte sich nicht.

Reacher war ein geduldiger Mann. Er konnte länger warten als jeder andere. Das war etwas, das er in seiner Dienstzeit in der Army gelernt und seither perfektioniert hatte. Aber er war auch realistisch. Er wusste, dass manche Ereignisse nie eintreten, auch wenn man noch so lange auf sie wartet. Der Kerl in dem Toyota hatte auf sein Handy gesehen. Also verfügte er über ein Foto, mindestens eine Personenbeschreibung. Sie musste von den Kerlen stammen, mit denen Reacher als Erstes zu tun gehabt hatte. Sicher hatten sie auch berichtet, wie es ihnen ergangen war. Wahrscheinlich hatten die beiden jetzigen Typen das Ergebnis mit eigenen Augen gesehen. Sie würden vorsichtig sein. Vielleicht waren sie clever genug, um auf einen besseren Ort für ihren Überfall zu warten.

Oder auf einen, den sie für besser hielten.

Dagegen hatte Reacher nichts. Er war ein geduldiger Mann. Er trug die Bohle zu dem Baugerüst zurück, schob sie wieder an ihren Platz. Dann trat er auf den Gehsteig hinaus und ging weiter.

Eines der Motels am Stadtrand schien ziemlich neu zu sein. Es gehörte einer Kette und war daher anonym, was Reacher immer gefiel. Das zweite stand ihm gegenüber auf der anderen Straßenseite. Es schien aus den Dreißigerjahren zu stammen. Das Gebäude mit Flachdach war lang und niedrig. Seine glatt verputzten Außenwände waren rosa gestrichen. Es hatte nur zwölf Zimmer, jedes mit seiner Nummer in einem verspiegelten Art-déco-Rahmen an der Tür. Der Empfang lag am entfernteren Ende des Gebäudes. An einem aus dem Dach ragenden Mast war eine Comicfigur angebracht: eine Ananas in einem Kleid in Gelb und Türkisgrün. Sie trug ein wildes Grinsen zur Schau. Reacher war sich nicht sicher, ob sie freundlich oder dämonisch aussah.

Reacher entschied sich für The Pineapple. Seiner Erfahrung nach passten kleine Privatmotels besser zu seinen Bedürfnissen. Sie machten weniger Stress wegen abgelaufener Ausweise, bestanden nicht auf Kreditkartenzahlung. Als er das Büro betrat, war er von Spiegeln, Neonröhren und Art-déco-Gegenständen umgeben. Auch die Theke verschwand fast unter ihnen. Aus einem Hinterzimmer tauchte ein Mann auf. Er wirkte hager, ungesund mager und hatte strähniges graues Haar, sodass sein Alter schwer zu schätzen war. Sein Hawaiihemd war mit Palmen und Papageien bedruckt. Dazu trug er sackartige türkisgrüne Bermudashorts, deren grelle Farbe seine nackten Beine fast blau erscheinen ließ.

Der hagere Kerl bot Reacher ein Zimmer für sechzig Dollar an. Reacher bot ihm achtzig für ein Zimmer, in dem er keine Nachbarn hatte. Damit war der Kerl einverstanden. Er steckte den zusätzlichen Zwanziger ein, gab ihm den Schlüssel von Zimmer zwölf und legte ihm das eselsohrige Gästebuch hin, damit er sich eintragen konnte. Reacher kritzelte einen Namen und eine Unterschrift hinein, dann ging er den langen Korridor entlang zu seinem Zimmer. Hier gab es ein Bett, einen Kleiderschrank, einen Sessel, ein Bad. Alles in Standardausführung. Zum Glück wurde das Obstthema hier nicht fortgesetzt. Die Einrichtung war ein bisschen schäbig, aber das störte Reacher nicht. Er ließ das Licht noch zehn Minuten brennen, dann schaltete er es aus und ging zum Bett hinüber.

9

Erst das Ticket, dachte Jed Starmer, dann etwas zu essen.

Allerdings war er weit davon entfernt, ein erfahrener Reisender zu sein. Dies würde erst das zweite Mal sein, dass er das Los Angeles County verließ, seit seine Mutter ihn als Kleinkind hergebracht hatte. Jetzt war er dabei, es endgültig zu verlassen, was ihm bisher nicht viel Spaß machte. Er hatte packen müssen, was ein Problem war, weil er keinen Koffer, keine Reisetasche besaß. Weil er keinen von seinen Pflegeeltern oder den anderen Kids hatte stehlen wollen, hatte sich nur ein einziger Ausweg angeboten: Er hatte seinen Schulrucksack geöffnet, den ganzen Schulscheiß in den Müll gekippt und ihn dann mit Kleidung vollgestopft, die er hastig aus seinem Schrank riss. Zuletzt hatte er noch seine Zahnbürste aus dem Bad geholt und eingesteckt. Anschließend sah er sich ein letztes Mal in dem Haus um. Dieses Gebäude hatte er vom ersten Augenblick an gehasst. Hier war er praktisch jede Minute unglücklich gewesen. Aber nun erschien es ihm als der begehrenswerteste Ort der Welt.

Jetzt, wo er es nie wiedersehen würde.

Als Nächstes gab es Schwierigkeiten mit dem Bus, den Jed nehmen musste. Dass er nicht fahrplanmäßig kam, war kein zeitliches Problem, weil Jeds Reiseplan reichlich Luft enthielt. Das Problem war seine Sichtbarkeit. Jeds Pflegemutter kam dienstags früher aus der Arbeit. Sie würde die Straße mit der Bushaltestelle entlangfahren, an der Jed völlig allein wartete. Er war total exponiert. Sie konnte ihn unmöglich übersehen.

Und erwischte sie ihn hier mit ihrem Geld in der Tasche, würde sie wie eine Furie über ihn herfallen.

Zehn Minuten vergingen. Zwanzig. Nirgends ein Bus in Sicht. Auch seine Pflegemutter nicht. Weitere fünf Minuten verstrichen quälend langsam. Sie würde bald kommen. Sie musste schon in der Nähe sein. Jed konnte nicht mehr stillhalten. Er fing an, sich nach Schlupflöchern umzusehen, um sich verstecken zu können, wenn sie auftauchte. Dann näherte sich endlich der Bus. Er kroch die Straße herauf und hielt neben ihm. Jed hatte Zweifel an seinem Wartungszustand, aber er konnte es sich nicht leisten, auf den nächsten Bus zu warten. Nicht ohne ein Desaster heraufzubeschwören. Also stieg er ein, zahlte den Fahrpreis, ging nach hinten und versuchte, auf der langen Fahrt zur 7th Street möglichst wenig aufzufallen.

Jed stieg direkt gegenüber dem Greyhound-Terminal aus. Er war froh, dass er nicht weit gehen musste. Ihm gefiel diese Gegend nicht. Ganz und gar nicht. Sie war nur wenige Blocks von der alten Skid Row entfernt. Er hatte Storys gehört. Ein paar Filme gesehen. Auf dem Gehsteig lungerten Kerle herum. Mindestens ein Dutzend. Die Hälfte von ihnen rauchte. Alle beobachteten ihn. Wie Schakale, dachte er. Oder Hyänen. Als sei er ein Beutetier. Auf dem Parkplatz vor dem Terminal trieben sich weitere junge Männer herum. Diese schienen etwas älter zu sein, aber nicht freundlicher. Jed hielt den Blick gesenkt. Er machte einen Bogen um beide Gruppen und folgte den Hinweisschildern zum Eingang des Terminals.

Alles wurde besser, als er drinnen war. Das Terminal war weitläufig und hell erleuchtet. Am Fahrkartenschalter standen Leute an, und andere saßen oder fläzten sich auf den in langen Reihen aufgestellten blauen Metallsitzen, aber niemand achtete speziell auf ihn. Er bewegte sich die Außenwände entlang, um zu den Ticketautomaten zu gelangen. Das Gerät, für das er sich entschied, arbeitete langsam. Sein Bildschirm war mit einer öligen Masse verschmiert, aber Jed schaffte es trotzdem, durchs Menü zu navigieren und sein Fahrtziel einzugeben. Er fütterte den Automaten mit zehn Zwanzigern von dem Packen, den er aus der Kommode genommen hatte, und warf zuletzt vier Quarter von seinem eigenen Geld ein. Leichte Panik erfasste ihn, als das Gerät erst einmal nicht reagierte, aber dann entspannte er sich, als die Fahrkarte im Ausgabeschlitz erschien.

Jed ignorierte die Snackautomaten und ging zur Essenstheke weiter. Dort studierte er die Speisekarte. Er war so hungrig, dass er am liebsten alles bestellt hätte. Dies würde seine erste Mahlzeit als freier Bürger sein, was gefeiert werden musste. Soweit er sich erinnern konnte, entsprach das hiesige Angebot einem McDonald's. Sein letzter Besuch in einem Schnellrestaurant lag lange zurück. Seine Pflegemutter sah es nicht gern, wenn er Fast Food aß. Oder vielleicht mochte sie nicht dafür zahlen. Jetzt brauchten ihre Abneigungen ihn nicht mehr zu kümmern – aber er musste mit seinem Kapital verantwortungsvoll umgehen.

Letztlich hatte Jed das ganze Geld aus der Kommode seiner Pflegemutter genommen. Alles andere wäre ihm unlogisch erschienen. Stand ihm das Geld zu, wäre es dumm gewesen, einen Teil davon zurückzulassen. Stahl er es dagegen, war er ohnehin geliefert. Nach dem Ticketkauf hatte er noch dreihundert Dollar übrig. Für die beiden kommenden Nächte brauchte er keine Unterkunft: Er würde im Bus schlafen, weil er keine andere Wahl hatte. Aber am Donnerstagabend brauchte er ein Zimmer in einem Hotel oder einem Bed and Breakfast, das nicht billig sein würde. Unterwegs benötigte er etwas zu essen und zu trinken. Und am Freitagmorgen würde er die letzte Etappe angehen müssen. Er hoffte, irgendeinen Autofahrer anhalten und für die Fahrt bezahlen zu können. Oder er würde sich ein Taxi nehmen müssen. Beides kostete Geld, viel Geld. Deshalb beschloss er, vernünftig zu sein, und bestellte einen Burger mit Pommes und eine Flasche Wasser für unterwegs. Er zahlte mit einem Zehner von seinem eigenen Geld, steckte seinen Fahrschein in eine Hüfttasche seiner Jeans und schob das Wechselgeld in die andere. Und wartete auf den bestellten Burger.

Aufgegessen hatte er in fünf Minuten. Danach verbrachte er zwanzig Minuten damit, die Untertitel auf den Bildschirmen der beiden stummen Fernseher hinter der Theke zu lesen. Einer zeigte Nachrichten, der andere Sport. Beide Themen interessierten ihn nicht sonderlich. Er wollte nur irgendwo eine halbe Stunde sitzen können, bis sein Bus fuhr. Dreißig Minuten mussten genügen, um den richtigen Greyhound zu finden und sich einen guten Platz zu sichern. Als es Zeit wurde, stellte er sein Tablett in das fahrbare Regal neben einem überquellenden Abfallbehälter und ging zu einem raschen Boxenstopp auf die Toilette. Als er wieder herauskam, sah er einen an der Wand lehnenden Kerl winken. Jed erkannte ihn wieder. Der Mann hatte an der Theke hinter ihm angestanden. Auch er hatte an einem der Tische allein gegessen. Jed wollte an ihm vorbeigehen, stellte dann jedoch fest, dass sein Winken speziell ihm galt.

Ursprünglich hatte Jed geglaubt, sie seien ungefähr gleich alt, aber als der Typ jetzt näher kam, wurde klar, dass er älter war. Etwa zwanzig oder einundzwanzig. Er war schlaksig, braun gebrannt und hatte blonde Locken, die wie die eines Surfers salzverkrustet zu sein schienen.

»He, Kumpel.« Der Kerl hob eine Hand, in der er etwas hielt. Ein Busticket. »Das gehört dir, du hast's verloren.«

Das konnte nicht stimmen. Jed hatte seinen Fahrschein sorgfältig eingesteckt, das wusste er. Aber als er jetzt danach tastete, begann sein Herz zu jagen. Die Tasche war leer, das Ticket weg. Er kontrollierte die andere Tasche. Sein ganzes Geld … war noch da. Alles gut. Es gab kein Problem. Trotzdem dauerte es ein paar Sekunden, bis er wieder atmen konnte.

Der blonde Mann schaute auf Jeds Ticket. »Route 1454? Cool. Genau wie ich.«

»Danke fürs Finden.« Jeds Hand zitterte, als er den Fahrschein entgegennahm. »Kann nicht glauben, dass ich ihn verloren habe.«

»Kein Problem. Solcher Scheiß passiert eben. Du fährst also auch nach Dallas?«

Jed schüttelte den Kopf. »Dort steige ich nur um.«

»Du fährst noch weiter?«

Jed nickte. »Jackson, Mississippi.«

»Lange Fahrt. Du besuchst wohl Verwandte?«

»Ich hab keine Verwandten.«

»Echt nicht? Gar keine?«

Jed dachte über eine ehrliche Antwort nach. Er wollte nicht lügen, aber einem Unbekannten auch nicht zu viel erzählen. Also sagte er: »Nö. Ich hab keine.«

»Keine Eltern?«

»Meinen Dad hab ich nie gekannt. Meine Mom – Krebs.«

»Das ist übel, Mann. Keine Geschwister, keine Onkel oder Tanten?«

»Nö.«

»Wer holt dich also ab, wenn du ankommst?«

»Niemand. Warum?«

»Sieht so aus, als hättest du ein schlechtes Blatt bekommen, Mann, wenn du ganz allein bist. Das tut mir leid.«

Jed zuckte mit den Schultern, dann sagte er: »Man gewöhnt sich dran.«

»Pass auf, wir fahren zusammen. Wenigstens bis Texas. Leisten uns Gesellschaft.«

Jed zuckte erneut mit den Schultern. »Okay. Wenn du willst.«

»Ist das deine erste Fahrt mit dem ›Hound‹?«

Jed nickte.

Der blonde Kerl legte ihm einen Arm um die Schultern, zog ihn vertraulich an sich und sprach flüsternd weiter. »Ich will dich was Wichtiges fragen, hör also gut zu. Der kleine Rucksack, mit dem du reist? Enthält er irgendwas Wertvolles? Laptop? Tablet? Nintendo?«

»Nein, so was hab ich nicht.«

»Das ist gut. Echt gut. Unterwegs ist man nirgends sicher. Lass deinen Rucksack nie aus den Augen, hörst du? Lass ihn nirgends stehen. Lass nicht zu, dass der Fahrer ihn ins Gepäckabteil legt. Und steck einen Arm durch die Trageriemen, wenn du schläfst. Hast du verstanden?«

»Klar.«

»Gut. Ich muss noch mal austreten. Du gehst schon mal voraus. Durch die Türen, dann links bis ganz zum Ende. Bussteig sechzehn. Du belegst zwei Plätze für uns. Möglichst zwischen den Achsen. Die sind am bequemsten. Ich komme in ein paar Minuten nach.«

Jed fand den richtigen Bus, stieg ein, zeigte dem Fahrer sein Ticket und ging durch den Mittelgang nach hinten. Über die Hälfte der Sitze war schon besetzt. Alle Leute waren älter als Jed. Manche nur zwei bis drei Jahre, andere sechzig bis siebzig. Manche reisten allein. Viele als Paare oder in Gruppen. Viele hatten Kopfhörer aufgesetzt. Manche verfügten über Kissen, einige wenige sogar über Wolldecken. Die meisten waren mit Büchern, Handys oder Notebooks beschäftigt. Jed hatte plötzlich das Gefühl, schrecklich unvorbereitet zu sein. Er wollte umkehren, aus dem Bus springen. Zu seiner Pflegefamilie zurücklaufen. So tun, als hätte er nie durchbrennen wollen. Alles vergessen, was seine Mutter ihm erzählt hatte. Aber stattdessen zwang er sich dazu, den ersten Zweiersitz zu nehmen. Er rutschte ans Fenster hinüber, zog seinen Rucksack auf den Schoß und drückte ihn an seine Brust. Konzentrierte sich auf das Brummen des Motors. Das leise Zischen der Klimaanlage. Das Murmeln um ihn herum. Den Geruch von Desinfektionsmitteln und mitgebrachtem Fast Food. Er redete sich ein, alles werde gut ausgehen. Er musste sich nur zusammenreißen, bevor der blonde Typ aufkreuzte. Er durfte nicht noch verlegener wirken, als er schon war.

Zwei Minuten vor Abfahrt schloss sich die vordere Bustür zischend. Jed erhob sich halb von seinem Sitz. Er wollte dem Fahrer zurufen, er müsse noch warten, weil ein Fahrgast fehle. Aber er brachte keinen Ton heraus. Erstarrte mitten in der Bewegung. Ließ sich wieder zurücksinken. Und stellte seinen Rucksack neben sich ab. Dallas war über sechsunddreißig Stunden entfernt. Er wusste nicht mal, wie der blonde Kerl hieß. Er war schließlich kein Uraltfreund. Jed war dankbar dafür, dass er sein Ticket zurückbekommen hatte, und froh, sich keine eineinhalb Tage lang Fragen, Meinungen und

Ratschläge für Idioten anhören zu müssen, bevor er in den nächsten Bus umstieg. Er war glücklich, allein zu sein.

Jedenfalls bis Freitagmorgen zehn Uhr.

Ob er danach weiter allein sein würde, war eine ganz andere Frage.

10

Der Schließmechanismus klickte und surrte. Reachers Tür schwang auf. Ein Quadrant aus Licht fiel über den grässlichen Teppich. Zwei Männer schlichen herein. Beide Mitte zwanzig. Beide mit Pistolen bewaffnet. Der zweite Mann drückte die Tür lautlos hinter sich zu. Sie blieben kurz stehen. Dann näherten sie sich dem Bett, das nur undeutlich erkennbar war. Durch die dünnen Vorhänge fiel fahles Licht. Aber die Gestalt im Bett war groß und breit. Genau wie erwartet.

Die Männer trennten sich, traten von beiden Seiten ans Bett. Die Nacht war mild, aber die Steppdecke war bis übers Kopfkissen hochgezogen. Der Kerl auf der Fensterseite zuckte mit den Schultern, dann stieß er mit der Mündung seiner Waffe an die Stelle, wo er Reachers Schulter vermutete.

Das blieb ohne Reaktion.

Er stieß noch mal zu. Fester. Er sagte: »He, aufwachen!«

Die Deckenleuchte flammte auf. Die Kerle fuhren herum. Sie sahen Reacher auf der anderen Seite des Zimmers. Er riss die Tür auf, verschwand nach draußen. Dort blieb er neben der Tür an die Mauer gepresst stehen.

Die Kerle hasteten hinterher. Sobald der erste einen Fuß über die Schwelle setzte, traf Reachers Unterarm ihn voll im Gesicht. Das Nasenbein des Kerls zersplitterte. Sein Kopf flog nach hinten. Er torkelte rückwärts, riss seinen Kumpel mit, brach zusammen. Reacher hob seine zu Boden gefallene Pistole auf und folgte ihm hinein.

Der erste Mann bewegte sich nicht mehr. Der zweite hatte sich zur Seite gewälzt und angelte nach seiner Pistole, die ihm aus der Hand gefallen war. Reacher stampfte mit einem Absatz auf seine Hand. Der Kerl schrie auf und rollte sich in fetaler Haltung zusammen. Reacher packte den ersten Typen am Arm, schleifte ihn ins Zimmer und schloss die Tür.

Dann wurde an die Wand geklopft. Ein Mann rief: »He, Zimmer zwölf, Schluss mit dem Krach!«

Reacher wartete, bis der zweite Kerl verstummte, dann befahl er: »Stehen Sie auf. Setzen Sie sich meinetwegen in den Sessel. Wir können diese Sache zivilisiert abwickeln.«

Der Kerl rutschte auf dem Boden sitzend mit Absätzen, Hintern und heiler Hand von ihm weg, bis sein Rücken die Wand berührte.

Reacher sagte: »Ich habe heute ein paar Ihrer Freunde kennengelernt. Hier in der Stadt. Auf einer Gasse. Wo sind sie jetzt?«

Der Kerl gab keine Antwort.

Reacher fragte: »Wieso hat einer von euch heute Morgen eine Frau ermordet? Sie vor einen Bus gestoßen?«

Der Kerl schwieg weiter.

Reacher trat näher und stampfte auf seine andere Hand. Der Kerl schrie noch lauter, wälzte sich auf die Seite.

Der Mann klopfte erneut an die Wand. »Ruhe, Zimmer zwölf! Letzte Warnung!«

Reacher wartete, bis der Kerl nicht mehr so eng zusammengerollt war, dann fragte er: »Für wen arbeiten Sie?«

Der Kerl schüttelte den Kopf.

Reacher stampfte auf sein rechtes Knie. Der Kerl kreischte lange und laut.

Reacher sagte: »Ich kann die ganze Nacht so weitermachen. Sie auch? Also, wer waren die beiden?«

Der Kerl antwortete: »Sie sind nicht mehr hier.«

»Wohin fahren sie?«

»Heim. Winson, Mississippi.«

»Wieso sind Sie geblieben?«

»Wir sollten Sie finden.«

»Wozu?«

»Um rauszukriegen, was Sie wissen.«

»Worüber?«

Das durch die dünnen Vorhänge einfallende graue Licht verwandelte sich in ein rot-blaues Pulsieren. Reacher sah aus dem Fenster. Auf dem Parkplatz standen zwei Streifenwagen. Einer vor seinem Zimmer. Der andere am entgegengesetzten Ende. Ein Uniformierter war bereits zu Fuß ins Büro unterwegs. Um mit dem Mann am Empfang zu reden. Um sich nach Zahl und Verteilung der Gäste zu erkundigen. Und um sich einen Generalschlüssel zu holen. Das alles würde nicht sehr lange dauern. Reacher schätzte, dass ihm bestenfalls noch zwei Minuten blieben. Er riss den ersten Kerl hoch, drehte ihn mit dem Rücken zur Tür, traf seine Schläfe mit einem Faustschlag und ließ ihn wieder fallen. Dann schnappte er sich den zweiten Mann, zog ihn von der Wand weg und schlug seinen Kopf auf den Boden. Zwickte ihn in ein Ohrläppchen, um sich zu vergewissern, dass er bewusstlos war. Schleifte ihn in Richtung Tür, bis seine Absätze fast die des anderen Kerls berührten. So erinnerten sie an Uhrzeiger, die 14.45 Uhr anzeigten. Er wischte seine Fingerabdrücke von der Pistole des ersten Kerls und ließ sie zu Boden fallen. Verschwand dann im Bad. Öffnete das Fenster. Kletterte hinaus.

Die Rückseite des Hotels war wenig vielversprechend. Hier gab es einen kleinen Pool, eine Terrasse mit weißen Plastikstühlen, dahinter einen baufälligen Staketenzaun. Der zweieinhalb Meter hohe uralte Zaun würde unter seinem Gewicht zusammenbrechen. Hier kam man nur durchs Büro hinaus, und von dort waren zwei Cops unterwegs. Zwei vor, zwei hinter dem Motel. Das war die logische Methode. Also saß er in der Falle. Und hier konnte er sich nicht verstecken. Zumindest nicht zu ebener Erde.

Reacher drehte sich nach dem Badezimmerfenster um, stieg aufs Fensterbrett und streckte sich nach der Dachkante. Zog sich hoch, wälzte sich über die Kante. Robbte bis in die Mitte des Flachdachs. Und blieb absolut bewegungslos liegen. Er hörte Schritte auf beiden Seiten des Gebäudes. Sie kamen rasch näher. Dann machten sie halt, und jemand klopfte energisch an die Zimmertür.

»Gerrardsville Police Department. Aufmachen!«, rief einer der beiden Cops.

Auf der Rückseite des Motels befanden sich die Cops auf der Terrasse am Pool. Einer von ihnen stieg auf einen Stuhl, um über den Zaun sehen zu können, und suchte das Gelände dahinter mit seiner Stablampe ab. Dann sprang er herunter und rief: »Alles klar!«

Reacher hörte das Surren des Schlosses und den Aufprall, mit dem die Tür die Absätze der Bewusstlosen traf. Danach entstand eine Pause, bis die Stimme des Cops aus dem Bad drang. Er schien über Funk zu sprechen.

»Wir haben zwei Verdächtige, beide bewusstlos. Zwei Pistolen sichergestellt.«

Eine zweite Stimme sagte: »Scheinen sich wegen irgendwas in die Haare geraten zu sein. Haben tüchtig hingelangt. Keine

Ausweise. Kein Alkoholgeruch. Am besten schickt ihr gleich den Notarztwagen.«

Die erste Stimme fügte ruhiger hinzu: »Sie können über Nacht im Krankenhaus bleiben. Der Kriminalbeamte kann sie morgen befragen, wenn er will. Am besten versiegeln wir das Zimmer – für alle Fälle.«

Reacher blieb auf dem Dach liegen und beobachtete, wie der Notarztwagen eintraf. Zwei Sanitäter rollten die beiden Kerle auf fahrbaren Krankentragen heraus, luden sie ein und fuhren mit ihnen davon. Die Cops folgten ihnen wenige Minuten später. Reacher blieb noch eine Stunde liegen, bis er sicher war, dass keine Cops auf der Lauer lagen und keine neugierigen Gäste herumschnüffelten. Dann kletterte er vom Dach und ging nach vorn ins Büro, aus dem gerade ein junges Paar kam. Die beiden wirkten aufgeregt. Glücklich. Und ein bisschen verschwörerisch.

Hinter der Theke saß derselbe Kerl wie zuvor: in denselben lächerlichen Klamotten, so krank und unterernährt aussehend wie zuvor. Als er Reacher erkannte, fragte er: »Alles okay mit Ihnen?«

Reacher antwortete: »Mir geht's gut. Warum?«

»Die Cops haben Sie schon laufen lassen?«

»Sie haben mich gar nicht angetroffen. Ich hab einen Spaziergang gemacht. Als ich zurückgekommen bin, war mein Zimmer von der Polizei versiegelt. Was war hier los?«

»Das war nicht meine Schuld. Zwei Cops sind reingekommen. Ich musste ihnen einen Generalschlüssel geben.«

»Also haben Sie die 911 angerufen?«

»Nein, das war der Kerl in Zimmer 11. Der ist ein echtes Arschloch.«

»Ich hab gesagt, dass ich keine Nachbarn will.«

Der Mann zog zwanzig Dollar aus der Tasche und legte sie Reacher hin. »Er kommt ständig hierher. Mit seiner Freundin, die auch ein Arschloch ist. Das ist ihr liebstes Zimmer. Er hat darauf bestanden. Tut mir leid.«

Reacher schob ihm den Zwanziger wieder hin. »Geben Sie mir ein anderes Zimmer. Ohne Nachbarn. Und dieses Mal ohne Ausreden.«

11

Finde einen Job, den du liebst, dann wirst du dein Leben lang keinen Tag arbeiten.

Das hatte Lev Emerson vor vielen Jahren, als er noch in die Highschool ging, von seinem Vater gehört. Das war keine originelle Idee. Das war nicht das Ergebnis von radikal neuem Denken. Trotzdem war dieser Ratschlag vernünftig. Der alte Mr. Emerson hatte ihn für sich persönlich befolgt. Er war mit vierundsiebzig glücklich an seinem Arbeitsplatz gestorben, nachdem er in der Ecke einer kleinen Werkstatt in Brooklyn lebenslang Damenhüte angefertigt hatte. Lev Emerson befolgte seinen Ratschlag ebenso enthusiastisch. Nur schlug er dabei einen Weg ein, den sein Vater niemals vorausgesehen hätte.

Nach außen hin betrieb Lev Emerson in zwei unscheinbaren Lagerhäusern im Süden von Chicago eine Firma für Brandschutz. Dieses legale Unternehmen war im Bundesstaat Illinois registriert. Es hatte Statuten, Aktionäre, Führungspersonal, Angestellte. Kundenkonten bei den großen einschlägigen Lieferanten. Und zahlreiche Kunden, von denen die meisten zufrieden waren. Es trat als Sponsor für ein lokales Softball-Kinderteam auf. Und es diente als Tarnung für die Lieferung anderer Materialien, die Emerson von einer Handvoll weniger bekannter Lieferanten bezog.

Den größten Teil seines Gewinns erzielte das Unternehmen mit dem Einbau von Sprinkler- und Alarmsystemen. In Chicagoland gab es Wohnanlagen, Bürogebäude und Industriehallen. Neue wurden ständig gebaut. Alte wurden ständig nachgerüstet. Für ein Unternehmen wie das von Emerson gab es mehr als genug Arbeit. Und es schadete nicht, dass die einschlägigen Vorschriften sich ständig änderten. Was dieses Jahr noch Stand der Technik war, konnte im nächsten schon als gefährlich eingestuft werden. Und nach ein paar Jahren wieder. Verdeckte Interessen wurden bedient, wie es in der Windy City schon immer der Fall gewesen war. Gewinne wurden eingesackt. Firmen hatten Hochkonjunktur. Viele Firmen, auch Emersons Unternehmen. Mit Firmenkunden verdiente er das meiste Geld, aber das bedeutete nicht, dass er den kleinen Mann vergaß. Emerson bestand darauf, das volle Programm auch sicherheitsbewussten Hausbesitzern anzubieten. So vergrößerte er seinen Kundenstamm, was geschäftlich gesehen gut war. Und die morgens zu Kunden ausschwärmenden Firmenwagen erzeugten eine Illusion von normaler Aktivität, die aus anderen Gründen gut war.

Obwohl Emersons Name über dem Eingang stand, hatte er nichts mit dem banalen Alltagsgeschäft zu tun. Dafür beschäftigte er Leute, die sich damit auskannten. Von denen er wusste, dass sie nicht in die Kasse greifen würden. Und er ließ sie in Ruhe arbeiten. Teils weil er von Natur aus gut delegieren konnte, teils weil Sprinkler, Alarmanlagen und sonstiger Brandschutz ihn nicht im Geringsten interessierten. Vor allem jedoch, weil er anderweitig ausgelastet war. Schließlich musste er ein Parallelunternehmen leiten.

Die Arbeit, die er liebte.

Die Aufträge, die Emerson persönlich übernahm, fielen in zwei Kategorien. Solche, die wie Unfälle aussahen, und solche, die nicht danach aussahen. Der eine, den er gerade abschloss, würde nicht wie ein Unfall aussehen. Das stand verdammt fest. Unverkennbar absichtlich. Nicht zu Emerson oder seinem Klienten zurückzuverfolgen. Mit einer eindeutigen Aussage. Und mit einer Signatur, die markant und einzigartig war. Falls der Betroffene begriffsstutzig oder halsstarrig war, konnte die Message wiederholt werden, bis sie verstanden wurde.

Emerson wusste, dass es übertrieben gewesen wäre, behaupten zu wollen, er arbeite noch aktiv an dem Auftrag. Die Arbeit war im Wesentlichen erledigt. Es gab nichts mehr, was er hätte tun müssen. Oder hätte tun können. Ob er die Ausführung persönlich überwachte, spielte keine Rolle. Auch wenn er Hunderte von Meilen entfernt gewesen wäre, wäre alles nach Plan abgelaufen. Vier seiner Leute waren bereits mit neutralen weißen Kastenwagen auf der Rückfahrt. Sie würden ihre Ausrüstung ergänzen und sich für den nächsten Auftrag wappnen. Er hätte mitfahren können. Das wäre klug gewesen. Aber er war geblieben, weil er zusehen wollte. Unbedingt zusehen.

Zum Teufel mit der Klugheit.

Die Arbeit, die er liebte.

Emerson befand sich auf der Talmadge Memorial Bridge in Georgia, fast zweihundert Meter über dem Savannah River. Mitten zwischen dem Festland und Hutchinson Island. Dem schmalen Landstreifen, der den Grenzfluss zwischen Georgia und South Carolina teilte. Er stand dort und stützte die Ellbogen auf die Betonbrüstung der nach Westen führenden Seite. Graeber, seine rechte Hand, stand neben ihm. Auch er stützte die Ellbogen auf. Seine Haltung wirkte genau gleich, aber er war etwas kleiner. Etwas jünger. Etwas weniger besessen.

Für Fußgänger war die Brücke an sich nicht eingerichtet. Es gab keinen Gehsteig, keinen Radweg. Im Planungsstadium hatten die Architekten jedoch Autopannen oder Verkehrsunfälle befürchtet. Die Großstadt konnte es sich nicht leisten, dass diese Hauptverkehrsader auch nur für kurze Zeit blockiert wurde. Also hatte man auf beiden Seiten extrabreite Standstreifen vorgesehen, damit der Verkehr auch in Notfällen floss. Zu anderen Zeiten konnten sie von Spaziergängern, Joggern oder Radfahrern genutzt werden. Und manchmal auch von Touristen, die auf dem Standstreifen anhielten, um bei Sonnenuntergang die Aussicht zu genießen.

Wäre Emerson ein gewöhnlicher Tourist gewesen, hätte er auf der anderen Seite der Brücke gestanden. Um in Richtung Altstadt zu sehen. Mit baumbestandenen Plätzen, gepflasterten Straßen, malerischen Häusern und den Kuppeln des Rathauses. Eine in goldenes Licht getauchte Szene aus dem Geschichtsbuch, die sich im träge strömenden Savannah River spiegelte. Aber Emerson interessierte sich nicht für Sehenswürdigkeiten. Nicht für die kolonialen Wurzeln der Stadt oder wie genau ihr ursprünglicher Grundriss erhalten war. Seine Aufmerksamkeit galt dem Industriegebiet am Hafen. Der weitläufigen Ansammlung von Öl- und Gastanks, Containerterminals und Lagerhäusern am Westufer des Flusses. Er konzentrierte sich vor allem auf ein Gebäude: eine große Lagerhalle mit weißen Metallwänden und weißem Blechdach.

Emerson wusste, dass die Halle bis auf ein kleines Büro in einer Ecke nicht unterteilt war. Er wusste auch, dass sie größtenteils mit versiegelten Kisten angefüllt war, die angeblich aus China importierte Puppen enthielten, deren Papiere nicht in Ordnung waren. Das mit den Papieren glaubte er, aber er wusste natürlich, dass die Kisten keine Puppen enthielten, weder aus China noch von sonst woher. Aber das war ihm egal. Er hatte eine genaue chemische Analyse des Inhalts der Kisten und ein zufällig entnommenes Muster erhalten, um es testen zu können. Was er ausgiebig getan hatte. Allerdings ohne selbst einen Blick in die Lagerhalle zu werfen. Er hielt nichts davon, unnötige Risiken einzugehen. Manche Dinge wollte man lieber nicht wissen.

Emersons Kenntnis der Halle und ihres Inhalts war nicht rein theoretisch. Die beiden letzten Tage hatte er damit zugebracht, sie genau zu beobachten. Erstens, um festzustellen, wie gut sie gesichert war. Und zweitens, um sich davon zu überzeugen, dass sich tatsächlich niemand in der Halle aufhielt. Das hatte durchaus praktische Gründe. Gab es Tote, stieg prinzipiell auch sein Preis. Er wollte nicht nur Geld verdienen, sondern auch als Bester in der Branche gelten. Außerdem hatte er zu Hause eine Frau. Und einen Sohn. Der Junge war Anfang zwanzig, lag aber seinem Vater noch immer auf der Tasche. Emerson musste für alles Mögliche aufkommen: Autos, Essen, Kleidung, Reisen, Arztkosten. Allein letztes Jahr über eine Viertelmillion Dollar. Und irgendwann würde er für ein College zahlen müssen. Falls der Junior sich jemals zu einem Studium aufraffen konnte. Für Lev Emerson war das Leben nicht billig.

Nach achtundvierzig Stunden war Emerson zu dem Schluss gelangt, es gebe keinen Grund, dieses Unternehmen abzubrechen oder mehr Geld zu verlangen. Also war es an diesem Morgen vor Tagesanbruch angelaufen. Als Erstes wurden die Alarmsysteme stillgelegt. Bewegungsmelder, Rauchmelder, Temperaturfühler. Die Sprinkler wurden deaktiviert. Gerätschaften wurden hereingebracht, dazu speziell für diesen Job angemischte Chemikalien in Sicherheitsbehältern. Kabel wurden gelegt, Kontrollmechanismen installiert, Messungen vorgenommen, Berechnungen angestellt. Luftzirkulation und Hitzeentwicklung berechnet. An strategisch wichtigen Punkten wurden Löcher in Dach und Wände der Halle geschnitten. Kistenstapel wurden umgesetzt, um die Luftzirkulation zu optimieren. Alle Berechnungen wurden nochmals geprüft. Erst als Emerson nach letzten Korrekturen zufrieden war, verließen seine Leute die Lagerhalle. Seine Kreation war fertig angelegt, würde selbsttätig aktiviert werden. Die Hallentore wurden zum letzten Mal geschlossen und abgesperrt. Die Kastenwagen fuhren davon. Emerson und Graeber aßen eine Kleinigkeit.

Bald wäre Showtime.

Die Arbeit, die er liebte.

Graeber stieß Emerson an. Der erste gekräuselte Rauchfaden war sichtbar geworden. Er stieg zögernd durch eines der ins Dach geschnittenen Löcher auf. Noch dünn. Blass. Ohne Substanz. Ein Hinweis darauf, was folgen würde. Ein Versprechen. Emerson lief ein kleiner Schauder über den Rücken. Er glich einem Musikliebhaber, der die ersten Töne seiner Lieblingssymphonie hört. Diese Vorfreude war fast unerträglich. Der Rauchfaden wurde dicker. Dunkler. Wurde zu einer sich drehenden Rauchsäule, die schneller aufstieg und sich ausbreitete und …

Emersons Handy klingelte. Was nicht hätte sein dürfen. Er riss es aus der Tasche, sah aufs Display. Dort stand *Anruf von zu Hause*. Also von seiner Frau, die es besser hätte wissen müssen. Er hatte ihr wie üblich den zeitlichen Ablauf geschildert. Und sie wusste, dass sie ihn beim Finale eines

Jobs nicht stören durfte. Also drückte er den Anruf weg und steckte sein Handy wieder ein. Wandte sich wieder der Lagerhalle zu, aus deren Dach jetzt an fünf Stellen Rauch aufstieg. Bemühte sich, seine Atmung unter Kontrolle zu halten. Und wartete auf die Flammen.

Dreißig Sekunden später klingelte Graebers Handy. Er blickte aufs Display, dann trat er ein paar Schritte zur Seite und meldete sich. Er sprach über fünf Minuten lang. Als er zurückkam, war sein Gesicht blass. Seine Hände zitterten. Aber Emerson achtete nicht darauf. Er hatte nur Augen für das Inferno. Das Dach der Lagerhalle war eingestürzt. Ihre Wände waren ausgebeult, an manchen Stellen aufgeplatzt. Turmhohe Flammen drehten und wanden sich, griffen nach dem Himmel. Die dunkle Leere war nun mit Farben angefüllt, lebhaft und hell, fluid und lebendig. Feuerwehrwagen kamen herangerast. Ein ganzer Konvoi von Fahrzeugen. Mindestens ein Dutzend mit Blinklicht und Sirenen. Emerson lächelte. Sie hätten in ihren Feuerwachen bleiben sollen. Hier konnten sie nichts ausrichten. Gegen einen von ihm gelegten Brand hatten sie keine Chance. Zumindest in den nächsten paar Stunden nicht.

Graeber hob eine Hand. Er bewegte sie zögernd, als schöbe er etwas Schweres von sich weg. Er berührte Emersons Arm. Fasste ihn am Ärmel. Zupfte vorsichtig daran.

Emerson ignorierte ihn.

Graeber zupfte etwas kräftiger. »Boss. Du musst daheim anrufen.«

Emerson sah ihn nicht an. »Später.«

Graeber sagte: »Nein, sofort. Tut mir leid. Glaub mir, die Sache ist dringend.«

»Wieso dringend?«

»Es geht um Kyle. Deinen Sohn.«

»Was hat er diesmal angestellt?«

»Tut mir schrecklich leid, Boss. Kyle ist tot. Er ist vor einer Stunde gestorben.«

12

Der Greyhound-Bus war voller Geräusche.

Die breiten Reifen surrten auf dem Asphalt, rumpelten über jede Querrille der Fahrbahn. Die Klimaanlage murmelte und seufzte. Aus den Kopfhörern einiger Fahrgäste drangen unterschiedliche Bassrhythmen. Einige der jüngeren Kerle lachten laut über Shows, die sie sich auf ihren Handys oder Tablets ansahen. Manche der Älteren unterhielten sich. Ein Paar stritt sich. Andere schnarchten, grunzten oder ächzten. Normalerweise hätte Jed Starmer bei diesem ungewohnten Lärm zu Hause nicht schlafen können. Er hatte es nachts gern ruhig, wenn man von dem üblichen Sirenengeheul und dem Verkehrslärm als Hintergrundgeräusch absah. Aber die Verrücktheit der letzten Tage hatte ihren Tribut gefordert. In Kombination mit der Dunkelheit und dem leichten Schwanken ließ ihr plötzliches Verschwinden ihn bald einschlafen. Er schlief so fest, dass er eine Minute brauchte, um wach zu werden, als der Fahrer die Innenbeleuchtung einschaltete. Unterdessen stand der Bus in einem Terminal neben einem anderen Greyhound, und die anderen Fahrgäste standen auf, reckten sich und machten sich an ihrem Gepäck zu schaffen oder schlurften den Mittelgang entlang.

Irgendwann nach ihrer Abfahrt aus Blythe, Kalifornien, hatte Jed seinen Rucksack auf seinen Schoß gezogen und wie einen riesigen Teddybären umarmt. Nun setzte er sich langsam auf und stellte ihn neben sich, weil er nicht wie ein kleiner Junge erscheinen wollte. Dann spähte er aus seinem

Fenster. Auf einem Schild an der Wand des Busbahnhofs stand von Bergsilhouetten und Comicfiguren umgeben auf Englisch und Spanisch *Willkommen in Phoenix, Arizona.* Er sah auf die Uhr. Zehn nach zwei am Mittwochmorgen. Also waren sie zehn Minuten zu früh angekommen. Dieser Stopp würde anderthalb Stunden dauern. Der einzige längere Aufenthalt, bevor sie gegen Mittag El Paso, Texas, erreichten. Jed überlegte, ob er eine Weile aussteigen sollte. Sich einen Snack kaufen. Sich die Beine vertreten. Aber er entschied sich dagegen. Er hatte nur noch dreihundert Dollar übrig. Musste mit größeren Ausgaben rechnen. Und er war so erledigt, dass er nicht wusste, ob er's nach draußen schaffen würde. Also blieb er, wo er war. Lehnte sich zurück. Schloss die Augen. Und hütete sich davor, seinen Rucksack wieder in die Arme zu nehmen.

Er wollte nicht wie ein kleiner Junge aussehen.

Währenddessen hatte Jeds Pflegemutter in L.A. kein Auge zugetan. Sie war zur gewohnten Zeit ins Bett gegangen, aber zu wütend, um schlafen zu können. Zu wütend und zu sehr damit beschäftigt, auf Jeds verstohlene Schritte zu horchen. Sie vermutete, er sei irgendwo mit Freunden unterwegs. Oder noch schlimmer, mit einem Mädchen. Vermutlich glaubte er, bis spät in die Nacht fortbleiben und alles Mögliche anstellen zu können, ohne dass jemand etwas merkte. Dass er sich mitten in der Nacht ins Haus schleichen konnte, ohne dass jemand etwas mitbekam.

Aber da täuschte er sich.

Sie würde ihm zeigen, wie sehr er sich täuschte.

Sie lag stundenlang still da und dachte sich Strafpredigten aus. Übte die Belehrungen, die er verdiente. Die Ermahnungen. Die Strafen. Von dem vielen Nachdenken war sie ganz erschöpft, als ihr Wecker klingelte. Die Uhrzeit und ihre Müdigkeit bewirkten, dass aus Wut Besorgnis wurde. Jed war noch immer nicht da. Über Nacht fortzubleiben, sah ihm nicht ähnlich. Sie begann zu überlegen, ob sie die umliegenden Krankenhäuser anrufen sollte. Vielleicht die Polizei. Dann wurde ihre Sorge zu Angst. Als sie sich anziehen wollte, entdeckte sie, dass ihr für Notfälle zurückgelegtes Geld verschwunden war. Aber Zwanziger verschwanden nicht einfach. Jemand hatte sie gestohlen. Sie sah in Jeds Kleiderschrank nach. Einige Kleidungsstücke fehlten. Nicht unbedingt für eine Reise geeignet, aber die Lücken waren unübersehbar. Und als sie im Bad nachschaute, war auch Jeds Zahnbürste verschwunden.

Jed war mit ihrem Geld durchgebrannt. Eine andere Erklärung gab es nicht. Der undankbare, diebische Bengel.

Jeds Pflegemutter würde an diesem Tag nicht in die Arbeit fahren. Sie griff nach ihrem Handy. Rief ihren Chef an, meldete sich krank. Dann wählte sie die 911 und führte ein ganz anderes Gespräch.

Jed hatte sich verzweifelt bemüht, kein Gesetz zu brechen, damit die Polizei ihn nicht suchte. Er hatte nicht erkannt, dass es dafür auch andere Gründe geben konnte. Er war zu sehr auf sein Ziel, ein neues Leben zu beginnen, fixiert gewesen.

Lev Emerson bekam in dieser Nacht ebenfalls nicht viel Schlaf.

Er hatte mit Graeber vierzehn Stunden lang in seinem Auto gesessen, war von Georgia aus durch Tennessee, Kentucky und Indiana nach Norden gerast und hatte eine Ecke von Illinois abgeschnitten, um die Außenbezirke von Chicago zu erreichen. Sie waren abwechselnd gefahren, was aus Sicherheitsgründen gut, aber für Emersons Gemütsverfassung schlecht war. Seine Frau hatte er von der Brücke in Savannah aus angerufen, während er den von ihm gelegten Brand beobachtete. Ihre Stimme hatte distanziert und mechanisch geklungen, wie Tote im Traum sprechen. Sie hatte ihm von Kyle erzählt. Seine Reha hatte so gut angeschlagen, bis sein Körper an diesem Nachmittag einfach nicht mehr wollte. Als Erstes natürlich die Leber. Dann ein Organ nach dem anderen. Eine Kaskade von Totalausfällen. Sie hatte sofort den Arzt gerufen, aber der konnte ihm nicht mehr helfen. Kyle war vor ihren Augen zusammengeschrumpft und ihr entglitten. Sie hatte ihn nicht festhalten können.

Kyle war erst zweiundzwanzig gewesen. Das war einfach nicht fair. Nicht nach allem, was sie getan hatten, um ihm zu helfen. Nicht nach dem vielen Geld, das sie für ihn ausgegeben hatten.

Saß Emerson am Steuer, musste er sich auf andere Dinge konzentrieren. Keinen Unfall bauen. Nicht von den Cops angehalten werden, während die Tachonadel bei über 120 stand. Aber wenn Graeber fuhr, fiel es Emerson schwerer, seine Gefühle zu beherrschen. Die Worte seiner Frau hallten durch seinen Kopf. Erinnerungen an seinen Sohn drängten sich auf. Und Dinge, die er bereute. So viele Dinge. Und so großes Widerstreben vor dem Anblick, der ihn zu Hause erwartete.

Graebers Wagen stand in Emersons Garage. Er hatte ihn dort abgestellt, als sie nach Georgia aufgebrochen waren. Weil Emerson zuletzt am Steuer gesessen hatte, betätigte er die Fernbedienung, wartete, bis sich das Rolltor öffnete, und fuhr dann hinein. Mit einer Hand auf dem Türgriff fragte Graeber noch: »Was sollen wir tun, Boss?«

Emerson überlegte kurz. Dachte an all die Dinge, die er würde erledigen müssen, wenn er das Haus betrat. Wie lange er dafür brauchen würde. Dann sagte er: »Ruf Shevchenko an. Er ist uns eine Menge schuldig. Sag ihm, dass wir ein Flugzeug brauchen. Noch heute. Und morgen oder übermorgen wahrscheinlich einen Hubschrauber. Wir treffen uns im Lagerhaus. In zwei Stunden. Bring die anderen mit. Und pack eine Reisetasche.«

»Was ist der Plan?«

»Ich will die Leute aufspüren, die das Zeug verkauft haben, an dem mein Sohn gestorben ist.«

13

Jack Reacher schlief in seinem neuen Zimmer nur leicht. Der Wecker in seinem Kopf weckte ihn um acht. Er ging unter die Dusche. Er zog sich an. Und er hatte gerade seine Zahnbürste eingeklappt, um zu gehen, als laut an seine Tür geklopft wurde.

»Jack Reacher? Hier ist Detective Harewood, Gerrardsville PD. Sind Sie dort drinnen? Ich muss mit Ihnen reden.«

Reacher öffnete die Tür und ließ den Kriminalbeamten ein. Harewood sah sich im Zimmer um. Weil Reacher sich auf die Bettkante setzte, blieb ihm der einzige Sessel: ein flauschiges türkisgrünes Möbel mit einer losen Armlehne. Nach kurzem Zögern legte Harewood den mitgebrachten dünnen Ordner neben sich auf den Boden.

Er sagte: »Sie sollten sich ein Handy kaufen.«

Reacher fragte: »Wozu?«

»Damit Leute Sie anrufen können.«

»Wer zum Beispiel?«

»Zum Beispiel ich.«

»Haben Sie das öfter vor?«

Harewood schüttelte den Kopf. »Nein, aber darum geht's nicht. Sie sind verdammt schwierig zu finden. Das wäre einfacher gewesen, wenn ich Sie hätte anrufen können. Um zu fragen, wo Sie sich aufhalten.«

»Trotzdem haben Sie mich gefunden.«

»Nach langer Suche. Ich habe alle hiesigen Hotels angerufen und nach einem Gast namens Reacher gefragt. Natürlich hatten sie keinen. Somit war klar, dass Sie einen anderen Namen benutzen. Mir ist eingefallen, dass Sie hergekommen sind, um sich die Ausstellung über die Schlacht bei Pea Ridge anzusehen. Also habe ich die Hotels noch mal angerufen und nach Samuel Curtis gefragt. Nach dem damals siegreichen General. Und prompt waren Sie hier.«

»Ich bin beeindruckt. Sie sollten Kriminalbeamter werden.«

Harewood lächelte humorlos. »Damit wären wir beim Thema. Deshalb wollte ich mit Ihnen reden. Um Ihnen mitzuteilen, dass der Fall der unter den Bus geratenen Frau geschlossen ist.«

Reacher dachte an die beiden Männer, die man auf Krankentragen liegend abtransportiert hatte. Sie waren in schlechter Verfassung gewesen. Vielleicht bewirkten ihre Verletzungen, dass sie für einen Deal zugänglich waren. Er fragte: »Sie haben die Kerle geschnappt?«

»Ihr Tod ist als Selbstmord eingestuft worden.«

Reacher schwieg.

Harewood schloss kurz die Augen und schüttelte den Kopf. »Hören Sie, ich weiß, was Sie mir erzählt haben. Über den Kerl in dem Hoodie. Wie er die Frau vor den Bus gestoßen hat. Ich glaube Ihnen. Aber da gibt's ein Problem. Ein weiterer Augenzeuge hat sich gemeldet. Er sagt, die Frau habe sich vor den Bus geworfen. Sich überfahren lassen.«

»Er irrt sich.«

»Ich glaube Ihnen … Aber dieser andere Kerl? Er ist … respektabel.«

»Und ich nicht?«

»Das hab ich nicht gesagt. Mein Lieutenant …«

»Dieser *Augenzeuge* irrt sich. Oder er lügt. Oder er gehört zu den Kerlen. Oder er hat sich bestechen lassen.«

Harewood schüttelte den Kopf. »Er ist ein angesehener Bürger. Er hat sein ganzes Leben hier verbracht. Hat ein Haus, eine Frau, einen Job. Spielt nicht, trinkt nicht, nimmt keine Drogen. Hat keine Schulden. Ist nie auch nur als Falschparker aufgefallen.«

»Wie steht's mit anderen Zeugen? Der Bus war nicht leer. Irgendjemand muss etwas gesehen haben.«

»Eine Passagierin glaubt, die Frau habe sich vor den Bus geworfen. Aber sie hatte ihre Brille nicht getragen, deshalb ist ihre Aussage nicht viel wert. Und ein anderer Fahrgast hat Sie gesehen, als Sie vom Unfallort geflüchtet sind. Auch aus diesem Grund hat mein Lieutenant …«

»Gibt es einen Abschiedsbrief?«

Harewood zögerte kurz. »Sie hat einen in ihrem Haus zurückgelassen. In Mississippi. Auf dem Küchentisch. Wir haben ihre Fingerabdrücke vom Gerichtsmediziner bekommen, sie identifiziert und die dortige Polizei zu ihrem Haus geschickt. Die Kollegen haben ihn gleich gefunden.«

»Mit der Maschine geschrieben?«

»Nein, mit der Hand. Und selbst unterschrieben. Alles unverdächtig.«

»Wieso glauben Sie, dass er echt ist?«

Harewood griff nach seinem Ordner, nahm zwei Blätter heraus und gab sie Reacher. »Das erste Blatt ist ihre letzte Stellenbewerbung. Das Unternehmen, bei dem sie arbeitet – gearbeitet hat –, lässt Bewerberinnen diesen Bogen mit der Hand ausfüllen. Angeblich verrät die Schrift alles Mögliche über ihre Persönlichkeit. Auf diese Weise lassen sich Soziopathen und andere Unerwünschte aussondern. Das zweite ist ihr Abschiedsbrief.«

Reacher begann mit dem Bewerbungsbogen. Er hatte nicht viel Erfahrung in Personalfragen, aber was er las, kam ihm oberflächlich und banal vor. Über dem ersten Kästchen stand: Bitte begründen Sie Ihre Bewerbung um diese Stelle. Angelas Handschrift war groß und abgerundet und ein bisschen kindlich. Sie hatte geschrieben, sie wolle Menschen helfen. Auf Fähigkeiten aufbauen, die sie sich in anderen Jobs erworben hatte. Einen Beitrag zum gesellschaftlichen Miteinander leisten. Nichts wies darauf hin, dass sie eine herausragende Kandidatin gewesen war. Oder in einem Gefängnis arbeiten wollte. Dies hätte eine Bewerbung um einen Job in einem Tierheim sein können. Oder in einem Süßwarenladen.

Das zweite Blatt hatte keine richtige Struktur. Keine Fragen, die beantwortet, oder Informationen, die gegeben werden mussten. Es hatte sein Dasein als ein Blatt normales Kopierpapier begonnen. Von der Art, die Drucker und Kopierer in Haushalten und Büros im ganzen Land benutzen. Auf der ganzen Welt. Millionenfach auf riesigen Maschinen erzeugt. Bedruckt und abgeheftet und vergessen. Oder weggeworfen. Oder geschreddert. Dieses hier war für etwas anderes benutzt worden. Der Text begann etwas oberhalb der Mitte, ziemlich nahe am rechten Rand. *Wenn Sie dies lesen, liegt es daran, sorry, dass ich tot bin …*

Reacher verglich die Schriftstücke. Wie die Buchstaben geformt waren. Größe, Form und Abstände. Die Zeichensetzung. Die Ausdrucksweise. Er berücksichtigte die inzwischen vergangene Zeit. Den erhöhten Stresslevel. Er war kein Experte, aber er musste zugeben, dass beide Texte von derselben Person zu stammen schienen. Er schob den Abschiedsbrief unter die Bewerbung, um ihn nicht mehr sehen zu müssen, gab die Blätter Harewood zurück und sagte: »Okay. Motiv?«

»Eine schiefgegangene Liebesaffäre.«

»Wie das?«

»Angela hat in der Verwaltung eines Hochsicherheitsgefängnisses gearbeitet. Unsere dortigen Kollegen haben ihren Arbeitgeber benachrichtigt. Es ist eine Privatfirma, die berechtigt ist, die Mails ihrer Angestellten mitzulesen. Diese Sicherheitsmaßnahme steht im Arbeitsvertrag. Die meisten Leute wissen das nicht oder haben's vergessen. Also hat ihr IT-Mann Angelas Mails kontrolliert. Das ist bei plötzlichen Todesfällen üblich. Er hat private Mails entdeckt, die ein paar Wochen zurückreichten. Anscheinend wollte sie eine alte Beziehung wiederaufleben lassen. Zu einem Ex-Freund, der in Gerrardsville gewohnt hat. Ein gewisser Sam Roth. Die beiden waren für Dienstag – gestern – verabredet. In der letzten Mail hat sie angedeutet, sie wolle ohne ihn nicht weiterleben. Leicht aggressiv passiv, wenn Sie mich fragen.«

»Er hat wo gelebt?«

»Was?«

»Sie haben gesagt, ihr Freund *habe* in der Nähe gelebt«.

Harewood nickte. »Roth war bei der Einlieferung tot. Herzinfarkt.«

»Wann?«

»Montagabend. Ziemlich spät, kurz vor Mitternacht.«

»Dieser Roth ist also keine zwölf Stunden vor dem Mord an Angela gestorben. Glauben Sie an solche Zufälle?«

Harewood zuckte mit den Schultern.

Reacher fragte: »Wer hat ihn tot aufgefunden?«

»Seine Ex-Frau.«

»Wo?«

»In seinem Apartment. Gestern Morgen. Er war ein großer Mann, aber sportlich-schlank. Mit eigenem Kraftraum, in dem er regelmäßig trainiert hat. Auch dieses Mal. Und dann *Peng*! Game over, einfach so.«

»Steroide? Irgendein anderes Dopingmittel?«

»Keine Spur von irgendwas.«

»Wieso war seine Ex-Frau dort?«

»Zum Frühstück.«

»Ist das normal?«

»Für die beiden anscheinend schon.«

»Wie ist sie reingekommen?«

»Sie hat einen Schlüssel.«

»Klingt vertraut.«

»Irgendwie schon.«

»Vielleicht hat die Ex versucht, ihn zurückzugewinnen. Hat von dem Date erfahren. Ist eifersüchtig geworden.«

Harewood schüttelte den Kopf. »Das glaube ich nicht. Sie waren seit zehn Jahren geschieden. Nach der Trennung ist sie neben ihm eingezogen. Die Nachbarn sagen, sie seien wie Geschwister miteinander umgegangen. Zwischen ihnen hat nichts mehr gefunkt. Und es hat kein böses Blut gegeben.«

»Hatte Roth zwischendurch andere Beziehungen?«

Harewood zuckte mit den Schultern.

Reacher fragte: »Wusste seine Ex von seiner Beziehung zu Angela?«

»Das haben wir sie nicht gefragt. Wir hatten keinen Grund dazu. Roth wurde tot aufgefunden, bevor Angela tödlich verunglückt ist. Wir wussten nichts von ihr, bevor wir sie unter dem Bus herausgezogen haben.«

»Die Ex-Frau hat das Date also nicht bestätigt?«

»Nein. Das heißt nicht, dass sie nichts davon wusste. Aber wir hatten schon eine andere Bestätigung dafür.«

Harewood blätterte in der Akte, dann zog er zwei weitere Blätter heraus und legte sie auf die Bettkante. Das Format war Reacher unbekannt, aber er vermutete, dass es sich um einen Ausdruck des E-Mail-Verkehrs handelte, den der IT-Mann bei Minerva zusammengestellt hatte. Jedenfalls bestand er aus abwechselnden Nachrichten zwischen zwei Personen – vermutlich Angela und Roth, auch wenn ihre Namen nicht so angegeben waren, dass er sie hätte entschlüsseln können. Sie bestanden nur aus Kombinationen von Ziffern und Buchstaben mit dem Zeichen @ in der Mitte und .com am Ende. Die Texte waren so angeordnet, dass die älteste Mail ganz unten stand. Sie stammte von Angela, die ihre Fühler ausgestreckt und ein Wiederaufleben ihrer alten Beziehung angedacht hatte. Reacher konnte ihre Aufregung spüren. Ihre ängstliche Sorge. Auch die neueste Mail, am Sonntag geschrieben, stammte von Angela. Der Tonfall war nüchtern. Sie klang deprimiert. Die anfängliche Hoffnung war verflogen. Stattdessen schien in jedem Satz Verzweiflung mitzuschwingen. Dazu kamen mehrere Andeutungen, sie könne allein nicht weiterleben. Genau wie Harewood berichtet hatte.

Reacher ließ die Blätter sinken. »Wo ist Angelas Handtasche, wenn sie hergekommen ist, um sich mit Roth zu treffen? Und ihr Auto?«

Der Kriminalbeamte nahm die Ausdrucke wieder an sich, legte sie in die Akte zurück. »Ihre Umhängetasche befand sich im Auto. Der Wagen hat auf einem Parkplatz gestanden.

Auf dem ersten, den man von Osten kommend erreicht. Soweit stimmt alles.«

»Ich habe gesehen, wie der Kerl ihre Umhängetasche mitgenommen hat. Sie müssen sie in ihr Auto gelegt haben. Hat sie einen Umschlag enthalten?«

Harewood sah in seinen Notizen nach. »Nein. Eine Geldbörse, Schlüssel, persönliche Kleinigkeiten. Aber keine Korrespondenz. Warum?«

»Schon gut. Wie erklären Sie sich das Blut?«

»Welches Blut?«

»An ihrer Tasche. Eine Seite war voller Blutspritzer.«

»Davon weiß ich nichts. Wie kommen Sie darauf?«

»Ich hab sie gesehen.«

»Wie? Auf schwarzem Leder sieht man kein Blut.«

»Die Umhängetasche war beige. Und nicht aus Leder.«

Harewood konsultierte wieder seine Notizen. »Die Tasche bestand aus Leder. Und sie war schwarz.«

»Die Kerle müssen sie ausgetauscht, durch eine gesäuberte ersetzt haben.«

»Können Sie das beweisen?«

»Was ist mit ihrem Kind?«

»Woher wissen Sie, dass sie ein Kind hatte?«

»Gut geraten.«

Harewood schüttelte den Kopf. »Sie hat eine Vereinbarung mit ihrer Nachbarin getroffen. Mit einer Frau, die oft auf die Kleine aufpasste.«

»Auf Dauer angelegt? Gegen Bezahlung? Zur Adoption freigegeben? Lieblingsspielzeug?«

Harewood zuckte mit den Schultern. »Ich habe nur, was die Kollegen in Mississippi uns geschickt haben. Sie scheinen zufrieden zu sein.«

»Und der BMW?«

Harewood schüttelte den Kopf. »Das ist ein weiteres Problem. Das Kennzeichen, das Sie mir genannt haben, gehört zu einem Dodge Caravan in Oklahoma City. Sein Besitzer ist gestern damit in die Arbeit gefahren. Er konnte eine Quittung aus einem Parkhaus vorlegen. Mit Zeitstempeln und einem Foto des Wagens bei der Ein- und Ausfahrt.«

»Okay. Was ist mit den Patronenhülsen? Ich habe sechsmal in den Wagen geschossen.«

»Unsere Spurensicherer haben die Gasse abgesucht. Zweimal. Sie war clean. Nirgends eine Hülse.«

»Gut, dann lassen Sie meine Hände auf Schmauchspuren untersuchen.«

»Was würden die beweisen? Dass Sie mit einer Waffe geschossen haben? Nicht unbedingt mit einer Pistole, mit der nicht beweisbare Schüsse auf ein verschwundenes Auto abgegeben wurden.«

»Was ist mit der Feuertreppe? Die lässt sich wohl nicht verstecken.«

»Die ist runtergebrochen. Klar. Aber *weshalb*, steht nicht fest.«

»Was ist …«

»Hören Sie, Reacher, diese Fragen habe ich schon alle gestellt. Und ich bin angewiesen worden, damit aufzuhören. Klipp und klar. Die Akte ist geschlossen. Ich bin nur vorbeigekommen, um Ihnen die Situation zu erklären. Aus Höflichkeit.«

»Dann sind wir hier fertig, denke ich. Sie wissen, wo die Tür ist.«

Harewood blieb sitzen.

Reacher wartete eine halbe Minute, dann stand er auf und ließ seinen Zimmerschlüssel aufs Bett fallen. »Tun Sie mir einen Gefallen. Geben Sie den Schlüssel auf dem Weg hinaus am Empfang ab.«

Harewood sagte: »Warten Sie, ich … also, ich bin nicht nur aus Höflichkeit hergekommen.«

Reacher setzte sich wieder.

»Ganz ehrlich gesagt will mein Lieutenant Sie aus seinem Verantwortungsbereich weghaben. Er will keine Scherereien.«

»Sie sind also hier, um mich ins benachbarte County zu schleifen?«

»Nein. Ich bin gar nicht hier. Nicht offiziell.«

»Das hab ich mir gedacht. Einem möglichen Verdächtigen Ermittlungsakten zu zeigen, kann nicht das hiesige Standardverfahren sein.«

»Nein.« Harewood blickte zu Boden. »Dafür würde der Lieutenant mich zusammenstauchen.«

»Warum sind Sie dann gekommen?«

»Ich habe Ihre Personalakte eingesehen. Major im 110th MP, den Sonderermittlern. Ihre alte Einheit in der Army.«

»Was ist damit?«

»Hören Sie, für mich ist dies alles noch neu.«

»Und?«

»Ich habe sonst niemanden, den ich fragen kann.«

»Was fragen?«

»Was würden Sie an meiner Stelle tun?«

»In welcher Sache?«

»Mein Lieutenant hat mich angewiesen, die Ermittlungen einzustellen. Ich halte seine Entscheidung für falsch. Ich möchte weiter ermitteln. Sollte ich das tun?«

»Sie reden davon, sich gegen Ihren Vorgesetzten zu stellen.«

»Ja, Sir, das ist mir klar.«

Reacher machte eine Pause. »Marine Corps?«

»Woher wissen Sie das?«

»Mein Vater war ein Marine. Ich kenne die Anzeichen.«

»Also? Was soll ich tun?«

»Ihr Lieutenant – ist er kriminell? Versucht er, die Täter zu decken?«

»Nein, das glaube ich nicht. Er ist bloß faul, denke ich. Das Ermittlungsergebnis ist ihm als Geschenk verpackt präsentiert worden. Er hat keine Lust, es aufzuschnüren, um zu sehen, was die Schachtel wirklich enthält. Er will sich vor der Arbeit drücken.«

»Wie heißt Roth' Ex-Frau?«

»Hannah Hampton.«

»Ihre Adresse?«

»Ich schreibe sie Ihnen auf.«

»Gut. Sie sollten Folgendes tun: Arbeiten Sie wie gewohnt weiter. Normaler Betrieb. Reden Sie nicht mehr über die Sache.«

»Ich mute Ihnen nicht zu, für mich zu ermitteln.«

»Ich weiß.«

»Sie sollten da nicht hineingezogen werden.«

»Das bin ich bereits.«

»Sie sollten zusehen, dass Sie da wieder rauskommen.«

»Eine Frau ist ermordet worden. Irgendjemand muss etwas in dieser Sache unternehmen.«

»Wir werden etwas unternehmen – als Gerrardsville Police Department.«

»Wirklich? Mit Ihrem faulen Lieutenant?«

Harewood sah zu Boden.

»Geben Sie mir die Adresse. Und verhalten Sie sich unauffällig. Ich melde mich wieder.«

14

Rechnete man die Innenausstattung mit ein und addierte den Wert der Kunstwerke an den Wänden, hatte das Minerva Reception Center in Winson pro Quadratmeter mehr gekostet als jede Konzernzentrale im Staat Mississippi. Das war eine Behauptung, mit der Bruno Hix gern ein bisschen angab. Vor allem den Medien gegenüber. Vielleicht traf sie sogar zu. Das war ihm egal. Er war kein Mann für Details. Ihm ging es nur darum, den richtigen Eindruck zu erwecken. Nachdem Minerva das Gefängnis gekauft hatte, war als Erstes das Empfangszentrum gebaut worden, und Hix hatte die Architekten angewiesen: Sorgt dafür, dass es nach Geld stinkt.

Gleich hinter der Einfahrt stand das Reception Center den beiden Hochsicherheitstrakten gegenüber. Das ebenerdige Gebäude aus hellem Kalkstein hatte einen V-förmigen Grundriss. Teils, um den vorhandenen beschränkten Raum optimal zu nutzen, aber vor allem auch, damit die nur innen angeordneten Fenster keinen Blick auf die Zellenblocks gestatteten. Sein Konferenzraum nahm einen ganzen Flügel des Gebäudes ein. Hix hastete durch das Labyrinth aus vergitterten Laufstegen, die den Komplex durchzogen, sobald das Geheimtreffen in der S2-Zentrale beendet war, aber er verspätete sich trotzdem. Als er leicht erhitzt und etwas außer Atem durch die zweiflüglige Tür hereinplatzte, sahen ihm bereits sechs Gesichter entgegen. Drei auf einer Seite des langen Tischs, zwei auf der anderen Seite und eines ganz am anderen Kopfende. Diese Leute waren Journalisten, die vorab über das für Freitag geplante Event informiert werden sollten. Und die nach seinem Gutdünken weitere Informationen erhalten würden, während sie ihm wie gebannt zuhörten.

Hix wartete, bis Damon Brockman, der Mitbegründer von Minerva, Platz nahm, und entließ den Aufseher, der die Besucher im Auge behalten hatte. Dann eröffnete er die Pressekonferenz, wie er's immer tat. Am Kopfende des Tischs stehend breitete er die Arme wie ein Fernsehprediger aus und sagte: »Jetzt mal ganz ehrlich – kommt Ihnen dieser Raum wie ein Teil eines Gefängnisses vor?«

Fünf der Journalisten schüttelten den Kopf. Nur der Kerl am anderen Kopfende reagierte nicht.

Hix lächelte und machte mit etwas Geschichte weiter. Mit seiner und Brockmans. Wie sie sich vor drei Jahrzehnten als junge Aufseher im Staatsgefängnis Lubbock, Texas, kennengelernt hatten. Wie entsetzt sie über die dortigen Haftbedingungen gewesen waren. Den Mangel an Ressourcen. Die entwürdigende Behandlung, deren Zeugen sie wurden. Er streute etwas Philosophie ein. Ein bisschen Foucault, ein wenig Bentham. Und zeigte auf, wie das alles zur Gründung der Minerva Correctional Facility geführt hatte. Nach der alten Göttin für Weisheit und Gerechtigkeit benannt. Mit dem Anspruch, Häftlinge als das zu sehen, was sie waren: Menschen. Leute, die Fehler gemacht hatten, klar. Die schlechte Entscheidungen getroffen hatten. Die aber trotzdem noch Potenzial besaßen und einen positiven Beitrag leisten konnten. Die in der richtigen Umgebung, mit richtiger Unterstützung eine Zukunft haben konnten. Er beschrieb die angebotene handwerkliche Berufsausbildung. Die neu eingeführten Ernährungs- und Fitnessprogramme. Die Maßnahmen zur Gesundheitsfürsorge in ihren fünf Einrichtungen.

Er untermauerte seine Ausführungen mit Statistiken, von denen einige vielleicht sogar stimmten, und sprach von dramatisch gestiegenen Beschäftigungszahlen bei Ex-Häftlingen. Von spürbar weniger Rückfälligen. Und er schlug einen Bogen zu dem Event am kommenden Freitag. Zu dem Juwel in Minervas Krone: gesponserte Wiederaufnahmeverfahren für Häftlinge mit guter Führung, die glaubhaft machen konnten, zu Unrecht verurteilt worden zu sein.

Hix legte eine kleine Pause ein, um den letzten Punkt zu betonen, dann legte er seine Handflächen auf den Tisch, beugte sich leicht nach vorn und sagte: »Fragen?«

Gefragt wurde er immer nach allen möglichen nebensächlichen Details. Nach der Identität seiner Investoren. Anwerbung. Arbeitsbedingungen. Besuchsrechte. Gewalttätigkeit. Bandenbildung. Er rechnete auch mit einer Frage nach der Umweltbelastung durch Minerva. Die war in letzter Zeit zu einem heiklem Thema geworden. Und es würde einige Wild Cards geben. Vielleicht knifflige Fragen, die von der Resolutheit der Zuhörer abhingen. Zum Beispiel, ob es moralisch vertretbar sei, von der Inhaftierung anderer zu profitieren. Ob genügend getan werde, um Schwache vor sexuellen Übergriffen zu schützen. Ob es Anzeichen von Rassismus beim Wachpersonal gebe. Alles Dinge, die etwas mehr Überlegung und Finesse erforderten.

Innerhalb von zwanzig Minuten hatten die Journalisten um Hix alle Standardfragen gestellt. Er hatte sich alle Mühe gegeben, so zu tun, als wären ihre Fragen völlig neuartig. Als interessierten sie ihn wirklich. Erst als er die vermeintlich letzte Antwort gab, erwachte der sechste Journalist zum Leben. Der am anderen Kopfende des Tischs. Er war der Jüngste von allen, hatte ein rundes, volles Gesicht und blonde

Locken und trug ausgebleichte Kleidung aus einem Army Surplus Store. Wie ein Möchtegern-Che Guevara, aber ohne Militärmütze und schwarzes Haar, dachte Hix. Und ohne rechten Leistungswillen. Bis dahin hatte der Mann sich nicht im Geringsten für die Ereignisse um ihn herum interessiert. Er hatte kaum erkennen lassen, dass er wach war.

»Die Sterblichkeit in Minerva-Gefängnissen ist schockierend hoch«, sagte der Mann. »Woher kommt das?«

Hix blickte zu Brockman, machte eine kurze Pause. Dann fuhr er sich mit der Zungenspitze über die Lippen und antwortete: »Die Todesrate in unseren Zentren ist nicht hoch. Wie kommen Sie auf diese Idee?«

Brockman zog sein Handy aus der Tasche. Er legte es unter dem Tisch auf seinen Oberschenkel, damit niemand sehen konnte, wie er mit dem Daumen eine Nachricht schrieb.

Der Guevara-Mann sagte: »Ich habe meine Quellen.«

»Die Sie nicht preisgeben dürfen?«, fragte Hix.

»Korrekt.«

Hix lächelte. »Sie angeln nach Informationen, stimmt's, mein Freund? Nun, da sind Sie hier am falschen Teich. Die Lebenserwartung unserer Häftlinge ist erheblich höher als in vergleichbaren Einrichtungen. Und das ist kein Zufall, sondern das Ergebnis unserer einzigartigen, progressiven, humanitären Politik. Sollte das Schicksal Sie unglücklicherweise hinter Gitter führen, sollten Sie sich wünschen, in eine Minerva-Einrichtung zu kommen. Das steht außer Frage.«

»Sie sagen, dass die Sterblichkeit nicht sehr hoch ist?«

»Genau das sage ich.«

»Können Sie das mit Zahlen belegen?«

»Selbstverständlich.«

»Warum veröffentlichen Sie die Zahlen dann nicht?«

»Zu welchem Zweck? Da gibt es nichts zu sehen.«

»Sie sollten sie trotzdem veröffentlichen. Um Transparenz zu schaffen.«

»Wir veröffentlichen alles, wozu uns Staats- und Bundesgesetze verpflichten.«

»Was ein Bruchteil von dem ist, was Staats- und Bundesgefängnisse veröffentlichen müssen.«

Hix zuckte mit den Schultern. »Wir haben das Gesetz nicht gemacht. Wir halten uns nur daran. Peinlich genau.«

»Sie nutzen es als Nebelwand. Sie haben in Ihren Gefängnissen ein ernstes Drogenproblem, das Sie zu verheimlichen versuchen. Muss ein Häftling wegen einer Überdosis ins Krankenhaus, tarnen Sie das als vorsorgliche Maßnahme im Rahmen Ihrer humanitären Politik. Sie verstehen sich gut darauf, die Wahrheit über Häftlinge, die wieder gesund werden, unter Verschluss zu halten. Aber wenn sie sterben? Das ist die eigentliche Story, nicht wahr?«

»Falsch. Hören Sie, kann ich beschwören, dass heute in allen unseren Einrichtungen niemand Drogen nimmt? Nein. Wir leben in der realen Welt. Ich bin nicht naiv. Aber in Bezug auf Drogen ist Minerva wie auf allen anderen Gebieten der Konkurrenz weit voraus, wenn es darum geht, unseren Häftlingen zu helfen und sie zu schützen. Die Vorstellung, dass Süchtige in unserer Obhut in Scharen sterben, ist lächerlich.«

»Beweisen Sie's. Legen Sie die Zahlen auf den Tisch.«

»Ich …«

Jemand klopfte energisch an die Tür hinter Hix. Der Aufseher, der zuvor die Gruppe überwacht hatte, kam herein. Er sagte: »Entschuldigen Sie die Unterbrechung, Sir, aber Sie werden am Telefon verlangt.«

»Sagen Sie dem Anrufer, dass ich zurückrufe. Ich habe hier zu tun.«

»Der Gouverneur ist am Apparat, Sir.«

»Oh. Was will er denn?«

»Das hat er nicht gesagt. Nur dass es dringend ist.«

»Okay, dann sollte ich ihn nicht warten lassen, denke ich. Begleiten Sie unsere Gäste inzwischen ans Tor?«

Der Aufseher nickte. »Wird gemacht, Sir.«

Hix wandte sich wieder an die Journalisten. »Tut mir leid, aber wir müssen für heute Schluss machen. Was schade ist, weil mir diese Debatte wirklich Spaß gemacht hat. Mein Freund am Tischende, Ihnen stelle ich die genauen Zahlen zur Verfügung. Vorausgesetzt, dass unsere Anwälte mir grünes Licht geben. Wir müssen bei der Weitergabe vertraulicher Informationen vorsichtig sein, sonst sitzt uns die Börsenaufsicht im Nacken. Und ich frage einen unserer Häftlinge, ob er mit Ihnen reden will. Als Minerva diese Einrichtung übernommen hat, litt der Mann an Augenproblemen. Damon und ich kannten einen Jahre zurückliegenden ähnlichen Fall in einem Gefängnis eines anderen Betreibers. Aus Kostengründen wollte dieses Unternehmen keinen Arzt hinzuziehen. Also hat der Zustand des Häftlings sich stetig verschlechtert, bis er zuletzt blind war. Das wäre auch unserem Mann passiert, nur haben wir ihn vorbeugend behandeln lassen. Jetzt ist er ein Künstler. Er malt Aquarelle, von denen einige in einer Galerie in Jackson ausgestellt sind. Er kann Ihnen die Wahrheit über unsere humanitäre Politik erzählen. Ohne tote Junkies, dafür garantiere ich.«

Hix schüttelte jedem Journalisten einzeln die Hand, und als der Letzte gegangen war, ließ er sich auf seinen Stuhl am

Kopfende des Tischs fallen. »Ein unangenehmer Moment, was? Hohe Sterblichkeit? Puh, das war knapp!«

»Wer war der junge Kerl?«, fragte Brockman. »Mir hat er gefallen. Klasse Idee, nach Drogentoten zu fragen. Damit sollten wir's bei diesen Arschlöchern im Curtis Correctional versuchen. Material gegen sie sammeln. Und es verbreiten, wenn ihr Vertrag in Kansas zur Verlängerung ansteht.«

»Wir haben dringendere Probleme. Dieser Junge muss überwacht werden. Tag und Nacht, bis er wieder abreist.«

»Nicht nötig. Er weiß nichts. Wie du gesagt hast, hat er nur geangelt.«

»Noch ist er nicht gefährlich. Aber wir dürfen nicht zulassen, dass er hier herumschnüffelt. Überall Fragen stellt. Vor allem nicht nach Drogen.«

»Und wenn schon? Drogen findet er keine. Jedenfalls keine, die er mit uns in Verbindung bringen könnte.«

»Du verstehst nicht, worum es geht. Drogen sind nicht plötzlich aus dem Nichts da. Sie müssen geschmuggelt werden. Und wir dürfen nicht riskieren, dass jemand verfolgt, welche Pakete ins Gefängnis gebracht werden. Oder noch wichtiger: Minerva verlassen.«

Brockman dachte kurz nach. »Du hast recht. Überlass das mir. Ich sorge für die Überwachung des Kerls.«

»Gut. Aber das führt uns zu etwas anderem. Zu dem Kerl aus Colorado, der vielleicht in den Umschlag gesehen hat. Ich dachte, es wäre ungefährlich, einfach abzuwarten, ob er hier aufkreuzt.«

»Das tut er nicht.«

»Vielleicht doch. Und wenn er's tut, will ich, dass er keine Chance bekommt, diesem jungen Journalisten über den Weg zu laufen. Oder dass der Junge Wind davon bekommt, wenn wir den Kerl beseitigen müssen.«

»Du machst dir unnötig Sorgen.«

»Ich sorge für unsere Sicherheit. Und schütze unser investiertes Kapital. Daher müssen wir unseren Plan ändern.«

»Eine Absage der Zeremonie kommt nicht infrage. Auch kein Ausschluss der Öffentlichkeit. Hör nicht auf Riverdale. Der Mann ist …«

»Die Publicity macht mir keine Sorgen. Ich will sie sogar. Und sie wird uns nicht schaden. Was kann schlimmstenfalls passieren? Der Kerl sieht ein Video oder liest einen Bericht mit Bild. Nach dem Ereignis kann er kein Aufsehen mehr erregen. Gefahr besteht nur, wenn er vorher aufkreuzt. In Echtzeit eine Szene macht, die den neugierigen Jungen erst recht anstachelt. Also müssen wir Folgendes tun: Wir schieben den Verteidigungsring weiter nach außen. Rechnen uns aus, wie der Kerl herzukommen versuchen könnte. Schließlich ist er obdachlos. Das schränkt seine Möglichkeiten ein. Also identifizieren wir die möglichen Routen und postieren unsere Leute an strategisch wichtigen Punkten.«

»Das schadet vermutlich nicht. Trotzdem glaube ich nicht, dass er kommt.«

»Rechnen wir lieber damit. Die Frage ist nur: Wie? Er besitzt kein Auto. Und er kann keines mieten, weil er keinen Führerschein hat.«

»Er könnte eines stehlen.«

»Denkbar. Was noch?«

»Er könnte sich von einem Bekannten fahren lassen. Oder per Anhalter reisen.«

»Möglich. Was noch?«

»Er könnte ganz Old School mit dem Bus fahren. Wenn er sich eine Fahrkarte leisten kann. In Jackson gibt es eine Greyhound-Station. Die wäre für ihn am nächsten.«

»Ja, das könnte er machen. Aber die Zeit würde knapp, wenn er nicht schon unterwegs ist. Was noch?«

Brockman schwieg einen Augenblick. »Mehr fällt mir nicht ein.«

»Okay. Also machen wir Folgendes: Wir postieren zwei Männer in der Greyhound-Station Jackson. Sie sollen jeden Bus kontrollieren, der irgendwo aus Westen kommt. Und wir postieren zwei Männer in der Raststätte an der I-20. Wie hoch sind die Chancen, dass er in Colorado einen Fahrer findet, der nach Winson unterwegs ist? Null. Also muss er mehrfach das Fahrzeug wechseln. Und weil jeder Fernfahrer weiß, dass man in der Nähe eines Gefängnisses keinen Anhalter mitnimmt, muss der letzte Wechsel ziemlich weit entfernt stattfinden. Für den Fall, dass er sein Glück dort versucht, postierst du am besten auch zwei Männer an der Kreuzung mit der US 61. Und zwei weitere Männer an der Baustelle auf der US 87 gleich hinter Jackson. Dort ist nur eine Spur offen, und der Verkehr fließt wirklich langsam. Da ist leicht zu erkennen, wer am Steuer sitzt. Oder gefahren wird.«

»Das sind enorm viele Leute.«

»Hier steht enorm viel auf dem Spiel.«

»Was ist mit dem Gefängnis? Und Angelas Haus? Beobachten wir die weiter?«

»Selbstverständlich. Es gibt keine Garantie dafür, dass der Kerl nicht durchschlüpft.«

»Das sind dann noch mehr Leute.«

»Wir haben keine andere Wahl. Zieh aus jeder Wachmannschaft ein paar Männer ab. Nur Minerva-Veteranen, keine Leute, die wir übernommen haben. Um ihr Fehlen auszugleichen, streichst du freie Tage und lässt Überstunden machen. Und such dir den größten Mann, den wir haben. Den hältst du in Reserve. Die Idioten, die wir nach Colorado geschickt haben, auch. Meldet jemand, dass er den Kerl gesehen hat, sollen sie die Meldung kontrollieren. Ist er's, schickst du sie los. Aber sorg dafür, dass er diesmal wirklich neutralisiert wird.«

»Wenn sie schnell genug hinkommen. Und wenn unsere Leute ihn entdecken. Sie sind dann ziemlich weit verteilt.«

»Ich habe schon eine Idee. Für den Fall, dass er irgendwie doch durchkommt. Etwas, das ihn von der Fährte abbringen wird. Das übernehme ich, wenn du dich um die übrige Logistik kümmerst.«

»Verstanden. Und ich sage Moseley, dass er zusätzliche Streifen losschicken soll. Und dass alle eine Personenbeschreibung von diesem Reacher haben.«

»Okay. Aber ich will, dass die Cops Beobachter bleiben. Diese Sache müssen wir selbst erledigen. Strikt inoffiziell. Und noch was, Damon: Prüfe alles doppelt und dreifach. Vergewissere dich, dass jeder genau weiß, was er zu tun hat. Du weißt, was passiert, wenn am Freitag irgendwas schiefgeht.«

15

Sam Roth' Apartmentgebäude sah genau wie alle anderen in seinem Block aus. Einstöckig. Natursteinfassade. Solide, aber langweilig. Nett, aber alltäglich. Nichts wies darauf hin, dass hier in den letzten sechsunddreißig Stunden ein Mann gestorben war.

Vielleicht aus natürlicher Ursache.

Vielleicht auch nicht.

Detective Harewood hatte gesagt, Roth sei einem Herzinfarkt erlegen. Das war an sich nicht verdächtig. Schließlich starben dauernd Leute an einem Herzinfarkt. Allein in den Vereinigten Staaten jedes Jahr fast siebenhunderttausend Menschen. Mehr als Vermont Einwohner hatte. Alle sechsundvierzig Sekunden einer.

Wäre ein Herzleiden der einzige Faktor gewesen, wäre Reacher vielleicht nicht so skeptisch gewesen. Wäre Roth nicht fit und durchtrainiert gewesen. Wäre Harewoods Lieutenant nicht faul gewesen. Wäre Roth nicht wenige Stunden vor seinem Date mit Angela St. Vrain gestorben. Wäre Angela nicht ermordet worden …

Zu viele *wäre*, fand Reacher. Und zu wenige Antworten.

Die Gebäude standen an einer breiten Allee, aber ihre Eingänge lagen auf den Rückseiten an einer Zufahrt, die zu schmal war, um als Straße zu gelten, und zu adrett, um nur eine Gasse zu sein. Sie war mit Granit gepflastert. Sauber und ordentlich. Mit Bäumen und Büschen bepflanzt. Nach hinten hinaus hatten die meisten Häuser Terrassen oder Sonnendecks. Roth' Gebäude besaß sogar zwei Terrassen mit weit ausladenden Markisen, zwischen denen zwei Türen ins Haus führten. Beide waren blau gestrichen, beide in Marineblau. Vor der Terrasse gab es zwei reservierte Parkplätze, beide belegt. Auf einem stand ein Pick-up mit glänzend rotem Lack, viel Chrom und schwarz getönten Scheiben. Das andere Fahrzeug war ein Kleinwagen mit Schrägheck. Von einem der hinteren Kotflügel des eleganten Wagens in Silbermetallic schlängelte sich ein dickes Ladekabel zu einer Wallbox neben der linken Haustür.

Sam Roth hatte rechts gewohnt, wie seine von Harewood zur Verfügung gestellte Adresse zeigte. Reacher klingelte an der linken Tür. Er konnte nur hoffen, dass niemand öffnen würde. Es war immer schlimm, die Nachricht überbringen zu müssen, dass ein geliebter Mensch tot war. Das wusste Reacher aus Erfahrung. Er wusste auch, dass es fast genauso schlimm war, den Verdacht zu äußern, der geliebte Mensch könne ermordet worden sein.

Nach zwei langen Minuten wurde die Haustür aufgerissen. Auf der Schwelle stand eine Frau. Zu einer dreiviertellangen weißen Leinenhose trug sie ein blaues T-Shirt ohne Aufdruck. Sie war barfuß. Ihr ziemlich langes Haar, das sie mit einem Gummiband zu einem Pferdeschwanz zusammengefasst hatte, war blond mit einigen Silberfäden. Ihr Gesicht sah gespenstisch blass aus bis auf die dunklen Ringe unter ihren Augen. Reacher schätzte sie auf Mitte vierzig, obwohl sich das unter den gegebenen Umständen nur schwer beurteilen ließ.

Die Frau nahm sich einen Augenblick Zeit, um Reacher zu begutachten, dann sagte sie: »Sam ist nicht da. Er ist …«

»Ich weiß«, sagte Reacher. »Ich suche auch nicht Sam. Ich muss mit Ihnen reden.«

Die Frau wirkte verblüfft. »Wegen Sam? Etwas ist passiert, wissen Sie, und Sam, er ist …«

»Schon in Ordnung. Ich weiß von Sam. Sind Sie Hannah? Hannah Hampton?«

Die Frau blinzelte, dann nickte sie. »Wer sind Sie?«

»Mein Name ist Reacher.«

»Was wollen Sie?«

»Kennen Sie eine Frau namens Angela St. Vrain?«

»Angela? O Gott, ich muss sie wegen Sam anrufen.«

»Sie kennen sie?«

»Ob ich sie kenne? *Kannte?* Hab sie seit Jahren nicht mehr gesehen. Sie ist nach Mississippi gezogen. O Gott, Danny. Den müsste ich auch anrufen.«

»Danny?«

»Danny Peel. Er ist auch dort hingezogen. Er hat Angela den Job verschafft.«

»Hat Sam Angela gekannt?«

»Natürlich. Sie haben zusammengearbeitet. Sam war ihr Chef. Eigentlich mehr ihr Mentor.«

Reacher fragte: »Haben sie Verbindung gehalten?«

»Danny nicht so sehr. Angela ab und zu. Sie bittet Sam gelegentlich um seinen Rat. Vor allem in beruflichen Dingen. Was sollen diese Fragen?«

»Hatten Sam und Angela in letzter Zeit Kontakt?«

Hannah nickte. »Übers Wochenende. Sie hat ihm Unterlagen geschickt, die er lesen sollte.«

»Aus der Arbeit. Oder persönliches Dinge?«

»Arbeit.«

»Hat Sam erwähnt, worum es sich handelte?«

»Irgendeine dumme Buchführungssache. Angela wusste nicht, wie sie damit umgehen sollte. Sie war ganz konfus. Sie war oft konfus. Sam hätte sich aus dieser Sache raushalten sollen. Ich habe ihm geraten, ihr nicht schon wieder zu helfen. Er hatte genügend andere Probleme. Aber nein, das war nicht Sams Art. Für seine Freunde war er immer da.«

»Was für eine Buchführungssache?«

»Das weiß ich nicht. Irgendwas mit Zahlen, die nicht stimmen konnten. Sam hat keine Details erwähnt.« Sie schwieg einen Augenblick. »Moment mal. Worum geht's hier? Langsam werden Sie mir unheimlich. Was ist mit Angela los? Und was geht Sie das an? Das will ich wissen, sonst beantworte ich keine Fragen mehr.«

Reacher machte eine Pause. »Hannah, ich habe Informationen für Sie. Über Angela. Keine guten Nachrichten. Können wir uns irgendwo hinsetzen?«

Hannah wich einen Schritt zurück. »Wer sind Sie gleich wieder?«

»Mein Name ist Reacher. Erinnern Sie sich an Detective Harewood? Sie haben gestern mit ihm gesprochen, nachdem Sie Sam tot aufgefunden hatten. Er hat Ihnen bestimmt seine Karte gegeben. Rufen Sie ihn an. Er wird sich für mich verbürgen.«

Die Haustür schloss sich und ging zwei Minuten später wieder auf. Hannah machte Reacher ein Zeichen, er solle hereinkommen. Er folgte ihr in den großen Hauptraum des Apartments. Der Wohnbereich war mit hellen Holzmöbeln, Bezugsstoffen in Pastelltönen, zwei niedrigen Bücherregalen und einem kleinen Fernseher in der Ecke eingerichtet. In der Essnische standen weiße Lederstühle an einem ovalen Glastisch. Und die Einbauküche an der Rückwand verschwand zur Hälfte hinter einer Frühstückstheke, vor der zwei hohe Holzhocker standen. Hannah durchquerte den Raum und nahm auf einem Platz. Reacher folgte ihr und setzte sich auf den anderen.

Hannah stützte einen Ellbogen auf die Theke. »Sie werden mir mitteilen, dass auch Angela tot ist.«

Reacher fragte: »Woher wissen Sie das?«

»Detective Harewood hat mir erzählt, dass Sie früher ein Cop waren. In der Army. Also steht plötzlich ein Cop vor der Tür? Er fragt nach jemandem, dann sagt er, dass er schlechte Nachrichten hat? Da braucht man kein Genie zu sein. Was ist ihr zugestoßen?«

»Sie ist unter einen Bus geraten.«

»Im Ernst?«

Reacher nickte.

»Die Ärmste! Das ist furchtbar. War's ein Unfall?«

»Nein.«

»Moment. War es … Sie hat sich doch nicht …«

»… vor den Bus geworfen? Nein.«

»Sie ist *ermordet* worden? Wie schrecklich! Ich hab ihr davon abgeraten, nach Mississippi zu ziehen. Die Leute dort sind verrückt, wissen Sie.«

»Es ist hier passiert. In Gerrardsville.«

»Nein, das kann ich nicht glauben. Wann?«

»Gestern.«

»Was hat Angela gestern in Gerrardsville gemacht?«

»Die Polizei glaubt, dass sie Sam besuchen wollte.«

»Wozu? Er hat ihr bei dieser Buchhaltungssache geholfen, aber am Telefon. Und per E-Mail. Sie hatte keinen Grund, diese weite Fahrt auf sich zu nehmen.«

»Die Polizei glaubt, dass zwischen den beiden irgendwas gelaufen ist.«

»Was, eine Liebesaffäre?«

Reacher nickte.

Hannah schüttelte den Kopf. »Ausgeschlossen!«

»Wissen Sie das bestimmt?«

»Tausendprozentig. Erstens hätte Sam mir davon erzählt, wenn er sich für jemanden interessiert hätte. Und zweitens wären Sie eher sein Typ gewesen als die gute Angela.«

»War das allgemein bekannt?«

»Er hat in einem Gefängnis gearbeitet. Hat dort mit achtzehn angefangen. Vor dreißig Jahren war das keine Sache, die man herumerzählte. Jedenfalls nicht in dieser Umgebung.«

»Haben Sie sich deshalb scheiden lassen?«

»Wir haben deswegen geheiratet. Damals herrschten noch andere Ansichten. Wir waren beide davon betroffen. Wir haben zusammengearbeitet. Gewissermaßen. Sam war im Vollzug, ich bei einer Organisation, die Ex-Häftlingen bei der Wiedereingliederung hilft. Das mache ich noch heute gelegentlich. Aus unserer Sicht war eine Ehe zweckmäßig. Aber die Einstellung der Leute hat sich geändert. Zum Besseren, dachten wir immer.«

»Ja, ich verstehe. Aber ich habe etwas Merkwürdiges gesehen: etliche E-Mails zwischen Sam und Angela. Über Wochen hinweg. Und mit dem Ergebnis, dass für gestern ein Treffen vereinbart war.«

»Was?« Hannah setzte sich auf. »Sie haben Sams Mailaccount gehackt?«

»Nein, ich habe Ausdrucke gesehen. Die hat Angelas Arbeitgeber zur Verfügung gestellt.«

Hannah überlegte kurz. »Sam hatte gestern frei. Er hat erwähnt, dass er in die Stadt wolle. War Angela hier, können sie vorgehabt haben, sich zu treffen. Aber zu keiner Romanze, das können Sie mir glauben.«

»Was ist dann mit den Mails, die ich gelesen habe?«

»Könnte jemand sich online als Sam ausgegeben haben, um Angela herzulocken? Um sie hier zu ermorden? Pädophile tun das oft. Jedenfalls mit Kindern. Und Angela kannte Sam, hat ihm vertraut. Es wäre viel einfacher gewesen, seine Identität zu benutzen, als eine ganz neue zu erfinden.«

»Gute Theorie, aber so war's nicht. Der Anstoß zu allem ist von Angela gekommen. Sie hat geschrieben, sie wolle eine alte Flamme neu entfachen.«

»Aber es hat keine alte Flamme gegeben. Es kann keine gegeben haben.«

»Vielleicht war diese Buchhaltungssache, mit der sie befasst waren, schwerwiegender, als Sam hat erkennen lassen. Vielleicht haben sie ein Treffen vereinbart, um sich darüber auszusprechen. Vielleicht hat Angela Unterlagen mitgebracht, die er sich ansehen sollte. Oder irgendwelche anderen Beweisstücke. Aber dann hat jemand Wind davon bekommen. Hat beschlossen, die beiden zu stoppen. Und hat die echten Mails zwischen den beiden durch gefälschte ersetzt.«

»Wer würde so was tun?«

»Eine Kollegin mit langen Fingern. Ein Chef, der mit Bestechung arbeitet. Ein Lieferant, der Angelas Arbeitgeber abzockt. Jede Menge Kandidaten.«

»Okay.« Hannah zuckte mit den Schultern. »Aber von der Sache mit den gefälschten Mails bin ich noch nicht überzeugt. Wer würde sich so viel Mühe machen? Wieso nicht einfach nur die echten löschen?«

»Um eine falsche Fährte zu legen. In ihrer letzten gefälschten Mail hat Angela angedeutet, wenn Sam sie nicht wiederhaben wolle, werde sie sich umbringen. Ihr Mörder hat es so aussehen lassen, als hätte sie sich vor den Bus geworfen. Zählt man diese Punkte zusammen, hatte die Polizei keinen Grund, gründlicher nachzuforschen.«

»Hätte Sam keinen Herzinfarkt gehabt, wäre er in die Stadt gefahren, um sich mit Angela zu treffen. Hätte eine Zeit lang auf sie gewartet. Was hätte er getan, wenn sie nicht aufgekreuzt wäre und er dann erfahren hätte, dass sie Selbstmord verübt hatte? Sich ausgerechnet, der ganze Stress müsse eine Kurzschlussreaktion ausgelöst haben? Denkbar.«

»Hannah, haben Sie hier jemanden herumlungern sehen? Jemanden, den sie nicht kannten? Am Sonntag? Vielleicht am Montag? Vielleicht in einem Auto sitzend?«

»Moment, ich bin noch dabei, über Ihre Idee nachzudenken. Sie hätte funktionieren können. War einen Versuch wert, denke ich. Solange Sam geglaubt hat, Angela habe Selbstmord begangen. Das ist der entscheidende Punkt, weil er nicht gewusst hätte, welches Beweismaterial sie mitbringen würde. Und er hätte nichts von den Schwindel-Mails geahnt, weil sie nicht auf seinem PC gespeichert waren. Sonst hätte er sich gleich gefragt: *Hey, was soll der Scheiß?*«

»Die gefälschten Mails hat er natürlich nie bekommen – aber was ist mit den echten? Was ist aus denen geworden?«

»Die sind weiter auf seinem PC gespeichert, denke ich.«

»Sie haben einen Schlüssel zu seiner Wohnung?«

»Klar. Wieso?«

Reacher stand auf. »Ich muss sehen, was auf seinem Computer gespeichert ist. Sofort.«

16

Hannahs Hand zitterte, als sie versuchte, ihren Schlüssel ins Schloss von Roth' Wohnungstür zu stecken.

Sie sagte: »Entschuldigung, aber dies ist das erste Mal, dass ich wieder …«

Reacher sagte: »Das ist okay. Sie brauchen nicht mit reinzukommen.«

»Nein.« Hannah schloss kurz die Augen. Sie atmete tief ein und langsam aus. »Ich tue das für Sam. Ist seine Freundin ermordet worden, würde er nicht wollen, dass die Leute glauben, sie habe Selbstmord begangen. Angela hat – hatte – eine kleine Tochter. Und Sam war Gefängnisaufseher. Er würde nicht wollen, dass ein Mörder auf freiem Fuß bleibt.«

Der Hauptraum von Roth' Wohnung hatte den gleichen Grundriss wie Hannahs. Er war mit ähnlichen Möbeln eingerichtet, die vielleicht ein Jahrzehnt älter, ein bisschen abgewohnter und weniger farbig bezogen waren. Hier gab es keinen Fernseher, und auf einem der halbhohen Bücherregale stand eine ganze Reihe von gerahmten Fotos. Als Reacher den schwachen Geruch von Räucherstäbchen wahrnahm, begann das Gefühl ein unbefugter Eindringling zu sein, das er immer hatte, wenn er das Haus eines Toten durchsuchen musste, sein Rückgrat heraufzukriechen.

Auf ihrem Weg zu einem Durchgang links neben der Küche blieb Hannah bei dem Bücherregal mit den gerahmten Fotos stehen, um sie nachdenklich zu betrachten. Die ganze Serie zeigte sie – immer im selben GI-Karateanzug.

Auf dem ersten Bild trug sie einen weißen Gürtel, auf dem letzten Foto einen braunen. Hannah streckte einen Zeigefinger aus und warf ein Foto nach dem anderen um. Sie sagte: »Kaum zu glauben, dass er die aufgehoben hat. Er wusste, dass ich sie hasse.« Sie schniefte und wischte sich eine Träne von der Wange.

Reacher fragte: »Trainieren Sie noch?«

Hannah schüttelte den Kopf. »Fast gar nicht mehr. Ich habe keine Wettkämpfe mehr bestritten, seit ich nebenan eingezogen bin. Eigentlich hab ich nur damit angefangen, damit Sam und ich gemeinsam ins Sportstudio gehen konnten. Workouts allein sind tödlich langweilig. Sam hat mir immer zugesetzt, wieder damit anzufangen.«

In Hannahs Augenwinkel erschien eine weitere Träne. Sie blinzelte sie weg und ging durch den Bogen weiter. Dahinter führte eine Treppe mit Absatz in den ersten Stock hinauf. Vor ihnen lag jetzt ein Flur mit drei Zimmertüren. Die erste stand einen Spalt weit offen. Hannah stieß sie auf, betrat Roth' Schlafzimmer. Der Raum war ziemlich klein. Aufgeräumt. Unpersönlich. Das Bett war gemacht. Nirgends lag etwas herum. Keine Schuhe auf dem Fußboden. Keine Bilder an den Wänden. Auf dem Nachttisch nur ein Buch und ein Glas Wasser. Die Jalousien waren heruntergelassen. Die geschlossenen Türen des Kleiderschranks verschwanden hinter Spiegeln. Und in der hintersten Ecke stand ein kleiner Schreibtisch aus Holz und Metall, der aussah, als ließe er sich zusammenklappen. Auch der schlichte Stuhl bestand aus Holz.

»Kein großartiges Büro.« Hannah nahm das silbergraue Notebook vom Schreibtisch und setzte sich damit auf die Bettkante. »Der Kraftraum nebenan ist voller Hanteln und Trainingsgeräten. Die waren ihm wichtiger.«

Hannah klappte das Notebook auf, begann zu tippen und fuhr zwischendurch mit einem Zeigefinger übers Touchpad. Nach einigen Minuten drehte sie das Gerät etwas, damit Reacher den Bildschirm sehen konnte.

Sie sagte: »Das ist merkwürdig. Es gibt keine Mails von Angela. Jede Menge von anderen Leuten, sogar etwas Spam, den er nie gelöscht hat. Aber nichts von ihr. Nicht mal aus vergangenen Jahren. Nichts im Posteingang. Nichts in anderen Ordnern. Und nichts im Papierkorb. Das ist noch merkwürdiger, weil Sams Mailprogramm gelöschte Nachrichten noch eine Woche lang speichert. Das habe ich gerade überprüft.«

»Sehen Sie Mails von Danny Peel?«

Hannah tippte, wischte und klickte eine weitere Minute lang, dann nickte sie. »Ein paar. Die meisten aus der Zeit vor seinem Wegzug.«

»Was ist also mit Angelas Mails passiert?«

»Sam muss eine Möglichkeit gefunden haben, sie endgültig zu löschen. Sofort. Ich weiß nur nicht, weshalb er das getan haben sollte.«

»Könnte ein Fachmann sie wiederherstellen?«

»Vielleicht. Keine Ahnung.«

»Können Sie sagen, ob diese Mails wirklich von Sam persönlich gelöscht wurden?«

»Er hatte als Einziger Zugang zu diesem Computer. Den hat er nie außer Haus benutzt. Dieses Notebook hat er nur gekauft, weil es klein ist, aber nicht, um es irgendwohin mitzunehmen.«

»Könnten die Mails fernbedient gelöscht worden sein?«

»Das weiß ich nicht. Ich bin keine Expertin. Wahrscheinlich könnten sie per Fernbedienung von dem Server gelöscht worden sein. Aber wenn er sie schon heruntergeladen hatte?

Ein begabter Hacker könnte das vielleicht. Irgendein gewöhnlicher User eher nicht.«

»Ist Ihnen in den letzten Tagen jemand aufgefallen, der sich in der Nähe herumgetrieben hat? Oder Autos, die Sie nicht kannten?«

»Wieso fragen Sie das schon wieder? Glauben Sie, dass jemand nach Sams Tod hier eingebrochen hat, um Dateien von seinem PC zu löschen?«

Reacher schwieg.

»Nein.« Hannah klappte das Notebook langsam zu. »Sie glauben, dass er ermordet wurde? Wie Angela? Ausgeschlossen!«

»Angela wurde auf dem Weg zu einem heimlichen Treffen mit ihm ermordet. Vermutlich mit wichtigem Beweismaterial in der Tasche, das sie ihm zeigen wollte. Auch wenn Sam den angeblichen Selbstmord geglaubt hätte, hat er Angelas Mails gekannt. Er wusste, dass irgendwas faul war. Er hatte eine Vorstellung davon, welche Beweise sie mitbringen würde. Das hat ihn eindeutig zu einem Anschlagsziel gemacht.«

»Nein. Sam ist eines natürlichen Todes gestorben. Das habe ich selbst gesehen. Ich habe ihn gefunden.«

»Ein Herzinfarkt kann vorgetäuscht werden. Mit Drogen, mit überdosierten Medikamenten.«

»Nicht in seinem Fall. Wissen Sie, was das Traurige daran ist? Als ich Sam aufgefunden habe, war ich nicht mal überrascht.«

»Ich habe gehört, er sei fit und gesund gewesen. *Sportlich-schlank*, hat Harewood gesagt.«

»Er hat viel trainiert, ja. Eigentlich sogar zu viel. Das war seine Art der Stressbewältigung. Aber gesund? Nicht besonders.«

»Sam hatte Stress?«

»Er hatte einen stressreichen Job.«

»Aber doch schon seit dreißig Jahren.«

»Der Stress war schlimmer geworden.«

»Wodurch?«

»Das weiß ich nicht.«

»Neuer Chef? Personaleinsparungen? Vielleicht ein Disziplinarverfahren?«

»Nichts dergleichen. Er hatte nur … Probleme. Er hat nie etwas gesagt, aber ich kenne ihn. *Kannte* ihn. Kannte die Anzeichen. Er hat nicht richtig gegessen. Nicht genug geschlafen. Viel zu viel trainiert. Er hat sich echt überanstrengt. Ich hätte mehr tun sollen, um ihm zu helfen. Sam war ein Kandidat für einen Herzinfarkt, und ich hab's gewusst.«

»Okay, er hatte also Stress. Mehr als üblich. Aber wie hat das Angelas E-Mails verschwinden lassen?«

»Vielleicht sind sie per Fernbedienung von außerhalb gelöscht worden, wie Sie gesagt haben.« Hannah schwieg sekundenlang, dann runzelte sie die Stirn. »Augenblick. Am Montag war Sam zum Abendessen bei mir. Ich wollte ihn dazu überreden, mehr zu essen. Aber das hat nicht funktioniert. Er hat kaum etwas zu sich genommen und wollte dann dringend nach Hause. Um wieder zu trainieren, denke ich. Was hatte er in letzter Zeit anderes getan? Ich war nicht froh darüber, aber ich habe ihn mit einem Gutenachtkuss verabschiedet. Wie immer an der Haustür. Und dabei ist mir auf der anderen Straßenseite flüchtig ein Auto aufgefallen. Ja, ich weiß noch, dass ich gedacht habe, dort warte ein Uber-Wagen auf jemanden. Aber das Komische an ihm war, dass er unbeleuchtet dastand.«

»Welche Farbe hatte das Auto?«

»Eher dunkel. Schwarz, glaube ich.«

»Marke? Modell?«

»Kann ich nicht sagen. Der Viertürer war durch Sams Pick-up weitgehend verdeckt.«

Reacher überlegte kurz. An diesem Morgen hatte es nicht geregnet. Auch der gestrige Tag war trocken gewesen. Über den Montagabend wusste er jedoch nicht viel. Tagsüber war das Wetter schön gewesen, als er zu Fuß nach Gerrardsville gekommen war. Den Abend hatte er mit Alexandra verbracht. In ihrem Apartment. Das Wetter hatte ihn natürlich am wenigsten interessiert. Trotzdem konnte ein Wagen, der längere Zeit an derselben Stelle geparkt hatte, irgendeine Spur hinterlassen haben. Jedenfalls lohnte es sich, auf der Straße nachzusehen. Deshalb sagte Reacher: »Kommen Sie, zeigen Sie mir, wo der Wagen gestanden hat.«

Die Sonne stand hoch, als Reacher Hannah ins Freie folgte. Das Wetter war warm und sonnig, und die Luft roch nach all den Pflanzen, die in Vorgärten und Blumentrögen wuchsen. Die Schatten waren kurz, und der Boden war knochentrocken, staubig. Nirgends Fußabdrücke oder Reifenspuren. In der dünnen Staubschicht konnten sich keine halten.

Hannah ging zur anderen Straßenseite weiter. Sie machte an einer Stelle halt, an der ein graues Rohr aus der Hauswand ragte. Das fünfzöllige Kunststoffrohr führte senkrecht nach unten, bis es im Boden verschwand. Ein Abflussrohr, vermutete Reacher. Aus einer Küche, einer Toilette oder einem Hauswirtschaftsraum.

Hannah sagte: »Der Wagen war genau hier geparkt. Unter diesem Fallrohr. Auf dieser Straßenseite. Mit dem Heck zu

Sams Haustür. Falls jemand dringesessen hat, kann er nicht seine Tür im Auge behalten haben.«

Reacher äußerte sich nicht dazu, aber er dachte: *Autos haben Rückspiegel.* Und der Kerl, der Angela vor den Bus gestoßen hatte, war erfahren gewesen. Genau wie sein Kumpel, der Fahrer. Und wie die beiden Männer, die versucht hatten, ihn nachts im The Pineapple zu überfallen. Alle würden wissen, wie wichtig Diskretion war. Das wollte Reacher ansprechen, als ihm etwas auf dem Boden vor Hannahs Füßen auffiel. Dieser Fleck war etwas dunkler als seine Umgebung. Nicht sehr viel dunkler, nur eine Nuance dunkler, aber trotzdem erkennbar. Er begann an der Stelle, wo das Rohr im Boden verschwand, und breitete sich halbkreisförmig aus. Mit einem Radius von gut einem halben Meter, wobei die dunkle Tönung nach außen hin schwächer wurde. Anscheinend war das Fallrohr an dieser Stelle undicht. Das Leck sah ziemlich klein aus, jedenfalls nicht groß genug, um den Staub in Schlamm zu verwandeln. Die austretende Flüssigkeit stank nicht, roch auch nicht nach Chemikalien. Nichts, was eine sofortige Reparatur erfordert hätte.

Reacher ging in die Hocke, um den feuchten Bereich aus der Nähe zu begutachten. Er war flach, aber nicht ganz eben. Unter vom Wind angewehten Staub konnte Reacher einen breiten Streifen mit regelmäßigem Muster ausmachen. Schwach, aber definitiv vorhanden. Ein Reifenabdruck. Breit wie von einer PS-starken Limousine.

»Könnten Sie das bitte fotografieren?« Reacher deutete auf den Reifenabdruck.

Hannah zog ihr Smartphone heraus und machte ein halbes Dutzend Fotos. »Glauben Sie wirklich, dass jemand uns beobachtet hat?«

»Kann ich noch nicht sagen.«

Hannah schien zu frösteln, obwohl sie in der Sonne standen. »Gott, ich hab sie gesehen. Jedenfalls ihren Wagen. Und wenn sie … dann haben sie … armer Sam.«

»Sie sollten ein paar Nächte anderswo schlafen. Haben Sie Angehörige in der Nähe? Freunde?«

»Nein, ich bin allein. Ich gehe ins Hotel.«

»Am besten in einer anderen Stadt.«

»Das wird mir alles zu viel.« Hannah seufzte. »Nein, ich komme schon zurecht. Was haben Sie vor?«

»Ich muss mit Harewood reden. Er soll ein paar Spurensicherer herschicken.«

Hannah machte sich auf den Rückweg, blieb aber gleich wieder stehen. »Verdammt! Sehen Sie sich das an.«

»Was?«

»Sams Briefkasten.« Sie deutete auf den Briefkasten auf einem Pfosten neben Sams Parkplatz. Ein schlichter Blechkasten, der wie sein Pick-up rot lackiert war.

»Was ist damit?«

»Der Deckel schließt nicht richtig.«

Hannah hatte recht. Sein Deckel stand einen Spalt weit offen.

»Das hat Sam gehasst.« Hannah marschierte zu dem Briefkasten hinüber. »Er hat sich bei unserem Briefträger beschwert, wenn er den Deckel mal wieder nicht richtig geschlossen hatte.« Als sie mit der flachen Hand kräftig draufschlug, rastete der Deckel klickend ein. Aber dann öffnete sie ihn gleich wieder. »Ich sollte nachsehen, was zugestellt worden ist, denke ich. Könnte was Wichtiges sein.«

Hannah griff hinein und zog ein Blatt Papier ohne Umschlag heraus. Es war in Dritteln gefaltet. Nach einem Blick zu Reacher faltete sie es auseinander. Las den Text. Dann wurde ihr Mund schlaff, das Papier glitt ihr aus den Fingern und segelte zu Boden. Reacher hob es auf. Er sah, dass es nicht adressiert war. Es trug auch keine Unterschrift. Der Text bestand nur aus drei Zeilen.

Wiles Park, Mittwoch 13.00 Uhr. Auf der Bank unter dem Baum. Bringen Sie den Beweis mit. Sonst landet Ihre Nachbarin bis Sonnenuntergang im Krankenhaus.

Reacher gab Hannah das Blatt zurück und fragte: »Wo liegt der Wiles Park?«

»Ziemlich in der Stadtmitte.« Ihr Stimme klang ängstlich. »Zu Fuß etwa eine Viertelstunde von hier. Wenn Sie sich beeilen.«

Auf dem Papier stand 13.00 Uhr. Die Uhr in Reachers Kopf zeigte an, dass ihm nur zehn Minuten blieben.

Harewood und die Spurensicherer würden warten müssen.

17

Der Himmel wurde allmählich heller, und der Greyhound-Bus rollte mit seinem typischen Reifen-Fahrbahn-Geräusch weiter nach Osten. Er ließ Arizona hinter sich, schnitt eine Ecke von New Mexiko ab und fuhr diagonal durch Texas. Mit jeder Meile gewöhnte Jed Starmer sich besser an seine Geräusche, die ihn stetig weniger störten. Andererseits war er nach dem vielen Schlafen auch weniger müde, sodass ein Effekt den anderen wettmachte. Als der Bus in El Paso hielt, bedeutete das, dass er zum Aufwachen ungefähr gleich lang brauchte wie zuvor in Phoenix.

Jed trieb an die Oberfläche, sah sich um und stellte mit einem Blick nach draußen fest, wo er sich befand. Er sah auf seine Uhr. Der Bus war exakt pünktlich. Also würde ihr Aufenthalt in El Paso eine Stunde und fünf Minuten dauern. Es war Mittag, und es würde keinen längeren Halt mehr geben, bis sie am frühen Morgen Dallas erreichten. Also schien es ihm vernünftig auszusteigen und sich auf die Suche nach etwas Essbarem zu machen. Er war ausgehungert, fühlte sich aber frischer als beim letzten Aufwachen. Er rutschte von seinem Platz zum Mittelgang hinüber. Einige der anderen Fahrgäste waren schon ausgestiegen und auf dem Weg ins Terminal. Er ließ ein ältliches Paar an sich vorbeischlurfen, dann stand er auf, um nach vorn zu gehen. Dann blieb er noch mal stehen. Wo war sein Rucksack? Den hatte er nicht auf dem Schoß gehabt. Hatte ihn nicht in den Armen gehalten, weil er nicht wie ein kleiner Junge aussehen wollte. Also hatte er den Rucksack auf den Sitz neben sich gestellt, bevor er eingeschlafen war. Aber jetzt befand sich sein Rucksack nicht mehr dort. Er stand auch nicht auf dem Boden, lag nicht in der Gepäckablage. Er war nirgends. Er war weg.

Jed erinnerte sich an den Mann auf dem Busbahnhof in L.A. Den blonden Surfertyp, der seinen Fahrschein gefunden und ihm zurückgegeben hatte. Der Kerl hatte ihn gewarnt. Ihn ermahnt, auf seinen Rucksack aufzupassen. Immer einen Arm durch die Tragriemen zu stecken, wenn er schlief. Er hätte auf ihn hören sollen. Er hätte …

Dann entdeckte er seinen Rucksack. Außerhalb des Busses. Auf dem Rücken eines Mannes, der sich rasch durch den Bereich vor den Bussteigen bewegte. Er war schon beinahe am Ausgang. Jed hastete im Bus nach vorn, wurde aber fast sofort wieder gebremst. Kam fast zum Stehen. Das alte Paar versperrte ihm den Weg. Bummelnd. Langsam kriechend. Fast als wollte es ausprobieren, wie langsam man sich bewegen konnte, ohne dass die Füße am Boden festwuchsen. Jed wartete ungeduldig hinter den beiden, bis sie die Tür erreichten. Endlich stiegen sie aus. Jed sprang aus dem Bus, rannte zum Ausgang. Der Kerl mit seinem Rucksack war nirgends zu sehen. Dann entdeckte er ihn durch ein Autofenster. Auf dem Rücksitz eines Taxis. Der Kerl hielt den Rucksack auf dem Schoß. Die offene Klappe war ans Glas gepresst.

Das Taxi war zwanzig Meter entfernt. Jed rannte darauf zu. Er winkte und schrie. Das Taxi beschleunigte. Jed kreischte laut. Er rannte weiter. Aber das Taxi wurde schneller und schneller, bis es außer Sicht kam.

Jed blieb auf dem Gehsteig zurück: vornübergebeugt und außer Atem. Er war in einer fremden Stadt allein. Hunderte von Meilen von dem einzigen Ort entfernt, den er jemals sein

Zuhause genannt hatte. Sein gesamter irdischer Besitz war weg, sein Traum von einem neuen Leben zerstoben. Tränen verschleierten seinen Blick. Er steckte beide Hände in die Hosentaschen. Tastete nach Münzen. Fand er einen Quarter, konnte er seine Pflegemutter anrufen. Sie bitten zu kommen und ihn abzuholen. Ihn zurückzunehmen. Ihn zu retten.

Jed konnte sie anrufen.

Ob seine Pflegemutter sich melden würde, war eine ganz andere Frage.

Graeber und die anderen vier Männer mussten eine Stunde lang warten, bis Emerson in dem Lagerhaus in Chicago eintraf. Die vier Männer waren überrascht. Dass Emerson sich verspätete, sah ihm nicht ähnlich. Aber dies waren keine normalen Zeiten. Graeber hatte sie in groben Zügen ins Bild gesetzt. Nicht sehr detailliert. Emerson legte Wert auf sein Privatleben. Er hätte nicht gewollt, dass die schmutzige Wäsche seiner Familie öffentlich gewaschen wurde. Und Graeber war ehrgeizig. Um seine privilegierte Stellung innerhalb der Organisation nicht zu gefährden, beschränkte er sich auf das Notwendigste, um zu verhindern, dass die Jungs zu viele Fragen stellten. Oder nervös wurden und nicht mehr mitmachten.

Als Emerson sein Haus betrat, war der Zustand seiner Frau schlimmer gewesen als erwartet. Sie hatte ihn angekreischt, schluchzend an seine Brust getrommelt und mit Gegenständen geworfen. Sie hatte ihn für Kyles Schicksal verantwortlich gemacht. Für die erfolglose Therapie, was Emerson nicht fair erschienen war. Überhaupt nicht fair. Er hatte Kyle nicht zum Trinken verleitet. Er hatte ihm keine Joints gedreht, ihm keine Drogen gespritzt. Er hatte nur versucht, dem Jungen zu helfen. Mit riesigen Kosten. Und nicht ohne persönliches Risiko.

Emerson hatte alle Selbstbeherrschung aufbringen müssen, um geduldig zu bleiben, während seine Frau wütete. Um zu begreifen, was tatsächlich passiert war. Und abzuwarten, bis ihr Xanax endlich zu wirken begann.

Am Kopfende des alten Tischs sitzend, ließ Emerson sich einen Augenblick Zeit, um sich zu sammeln. Dann sagte er: »Jungs, ich danke euch fürs Kommen. Als Erstes solltet ihr wissen, dass dies kein Normalfall ist. Keine professionelle, sondern eine persönliche Sache, die mich betrifft. Will jemand lieber passen, kann er jetzt gehen. Ich trage ihm nichts nach. Es hat auch keine Folgen, dafür garantiere ich.«

Keiner bewegte sich.

»Ausgezeichnet.« Emerson nickte befriedigt. »Okay, dies ist der vorläufige Plan. Wir haben zwei Möglichkeiten, um Kontakt zu diesen Arschlöchern aufzunehmen. Erstens wissen wir, wer ihr Frontmann ist. Graeber und ich werden ihm einen Besuch abstatten. Vielleicht können wir ihn zum Reden bringen. Ihm weitere Details über die Struktur ihrer Organisation entlocken. Zweitens kennen wir die Position ihres Schiffs, das knapp außerhalb der Zwölfmeilengrenze vor New Jersey liegt. Auf Dauer, weil es keinen Hafen anlaufen darf. Die führenden Männer sind vermutlich an Bord. Mit ihrem gesamten Vorrat an Drogen, weil sie glauben, dort sicher zu sein. Was vorläufig in Ordnung ist, solange sich keiner von ihnen absetzt. Ich will, dass ihr vorausfliegt, Jungs. Ein Freund stellt uns ein Flugzeug zur Verfügung. Nehmt bloß das Notwendigste mit. Auf Finesse kommt's bei diesem Job nicht an. Als Erstes organisiert ihr eine Überwachung an

Land. Zu dem Schiff fährt immer nur ein Motorboot hinaus. Versucht jemand abzuhauen, haltet ihr ihn fest. Kunden lasst ihr laufen. Aber erschreckt sie ein bisschen, damit sie nicht wiederkommen. Alle anderen legt ihr auf Eis. Dabei braucht ihr nicht zimperlich zu sein, aber sorgt dafür, dass sie noch leben, bis ich nachkomme.«

Der Name Wiles Park war schlecht gewählt, fand Reacher. Er hätte Wiles Square heißen sollen. Das war er nämlich: ein Platz. Sogar ganz hübsch. Seine Gestaltung sollte Leute dazu bringen, sich hier aufhalten zu wollen. Das war offensichtlich. Er war von attraktiven Geschäften, Cafés und teuren Restaurants mit Tischen auf dem Bürgersteig gesäumt. In seiner Mitte stand ein Springbrunnen, vielleicht eine Kopie aus einem französischen Château, der – vermutlich aus Wassermangel – nur müde plätscherte. Zwischen niedrigen Hecken, die ein kompliziertes Muster bildeten, wuchsen alle möglichen farbenprächtigen Blumen. Und es gab zwölf Bänke aus poliertem Beton, die wie auf einem Zifferblatt in einem weiten Kreis aufgestellt waren. Aber nur eine davon stand unter einem Baum, wie in der Mitteilung in Roth' Briefkasten erwähnt.

Reacher nahm aus dem einfachsten Café am Platzrand einen Becher Kaffee mit und schlenderte zu der Bank unter dem Baum. Er erreichte sie um 12.50 Uhr. Er setzte sich mitten auf die Bank und wartete.

Um 12.55 Uhr kam ein Mann hinter dem Brunnen hervor. Er war breitschultrig, etwa einen Meter fünfundachtzig groß und trug zu Jeans ein weißes T-Shirt der Rolling Stones. Er hatte einen Bürstenhaarschnitt und eine sportliche dunkle

Sonnenbrille auf der Nase. Auf halber Strecke zu Reachers Bank machte er halt, runzelte die Stirn, kam dann näher und baute sich vor Reacher auf.

Der Kerl sagte: »Weg da!«

Reacher hob die linke Hand, wackelte mit den Fingern. »Einfach so?«

Die Miene des Mannes wurde noch finsterer. »Weg von der Bank. Blödmann.«

»Wieso? Gehört sie Ihnen?«

»Ich brauche sie. Sofort.«

»Hier gibt's noch elf Bänke. Nehmen Sie eine von denen.«

»Ich brauche diese. Ich sag's nicht noch mal. Verschwinden Sie!«

Reacher blieb sitzen, ohne etwas zu sagen.

Der Kerl trat noch einen halben Schritt näher. »Haben Sie mich nicht gehört?«

»Klar habe ich Sie gehört. Sie sagten, dass Sie's nicht noch mal sagen. Also nahm ich an, dass Sie sich die Sache anders überlegt haben.«

»Passen Sie lieber auf, was Sie sagen. Allmählich werde ich zornig.«

»Und wenn ich nicht verschwinde? Was wollen Sie dagegen machen?«

Der Kerl wandte sich ab. Er ballte die Hände zu Fäusten, dann streckte er die Finger wieder. Er atmete tief durch, drehte sich wieder zu Reacher um und sagte: »Hören Sie, ich will mich auf dieser Bank mit jemandem treffen. In ungefähr einer Minute. Das ist sehr wichtig. Deshalb wäre ich Ihnen sehr dankbar, wenn Sie einfach die Bank wechseln würden.«

Reacher entgegnete: »Sie wollen sich mit Sam Roth treffen.«

Der Kerl machte wieder ein finsteres Gesicht. »Woher wissen Sie das?«

»Weil Sie sich nicht mit Roth treffen. Nicht mehr. Sie treffen sich mit mir.«

»Was, zum Teufel, geht hier vor?«

»Änderung in der Verhandlungsführung.« Reacher tätschelte den glatten Beton neben sich. »Setzen Sie sich, wir wollen miteinander reden. Vielleicht finden wir eine Lösung, mit der alle leben können.«

»Haben Sie den Ausdruck?«

»Ganz in der Nähe. Ich kann ihn holen. Wenn wir uns einigen.«

Der Kerl zögerte kurz, dann setzte er sich auf die Bank. Ganz am äußersten Rand, so weit von Reacher entfernt wie irgend möglich. Er sagte: »Wir müssen Beweise sehen. Uns davon überzeugen, dass Roth den Dienstplan so abgeändert hat, wie wir's wollten.«

Reacher bemerkte eine Bewegung hinter dem Springbrunnen. Ein weiterer Kerl kam dahinter hervor. Er war ungefähr so groß wie der auf der Bank. Vielleicht etwas bulliger. Die gleiche Sonnenbrille und ähnliche Klamotten, aber ein weißes T-Shirt ohne Aufdruck. Er trat einen Schritt vor, dann machte er halt und zuckte übertrieben deutlich mit den Schultern. Der Kerl neben Reacher zuckte ebenfalls mit den Schultern, dann winkte er seinen Kumpel heran.

Der neue Typ kam herübermarschiert und baute sich vor der Bank auf. Er hatte ein rotes Gesicht, und auf seiner Stirn zeichnete sich eine Zornesader ab. Er funkelte seinen Kumpel an und fragte: »Was willst du mit diesem Penner? Wir haben Wichtigeres zu tun.«

Der erste Typ sagte: »Reg dich ab. Setz dich. Er ist statt Roth hier.«

Der neue Mann blieb stehen. »Kommt nicht infrage. Das war nicht der Deal.«

Reacher sagte: »Der Deal hat sich geändert. Ihr wollt, dass der Dienstplan umgeschrieben wird?«

»Sie wissen, dass wir das wollen.«

»Mr. Roth glaubt nicht mehr, dass eine Änderung notwendig ist. Es liegt an Ihnen, mich von der Notwendigkeit zu überzeugen.«

»Sind Sie verrückt?«, fragte der Mann.

»Das würde ich nicht sagen. Vielleicht ein bisschen exzentrisch? Aber wie soll ich das selbst beurteilen?« Reacher tätschelte den polierten Beton auf der anderen Seite. »Setzen Sie sich.«

»Sind Sie nicht verrückt, muss Roth übergeschnappt sein.« Der neue Mann setzte sich. »Kommt raus, was wir haben, ist er beruflich erledigt. Das weiß er.«

»Was Sie haben, ist Talmi.«

»Und wenn schon? Es ist glaubhaft. Es führt unvermeidlich zu Ermittlungen gegen ihn. Und was sie finden, ist letzten Endes egal. Irgendwas. Nichts. Was auch immer. Irgendetwas bleibt immer hängen. Beruflich ist er erledigt.«

»Vielleicht ist ihm das egal. Vielleicht ist er bereit, eine neue Herausforderung anzunehmen.«

»Das ist ihm nicht egal.«

»Ach, wirklich?«

»Sie bluffen.«

»Und?«

»Jedenfalls«, warf der erste Kerl ein, »haben wir uns rückversichert. Für den Fall, dass er zu dumm ist, um zu kooperieren.«

Reacher fragte: »Durch die Drohung gegen seine Ex-Frau, meinen Sie?«

Der erste Kerl nickte. »Unfälle passieren eben. Häuser geraten in Brand. Oder auch E-Autos. Manchmal mit ihren Besitzerinnen am Steuer.«

Reacher sagte: »Ich bin kein Fan von Arschlöchern, die unschuldige Leute bedrohen. Dafür sollte ich euch die Beine brechen.«

Der Kerl setzte sich auf. »Oder wir könnten *Ihnen* die Beine brechen.«

Reacher fragte: »Können Sie das?«

Ein Augenzeuge hätte ausgesagt, der Mann sei von der Bank gefallen. Er kippte einfach zur Seite, prallte auf und blieb mit angewinkelten Beinen und angelegten Armen liegen. Als säße er noch, nur neunzig Grad anders als zuvor. Der Zeuge hätte auch gesagt, Reacher habe sich nicht bewegt oder kaum merklich mit dem linken Arm gezuckt.

Reacher wandte sich an den neuen Mann. »Die Verhandlungsphase ist zu Ende. Ihr bekommt den Dienstplan nicht geändert. Ihr behaltet die angeblichen Beweise gegen Roth für euch. Und ihr rührt Hannah Hampton nicht an. Haben wir uns verstanden?«

Die Zornesader auf der Stirn des Kerls begann wieder zu pochen. »Ich weiß nicht, was Sie planen, Kumpel, aber lassen Sie besser die Finger davon. Verschwinden Sie lieber aus der Stadt. Schnellstens.«

»Ich plane bereits, die Stadt zu verlassen. Aber ich kenne jemanden, der hier lebt. Der bei der Polizei arbeitet. Wir waren beide beim Militär. Werden irgendwelche Lügen über Roth verbreitet, informiert er mich. Stößt Mrs. Hampton irgendwas zu, erfahre ich das auch. Dann komme ich zurück. Ich spüre Sie auf, und Sie erleben den schlimmsten Tag Ihres Lebens.«

Ein Augenzeuge hätte ausgesagt, als Nächstes sei etwas sehr Seltsames passiert: Auch der neue Kerl fiel von der Bank. Er kippte ebenfalls zur Seite und blieb wie ein Spiegelbild des anderen liegen. Und der Zeuge hätte wieder gesagt, Reacher habe sich nicht bewegt. Oder kaum merklich, als hätte er einen Krampf im Arm.

Diesmal im rechten Arm.

18

Jed Starmer stand am Randstein und zog eine Handvoll Kleingeld aus der Tasche. Er hatte drei Quarter und fast ein Dutzend kleinerer Münzen. Insgesamt etwas über zwei Dollar. Aber die Gesamtsumme war ihm egal. Für ihn zählte nur, dass er telefonieren und sich aus dem Schlamassel befreien konnte, in den er geraten war. Oder es wenigstens versuchen.

Weil er sich ausrechnete, dass es im Busbahnhof Münztelefone geben würde, machte er sich auf den Weg dorthin. Anfangs bewegte er sich rasch, aber dann wurde er langsamer und begann sich umzusehen. Er war so auf das Taxi konzentriert gewesen, mit dem der Rucksackdieb geflüchtet war, dass er gar nicht auf seine Umgebung geachtet hatte. Die Straße vor ihm zog sich lang und gerade hin. Die Greyhound-Station lag weit rechts vor ihm. Viel näher stand links vor ihm ein merkwürdig aussehendes Gebäude. Es hatte blassgelbe glatte Außenwände, war hoch und rund. Es besaß keine Fenster und war oben spitzwinklig abgeschnitten. Die ihm zugekehrte höhere Seite fiel steil nach hinten ab. Das erinnerte ihn an eine Torte oder eine Bischofsmitra in einem SF-Film.

Der Fuß des Gebäudes war von einem weiten Ring aus Edelstahlstatuen umgeben. Sie bestanden aus ineinander verschlungenen kurvigen Strängen, die in der Sonne wie Flammen glänzten. Oder wie Säbelklingen. Jed erinnerten sie an ein Gebäude in L.A. Irgendein modernes Konzerthaus. Er war nie drin gewesen, aber sein Äußeres hatte ihn fasziniert.

Auch seine Fassade bestand aus glänzendem Metall, das verwoben und verdreht war, als würde es wegschmelzen. Als fände dort eine lokale Apokalypse statt. Oder eine Szene aus einem Fiebertraum. Oder es war ein Anzeichen dafür, dass er verrückt wurde. Jed hatte die Fassade immer als etwas Bedrohliches empfunden. Wie so vieles an seiner Heimatstadt.

Falls L.A. noch seine Heimatstadt war.

Eine Treppe führte zu einer Terrasse hinauf, die das runde Gebäude mit einem weiteren Zylinder verband, der niedriger und breiter wirkte. Jed stieg hinauf. Oben blieb er kurz stehen, dann überquerte er die Terrasse bis zu der niedrigen Brüstung, die anscheinend verhindern sollte, dass Besucher auf die Straße stürzten. Auf der Brüstung hockend, legte er seine Münzen auf dem glatten Kunststein aus. Dann nahm er alle wieder weg bis auf die drei Quarter. Drei runde Metallscheiben. Durch Gebrauch matt und verkratzt. Unscheinbare, alltägliche Gegenstände. Aber mit der Macht, seine Zukunft zu bestimmen.

Jed musste sich entscheiden. Er konnte die Quarter wieder einstecken. Oder in ein Münztelefon einwerfen.

Er konnte vorwärts gehen. Oder zurück.

Sich ein neues Leben sichern. Oder sich mit dem alten zufriedengeben.

Während Jed sich fragte, was er mit den drei Münzen tun solle, hielt ein Streifenwagen auf der asphaltierten Fläche neben der Greyhound-Station. Zwei uniformierte Cops stiegen aus. Beide hielten die Fotokopie eines Fotos in der Hand. Die Beamtin betrat das Terminal. Sie schritt die große Halle ab und zeigte das Foto allen Fahrgästen, die hier aßen, herumstanden oder aus den Toiletten kamen. Ihr Begleiter blieb draußen und interessierte sich für die wartenden Busse. Dabei hielt er vor allem Ausschau nach einem: dem kürzlich aus Los Angeles angekommenen Greyhound.

Während die Cops in El Paso, Texas, vor dem Busbahnhof eintrafen, rollte in Gerrardsville, Colorado, ein Wagen auf der am Wiles Park vorbeiführenden Straße aus. Ein abgespeckter Dodge Charger. Detective Harewood ließ seine Blinkleuchten eingeschaltet, als er durch die kleine Anlage zu der einzigen Bank unter einem Baum ging. Er blieb stehen und sah Reacher einen Augenblick lang an. Dann begutachtete er die auf dem Boden liegenden Männer, die sich noch immer nicht bewegten.

Harewood fragte: »Was ist hier passiert?«

Reacher trank seinen Kaffee aus, stellte den Becher neben sich auf die Bank. »Sie sind zusammengeklappt. Spontan.«

»Echt jetzt?«

»Sie hatten nichts Gutes im Sinn. Der Stress muss zu groß gewesen sein.«

»Und Sie waren zufällig anwesend, als das passiert ist?«

Reacher zog ein zusammengefaltetes Blatt Papier heraus und reichte es dem Kriminalbeamten. »Das hier haben sie in Sam Roth' Briefkasten zurückgelassen.«

»Sie hätten mich anrufen sollen. Die Sache mir überlassen.«

»Ich dachte, sie könnte mit Angela St. Vrain zusammenhängen.«

»Tut sie das?«

»Nein.«

Harewood schaute auf seine Uhr. »Haben Sie einen Krankenwagen für sie gerufen?«

Reacher schüttelte den Kopf. »Ich wollte einen Müllwagen kommen lassen. Nichts zu machen. Heute scheint kein Abfuhrtag zu sein.«

Harewood zog sein Smartphone heraus und drückte die Kurzwähltaste. Er wies jemanden an, einen Krankenwagen zu schicken und dafür zu sorgen, dass die Kerle im Krankenhaus bewacht wurden. Dann setzte er sich neben Reacher auf die Bank und fragte: »Was hatten diese Kerle also Schlechtes im Sinn?«

»Sie haben versucht, Roth zu erpressen. Seine Ex-Frau hat erzählt, dass er in den letzten Wochen auffällig gestresst war. Das ist die Erklärung dafür.«

»Was wollten sie?«

»Er sollte den Dienstplan auf bestimmte Weise umschreiben. Vermutlich um ihnen zu helfen, etwas in das Gefängnis zu schmuggeln, in dem sie arbeiten. Oder um einen Ausbruchsversuch zu ermöglichen.«

»Verdammt. Was hatten denn die beiden gegen Roth in der Hand?«

»Nichts von Belang. Nur aufgemotzten Blödsinn. Das haben sie selbst zugegeben. Aber genug, um Roth Schwierigkeiten zu machen. Wenn er am Leben geblieben wäre.«

»Das bekomme ich noch raus.«

»Davon bin ich überzeugt.«

»Irgendwann komme ich dahinter, aber als Erstes muss ich Sie fragen: Sagen Sie die Wahrheit?«

»In welchem Punkt?«

»Haben Sie wirklich geglaubt, diese Kerle könnten etwas mit Angela zu tun haben? Oder haben Sie nur diese Mitteilung gefunden und sind hergekommen, um Streit zu suchen. Ich kann keinen Zusammenhang erkennen.«

»Tatsächlich gibt es keinen. Ihr Erpresserversuch war ein lokales Phänomen. Völlig autark. In Wirklichkeit hat es keine romantische Verbindung zwischen Angela und Roth gegeben. Er war ihr früherer Chef. Sie hat sich hilfesuchend an ihn gewandt.«

»Weswegen?«

»Wegen irgendeiner Buchhaltungssache in ihrem Unternehmen. Die beiden haben per E-Mail miteinander kommuniziert. Das ist eine Tatsache. Nun zur Spekulation: Angela ist nach Gerrardsville gekommen, um Roth etwas zu zeigen. Beweise für etwas Strafbares, das sie entdeckt hatte. Ich glaube, dass der Auftraggeber ihrer Ermordung das rausbekommen hat – aber erst, als sie schon unterwegs war. Deshalb ist ihr ›Unfall‹ hier inszeniert worden. Als abzusehen war, wo sie wann sein würde.«

»Das könnte die Zeit und den Ort erklären.« Harewood deutete nach links und rechts. »Aber nicht, wieso Sie geglaubt haben, diese Kerle könnten darin verwickelt sein.«

»Angela davon abzuhalten, Roth das belastende Material zu zeigen, war nicht genug. Sie mussten es zurückholen. Was immer es war. Deshalb haben sie Angelas Umhängetasche gestohlen.«

»Woher konnten sie wissen, dass sich das Material in ihrer Umhängetasche befand?«

Reacher gab keine Antwort.

Harewood runzelte die Stirn. »Sie könnten vermutet haben, Angela habe Roth das Material vor ihrer Abreise per Post geschickt.«

»Das wäre clever gewesen. Bei der U.S. Mail ist ein Päckchen sicherer als in einer Umhängetasche. Vor allem wenn man von ein paar Killern gejagt wird.«

»Und Sie dachten, das sei der von den Erpressern geforderte *Beweis*?«

»Das habe ich gehofft. Weil wir dann ein paar Fußsoldaten hätten festsetzen können. Um uns in der Befehlskette nach oben zu arbeiten. Und es hätte bedeutet, dass Roth' Tod ein Unfall war.«

Harewood schwieg einen Augenblick. »Man versucht nur, Leute zu erpressen, die man noch für lebendig hält. Niemanden, den man schon selbst umgebracht hat. Vermutlich wusste Roth auch ohne die Beweise, die Angela mitbringen wollte, schon zu viel.«

»Das glaube ich auch.«

»Ich rufe gleich nachher die Gerichtsmedizinerin an. Sie soll nach allen Substanzen suchen, die einen Herzinfarkt herbeiführen können.«

»Und schicken Sie einen Computerfachmann in Roth' Wohnung. Jemand hat den Mailverkehr zwischen Angela und ihm von seinem Notebook gelöscht. Ihre echten Mails. Die anderen, die ihr Arbeitgeber gefunden hat, sind gefälscht.«

»Wird gemacht.«

»Und lassen Sie den Bereich hinter Roth' Haus nach Reifenspuren absuchen. Seine Ex-Frau glaubt, dort am Montagabend vor seinem Tod ein Auto stehen gesehen zu haben.«

Harewood schüttelte den Kopf.

»Was? Glauben Sie ihr nicht?«

»Darum geht's nicht. Ich denke nur daran, wie sauer mein Lieutenant war, als ich wegen eines Mordes ermitteln wollte. Nun muss ich ihm mitteilen, dass wir sogar zwei am Hals haben.«

»Hier ist etwas, das den Schlag abmildern kann: Sagen Sie ihm, dass ich die Stadt verlasse.«

»Im Ernst? Wann?«

Reacher stand auf. »Gleich jetzt.«

»Wieso? Sind Sie fertig?«

Reacher grinste. »Ich fange gerade erst an.«

Jed Starmer hatte so lange auf der Brüstung gesessen, dass die drei Quarter nicht mehr von der Sonne beschienen wurden, sondern in tiefem Schatten lagen. Er sah auf seine Uhr. Der Bus würde in zehn Minuten abfahren. Länger durfte er nicht zögern. Es wurde Zeit, eine Entscheidung zu treffen.

Vorwärts? Oder zurück?

Einsteigen? Oder telefonieren?

Jed wusste nicht, was er tun sollte. Panik stieg in ihm auf. Er spürte, dass er daran zu ersticken drohte. Er bekam keine Luft mehr. Aber nur einen Augenblick lang. Dann schluckte er seine Angst hinunter. Er hatte schon eine große Wegstrecke zurückgelegt. Ganz allein. Ohne irgendwelches Zeug zu brauchen. Fuhr er weiter, war er nur noch ein paar Tage allein. Nicht mal weitere achtundvierzig Stunden. So lange konnte er ohne frische Kleidung auskommen. Der Verlust seines Rucksacks war ein Rückschlag, aber es war keine Katastrophe. Kein Grund zum Aufgeben. Er hatte noch seine Zahnbürste. Und er besaß noch dreihundert Dollar.

Jed stand auf. Er steckte die Münzen in die Tasche. Das Einzige, was er nicht besaß, war Zeit. Er hatte sich etwas zu essen kaufen wollen. Er war ausgehungert, aber diese Mahlzeit würde warten müssen. Was in gewisser Weise sogar ein Vorteil war. So konnte er seinen Bargeldvorrat etwas länger schonen – bis er Dallas erreichte. Bis dahin würde er es ohne Essen aushalten. Hunger war er gewöhnt, etwas, wofür er seiner Pflegemutter dankbar sein konnte.

Jed lief die Treppe hinunter und rannte zu der Greyhound-Station zurück. Er hastete durchs Terminal, schlängelte sich um Gruppen von langsamer gehenden Fahrgästen herum und machte dann halt, bevor er den Ausgang zu den Bussteigen erreichte. Er hatte einen Getränkeautomaten entdeckt. An der Seitenwand. Neben den Münztelefonen. Der Tag war heiß. Heißer, als Jed gewöhnt war. Und der Automat hielt alle möglichen Getränke bereit.

Ohne Essen auszukommen, war eine Sache, doch Wasser war etwas anderes. Er hatte gelesen, Wassermangel könne gesundheitsschädlich sein, die inneren Organe schädigen, bleibende Schäden verursachen. Er wollte sein neues Leben nicht krank und schwächlich beginnen. Aber er wollte auch den Bus nicht verpassen. Die Türen wurden schon eine Minute vor der Abfahrt geschlossen. Das hatte er vor hundert Jahren in L.A. gesehen. Oder eigentlich erst gestern. Er blickte auf seine Uhr. Beschloss, das Risiko einzugehen. Er zog sein Kleingeld heraus, warf ein Geldstück nach dem anderen ein und beobachtete, wie die Digitalanzeige sich dem geforderten Betrag näherte. Dann schnappte er sich die Flasche aus dem Ausgabefach und rannte zu seinem Bus.

Jed flitzte die Stufen hinauf. Die Bustür hinter ihm schloss sich zischend, bevor er drei Schritte auf dem Mittelgang gemacht hatte. Er ließ sich auf seinen Sitz fallen und lehnte den Kopf ans Fenster. Kam sich ohne seinen Rucksack plötzlich exponiert vor. Verwundbar. Er sehnte sich danach, sein Gewicht auf seinem Schoß zu spüren. Er hätte alles dafür gegeben, ihn in diesem Augenblick umarmen zu können. Ganz egal, ob er dabei wie ein kleiner Junge aussah oder nicht.

»He, Kumpel!«

Jed fuhr zusammen. Jemand hatte sich auf den Sitz neben ihm fallen lassen. Ein Kerl, leicht verwahrlost, schätzungsweise achtzehn. Jed erkannte ihn wieder. Auch der andere war seit L.A. im Bus, hatte ziemlich weit hinten gesessen. Jed hatte gedacht, er gehöre zu einer Gruppe, aber das stimmte wohl nicht.

Der Kerl fragte: »Also, was läuft?«

Jed sagte: »Nichts.«

Der andere beugte sich etwas zu ihm hinüber. »Hast wohl Probleme?«

»Ich? Nein. Wieso?«

»Fahndet die Polizei nach dir?«

Jed hatte das Gefühl, ein stählernes Band umschließe seine Brust. Sein Herz begann zu hämmern. »Die Polizei? Natürlich nicht. Weshalb auch?«

»Schon okay. Mir kannst du's sagen. Deshalb bist du erst im letzten Augenblick zurückgekommen, stimmt's? Du hast ihr Verschwinden abgewartet.«

»Die Polizei war hier? Im Bus?«

Der Kerl nickte.

»Davon weiß ich nichts. Ich war nur … langsam.«

»Klar doch.« Der Kerl blinzelte übertrieben. »*Langsam.* Ich verstehe.«

»Okay, vielleicht war sie hier. Aber nicht auf der Suche nach mir.«

»Echt nicht? Die Cops hatten ein Foto. Ziemlich alt. Vier bis fünf Jahre, mindestens. Aber es hat dir verdammt ähnlich gesehen. Das ist anscheinend keinem anderen aufgefallen. Der Fahrer hatte gerade gewechselt, und die alten Leutchen sind vermutlich halb blind, aber ich konnt's sehen.«

Jed schluckte trocken. »Was hast du gesagt?«

»Keine Sorge.« Der Kerl klopfte Jed auf die Schulter. »Ich hab bloß den Kopf geschüttelt.«

»Danke.« Jed konnte endlich ausatmen.

»Kein Problem.« Der Kerl machte eine Pause. »He, ich hab eine Idee. Vielleicht könntest du mich zum Frühstück einladen? Wenn wir nach Dallas kommen?«

»Dich zum Frühstück einladen?« Jed dachte an seine dreihundert Dollar. Er wollte sein Geld für absolut notwendige Ausgaben zusammenhalten. Dann überlegte er sich, wie leicht der Kerl die 911 wählen konnte. Er besaß bestimmt ein Smartphone. Falls nicht, gab es sieben weitere Stopps, bevor sie Dallas erreichten. Dort würde es überall Münztelefone geben. Er rang sich ein Lächeln ab und sagte: »Klar, das mache ich gern.«

»Cool.« Der Kerl stemmte sich hoch, um an seinen Platz zurückzugehen. »Lange Busfahrten machen ganz schön hungrig. Dann bis später …«

19

Zwölfhundert Meilen entfernt, in Winson, Mississippi, wurde es für Curtis Riverdale Zeit, aktiv zu werden.

Riverdale war eine Anomalität innerhalb der Minerva Corporation. Ein Sonderfall, weil er schon auf seinem Posten gewesen war, als das Gefängnis übernommen wurde. In solchen Fällen sah Minervas Standardverfahren vor, den Chef der Aufseher kaltzustellen, ihn auf einen weniger wichtigen Posten abzuschieben. Auf dem konnte er sich gekränkt langweilen, bis er anderswo einen neuen Posten gefunden hatte. Und wenn er sich dagegen zu wehren versuchte, wurde ihm gekündigt – so wie einem Drittel seiner Leute.

Das Verfahren war wie üblich in Gang gesetzt worden. Die neuen Direktoren brachten neues Personal mit: bewährte *Minerva-Leute* aus anderen Einrichtungen. Maßgeschneiderter Ersatz für die Männer, denen gekündigt worden war. Auch die Aufseher bekamen einen neuen Chef, einen großen, hageren Vierziger, der sich wie ein Banker kleidete und wie ein Fernsehmoderator redete. Auf dem Papier erfüllte er alle Voraussetzungen, aber er wurde in Winson nie heimisch. Er hielt sich mehr im Krankenhaus auf als an seinem Arbeitsplatz. Nach einem halben Jahr kündigte er entnervt. Und Riverdale nutzte das häufige Fehlen des Neuen, um sich zu profilieren. Er erwies sich als unersetzlich. Anpassungsfähig. Diskret. Besser zu Minervas Kultur passend als jeder andere übernommene Angestellte, den Hix bisher erlebt hatte.

Manche Gefängnisbetreiber führten ihre Einrichtungen wie Discounter, die hoch aufgestapelte Waren billig verschleuderten. Minerva war jedoch anders. Hix und Brockman hatten ihre Arbeit schon immer anders aufgefasst. Sie sahen sich mehr als Goldsucher im alten Westen. Ihr Ziel war das Gleiche: Gold aus Dreck herauszuwaschen. Nur benutzten sie dafür keine Schaufeln, Eimer und Siebe. Sie wandten ein von ihnen selbst entwickeltes System an, das sie im Lauf der Jahre verbessert und verfeinert hatten. Und sie benutzten es dazu, die ständig neuen Insassen zu bewerten, die ihnen die Bundesstaaten schickten, mit denen sie Verträge hatten.

Das Verfahren begann mit den frisch Verurteilten. Den *neuen Fischen*. Anwälte bewerteten ihre Fälle. Buchhalter prüften ihre Finanzen. Ahnenforscher stellten ihre Stammbäume auf. Als Nächstes fanden Leistungstests statt. Häftlinge mit besonderen Fähigkeiten wurden registriert. Psychologen begutachteten ihre Persönlichkeit. Die Geeigneten wurden ausgewählt, alle anderen zu den Ärzten geschickt, um auf Herz und Nieren untersucht und notfalls behandelt zu werden. Erst wenn ein Neuer gründlich durchleuchtet und kategorisiert war, wurde entschieden, in welchem Gefängnis er seine Strafe verbüßen sollte.

In die erste Kategorie fielen Häftlinge, deren Verurteilung angefochten werden konnte – aus PR-Gründen oder zur Gewinnerzielung. Sie wurden gleichmäßig auf alle Minerva-Einrichtungen verteilt. Die zweite Kategorie besaß ein spezielles Potenzial. Diese war die zahlenmäßig bei Weitem größte Gruppe, von der das Unternehmen lebte. Langweilig, aber notwendig. Die meisten kamen in ältere Minerva-Gefängnisse, aber um den Schein zu wahren, wurden einige auch in Winson untergebracht. Die dritte Kategorie war kleiner.

Interessanter. Diese Häftlinge kamen alle nach Winson. Und die vierte Kategorie war noch kleiner, nicht interessant, aber lukrativ. Oft bestand sie nur aus einer Person. Manchmal aus zweien. An vielen Tagen gab es sie überhaupt nicht.

An diesem Nachmittag zählte ein einzelner Häftling zur vierten Kategorie. Er befand sich ganz allein im Trakt S1, dem nur manchmal aktivierten Hochsicherheitstrakt. Deshalb begann Riverside seinen Rundgang dort. Er musste Vorbereitungen treffen. Personal bereitstellen. Verarbeiten. Verpacken. Versenden. Alles komplexe Abläufe, die nicht ins Stocken geraten durften.

Immer unter der Voraussetzung, dass am Freitag alles wie geplant klappte. Andernfalls würde dieses Gefängnis eingemottet werden. Für unbestimmte Zeit. Und große Teile des hiesigen Personals würden in andere Einrichtungen verlegt werden, deren Zellen sie von innen kennenlernen würden.

Jack Reacher verließ Gerrardsville, Colorado, zu Fuß, wie er vor zwei Tagen angekommen war.

Unterwegs dachte er darüber nach, wie er sein Ziel – Winson, Mississippi – am besten erreichen könnte. Diesen Ort kannte er nicht, bis er ihn auf Angela St. Vrains Führerschein gelesen hatte. Er hatte in die örtliche Bibliothek gehen wollen, um mehr darüber zu erfahren, aber auf der Bank im Wiles Park hatte Detective Harewood eine Art Landkarte auf seinem Handy aufgerufen. Ein undeutliches buntes Gewirr aus Straßen und anderen Einrichtungen auf einem kleinen verkratzten Display. Aber informativ genug, um Reacher zu zeigen, wo die Kleinstadt ungefähr lag: unmittelbar an der Staatsgrenze, nur ein Punkt am Ostufer einer C-förmigen Biegung des Mississippi River.

Nach Winson zu gelangen, stellte kein Problem dar. Mehr Sorgen machte Reacher die Frage, wie lange er dafür brauchen würde. Ihn belasteten zwei Mordopfer. Mindestens ein Täter war noch in Freiheit. Mit mindestens einem Komplizen. Ihre Fährte wurde mit jeder Minute kälter. Er verfügte über reichlich Energie. Er hatte Geld in der Tasche, aber nicht allzu viel Zeit.

Die Berge lagen rechts von ihm, ragten gezackt in den wolkenlos blauen Himmel auf. Die Sonne wurde rötlicher, als sie sich den höchsten Gipfeln näherte. Es war noch warm, aber Reachers Schatten wurde länger, während er über das ausgebleichte graue Asphaltband neben ihm hüpfte und tanzte. Seit er die Stadtgrenze hinter sich gelassen hatte, war kein Auto mehr vorbeigekommen. Kein Van, kein SUV, kein Pick-up, kein Lastwagen. Normalerweise hätte Reacher die Einsamkeit genossen. Nicht jedoch heute. Sie verstärkte nur seine wachsende Ungeduld.

Reacher ging schneller. Prompt dauerte es nur eine halbe Minute, bis er ein Geräusch hinter sich hörte. Einen großen Dieselmotor, der wie eine Güterzuglok schepperte und ratterte. Als er sich umsah, sah er einen Pick-up heranrasen. Er war rot, hatte dunkle Scheiben und viele Chromteile. Reacher kam er bekannt vor. Er blieb stehen und wartete am Straßenrand, bis der Truck ihn erreichte.

Der Pick-up bremste abrupt, blieb kurz in den Federn wippend stehen. Dann wurde das Beifahrerfenster heruntergefahren. Am Steuer saß Hannah Hampton, deren rechte Hand auf dem Lenkrad lag. Sie lächelte Reacher zu und sagte: »Machen Sie die Tür auf.«

Reacher tat wie geheißen, öffnete die rechte Tür bis zum Anschlag.

Hannah lächelte plötzlich nicht mehr. Aus dem Spalt zwischen Oberschenkel und Fahrertür kam ihre linke Hand zum Vorschein. Sie umklammerte den Griff einer kompakten schwarzen Pistole mit relativ kurzem Lauf. Die ganze Waffe war keine fünfzehn Zentimeter lang. Eine Sig Sauer 365 Nitron, dachte Reacher. Er hatte noch nie eine in der Hand gehabt. Kompakte Pistolen waren erst nach seiner Dienstzeit in Mode gekommen, weil sie sich leichter verdeckt tragen ließen. Aber er hatte Testberichte über dieses Modell gelesen und wusste, dass es kein Witz war.

Hannah zielte auf Reachers Brust und sagte: »Stehen bleiben! Keine Bewegung!«

Ein Dauerkunde. Der Heilige Gral eines jeden Geschäfts. Niemand, den man befragen, aushorchen oder abweisen durfte.

Lev Emerson vertraute darauf, dass die Personen, auf die er's abgesehen hatte, ihr Unternehmen geschäftsmäßig betreiben würden. Auch wenn es illegal war. Den Namen kannte er nicht. Die Firma machte keine Werbung. Sie hatte anscheinend auch kein Logo. Keine Webseite. Keine Bankverbindung für Onlineüberweisungen. Keine Präsenz in den sozialen Medien. Nur einen Strohmann. Und ein Schiff. Die letzte schwimmende Zuflucht der Verzweifelten. Der Ort, den Leute aufsuchen mussten, um etwas zu bekommen, das anderswo nicht erhältlich war.

Emerson hatte den Strohmann bar bezahlt, als er sich letztes Mal eingemischt hatte. Das einzige Mal. Damit sein Sohn Kyle aufs Schiff durfte. Kyle war echt verzweifelt gewesen. Aber er hatte nicht bekommen, was er brauchte. Stattdessen hatte er etwas bekommen, das ihn umbrachte.

Damals hatte Emerson einen Haufen Geld gezahlt. Das war ein Fehler gewesen, den er nicht wiederholen würde. Es war überhaupt ein Fehler, sich weiter mit diesen Leuten abzugeben. Aber wenn der Strohmann den Köder schluckte, würde *er* den Fehler machen. Das stand verdammt fest. Er und seine Hintermänner. Und vor allem die Leute, die das Zeug lieferten. Die eigentliche Quelle des für Kyle tödlichen Gifts. Denn Emerson wollte die Bestie nicht nur verwunden, sondern sie abschlachten und verbrennen.

Wenn der Strohmann den Köder schluckte.

Emerson holte tief Luft, dann klickte er auf *Senden*. Sein Notebook reagierte lautlos. Die Nachricht verschwand vom Bildschirm. Er stellte sie sich als Strom aus Einsen und Nullen vor, der durchs Internet geisterte. Rund um die Welt von einem anonymen Server zum nächsten weitergeleitet. Vielleicht bald am Ziel. Vielleicht auch nicht. Vielleicht gelesen. Vielleicht ungelesen gelöscht. Vielleicht den Strohmann überzeugend. Indem sie an seine Geldgier appellierte. Ihn sich nicht fragen ließ, weshalb dieser Kunde schon so bald wieder Bedarf haben konnte.

Vielleicht auch nicht.

Jack Reacher wusste nicht mehr, wie viele Leute ihn im Lauf der Jahre mit einer Waffe bedroht hatten. Die Person mit dem Zeigefinger am Abzug war oft zornig. Manchmal auch ängstlich. Oder entschlossen. Oder in Hochstimmung. Oder erleichtert. Manchmal ruhig und professionell. Aber Hannah Hamptons Gesichtsausdruck hatte Reacher in dieser Situation noch nie erlebt: Sie wirkte verlegen.

Sie sagte: »Entschuldigung. Ich glaube zu neunundneunzig Prozent, dass ich mich irre. Dass ich verrückt bin. Aber ich muss es bestimmt wissen.«

Reacher fragte: »Was denn?«

»Weshalb Sie bei Sam aufgekreuzt sind.«

»Das habe ich Ihnen gesagt.«

»Sie haben mir eine Geschichte erzählt. Woher weiß ich, dass sie wahr ist?«

»Sie haben mit Detective Harewood gesprochen. Er hat sie bestätigt.«

Hannah schüttelte den Kopf. »Er hat bestätigt, *was* Sie tun. Wegen Angelas Tod ermitteln. Aber nicht, weshalb.«

»Ich bin ihm behilflich.«

»Warum?«

»Angela ist ermordet worden. Sam ebenfalls. Dagegen sollte etwas unternommen werden.«

»Richtig. Von dem Kriminalbeamten. Das ist sein Job. Und er hat die ganze Polizei hinter sich. Wieso braucht er da Ihre Hilfe?«

»Er hat mit … internen Widerständen zu kämpfen.«

»Nämlich?«

»Unwichtig. Hier geht's nur darum, ob Sie wollen, dass Sams Mörder straffrei bleibt. Wollen Sie das nicht, müssen Sie die Pistole weglegen.«

»Was ist, wenn die Sache nicht so simpel ist?«

»Das ist sie aber.«

Hannah zögerte, ließ aber die Waffe nicht sinken. »Hier liegt mein Problem. Ich höre eine leise Stimme im Hinterkopf, die nicht schweigen will. Sie sagt, dass Sie der Einzige waren, der wusste, dass Angela ermordet wurde. Sie waren der Einzige, der wusste, dass Sam keinen Herzinfarkt hatte. Sie waren der Einzige, der davon gesprochen hat, Angela habe Sam belastendes Material geschickt. Sie waren der Einzige, der danach gesucht hat.«

»Deswegen braucht Harewood meine Hilfe.«

»Außer es gibt eine andere Erklärung.«

»Es gibt keine.«

»Was hätten Sie getan, wenn Sie das belastende Material in Sams Wohnung oder in seiner Mailbox gefunden hätten?«

»Ich hätte es Harewood gegeben.«

»Sicher? Das ist die große Frage.«

»Sie glauben, dass ich versucht habe, es für mich selbst in die Hand zu bekommen?«

»Das wäre möglich. Das müssen Sie zugeben. Sie haben hier keine legale Funktion. Keinen offiziellen Auftrag.«

»Sie glauben also, dass ich Angela ermordet habe? Und Sam? Darauf läuft's hinaus, nicht wahr?«

Reacher beobachtete weiter Hannahs Zeigefinger. Ihr Knöchel war weiß. Aber sie krümmte den Finger nicht. Noch nicht.

Hannah sagte: »Sie wissen schrecklich viel darüber, wie Angela und Sam gestorben sind. Und weshalb.«

»Darüber weiß ich nicht im Entferntesten genug. Aber was ich erfahren habe, habe ich Harewood erzählt. Weil ich ihm helfe. Rufen Sie ihn an. Fragen Sie ihn, ob das stimmt.«

»Wieso verlassen Sie die Stadt, wenn Sie ihm helfen. Haben Sie das Beweismaterial gefunden?« Hannah starrte Reacher an. Sie schien erst jetzt zu bemerken, dass er keinen Koffer, keine Reisetasche, keine ausgebeulten Hosentaschen hatte. »Haben Sie's vernichtet?«

»Nein.«

»Warum hauen Sie dann ab?«

»Weil ich nichts gefunden habe. Folglich muss ich anderswo suchen.«

»Wo?«

»Winson, Mississippi.«

»Wo Angela gewohnt hat?«

»Wo sie gearbeitet hat. Wo sie das Problem entdeckt hat, das zu allem führte.«

Hannah schwieg einen Augenblick. »Kriegen Sie auch raus, wer Sam ermordet hat?«

»Ich werd's versuchen.«

»Versprochen?«

»Mein Wort darauf.«

»Bedeutet das etwas?«

Reacher nickte.

Hannah fragte: »Was ist, wenn Sie Sams Mörder finden? Was machen Sie dann?«

»Er bekommt die Chance, sich zu stellen.«

»Und wenn er sie nicht ergreift?«

»Dann ist das sein Problem.«

Hannah ließ die Pistole sinken. »Okay, ich glaube Ihnen, denke ich. Und ich will, dass Sams Mörder gefasst wird. Was kann ich tun, um zu helfen?«

»Sie können mich nach Denver fahren. Dort gibt es eine Greyhound-Station.«

Lev Emersons Nachricht erreichte den Strohmann. Sie erreichte ihn fast augenblicklich. Und sie traf ihn in gutgläubiger Stimmung an. Oder in einer geldgierigen. Was davon zutraf, wusste Emerson nicht. Und es war ihm auch egal. Ihm genügte, dass der Typ antwortete. Ohne lange zu zögern. Ohne abzuwägen. Seine Antwort war kurz. Nur eine Zeit. Ein Ort. Und ein Datum.

Emerson schickte seine Bestätigung. Damit war der Treff vereinbart. Für den kommenden Morgen. Um zehn Uhr.

Emerson sah über den Tisch zu Graeber hinüber und sagte: »Hol ein großes Fass. Wir müssen etwas anmischen.«

20

Curtis Riverdale verbrachte über eine Stunde im Trakt S1. Er überzeugte sich davon, dass alles für Freitagnachmittag vorbereitet war. Die Gerätschaften. Die richtigen Leute mit den richtigen Spezialkenntnissen. Und er verifizierte die Vorbereitungen für den Transport. Das war der Teil, der ihm die meisten Sorgen bereitete. Er machte Riverdale nervös, weil er nicht seiner direkten Kontrolle unterstand. Seinem Bauchgefühl nach wäre er lieber allein für das gesamte Unternehmen verantwortlich gewesen. Aber sein Verstand sagte ihm, dass eine Abschottung zweckmäßig und es besser war, wenn niemand bei Minerva wusste, wohin die verschickten Pakete gingen. Und es war noch besser, wenn die Jungs, die die Endabnehmer betreuten, nicht wussten, woher die Ware stammte. Auf keinen Fall wollte Riverdale, dass die Spur sich zu Minerva zurückverfolgen ließ, wenn jemand in der Lieferkette Probleme bekam.

Als Riverdale endlich zufrieden war, verließ er S1 und machte sich auf den Weg zum ersten allgemeinen Zellenblock mit den interessantesten Häftlingen. Anfangs war er flott unterwegs, aber auf dem vergitterten Laufsteg zwischen den beiden Gebäuden machte er plötzlich halt. Ihm war etwas klar geworden. Klappte am Freitag alles wie vorgesehen, würde erstmals ein Häftling von einer Kategorie in eine andere wechseln. Dies würde das erste und hoffentlich letzte Mal sein. Dadurch erhöhte sich nur das Risiko –

und das aus keinem vernünftigen Grund. Und nach Riverdales Überzeugung waren unnötige Risiken immer zu meiden.

Manche Leute innerhalb der Minerva Corporation missdeuteten Riverdales Einstellung. Damon Brockman war einer von ihnen. Er sah darin einen Beweis, dass Riverdale zaghaft war. Übervorsichtig. Sogar feige. Er erkannte nicht, dass Riverdale nur ein Überlebenskünstler war, der es in Winson gut getroffen hatte. Er hatte sich seine Position hart erarbeitet und war bereit, sie gegen jedermann zu verteidigen. Alles zu tun, was nötig war, um seine eigene Haut zu retten.

Wäre Brockman cleverer gewesen, hätte er die Situation aus einer anderen Perspektive sehen können. Er hätte mit dem neuen Mann reden sollen, den er als Ersatz für Riverdale geholt hatte. Wenn der Neue nur mehr auf das Essen geachtet hätte, das ihm aus der Gefängnisküche geliefert wurde! Auf den subtilen würzigen Beigeschmack.

Das Essen, das ihm ausschließlich von Leuten aus Riverdales alter Garde gebracht wurde.

Hannah Hampton fuhr schnell. Sie war aggressiv. Aber auf der I-25 waren massenhaft Fahrer unterwegs, die noch mehr rasten. Und verrückter. Sie zischten ständig rechts und links an ihr vorbei. Schnitten sie. Drängelten von hinten. Reacher sah demolierte Trucks, die entgegen der Fahrtrichtung auf dem Mittelstreifen abgestellt waren. Unfallfahrzeuge auf dem Standstreifen. Sogar ein paar SUVs auf den Feldern neben der Interstate, einer davon auf dem Dach liegend.

Als Hannah bemerkte, dass Reacher sich über die Autowracks wunderte, sagte sie: »Hier muss es kürzlich geregnet haben. Die Einheimischen wissen nicht, wie man bei Regen fährt.«

Reacher sagte: »Jetzt regnet's nicht.«

Sie zuckte mit den Schultern. »Ich habe über Ihr Ziel nachgedacht. Winson. Scheint ein ziemliches Nest zu sein. Eher abgelegen. Glauben Sie, dass Sie mit einem Greyhound hinkommen?«

»Vermutlich nicht. Aber zumindest in die Nähe«, erklärte Reacher optimistisch.

»Was machen Sie dann?«

»Weiß ich noch nicht. Muss mir irgendwas überlegen.«

Hannah setzte den Blinker und wechselte auf die rechte Spur. Ein Wegweiser kündigte die Abzweigung nach Denver in einer Meile an. Hannah wurde langsamer, wartete auf die Ausfahrt. Dann gab sie plötzlich wieder Gas und fuhr über die durchgezogene Linie auf die Interstate zurück.

»Scheiß drauf«, sagte sie. »Vergessen Sie den Bus. Ich fahre Sie ganz nach Mississippi.«

Reacher zog die Augenbrauen hoch. »Im Ernst? Das sind bestimmt zwölfhundert Meilen.«

»Und wenn schon? Das hier ist Sams Truck. Der Tank ist voll. Er hat dafür bezahlt. Er würde nicht wollen, dass der Diesel vergeudet wird.«

»Den Tank eines Toten leer zu fahren, kommt mir nicht wie der beste Grund vor.«

»Das ist nicht der einzige Grund. Ich muss ohnehin für einige Zeit aus der Stadt verschwinden. Das haben Sie mir selbst geraten. Winson ist ein genauso gutes Ziel wie jedes andere. Und ich kann dort Danny Peel besuchen. Ihm die Nachricht von Sams Tod persönlich überbringen. Das ist garantiert besser, als nur anzurufen. Und ich kann mich davon überzeugen, dass Angelas Tochter gut versorgt ist.«

»Kennen Sie die Nachbarin, die ihr Kind hütet?«

»Nein. Aber Danny kennt sie sicher.«

Reacher dachte an den Umschlag, den er in Angelas Umhängetasche gesehen hatte. Der unmittelbar nach ihrer Ermordung verschwunden war. Der Umschlag war an diesen Danny Peel adressiert gewesen. Darüber würde er mit dem Mann reden müssen, um herauszufinden, weshalb Angela ihn gehabt hatte. Und was daran so wichtig gewesen war. Jemanden dabei zu haben, der Danny kannte, konnte nützlich sein. Vielleicht machte ihn das auskunftsfreudiger. Jedenfalls würde es die vertrauensbildende Phase ihres Gesprächs abkürzen. Den ganzen Prozess effizienter gestalten. Und potenziell weniger chaotisch.

»Gut, okay«, sagte Reacher. »Danke.«

»Gern geschehen.« Hannah sah kurz zu ihm hinüber. »Aber eines müssen Sie mir noch erzählen. Ich bin neugierig. Ihr Gepäck – was ist damit passiert?«

»Nichts.«

»Kommen Sie, mir können Sie's erzählen.«

»Da gibt's nichts zu erzählen.«

»Wirklich nicht? Ich will Ihnen sagen, was ich glaube. Sie sind in die Stadt gekommen, haben eine Frau kennengelernt. Haben die Nacht mit ihr verbracht. Vielleicht sogar mehrere. Dann haben Sie sie irgendwie gegen sich aufgebracht. Oder waren einfach nicht mehr willkommen. Wollten trotz all ihrer Andeutungen einfach nicht gehen. Also hat sie die Geduld verloren und Ihre Sachen in den Müll geworfen. Oder zerschnitten. Oder verbrannt. Ja, das gefällt mir am besten. Erzählen Sie mir, dass sie Ihr Gepäck verbrannt hat.«

»Okay. Eine Frau hat es verbrannt.«

»Wirklich?«

»Nein.«

»Wo sind dann Ihre Sachen?«

»Hier in meiner Tasche.«

»Was kann darin Platz haben?«

»Alles, was ich brauche.«

»Alles?«

»Alles. Fürs Erste.«

Bruno Hix und Damon Brockman gingen von der Annahme aus, in Winson gebe es vier Kategorien von Häftlingen. Damit rechneten sie, denn das hatten sie angeordnet, und sie waren Männer, die davon ausgingen, dass ihre Befehle stets befolgt wurden. Aber sie wussten nicht, dass es in Wirklichkeit fünf waren.

Tatsächlich war die fünfte Kategorie die älteste.

Als Minerva in Winson einstieg, existierte sie schon mehrere Jahre. Sie war nicht von Profis definiert worden. An diesem Prozess waren keine Ärzte, Psychologen oder Buchhalter beteiligt gewesen. Erst recht keine Juristen. Ihre Angehörigen waren immer von Curtis Riverdale ausgewählt worden. Er verließ sich auf seine jahrzehntelange Erfahrung. Seine natürliche Fähigkeit, Menschen zu beurteilen und ihre geheimsten Eigenschaften aufzuspüren. Dinge wie extreme Verzweiflung. Oder außergewöhnliche Profitgier. Dinge, die einen Häftling dazu bringen konnten, seine Frau, manchmal auch seine Schwester um einen Besuch zu bitten, wenn Riverdale das verlangte. Und dann im Besuchsraum zu warten, während einer aus der alten Garde die Frau in Riverdales Büro brachte. Damit er den Begriff »ehelicher Besuch« um eine neue Variante bereichern konnte.

Hatte Riverdale manchmal das Bedürfnis nach etwas mehr Pep, ließ er auch den Häftling heraufbringen. Er ließ ihn mit Handschellen an eine Stahlstange fesseln, die er eigens zu diesem Zweck auf dem Flur angebracht hatte. Und er ließ seine Tür offen. Nur einen Spalt weit. Nicht so weit, dass der Häftling ins Büro sehen konnte. Aber weit genug, damit die nach außen dringenden Geräusche in keiner Weise gedämpft wurden.

Für diesen Abend hatte Riverdale einen Besuch vereinbart. Mit der Frau eines neuen Fischs. Darauf freute er sich schon jetzt. Erfüllte sie seine Erwartungen, würde er sie vielleicht am Freitagnachmittag noch mal kommen lassen. Um Winsons Rückkehr zur Normalität zu feiern.

Immer vorausgesetzt, dass alles nach Plan verlief.

Je länger Hannah Hampton fuhr, desto weniger redete sie.

Nach ihrer Entscheidung, Reacher nicht an der Greyhound-Station abzusetzen, wurde sie ziemlich gesprächig. Sie hatte alles über ihn wissen wollen. Um zu verstehen, wie ein Kerl tickte, der nach seinem Ausscheiden aus der Army scheinbar ziellos kreuz und quer durch Amerika stromerte. Ohne Heim, in das er zurückkehren konnte. Ohne bestimmtes Ziel. Ohne Gepäck. Sie fragte ihn nach seiner Kindheit, nach seinen Eltern, seinem Bruder. Wie er sich gefühlt hatte, als sie gestorben waren. Wie seine Jugend auf Militärstützpunkten in aller Welt ihn geprägt hatte. Vor allem faszinierte sie seine Laufbahn bei der Militärpolizei. Sie fragte nach dem besten Fall, in dem er ermittelt hatte. Nach dem schlimmsten. Nach dem Grund für sein Ausscheiden aus der Army. Und wie ihm zumute gewesen war, als er das Opfer von Einsparungen geworden war, nachdem er dreizehn Jahre lang im Dienst sein Leben riskiert hatte.

Reacher beantwortete ihre Fragen gern. Seine Antworten waren größtenteils nüchtern, positiv. Mit allem Negativen in seinem Leben hatte er sich schon vor Jahren arrangiert. Ihre Unterhaltung plätscherte dahin. Die Breitreifen des Pick-ups schluckten alle Unebenheiten der Straße. Hannahs Smartphone dirigierte sie auf die I-70, die endlos lang vor ihnen lag. Die Berge im Rückspiegel wurden kleiner, bis sie zuletzt ganz im Dunst verschwanden. Hannah rollte genau nach Osten weiter, bis sie an Denver vorbei waren, bevor sie auf einer Diagonale bis fast zur Staatsgrenze fuhr. Dort bog sie erneut ab. Dieses Mal genau nach Süden. Sie überquerten den seitlich von Oklahoma wegragenden schmalen Landstreifen. Und fuhren weiter, tiefer und tiefer nach Texas hinein.

Ihre Unterhaltung geriet ins Stocken, als Hannah das Thema Beziehungen anschnitt. Reacher konfrontierte sie mit ihren eigenen Fragen und brachte das Gespräch auf ihre Ehe mit Sam Roth. Er schien ein netter Kerl gewesen zu sein. Hannah konnte endlos viele Anekdoten über ihn erzählen. Über ihr gemeinsames und doch nicht gemeinsames Leben. Manche ihrer Erinnerungen waren zärtlich, andere komisch. Wieder andere aus ihrer ersten Zeit zusammen waren wild. Während Hannah in Erinnerungen schwelgte, wurde ihre Stimme ruhiger. Sie sprach langsamer. Dann lief ihr eine Träne über die Wange. Nur eine. Sie wischte sie weg und schaute zu Reacher, als wollte sie sagen: *Jetzt sind Sie dran.*

Reacher schwieg.

21

Damon Brockman gehörte nicht zu den Leuten, die ihre Meinung leicht ändern.

Als er erstmals hörte, jemand könnte in den Umschlag gesehen haben, mit dem Angela St. Vrain nach Colorado geflüchtet war, sah er kein Problem. Er sah noch immer keins. Aber er war auch kein Mensch, der sich unnötiger Kritik aussetzte. Seiner Erfahrung nach gab es nur etwas, das schlimmer war, als wenn in seinem Verantwortungsbereich etwas schiefging: Vorwürfe, die man sich deswegen anhören musste. Und noch schlimmer waren Vorwürfe, nachdem einen jemand öffentlich vor einer Gefahr gewarnt hatte. Wenn jemand sagen konnte: *Ich hab's dir gesagt!* Vor allem wenn dieser Jemand der Boss war, der einen bestrafen konnte, wo es finanziell wehtat. Obwohl Brockman es weiter für fast ausgeschlossen hielt, dass Reacher in Winson aufkreuzen und Schwierigkeiten machen würde, beschloss er, so zu tun, als wäre diese Gefahr real.

Als Erstes verlegte er den Zeitpunkt für den Einsatz der Wachposten vor. Bruno Hix hatte gefordert, sie müssten ab Donnerstag um sechs Uhr in Position sein. Brockman machte daraus drei Uhr.

Zweitens teilte er zwei zusätzliche Wachposten ein. Hix hatte verlangt, zwei Männer sollten die Greyhound-Station in Jackson überwachen. Brockman schickte zwei weitere Leute zu der Haltestelle in Jackson, von der aus der Bus nach Winson fuhr. Viele Besucher von Häftlingen benutzten diese Verbindung, die eine logische Wahl für jeden Fremden ohne eigenes Auto war.

Als Drittes schaltete er in einen Was-wäre-wenn-Modus um. Er hatte bereits versucht, alle Möglichkeiten zu berücksichtigen, aber jetzt wollte er die Chancen minimieren. Auf ein Pferd setzen, statt seine Wette übers ganze Feld zu verteilen. Brockman fragte sich, was er täte, wenn er mit wenig Geld quer durchs Land reisen müsste. Die Antwort lag auf der Hand: Er würde ein Auto stehlen. Das ging leicht und schnell. Ein Wagen war bequemer als ein Greyhound – und sicherer, als per Anhalter zu reisen. Dort draußen gab es alle möglichen Verrückten, die es auf Arme und Obdachlose abgesehen hatten. Das wusste er, denn Minerva verdiente gut daran, sie wegzusperren, nachdem sie geschnappt und verurteilt worden waren.

Allerdings bestand bei jedem Autodiebstahl die Gefahr, dass er normalerweise bemerkt werden würde. Der Besitzer würde die 911 wählen. Und wenn die Polizei einen schnappte, war das Spiel gleich aus. Um dieses Risiko zu minimieren, musste man die Kennzeichen wechseln. Die konnte man stehlen, was wiederum Gefahren beinhaltete. Also war es besser, zwei nachmachen zu lassen oder selbst erfundene Kennzeichen anzubringen. Was für jemanden mit beschränkten Mitteln schwierig gewesen wäre.

Allmählich fühlte Brockman sich besser. Autodiebstahl war die beste Option, die aber für Reacher vermutlich nicht infrage kam. Dann fing er an, sich wieder schlechter zu fühlen. Er musste ausgerechnet an Curtis Riverdale denken. An etwas, das er gesagt hatte. Dass Reacher ein ehemaliger Militärpolizist war. Als Ermittler ein echter Crack. Reacher hatte Angela St. Vrains angeblichen Unfall beobachtet. Er hatte mit der dortigen Polizei gesprochen und möglicherweise dort Verschiedenes aufgeschnappt. Er konnte auf Sam Roth' Tod aufmerksam geworden sein. Er konnte die beiden Fälle miteinander in Verbindung gebracht haben.

Dass Reacher Beweise entdeckte, die zu Minerva zurückführten, war nicht zu befürchten. Das wusste Brockman mit Sicherheit. Aber es gab ein anderes Problem: Tote konnten keinen Autodiebstahl anzeigen.

Brockman zog sein Handy heraus und rief Rod Moseley per Kurzwahl an, den örtlichen Polizeichef.

Moseley meldete sich nach dem ersten Klingeln. »Was gibt's jetzt schon wieder? Zur Abwechslung mal eine gute Nachricht?«

Brockman entgegnete: »Es geht um Sam Roth. Den Kerl, den wir in Colorado umgelegt haben. Wir brauchen Marke und Modell seines Autos.«

Hannah Hampton und Reacher waren seit beinahe sieben Stunden mit Sam Roth' Pick-up unterwegs.

Seit fast sechs Stunden hatte keiner von ihnen mehr ein Wort gesprochen. Hannah konzentrierte sich aufs Fahren. Für sie war das eine nützliche Ablenkung. Sie kämpfte damit, ihre Trauer nicht übermächtig werden zu lassen. Reacher dagegen war auf nichts Spezielles fokussiert. Er hatte seine Sitzlehne etwas nach hinten geneigt. Seine Augen waren geschlossen, und er spielte in Gedanken Musik ab. Er konnte nichts tun, damit der Truck schneller fuhr oder ihr Ziel näher heranrückte. Daher fiel ihm kein besserer Zeitvertreib ein, als sich einige seiner Lieblingsbands anzuhören.

Hannah stieß Reacher an. Als er die Augen öffnete, deutete sie auf ein Schild, das die nächste Ausfahrt ankündigte – zu irgendeinem Nest, dessen Namen sie beide noch nie gehört hatten. Soweit das Auge reichte, war das Land auf beiden Seiten der Interstate flach wie ein Brett. Im Licht der untergehenden Sonne wirkte es glanzlos braun. Aus spärlichem verbranntem Gras ragten verkümmerte Büsche und ein paar verkrüppelte Bäume. Eine Hochspannungsleitung auf Gittermasten verlief schnurgerade bis zum Horizont. Die graue Wolkenschicht darüber sah bis zum Zerreißen gespannt aus, als reichte sie nicht ganz aus, um den hohen, weiten Himmel zu bedecken.

Hannah fragte: »Schluss für heute?«

Weil sie noch immer nach Süden fuhren, rechnete Reacher sich aus, dass sie noch nicht ganz bis Amarillo gekommen waren. Aber das musste nicht unbedingt ein Problem sein. Auf einer Hinweistafel waren die Einrichtungen der Kleinstadt aufgeführt. Dort gab es anscheinend alles paarweise: zwei Tankstellen, zwei Schnellrestaurants und zwei Motels. Hannah nahm die Ausfahrt und hielt nach einer Viertelmeile an einer Zapfsäule der ersten Tankstelle. Während sie auf der Toilette verschwand, füllte Reacher den Tank mit Diesel. Er ging hinein, um zu zahlen. Als er zurückkam, saß Hannah wieder am Steuer. Er stieg ein, und sie fuhren schräg über die Einfallstraße zum ersten Motel. Dort stellte sie den Truck am Rand des Parkplatzes ab – auf halbem Weg zum nächsten Schnellrestaurant. Weil vor dem Motel nur zwei Autos standen, konnten sie sich ausrechnen, dass etliche Zimmer frei sein würden. Essen erschien ihnen im Augenblick dringender.

Das Schnellrestaurant sollte an einen Saloon aus alten Zeiten erinnern. Es hatte ein Schindeldach. Seine Wände waren mit imitierten Holzbalken verkleidet. An rostigen Haken hingen Brenneisen und alle möglichen alten Werkzeuge, deren Zweck Reacher nicht kannte. Drinnen war der Boden mit Sägemehl bestreut. Die Stühle und Tische bestanden aus Holz. Das Leder der Stuhlsitze hatte die gleiche Farbe wie die Sättel der Cowboys auf den Gemälden an den Wänden. Die Tischplatten wiesen Kratzer, Brandflecken und andere Abnutzungsspuren auf. Sie wirkten alt, aber Reacher vermutete, dass sie künstlich auf alt gemacht worden waren. Jemand hatte sich viel Mühe gegeben.

Weil sie die einzigen Gäste zu sein schienen, bedeutete die grauhaarige Serviererin in einem rosa karierten Kleid ihnen, sie könnten sitzen, wo sie wollten. Sie nahmen den Tisch in der hintersten Ecke. Der gefiel Reacher, denn von dort aus konnte er den Eingang und den zu den Toiletten führenden kurzen Flur im Auge behalten. Die Serviererin brachte eine Speisekarte und wartete, bis sie ihre Wahl getroffen hatten. Die Auswahl war nicht gerade überwältigend. Steakliebhaber wurden recht gut versorgt, alle anderen hatten das Nachsehen.

Hannah und Reacher bestellten. Dann warteten sie schweigend darauf, dass ihr Essen kam. Hannahs frühere Redseligkeit war verschwunden, und Reacher hatte im Moment auch nichts zu sagen. Zehn Minuten verstrichen quälend langsam, dann kam die Serviererin mit dem Essen. Riesige Portionen Fleisch, dazu Pommes, aber kein Gemüse. Reacher war das nur recht, Hannah weniger. Sie aß halbherzig ein paar Bissen von ihrem Steak und ein halbes Dutzend Pommes. Dann schob sie ihren Teller beiseite.

»Entschuldigung.« Hannah stand auf. »Ich will niemandem den Abend verderben, aber ich bin ziemlich erledigt. Kann kaum mehr die Augen offen halten. Ich nehme mir nebenan ein Zimmer. Muss dringend schlafen. Sehen wir uns morgen früh am Truck?«

Reacher sagte: »Klar. Klingt sechs Uhr ungefähr richtig?«

»So machen wir's. Gute Nacht.«

Reacher holte sich eine Zeitung aus einer Hufeisen-Halterung an der Wand neben der Tür und las sie, während er aufaß. Danach verspeiste er Hannahs Portion, die sie kaum angerührt hatte. Trank seinen Kaffee aus und ließ sich nachschenken. Dann legte er ein paar Scheine für zwei Essen und ein Trinkgeld auf den Tisch und verließ das Restaurant.

Vier der Stopps auf der Greyhound-Route zwischen El Paso und Dallas waren kurz. Nur eben lang genug, damit einige Fahrgäste aus- oder zusteigen konnten. Drei der Stopps dauerten länger. Zwanzig bis fünfundzwanzig Minuten. Lange genug, damit alle, die steif oder hungrig waren, sich draußen die Beine vertreten oder sich Essen besorgen konnten.

Jed Starmer blieb bei allen Stopps, ob kurz oder lang, an seinem Platz. Weil ihm etwas Sorgen bereitete: die Polizei. In El Paso waren Cops aufgekreuzt, mit seinem Foto in der Hand. Nur eine Person auf der Welt konnte dieses Foto zur Verfügung gestellt haben. Folglich musste dieser Mensch die 911 gewählt haben: seine Pflegemutter. Sie hatte ihn als vermisst gemeldet. Oder ihn als Dieb angezeigt. Sie machte sich Sorgen um ihn. Oder war wütend auf ihn. Jed wusste, worauf er gewettet hätte. Und er wusste auch, dass der Grund keine Rolle spielte. Die Frage war nur, was die Polizei als Nächstes tun würde. Da er nicht im Bus nach El Paso gewesen war, konnte sie annehmen, dass diese Route eine Sackgasse war. In diesem Fall hatte er nichts mehr zu befürchten. Oder sie konnte entlang der gesamten Route weiter nach ihm fahnden. Bis zu seinem Endziel. Dann war er geliefert.

Jed wusste nicht, was die Polizei unternehmen würde. Und diese Ungewissheit machte ihn fertig. Bei jedem Halt geriet er wieder in Panik. Auch wenn der Bus nur an einer Kreuzung hielt. Er stellte sich vor, wie die Tür aufging und ein Cop die Stufen heraufkam. Wie er den Mittelgang entlangging. Jedem wachen oder schlafenden Fahrgast mit seiner Stablampe ins Gesicht leuchtete. Jeden mit dem Foto in seiner Hand verglich. Dieses Foto war alt. Sein Aussehen hatte sich in den letzten vier bis fünf Jahren stark verändert. Das hoffte er, ohne selbst davon überzeugt zu sein. Der Kerl hinten im Bus hatte die Ähnlichkeit erkannt. Den Cops würde sie garantiert nicht entgehen. Sie waren für solches Zeug ausgebildet. Er würde identifiziert, hochgezerrt, abgeführt und nach L.A. zurückgebracht werden. Zu seiner Pflegemutter. Oder ins Gefängnis.

Der Bus hielt fahrplanmäßig siebenmal. Die Tür öffnete sich siebenmal. Dreimal stieg jemand ein. Aber immer nur Fahrgäste, keine Cops. Was bedeuten konnte, dass die Polizei nicht mehr nach ihm suchte.

Oder dass sie auf ihn warten würde, wenn der Bus in Dallas hielt.

Lev Emersons Wecker klingelte um 2.45 Uhr.

Er spielte ein Thema aus Händels *Feuerwerksmusik*. Laut. Emerson stellte ihn ab. Er blieb noch einen Augenblick im Dunkeln liegen, ordnete seine Gedanken. Er lag auf dem Sofa in seinem Lagerhausbüro in Chicago. Der Geruch des abgewetzten rauen Leders war ihm vertraut. Auch das alte Kissen unter seiner Wange. In den vergangenen Jahren hatte er viele, viele Mal hier geschlafen. Aber nicht aus den Gründen, aus denen verheiratete Männer typischerweise außer Haus übernachteten. Daran war auch kein Streit mit seiner Frau schuld. Er war nicht betrunken. Er roch nicht nach dem Parfüm einer anderen Frau. Er war nicht hier, um Drogen zu nehmen oder Pornos zu gucken. Er war hier, weil die Art seiner Arbeit das erforderte.

Hatte ein gewöhnlicher Geschäftsmann einen Auswärtstermin früh am Morgen, reiste er am Vorabend an. Übernachtete in einem günstig gelegenen Hotel, frühstückte gut und kam am folgenden Morgen hellwach zu seiner Besprechung. Für Emerson war das jedoch keine Option. Nicht wenn er sein Arbeitsmaterial dabeihatte. Das waren keine Sachen, mit denen man fliegen konnte. Sie mussten auf dem Landweg transportiert werden. In einem seiner speziell ausgebauten Kastenwagen. Und ihm gefiel die Idee nicht, eines dieser Fahrzeuge auf einem öffentlichen Parkplatz abzustellen. Wo irgendein Idiot es rammen konnte. Oder versuchte, es zu stehlen. Oder sich zu sehr für seine Ladung interessierte. Das alles bedingte, dass er seine Fahrtdauer sehr genau berechnete. Seinen Wecker stellte. Und sofort aufstand, so früh es auch sein mochte.

Als sein Geschäft florierte, hatte Emerson Leute an Bord geholt, die den größten Teil der frühmorgendlichen Abfahrten übernahmen. Leute, denen er vertraute. Aber er scheute nicht davor zurück, selbst mitzuarbeiten. Vor allem nicht, wenn es sich um einen privaten Job handelte. Und weil seine Leute im Augenblick in New Jersey weilten, um ein Schiff am Rand der Zwölfmeilenzone zu überwachen, blieb ihm nichts anderes übrig, als selbst anzupacken. Gemeinsam mit Graeber, der nebenan schlief. Emerson wälzte sich vom Sofa. Er trat an die Werkbank und schaltete seine kleine Nespresso-Maschine ein. Bevor sie losfuhren, könnten sie beide eine ordentliche Dosis Koffein brauchen.

Als Jed Starmer, der noch nie in Dallas gewesen war, in der Ferne eine Ansammlung von Wolkenkratzern mit glänzenden Fassaden und ein Gebäude wie ein Golfball auf einer Stange sah, wusste er, dass sie bald ankommen würden.

Jed starrte aus seinem Fenster. Er war in höchster Alarmbereitschaft, suchte die Umgebung nach rot-blauen Blinkleuchten ab. Nach Streifenwagen. Nach neutralen Dienstwagen von Kriminalbeamten. Nach Cops zu Fuß. Nach jedem, der vielleicht nach ihm fahndete. Er sah Geschäfte. Büros. Bars und Restaurants. Hotels. Öffentliche Gebäude. Einen für Autos gesperrten weiten Platz. Eine Gedenkstätte für einen toten Präsidenten. Einige Obdachlose, die in Hauseingängen schliefen. Aber niemanden, den er als Gesetzeshüter erkannte.

Also waren die Cops nicht hinter ihm her. Oder sie würden in der Greyhound-Station auf der Lauer liegen.

Jed hatte das Gefühl, der Bus brauche eine Woche, um durch die Großstadt zu mäandern. Er schrak vor jedem Auto zusammen, das verdächtig aussah. Und vor jedem Fußgänger, der ihn zu fixieren schien. Dabei achtete niemand auf ihn. Trotzdem rutschte er auf seinem Sitz tiefer, als der Fahrer schließlich in den Busbahnhof abbog. Als Letztes sah er eine Werbetafel für den Texas Prison Shuttle, der Angehörige von Häftlingen mit Bussen in Gefängnisse brachte. Diese Vorstellung machte ihn traurig. Vielleicht war er selbst ins Gefängnis unterwegs, und wenn er hinter Gittern landete, würde ihn garantiert niemand besuchen. Ob es bequeme Shuttlebusse gab oder nicht, würde dann keine Rolle spielen.

Der Fahrer steuerte seinen Bussteig an, kam ruckfrei zum Stehen und schaltete die Innenbeleuchtung ein. Manche Fahrgäste grunzten und ächzten und zogen sich Decken oder Jacken übers Gesicht. Andere standen auf und reckten sich, bevor sie nach vorn zur Tür gingen. Jed blieb, wo er war. Hätte er sich unsichtbar machen können, hätte er's jetzt getan. Stattdessen musste er sich damit begnügen, den Kopf gesenkt zu halten und durch den Spalt zwischen den Sitzen vor ihm zu spähen. Er konzentrierte sich auf den Eingangsbereich des Busses. Auf die oberste Stufe. Um zu sehen, ob jemand einstieg. Das tat niemand. Keine neuen Fahrgäste, keine Cops. Aber sein Anschlussbus ging erst in einer Stunde und fünf Minuten. Reichlich Zeit für die Cops, mit einem ganzen Trupp anzurücken.

»He, Kumpel.« Der Kerl von hinten ließ sich auf den Platz neben Jed fallen. »Danke, dass du gewartet hast. Bist du auch hungrig? Komm schon. Wird Zeit für das Frühstück, das du mir versprochen hast.«

Jed blieb am Eingang des Busterminals stehen und schaute hinein. Der Raum vor ihm war ein großes Rechteck mit grau gefliestem Boden und einer in der Mitte hohen Decke, die zu den Seiten hin abfiel. Die Toiletten befanden sich im Untergeschoss. Eine Wand nahmen die Ticketschalter ein, die so früh am Morgen noch geschlossen waren. Dort stand auch eine Reihe von Ticketautomaten. Entlang der Rückwand standen Automaten für Snacks und Getränke. Lange Reihen von roten Plastikstühlen, manche mit schlafenden Leuten. Und gegenüber den Ticketschaltern die Schnellimbisse, für die

Jeds neuer Freund sich interessierte. Es gab exakt zwei. Der eine verkaufte nur Pizza, der andere bot die ganze Palette von Fast-Food-Optionen an.

Nirgends ein Cop in Sicht. Noch nicht.

Jed wollte nur eine Kleinigkeit essen. Er wollte möglichst wenig Zeit außerhalb von Bussen verbringen. Und so wenig Geld ausgeben wie irgend möglich. Er hatte noch größere Ausgaben vor sich, das war ihm klar. Aber dann las er die Speisekarte an der Esstheke. Er roch den Bacon. Und die Würstchen. Und die Pommes. Im nächsten Augenblick verflüchtigten sich alle seine guten Vorsätze. Er hatte seit L.A. nichts mehr gegessen. Er war so hungrig, dass ihm die Knie zitterten. Er konnte einfach nicht widerstehen. Er bestellte den Belly Buster Deluxe, der ziemlich alles enthielt, was man frittieren konnte, mit zusätzlichen Zwiebelringen und einer Coke. Der Kerl hinten aus dem Bus bestellte dieselbe Kombination. Die Frau an der Theke gab dem Koch, der hinter ihr herumlungerte, einige kurze Anweisungen. Dann watschelte sie an die Kasse, tippte die Bestellung ein und nannte die Gesamtsumme. Die hatte Jed sich schon im Kopf ausgerechnet. Er wusste auch, wie viel Geld er noch haben würde, wenn er die Verkaufssteuer und das kleinste akzeptable Trinkgeld dazuzählte.

Das war weniger, als er sich gewünscht hätte, aber damit könnte er leben.

Jed Starmer griff in seine Tasche. Er tastete nach seiner Rolle Geldscheine. Aber seine Finger berührten nichts außer Fusseln und ausgefransten Nähten. Die Tasche war leer. Er kontrollierte seine übrigen Taschen. Eine nach der anderen. Außer ein paar Münzen und seiner Zahnbürste förderte er nichts zutage. Sein Geld war weg. Restlos. Er stand einen

Augenblick wie gelähmt da und versuchte zu begreifen, was passiert war. Dann gaben seine Knie nach. Er fiel nach hinten. Sein Kopf schlug auf dem Boden auf. Die Lichter über ihm wurden zu feurigen, vielzackigen Sternen. Sie drehten sich, tanzten und wirbelten durcheinander. Dann wurde seine gesamte Welt schwarz.

22

Reacher weckte sich am Donnerstagmorgen um Punkt 5.15 Uhr. Er duschte, zog sich an und war wie vereinbart zehn Minuten vor sechs auf dem Parkplatz. Hannah Hampton dagegen nicht. Und Sam Roth' Pick-up auch nicht.

Reacher überlegte, ob er hineingehen und den Mann an der Rezeption fragen sollte, wann Hannah ausgecheckt hatte. Aber dann verzichtete er doch darauf. Ob sie vor fünf Minuten oder fünf Stunden weggefahren war, spielte keine Rolle. Ohne Auto würde er sie nicht einholen können. Und selbst mit hätte er es nicht versucht. Dies war ein Unternehmen für Freiwillige. Hatte Hannah sich die Sache anders überlegt, war es besser, wenn sie ihn nicht begleitete.

Es wäre ein Fehler gewesen, sie mitzunehmen.

An der Tankstelle auf der anderen Straßenseite standen keine Autos, also machte Reacher sich zu Fuß auf den Weg. Die Interstate war nur eine Viertelmeile entfernt. Er rechnete sich aus, dass ihn jemand mitnehmen würde, wenn er an der Einfahrt wartete. Bevor der Verkehr zu dicht wurde, würden früh am Morgen viele Lastwagen unterwegs sein. Er hoffte auf wenigstens einen Fahrer, der das Bedürfnis nach Gesellschaft verspürte. Der etwas Geld für Treibstoff brauchen konnte. Oder ein wenig Unterhaltung, um nach einer langen Nacht am Steuer nicht einzuschlafen.

Inzwischen begann die Sonne aufzugehen, aber die Landschaft wirkte nicht einladender als am Abend zuvor, sie sah weiter eintönig flach aus. Reacher hatte schon einige hundert

Meter zurückgelegt, aber die Szenerie war so gleichförmig, dass er den Eindruck hatte, sich gar nicht bewegt zu haben. Er marschierte etwas schneller weiter. Dann blieb er stehen, weil er ein Geräusch hinter sich hörte. Es stammte von einem Dieselmotor, der wie eine Güterzuglok schepperte und ratterte.

Hannah Hampton hielt neben ihm und öffnete das Beifahrerfenster.

Sie fragte: »He, was läuft? Warum haben Sie nicht auf mich gewartet?«

Reacher sagte: »Ich dachte, Sie seien ohne mich weggefahren.«

Hannah schaute auf ihre Uhr. »Aber es ist noch nicht mal sechs. Wir wollten uns um sechs Uhr treffen.«

Reacher zuckte mit den Schultern. »Alte Gewohnheit. Wo ich herkomme, gilt pünktlich als verspätet. Wo waren Sie überhaupt? Dies ist keine Gegend für eine morgendliche Spazierfahrt.«

»Kaffee holen.« Hannah deutete auf zwei riesige Thermosbecher in Halterungen auf der Mittelkonsole. »Ich dachte, Sie würden einen mögen. Aber in der Tankstelle auf der anderen Straßenseite hat's noch keinen gegeben. Die Ablösung des Tankwarts hatte sich verspätet. Also musste ich zu der anderen Tankstelle fahren. Und die ist ungefähr eine Meile weit entfernt. War das falsch?«

»Absolut nicht.« Reacher öffnete die Tür und stieg ein. »Ich trinke gern Kaffee. Und diese Art der Begrüßung gefällt mir weit besser als das letzte Mal. Das steht verdammt fest.«

Jed wachte einige Stunden später als Reacher auf. Er saß in einem Greyhound-Bus. Aber nicht in dem, der ihn nach Dallas gebracht hatte. Dieser Bus fuhr nach Osten, näherte sich der Grenze zwischen Texas und Louisiana.

Auf sich allein gestellt hätte er's vermutlich nicht in diesen Bus geschafft. Er konnte sich nicht daran erinnern, wie er sich vom Boden des Busbahnhofs Dallas aufgerappelt hatte. Seine Erinnerung setzte erst damit ein, dass er auf einem Plastikstuhl an einem Tisch saß. Ihm gegenüber hockte der Kerl, der in dem vorigen Bus hinten gesessen hatte. Zwischen ihnen standen zwei mit Essen überladene Tabletts. Belly Buster Deluxe mit zusätzlichen Zwiebelringen und riesige Becher mit Coke. Genau das Bestellte. Genau das, was er hatte bezahlen wollen, als ihm klar wurde, dass sein Geld weg war. Aber anscheinend hatte er sich geirrt. Erleichterung durchflutete ihn. Er steckte eine Hand in die Tasche. Er musste sein Geld berühren. Sich vergewissern, dass es noch existierte. Aber seine Tasche war so leer wie zuvor. Das verwirrte ihn.

Der andere Kerl sagte: »Falls du dich fragst, was mit dem Essen ist – ich hab's bezahlt.«

»Oh.« Jed hatte Mühe, seine Gedanken zu ordnen. »Vielen Dank auch.«

Der Kerl starrte Jed an. Sein Gesichtsausdruck war nicht freundlich. »Erzähl mir was. Aber nicht lügen! Spielst du mir was vor?«

»Was? Nein. Augenblick, das verstehe ich nicht.«

»Du sagst, dass du zahlst. Du bestellst das Essen. Und dann lässt du *mich* zahlen.«

»Nicht absichtlich.«

»Die Sache mit deinem Zusammenbruch? Dafür müsstest du einen Oscar kriegen.«

»Ich weiß nicht, was du meinst.«

»Du hast echt geglaubt, du hättest Geld?«

»Ich habe Geld. Ich hatte welches. Jetzt ist's weg.«

»Wie viel hattest du?«

»Dreihundert Dollar.«

»In was für Scheinen? Zehner? Zwanziger? Fünfziger?«

»Zwanziger.«

Der Kerl schüttelte den Kopf. »Das ist schon ein Packen. Wann hast du ihn zuletzt gehabt?«

Jed überlegte kurz. »In El Paso. Als ich mir Wasser besorgt habe. Warte. Das war ein Getränkeautomat. Ich habe Münzen eingeworfen. Es muss schon in L.A. gewesen sein. Am Dienstag. Als ich mein Ticket und einen Burger gekauft habe.«

»Hast du das ganze Geld rausgeholt? Oder nur, was du gerade brauchtest?«

Jed zuckte mit den Schultern. »Alles, glaube ich.«

»Und dann hast du den Rest wieder eingesteckt?«

»Richtig.«

»Hat jemand gesehen, in welche Tasche du's gesteckt hast?«

»Keine Ahnung. Wahrscheinlich. In der Station war ziemlich viel Betrieb.«

»Hat jemand sich an dich rangemacht? Dich angerempelt? Hatte jemand Körperkontakt mit dir?«

»Nein … doch! Der Kerl, dieser Surfertyp, der mein Ticket gefunden hat. Es war mir aus der Tasche gefallen, und er … oh!«

»›Oh!‹ ist richtig. Was war mit diesem Typen? Hast du mit ihm geredet? Hat er dich irgendwas gefragt?«

»Wir haben ein bisschen geplaudert. Er hat gesagt, dass er mit demselben Bus fährt wie ich. Aber dann war er doch nicht an Bord. Jetzt weiß ich, warum.«

»Hast du ihm erzählt, wohin du fährst?«

»Eigentlich nicht. Ich habe mich ziemlich vage ausgedrückt. Wieso?«

»Unwichtig. Komm jetzt. Iss, bevor alles kalt wird.«

Der andere Kerl aß seinen Belly Buster Deluxe auf, dann wartete er, bis Jed fertig war.

Er sagte: »Gut. Jetzt sollten wir dich ins Krankenhaus bringen. Du warst bewusstlos. Du bist ganz schön mit dem Kopf aufgeschlagen.«

»Nein.« Jed blickte auf seine Uhr. »Keine Zeit. Mein Bus fährt in zehn Minuten. Und mir geht's wieder gut.«

»Du solltest wenigstens die 911 anrufen. Diesen Typen in L.A. anzeigen.«

Jed schüttelte den Kopf.

»Du musst ihn anzeigen. Damit er nicht noch andere beklaut.«

»Wozu? Meine Anzeige käme viel zu spät. Er ist längst über alle Berge.«

»Du hast Angst vor der Polizei, stimmt's? Du willst nichts mit ihr zu tun haben. Wieso nicht?«

»Ich habe keine Angst. Ich hab's nur eilig.«

»Du hast irgendwelche Schwierigkeiten.«

»Nein, nein, da täuschst du dich.«

»Wo liegt das Problem sonst? Bist du ausgerissen? Ist das der Grund?«

Jed schüttelte wieder den Kopf. »Nein, ich laufe vor nichts weg. Ich … ich ziehe nur um.«

»Ohne Scheiß? Wohin denn? Und wie? Wo sind deine Sachen? Was machst du, wenn du dort ankommst?«

»Weiß ich noch nicht.« Das waren gute Fragen, fand Jed. Andererseits hatten nur zwei Dinge wirklich Bedeutung: Wo würde er nachts schlafen, wenn er aus dem Bus gestiegen war? Und wie würde er seine Reise am folgenden Morgen fortsetzen? Vor diesen beiden Problemen hatte er von Anfang an gestanden. Jetzt waren sie etwas schwieriger, weil er kein Geld mehr besaß. Aber ihm würde schon etwas einfallen. Um sie herum schliefen Leute auf Stühlen. Darauf war er nicht scharf, aber notfalls konnte er das im Busbahnhof Jackson tun. Eine Nacht würde ihn nicht gleich umbringen. Dann erinnerte er sich an die Werbung, die er draußen gesehen hatte. Für den Texas Prison Shuttle. Vielleicht gab es in Mississippi auch einen. Der konnte seine Rettung sein. Wenn es ihm irgendwie gelang, den Fahrer zu überreden, ihn kostenlos mitzunehmen. Er sah auf und versuchte zu lächeln. »Keine Sorge, ich komme schon zurecht.«

»Na, dann viel Glück. Du bist ein tapferer Junge.« Der Kerl musterte Jed prüfend, dann zog er zwei Zehner aus der Tasche und schob sie über den Tisch. »Hier. Das ist alles, was ich entbehren kann. Nimm sie, aber lass dir das Geld nicht wieder klauen.«

Hannah Hamptons Smartphone dirigierte sie nach Süden, bis sie an Amarillo vorbei waren. Ab dort verlief die Interstate etwas östlicher, sodass sie den Staat diagonal durchqueren würden, bis sie Dallas erreichten, rechnete Reacher sich aus. Dann ging es geradeaus nach Mississippi, mit ein paar weiteren Tank- und Kaffeepausen. Ein paar Stunden Zeit, um in seinem Kopf Musik zu spielen. Oder mit Hannah zu reden, wenn sie Lust dazu hatte. Beides war ihm gleich recht. Er verstellte seine Rückenlehne noch etwas mehr, schloss die Augen und richtete sich auf eine lange Fahrt ein. Solange sie unterwegs waren, konnte er nicht viel tun, aber das würde sich ändern, sobald sie ihr Ziel erreichten. Und auch das war ihm recht.

Als Treffpunkt hatte Lev Emersons Kontaktmann einen Coffeeshop in St. Louis vorgeschlagen. Dieselbe Stadt wie bei ihrem ersten Treff. Aber ein anderer Ort. Wieder öffentlich. Laut. Um ein Belauschen oder Mitschneiden ihres Gesprächs zu behindern. Zugleich aber auch Emerson zu erschweren, gewalttätig zu werden, ohne dass Dutzende von Zeugen es mitbekamen. Der Kerl war vorsichtig. Das war klar. Aber er hatte etwas übersehen. Bei ihrem ersten Treffen hatte Emerson nicht gewusst, wie der Mann aussah. Also hatte er wie vereinbart drinnen auf ihn gewartet. Aber dieses Mal würde er ihn erkennen. Deshalb beschloss Emerson, ihm im Freien aufzulauern. Arbeitete man mit gefährlichen Chemikalien, wie Emerson sie für seine Aufträge brauchte, war es ein Kinderspiel, sich etwas Chloroform zu besorgen. Vor seiner Abfahrt aus Chicago hatte Emerson ein Tuch damit getränkt und in einen Ziploc-Beutel gesteckt. An diesem Tag war er mit Graeber so rechtzeitig unterwegs, dass sie den Coffeeshop eine Stunde vor der vereinbarten Zeit erreichten. Er hielt gleich an der Einfahrt des Parkplatzes. Beobachtete jedes Auto, das nach ihnen eintraf. Sah seinen Kontaktmann in einem silbernen Mercedes vorfahren. Stieß zurück und folgte dem Mann auf die andere Seite des Parkplatzes. Parkte dort rückwärts neben ihm ein, sodass sich die Beifahrertüren gegenüberlagen. Graeber sprang aus dem Wagen. Er hielt einen eselsohrigen Straßenatlas in der Hand und bat den Mann, ihm den Weg zu einem Gewerbegebiet am Stadtrand zu erklären. Emerson stieg auf der anderen Seite aus. Mit dem nassen Tuch in der Hand ging er um ihren Van herum, öffnete die linke hintere Tür des Mercedes und drückte dem Typen das Tuch auf Nase und Mund. Und stützte ihn, als er zusammensackte, damit er nicht aus dem Wagen fiel. Graeber packte den Mann an den Schultern. Emerson übernahm die Beine. Gemeinsam schleiften sie ihn in ihren Van. Dann knallte Emerson die Hecktür zu und sah sich auf dem Parkplatz um. Der ganze Überfall hatte neun Sekunden gedauert. Niemand hatte etwas gesehen.

Damon Brockman kam in Bruno Hix' Büro und ließ sich in einen der Besuchersessel fallen, die vor seinem großen Mahagonischreibtisch standen.

Er sagte: »Ich habe gerade einen interessanten Anruf gekriegt. Du erinnerst dich an Lawrence Osborn?«

Hix legte seinen Füller weg. »Pfefferspray-Larry? Klar. Guter Mann. Ist mit uns aus Kansas City gekommen, musste aber vorzeitig ausscheiden. Asthma, stimmt's?«

»Richtig. Rate mal, wer bei Larry angeklopft hat?«

»Erzähl's mir.«

»Dieser Junge. Der Journalist, der auf den Drogentoten rumgehackt hat.«

»Wieso belästigt er Larry?«

»Anscheinend sucht er alle auf, die wir nach der Übernahme von Winson gefeuert haben. Bestimmt rechnet er bei einigen von ihnen mit Loyalitätsdefiziten. Weil er hofft, dass sie aus Rache auspacken werden.«

»Keiner dieser Kerle weiß irgendwas.«

»Genau.«

»Und wir haben Larry nicht entlassen.«

»Das weiß der Junge nicht.«

»Genau.«

Hix trommelte sekundenlang mit den Fingern auf der Schreibtischplatte herum. »Trotzdem gefällt mir das nicht. Wer weiß, wo der Junge sonst überall nachgräbt, wenn er schon unsere ehemaligen Angestellten aufspürt. Ich will nicht, dass er morgen hier auftaucht. Er ist mir zu neugierig. Viel zu lästig. Wird Zeit, dass wir ihn loswerden.«

Brockman grinste. »Einverstanden. Und ich weiß eine gute Methode.«

»Welche?«

»Larry hat dem Jungen gesagt, dass er ihm vielleicht belastendes Material liefern kann, aber etwas Zeit zum Nachdenken braucht. Hat ihm versprochen, sich zu melden, wenn er so weit ist. Dann hat er mich angerufen, um uns zu warnen. Um zu fragen, wie er sich verhalten soll. Ich stelle mir Folgendes vor: Wir lassen Larry den Jungen anrufen und auf eine ganz falsche Fährte setzen.«

»Auf welche denn? Und was soll er dort machen?«

Brockman zuckte mit den Schultern. »Keine Ahnung, jedenfalls weit weg. San Francisco. Key West. Die Details sind unwichtig. Wir können uns irgendeine Geschichte einfallen lassen. Die Sache muss nur dringend sein, damit der Junge noch heute abreist. Spätestens morgen früh.«

Hix griff wieder nach dem Füller, drehte ihn zwischen seinen Fingern. »Okay, das gefällt mir. So machen wir's. Aber denkt euch was Überzeugendes aus.«

23

Lev Emerson hatte lediglich versprechen müssen, das Lagerhaus nicht niederzubrennen.

Das war das genaue Gegenteil der Vertragsbedingungen, die Emerson normalerweise unterschrieb, aber in diesem Fall war die Forderung berechtigt. Er brauchte Zugang zu irgendeinem abgelegenen Gebäude. In einem Gebiet, in dem niemand etwas sah oder hörte. Am besten in einem Industriegebiet. Er war hier fremd und hatte es eilig. Also rief er den Klienten in Savannah an, für den er kürzlich gearbeitet hatte. Tatsächlich gehörte dem Kerl ein altes Lagerhaus in St. Louis am Fluss. Es lag in Flussnähe, stand leer und war von ebenfalls leeren Industriebauten umgeben. Von dieser Halle wusste Emerson bereits. Er erinnerte sich an sie, weil der Kerl ihn früher einmal engagiert hatte, um das Nachbargebäude abfackeln zu lassen.

Als Emersons Kontaktmann aus seinem Chloroformrausch aufwachte, lag er flach auf dem Rücken, nackt, mitten auf dem kalten Betonboden einer Lagerhalle, in der es leicht nach Benzin roch. In einiger Entfernung konnte er Ziegelmauern sehen. Sie schienen uralt zu sein. Eine dünne Schicht Kalkfarbe blätterte von ihnen ab. Die Hallendecke hoch über ihm wies Wasserflecken auf und wurde von rostigen Fachwerksträgern aus Eisen getragen.

Die Arme und Beine des Mannes waren ausgestreckt. Er wollte sie bewegen, aber das ging nicht, weil seine Handgelenke und Fußknöchel mit Kabelbindern an Stahlrohre gefesselt waren, die in langen Reihen angeordnet zwei Handbreit aus dem Betonboden ragten. Sie waren alles, was von den riesigen Regalen übrig war, die man abmontiert und verschrottet hatte, als die Logistikfirma, denen sie gehörten, ausgezogen war. Der Kerl ruckte mit aller Kraft an seinen Fesseln. Die Kabelbinder gruben sich in seine Haut, aber die Stahlrohre zitterten nicht einmal.

Emerson befand sich auf einer Seite des Mannes, Graeber auf der anderen. Vor den Füßen des Kerls stand ein großes Plastikfass mit Deckel, in dem eine Schöpfkelle hing. Eine großformatige Kelle, wie sie in Restaurants dazu diente, Suppenteller zu füllen.

Emerson ging in die Hocke und wartete, bis der Kerl den Kopf zur Seite drehte und ihn ansah. Dann sagte er: »Wir wollen nicht um den heißen Brei herumreden. Ich weiß, wer Sie sind, was Sie machen. Ich weiß natürlich auch von Ihrem Schiff. Daher sind Sie heute hier, um die noch vorhandene Lücke zu schließen.«

Die Kehle des Kerls war ausgetrocknet. Trotzdem brachte er heraus: »Welche Lücke?«

Emerson antwortete: »Ich will wissen, wer der Lieferant Ihrer Organisation ist.«

Der Kerl machte große Augen. »Das weiß ich nicht. Das darf ich nicht sagen.«

Emerson richtete sich auf und trat an das Fass. Mit einer Hand griff er nach der Schöpfkelle. Mit der anderen nahm er den Deckel ab. Dann füllte er die Kelle mit einem dickflüssigen weißlichen Gel. Ging damit zu dem Mann zurück und kippte ihm das Zeug über die Genitalien.

Der Kerl schrie auf, wand sich und zerrte an seinen Fesseln. »Stopp! Was machen Sie da? Was ist dieses Zeug?«

Emerson erwiderte: »Ich könnte Ihnen die chemische Bezeichnung nennen, aber die würde Ihnen nichts sagen. Haben Sie den Film *Apocalypse Now* gesehen?«

»Was? Warum?«

»Weil der Name, den Sie kennen werden, Napalm lautet.«

»Nein. Im Ernst? Was zum …«

»Dies ist meine eigene Version. Besser als die des Militärs. Der Trick liegt darin, nicht mit Benzin zu sparen. Das Original brennt nur ein paar Sekunden lang. Meine Mischung hat eine Brenndauer von zehn Minuten. Denken Sie darüber nach. Spüren Sie, wie das Zeug an Ihrer Haut klebt?«

Der Mann wandte und drehte sich, versuchte, das Gel abzuschütteln. Es war schwer wie Leim. Ein kleiner Teil floss ab, aber die Masse klebte hartnäckig.

Emerson holte eine Zündholzschachtel aus der Tasche. »Okay, versuchen wir's noch mal. Von wem bezieht Ihre Organisation ihre Ware?«

Der Kerl hörte zu strampeln auf. Er rang nach Atem. »Wir haben mehrere Lieferanten. Wir beziehen verschiedene Produkte aus verschiedenen Quellen.«

»Fangen wir mit dem Zeug an, das Sie meinem Sohn verkauft haben. Wo war das her?«

»Das weiß ich nicht. Ehrlich nicht! Ich kenne nur einen Verbindungsmann. Ich sage ihm, was ich brauche. Kann er's liefern, bekomme ich die Ware. Ich weiß nicht, für wen er arbeitet. So ist das System aus Sicherheitsgründen aufgebaut. Genauso weiß er nicht, für wen ich arbeite.«

»Sein Name?«

»Carpenter. So hat er sich genannt. Aber das ist vielleicht nicht sein richtiger Name.«

»Kontaktinformation?«

»Auf meinem Handy. Ich kann sie Ihnen geben. Aber da gibt's ein Problem. Carpenter ist seit vier Wochen von der Bildfläche verschwunden. Vielleicht arbeitet er nicht mehr. Vielleicht hat das FBI ihn geschnappt. Das weiß ich nicht. Aber wenn Sie ihn nicht erreichen können, heißt das nicht, dass ich gelogen habe.«

Graeber hob die Hose des Kerls vom Boden auf, zog sein Handy aus einer der Taschen. Er fragte: »Passwort?«

Der Kerl ratterte die Ziffern herunter.

Graeber gab sie ein, suchte kurz und sagte dann: »Carpenter? Sie haben ein Foto von ihm? Soll das ein Witz sein?«

Der Kerl sagte: »Davon weiß er nichts. Ich wollte mich nur rückversichern. Aber das hat sich jetzt erledigt.«

Emerson fragte: »Was kümmert uns ein Foto, wenn der Typ abgetaucht ist? Was müssen wir tun, um ohne ihn weiterzukommen?«

Der Kerl sagte: »Das geht nicht. Er war mein einziger Kontakt.«

»Bei wem bestellen Sie also jetzt?«

»Bei niemandem. Wir warten, bis sich sein Nachfolger meldet. Bis dahin weichen wir auf andere Lieferanten aus.«

»Wie haben Sie bei Carpenter gezahlt?«

»Anfangs mit Bargeld, später mit Bitcoin, weil das anonyme Zahlungen ermöglicht.«

»Wer holt die Ware ab? Und wo?«

Der Kerl zögerte kurz. »Wo, weiß ich nicht.«

»Aber Sie wissen, wer sie abholt.«

Der Mann gab keine Antwort.

Emerson zog ein Zündholz aus der Schachtel.

»Okay! Wir beschäftigen einen kleinen Spediteur in Vicksburg, Mississippi. Er heißt Lafferty. Er arbeitet allein. Übernimmt Spezialaufträge.«

»Adresse?«

»In meinem Handy.«

»Gut. Möchten Sie uns sonst noch etwas mitteilen?«

»Nein, nichts. Ich hab Ihnen alles gesagt. Mehr als ich hätte sagen dürfen. Lassen Sie mich jetzt bitte laufen?«

»Alles der Reihe nach. Die letzte Lieferung an meinen Sohn. Die haben Sie arrangiert? Sie waren ein Glied der Lieferkette?«

Der Kerl schloss die Augen und nickte kaum merklich.

Emerson sagte: »Ich will's von Ihnen hören.«

Der Kerl öffnete wieder die Augen. »Ja, ich habe sie arrangiert. Kann ich jetzt gehen? Sie wollen das Geld zurück? Das kann ich veranlassen. Ich bin der Einzige, der das veranlassen kann.«

Emerson leerte einen Schöpflöffel Napalm auf dem Bauch des Kerls aus. Dann noch einen auf seiner Brust. Graeber schloss den Deckel und schob das Fass in Richtung Hallentor. Dann riss Emerson ein Zündholz an.

»Geld zurück?«, fragte er. »Nein. Aber Sie können gehen. Wie mein Sohn gehen musste, als Sie mit ihm fertig waren. Nur treten Sie etwas schneller ab. Und vielleicht mit etwas mehr Schmerzen.«

Der Greyhound-Bus mit Jed Starmer an Bord erreichte die Station Jackson, Mississippi, am Donnerstag kurz nach 13.15 Uhr – über vierzig Stunden nach seiner Abreise aus L.A. Vier Personen beobachteten seine Ankunft. Zwei von ihnen warteten speziell auf diesen Bus. Die beiden anderen behielten alle Fahrgäste im Auge, die aus Westen kamen.

Das zweite Paar bestand aus Männern, die normalerweise in der Minerva-Einrichtung in Winson arbeiteten. Sie waren seit drei Uhr morgens mit einem Spezialauftrag hier und langweilten sich. Sie waren müde. Und sie waren misstrauisch. Wegen der beiden anderen Kerle, die ihnen beim Betreten des Terminals sofort aufgefallen waren.

Die beiden Kerle waren jung, höchstens Anfang zwanzig. Sie hatten aufgeknöpfte farbige Hemden mit Kurzarm über nicht mehr ganz weißen Unterhemden an. Dazu Shorts, keine Socken. Einer trug Sandalen, der andere schmuddelige alte Tennisschuhe ohne Schnürsenkel. Beide hatten lange, ungepflegte Haare. Einer war blond, der andere schwarzhaarig. Rasiert hatten sie sich tagelang nicht mehr. Keiner von ihnen wirkte seriös, das stand fest. Wirklich verräterisch war jedoch ihre Körpersprache. Ihr ständiges Gezappel. Die Spannung in Armen, Beinen und Nacken, die sie nicht ganz verbergen konnten.

Gefängniswärter leben von ihrem Instinkt. Von ihrer Fähigkeit, Probleme zu erkennen, bevor sie auftreten. Schließlich standen sie oft vor einer zweihundertfachen Übermacht. Das konnte kritisch werden. Eskalierte die Lage erst einmal, ließ sie sich nicht mehr ohne Blutvergießen befrieden. Hätten die Minerva-Männer an diesem Tag Dienst gehabt und die jungen Kerle als Häftlinge erlebt, hätten sie die beiden sofort isoliert. Sie hätten sie in Einzelhaft schmoren lassen, bis sie gestanden, was sie geplant hatten. Aber hier draußen in Freiheit gab es nichts, was die Minerva-Leute hätten tun können.

Außer beobachten.

Der Blonde zog alle paar Minuten sein Handy heraus und starrte auf den Bildschirm.

Der eine Minerva-Mann stieß seinen Partner an. »Siehst du das?«

»Er schaut sich ein Foto an«, sagte der andere Mann. »Von wem, kann ich nicht erkennen. Du vielleicht?«

Der erste Mann schüttelte den Kopf. »Ich sehe nur Umrisse, sonst nichts. Aber du weißt, was das bedeutet? Sie warten nicht auf jemanden, den sie kennen. Sie warten auf einen Unbekannten.«

Der zweite Mann schwieg einen Augenblick. »Wir sind hier. Sie sind hier. Wie wahrscheinlich ist das?«

»Warten sie auf denselben Kerl wie wir, sind sie nicht gekommen, um ihn zu stoppen. Dafür sind sie zu mickrig. Du hast gehört, wie er Robert und Dave in Colorado zugerichtet hat?«

»Also sind sie da, um ihm zu helfen. Er wird ein Auto brauchen. Immer vorausgesetzt, dass wir auf denselben Typen warten.«

»Für uns ist das eine tolle Nachricht.«

»Wie das?«

»Brockman schickt uns wegen eines Kerls los. Wir liefern ihm drei. Das muss einen Bonus wert sein.«

»Und wenn diese Jungs was anderes vorhaben?«

Der erste Mann zuckte mit den Schultern. »Das ist dann nicht unser Problem.«

Jed stieg als Letzter aus dem Bus. Er hatte die Vorderfront der Station einladend gefunden. Mit gewölbten Zeltdächern und Leuchtreklamen wirkte sie wie ein altmodisches Filmtheater. Anders sah es hinten bei den ganzen Bussteigen aus. Unter der Überdachung war es fast unheimlich düster. Jed gruselte es davor, aussteigen zu müssen. Er machte sich auf seinem

Sitz klein und gab einfach vor, nicht da zu sein, bis der Busfahrer aufstand und ihn anfunkelte. Nun blieb ihm nichts anderes übrig. Er ergab sich ins Unvermeidliche, schlurfte auf dem Mittelgang nach vorn und stieg langsam die Stufen hinunter.

Den Minerva-Männern war klar, dass Reacher nicht mit diesem Bus angekommen war. Genau wie er nicht mit einem der vorigen siebenundvierzig Busse angekommen war, die sie beobachtet hatten. Was bedeutete, dass sie noch länger würden warten müssen. Wenigstens bis zum nächsten Bus. Die Frage war nur, ob sie das allein tun würden. Oder ob auch die ihnen aufgefallenen jungen Kerle noch länger warten würden. Bisher hatten sie sich für keinen der an ihnen vorbeiströmenden Fahrgäste interessiert.

Bis Jed erschien.

Jed sah sich um, orientierte sich kurz und hastete zu der zweiflügligen Schwingtür, die in das Stationsgebäude führte. Der blonde Junge sah nochmals auf sein Handy. Dann setzte er sich in Bewegung. Er schloss zu Jed auf, näherte sich ihm von hinten und packte ihn am linken Arm. Er streckte seinen rechten Zeigefinger aus und rammte ihn in Jeds Niere. Er beugte sich nach rechts, um etwas in Jeds Ohr zu flüstern. Im nächsten Augenblick bogen die beiden scharf links ab. Zu dem Ausgang in Richtung Straße. Dort wartete der schwarzhaarige Junge auf sie. Er kontrollierte die Straße in beiden Richtungen, bevor er ihnen ein Zeichen machte weiterzugehen. Wenig später kamen alle drei außer Sicht.

24

Manche Leute wählen Hotels mehr oder weniger willkürlich aus. Andere gehen sorgfältiger vor. Sie berücksichtigen dabei alle möglichen Faktoren: den Preis, die Lage, die Ausstattung. Das Ambiente und die Diskretion des Personals, je nachdem, was sie dort tun und mit wem sie es tun wollen.

An diesem Donnerstag verwendeten Emerson und Graeber viel Sorgfalt auf die Auswahl ihres Hotels in St. Louis. Ihnen war jedoch nur ein Punkt wichtig: der Hotelparkplatz. Er musste groß sein. Und er musste so angelegt sein, dass zumindest einige Teile weit vom Hauptgebäude entfernt lagen. Nachdem sie das Lagerhaus verlassen hatten, verbrachte Graeber eine gute halbe Stunde an seinem Smartphone. Er rief mehrere Buchungsportale auf und las Beschreibungen, bis er glaubte, das richtige Hotel gefunden zu haben. Dann rief er einen Stadtplan auf und begutachtete seine Lage aus allen Blickwinkeln. Auf dem Display sah es vielversprechend aus. Doch als sie hinkamen, stellte sich heraus, dass das Satellitenbild veraltet war, denn die Hälfte des Geländes war inzwischen verkauft worden. Der Teil des Parkplatzes, der sie interessiert hatte, war durch einen Bauzaun abgetrennt, an dem Computersimulationen eines zukünftigen Bürogebäudes hingen.

Emerson und Graeber fuhren zu dem zweitbesten Hotel weiter. Sein Parkplatz war kleiner, aber um diese Tageszeit gab es dort noch reichlich Plätze. Während Graeber den Van an der abgelegensten Stelle parkte, ging Emerson zum Empfang. Er nahm ein Zimmer und zahlte für die ganze Nacht, obwohl er wusste, dass sie um halb zwei Uhr morgens weiterfahren würden. So kamen sie rechtzeitig nach Vicksburg, Mississippi, und hatten noch eine Stunde Zeit, um sich zu orientieren, bevor der Drogenkurier, von dem sie erfahren hatten, zur Arbeit kam. Bis zur Abfahrt blieben ihnen noch zwölf Stunden, um sich auszuruhen. Sie waren früh aufgebrochen und von Chicago aus lange unterwegs gewesen. Hatten einen anstrengenden Vormittag hinter sich. Deshalb würden sie die Zeit in vier Schichten aufteilen und sich im Zimmer und im Van abwechseln. Das Hotelzimmer war bequemer, der Van jedoch wichtiger. Seine Ladung war zu wertvoll, um unbewacht bleiben zu dürfen. Und sie wäre zu schwierig zu erklären gewesen, wenn die Polizei sie zufällig zu Gesicht bekommen hätte.

Der Kombi war alt, lang und grün und hatte Verkleidungen aus Holzimitat an den Türen. Der schwarzhaarige Junge öffnete eine der hinteren Türen. Der Blonde legte Jed eine Hand ins Kreuz, stieß ihn kräftig vorwärts. Jed versuchte, sich festzuhalten, aber seine Finger rutschten von dem staubigen Blech ab, und er landete der Länge nach im Fußraum zwischen den Sitzen. Der blonde Junge knallte die Tür zu. Er drehte sich mit erhobener Hand nach seinem Kumpel um, wollte ihn abklatschen. Aber dazu kam es nicht, denn sein Kumpel lag auf dem Gehsteig. Bewusstlos. Einer der Minerva-Männer stand breit grinsend über ihm.

Der andere Minerva-Mann sagte: »Willst du mir sagen, was hier vorgeht?«

Der blonde Junge öffnete den Mund, brachte aber kein Wort heraus.

Der Minerva-Mann zog eine Pistole aus dem Hosenbund seiner Jeans. »Hör mir jetzt gut zu. Ich arbeite im Vollzugsdienst. Ich habe beobachtet, wie ihr versucht habt, einen Minderjährigen zu entführen. Erschieße ich dich, kriege ich einen Orden. Solltest du eine harmlose Erklärung haben, dann bring sie jetzt vor.«

Der Junge schwieg weiter.

Der Minerva-Mann sah auf seine Uhr. In acht Minuten würde der nächste Bus ankommen, was er bedauerlich fand. Vermutlich war dies hier die einzige Action, die sie heute zu erwarten hatten. Er hätte sie gern ein bisschen hinausgezogen. Etwas mehr Spaß gehabt. Stattdessen runzelte er die Stirn und befahl: »Zeig mir dein Handy.«

Der Junge stand wie gelähmt da.

Der Minerva-Mann zögerte nicht lange. Er rammte ihm die Mündung seiner Pistole in den Bauch, zog ihm das Handy aus der Tasche. Mit einem Blick auf den Bildschirm fragte er: »Passwort?«

Der Junge schwieg weiter.

Der Minerva-Mann sagte: »Okay, dieses Handy ist alt. Vielleicht wird es durch einen Fingerabdruck entsperrt. Her mit deiner Hand!«

Der Junge machte keine Bewegung.

Der Minerva-Mann sagte: »Noch mal von vorn. Passwort oder Fingerabdruck?«

Der Junge gab keine Antwort.

»Okay«, sagte der Minerva-Mann, »ich tippe mal auf Fingerabdruck. Du weißt, dass der Finger dazu nicht an der Hand sein muss, richtig? Oder der Daumen? Vielleicht muss ich dir einen Finger nach dem anderen abschneiden, um den richtigen zu finden.«

Der Junge riss die Augen auf und nannte hastig eine sechsstellige Zahl. Der Minerva-Mann tippte sie ein, dann öffnete er die Bildergalerie. Sie war voller Fotos von Surfern, die Bier tranken und an Stränden herumlungerten. Weil keines relevant zu sein schien, wechselte der Kerl zu WhatsApp. Auf dem Display erschien sofort ein Foto von Jed Starmer. Auf dem Busbahnhof in L.A. Am Dienstagnachmittag aufgenommen. Der Mann klickte, suchte weiter und stellte fest, dass das Foto von einer Nummer in Kalifornien gesendet worden war. Angehängt waren die Nummer des Greyhounds und seine Ankunftszeit. Er übergab das Handy seinem Partner und fragte den Jungen: »Wie viel?«

Der Blonde riss die Augen noch weiter auf. »Ich hab kein Geld. Aber ich kann welches beschaffen. Ich zahle, was ihr verlangt.«

Der Minerva-Mann schlug ihm ins Gesicht. Mit der flachen Hand, aber trotzdem kräftig genug, dass er der Länge nach hinschlug. Dann packte er ihn am Hemd und riss ihn wieder hoch. »Wie viel bekommt ihr dafür, dass ihr den Jungen entführt?«

»Oh. Nichts. *Nada*. Ehrlich.«

»Bullshit.«

»Es stimmt aber.«

»Wieso wolltet ihr ihn dann entführen?«

»Das mussten wir. Wir hatten keine andere Wahl.«

»Jeder kann wählen.«

»Aber wir nicht. Wir müssen was abarbeiten. Wir haben Schulden.«

»Echt? Bei wem? Wofür?«

»Bei einem Kerl, den wir kennengelernt haben. Er hat uns

Drogen gegeben, eine Menge Drogen. Die sollten wir verkaufen. Aber sie sind uns gestohlen worden. Und wir hatten kein Geld, um ihm den Schaden zu ersetzen.«

»Wie heißt der Kerl?«

»Seinen richtigen Namen weiß ich nicht.«

»Wo ist er?«

»New Orleans.«

Der Minerva-Mann fragte: »Und ihr versorgt ihn jetzt mit Ausreißern?«

Der Junge sah zu Boden und nickte.

Der Minerva-Mann sagte: »Ihr habt jemanden auf dem dortigen Busbahnhof? In L.A.?«

Der Junge antwortete: »Er ist mal hier, mal dort. L.A. Frisco, Austin und so weiter.«

»Er macht sich an allein reisende Jungen ran? Bekommt raus, wohin sie unterwegs sind? Stellt sicher, dass niemand sie vermissen wird?«

Der Blonde nickte.

»Wie oft schon?«

»Dieser ist der Vierte.«

»Wie viele noch?«

Der Junge zuckte mit den Schultern. »Er hat gesagt, dass er uns sagt, wenn's genug sind.«

Der Minerva-Mann sah erneut auf seine Uhr, dann zog er einen Kabelbinder aus seiner Hüfttasche. »Umdrehen! Hände auf den Rücken!«

»Was haben Sie vor?«

»Ich rufe die 911 an. Ihr werdet ganz schön lange sitzen, Kumpel. Hoffentlich in dem Gefängnis, in dem ich arbeite. Dann sorge ich für ein spezielles Willkommen.«

»Nein, warten Sie. Bitte! Können wir nicht …«

Der Mann riss den Blonden herum und fesselte ihm die Hände auf dem Rücken. Er stieß ihn zu seinem Partner hinüber, bevor er die hintere Autotür öffnete. Er sagte: »Mal nachsehen, ob dem Jungen nichts fehlt. Sonst sitzt ihr noch tiefer in der Scheiße.«

Nur konnte er nach niemandem sehen, weil der Rücksitz des Kombis leer war. Die gegenüberliegende Tür stand offen. Und Jed war fort.

25

Als Jed Starmer aus dem staubigen Kombi flüchtete, verließen Hannah Hampton und Jack Reacher Louisiana und fuhren nach Mississippi. Sie waren mitten auf der Vicksburg Bridge, dreißig Meter über dem Wasser auf der I-20 nach Osten unterwegs. Wie in den vergangenen fünfeinhalb Stunden, Tank- und Kaffeepausen nicht eingerechnet.

Reacher saß am Steuer. Das gefiel ihm nicht besonders. Freiwillig hatte er sich nicht dafür gemeldet. Gefahren zu werden, entsprach seinem Temperament weit besser. Hätte jemand an diesem Morgen einen Blick in Sam Roth' Pickup geworfen, hätte er glauben können, Hannahs Beifahrer sei praktisch komatös. Er lag in seinen Sitz zurückgelehnt, ohne sich viel zu bewegen, schaute nur manchmal aus dem Fenster, um festzustellen, wo sie sich befanden. Anfangs war die Landschaft flach und wenig gegliedert, wenn man von einem gelegentlichen Wasserturm oder den Futtersilos von Farmen absah. Dann tauchten mehr Büsche und Bäume auf, und das Gelände begann hügeliger zu werden. Als sie an Dallas vorbei waren, wurde der Himmel blauer, das Gras grüner. Aus kleinen Baumgruppen formten sich Wälder, als sie Louisiana erreichten. Das Ackerland wirkte sichtlich fruchtbarer. Reacher genoss diesen wie in Zeitlupe ablaufenden Wandel der an ihm vorbeiziehenden Landschaft. Er wäre damit zufrieden gewesen, Momentaufnahmen zu speichern und sich seine Energie für das aufzusparen, was sie in Winson erwarten mochte. Aber als Hannah ihm nach einer Kaffeepause die Schlüssel in die Hand drückte, konnte er nicht ablehnen. Das wäre unfair gewesen. Und unsicher, denn sie hatte dunkle Ringe unter den Augen und ließ die Schultern hängen. Es fiel ihr schwer, die Autotür in einer plötzlichen Böe zu schließen, und sie schlief fest, bevor sie wieder die Interstate erreichten.

Dicht neben ihrer Brücke überspannte eine ältere Brücke den Fluss. Auf massiven Pfeilern ruhte eine Stahlträgerbrücke, auf deren Pylonen die Stars and Stripes wehten. Reacher erkannte sie wieder. Er hatte sie und den Fluss einmal in einem Klassenzimmer auf einem Militärstützpunkt in Übersee gesehen, bevor die Brücke, über die sie jetzt fuhren, gebaut worden war. An ihrem Beispiel hatten die Kinder gelernt, *one Mississippi, two Mississippi* herunterzuleiern, wenn sie die Sekunden zählen wollten. Das brauchte Reacher nie. Schon als Junge hatte er immer eine genaue Uhr im Kopf und konnte sich deshalb auf die Brücke konzentrieren. Sie wirkte solide. Zweckmäßig. Zuverlässig. Lauter Eigenschaften, die man von einem solchen Bauwerk erwartete. Heutzutage diente sie nur noch als Bahnbrücke. Und sie sah ein wenig heruntergekommen aus. Die Farbe blätterte ab. Die Stahlträger wiesen Roststreifen auf. Aber sie stand noch, erfüllte weiter ihren Zweck. Einst war sie bewundert worden, heute galt sie nur noch als eingeschränkt tauglich. Das war eine Story, die Reacher gut kannte.

Hundert Meter nach der Brücke entdeckte Reacher einen Wegweiser zu einer Raststätte, die behauptete, die größte in Mississippi zu sein. Er hoffte, dass das stimmte – und dies nicht nur auf die Größe ihres Parkplatzes zutraf. Er brauchte mal wieder neue Kleidung, und in den Raststätten, die sie bisher aufgesucht hatten, war nichts in seiner Größe erhältlich gewesen.

Hannah wachte auf, als Reacher den Motor abstellte. Weil sie geschlafen hatte, fühlte sie sich besser. Also gingen sie zusammen über den Parkplatz zu dem Hauptgebäude. Sein Grundriss erinnerte an einen Schmetterling. Hinter dem Eingang lag ein quadratischer Mittelteil mit Toiletten und Duschen für Fernfahrer. In dem dreieckigen linken Flügel befanden sich Schnellrestaurants, in denen es Pizza, Brathähnchen und Burger gab. Den gesamten rechten Flügel nahm der Shop ein, dessen Regale, Vitrinen und Kühlregale scheinbar willkürlich aufgestellt waren.

Hannah, die vorausging, wollte als Erstes zu den Toiletten, aber Reacher fasste sie am Ellbogen und dirigierte sie in den Shop.

Hannah fragte und duzte ihn mit einem Mal: »Was, kannst du dir keine Hose selbst kaufen?«

Reacher blickte sich kurz über die Schulter um.

»Hast du ein Smartphone?«

»Natürlich. Willst du jemanden anrufen?«

»Kannst du damit Fotos machen?«

»Klar. Alle Smartphones können das heutzutage.«

»Hältst du es vor die Augen wie bei einer Kamera?«

Hannah lachte. »Du hältst es von dir weg und hast die ganze Szenerie auf dem Display vor dir. Das ist viel besser als durch den Sucher. Warum?«

»Drüben im KFC steht ein Kerl an der Theke. Er scheint auf eine Bestellung zu warten, aber in Wirklichkeit beobachtet er den Eingang. Und er hat etwas mit seinem Smartphone gemacht. Er hat es hochgehalten und seitlich bewegt, als verfolgte er mich beim Hereinkommen.«

»Kannst du deinen Arm etwas abspreizen?« Hannah schaute durch den Spalt zwischen Oberkörper und Bizeps. »Weißer, Bürstenhaarschnitt, T-Shirt, Jeans?«

Reacher nickte.

»Er steht mit einem zweiten Mann ähnlicher Statur zusammen. Hält weiter sein Smartphone in der Hand. Starrt darauf, als erwartete er eine Nachricht. Vielleicht wollten sie sich hier mit jemandem treffen? Und der hat sich irgendwie verspätet und nicht daran gedacht, sie zu benachrichtigen.«

Reacher schüttelte den Kopf. »Er hat sein Handy erst gehoben, als ich reinkam. Und es sofort auf mich gerichtet.«

»Sicher? Du glaubst echt, dass er dich fotografiert hat? Wozu sollte er das tun?«

»Keine Ahnung.« Reacher machte kehrt. »Komm, wir fragen ihn selbst.«

Reacher baute sich vor dem Handybesitzer auf und sagte: »Rufen Sie nächstes Mal meinen Agenten an.«

Der Mann runzelte die Stirn. »Was, zum Teufel, soll das heißen?«

»Wollen Sie mich fotografieren, brauchen Sie meine Erlaubnis.«

Der Mann sah unwillkürlich auf sein Handy. »Ich hab Sie nicht fotografiert.«

»Ich denke schon.«

»Okay, Klugscheißer, was ist dabei, wenn ich …« Sein Smartphone machte *Ping*! Er sah aufs Display. Nickte seinem Kumpel zu. Dann zog er sein T-Shirt zwei Handbreit hoch. In seinem Hosenbund steckte eine schwarze Beretta. Sie war nicht neu. Die Schraffur auf den Griffschalen wirkte abgewetzt. »Also gut, Mr. Reacher. Schluss mit diesem Bullshit. Reden wir draußen weiter.«

Die Drohung mit der Beretta war lächerlich. Sie hätte ebenso gut eine Wasserpistole sein können. Der Kerl konnte hier unmöglich zu schießen anfangen. Nicht unter all den Überwachungskameras. Nicht vor Dutzenden von Zeugen. Gab es Kollateralschäden oder gar Tote, drohte ihm lebenslänglich oder die Todesstrafe. Und war er dumm genug, die Waffe zu ziehen, würde er bewusstlos sein, bevor er sie aus dem Hosenbund bekam. Und sein Kumpel ebenfalls. Reacher hoffte fast, dass der Kerl es versuchen würde. Nach dem langen Eingesperrtsein strotzte er vor Energie. Aber weil er wusste, dass ein nicht so öffentlicher Ort besser war, spielte er vorläufig mit. Er trat einen Schritt zurück und sagte: »Nach Ihnen.«

Der Kerl mit der Pistole schüttelte den Kopf und ließ ihm den Vortritt. Reacher ging zum Ausgang. Hannah folgte ihm. Hinter ihr kamen der Kerl und sein Partner. Der Bewaffnete dirigierte Reacher zur Rückseite des Gebäudes, das am Rand des Parkplatzes stehend nichts hinter sich hatte: keine Straße, keine geparkten Autos, keine Leute. Nur ein rissiges Asphaltband zwischen der Mauer und einem Zaun. Der undurchsichtige Zaun aus massiven Holzplanken war drei Meter hoch, sodass niemand über ihn sehen konnte. Die Rückseite des Gebäudes wies weder Türen noch Fenster auf. Hier gab es auch keine Überwachungskameras. Die schrägen Außenwände der beiden Gebäudeflügel begrenzten einen abgeschlossenen trapezförmigen Bereich. Niemand würde mitbekommen, was hier passierte. Niemand würde die 911 wählen. Niemand würde eine Aussage bei der Polizei machen. Niemand würde später vor Gericht aussagen.

Reacher konnte sich denken, was passieren würde. Bestimmt war nicht nur der Mann hinter ihm, sondern auch sein Partner bewaffnet. Also würden die beiden versuchen, ihn und Hannah an die Mauer des Toilettenblocks zu drängen. Danach brauchten die Kerle nur noch auf genügend Abstand zu achten. Sie konnten geplant haben, Hannah zu erschießen. Oder Reacher. Oder beide. Oder sie nur bewegungsunfähig zu schießen. Oder sie nur festzuhalten, bis Verstärkung kam. Wenn dies geschah, war das Spiel jedenfalls aus.

Reacher machte einen halben Schritt nach rechts, dann blieb er stehen. Hannah war neben ihm, bevor ihr auffiel, dass er sich nicht mehr bewegte. Auch sie blieb stehen. Reacher flüsterte ihr zu: »Bleib hinter mir, damit der Kerl dich nicht treffen kann.«

Sie fragte ebenso leise: »Welcher Kerl? Es sind zwei.«

Er sagte: »Nicht mehr lange.«

Reacher hörte eine Stimme hinter sich. Sie gehörte dem Kerl, der die Anweisungen gegeben hatte. Der definitiv bewaffnet war. Er sagte: »Los, weiter! Niemand hat gesagt, dass ihr stehen bleiben sollt.«

Der Mann war nahe. Näher als beim Verlassen des Gebäudes. Das hörte Reacher an seiner Stimme. Genau wie Hannah musste der Typ noch ein paar Schritte gemacht haben, als Reacher bereits stehen geblieben war. Reacher schätzte die Entfernung zu ihm ab. Er stellte sich vor, wie groß der Mann war. Zog sicherheitshalber eine Handbreit ab. Verlagerte sein Gewicht auf den linken Fuß. Dann warf er sich mit ausgestrecktem rechtem Arm herum. Seine geballte Faust beschrieb einen weiten Bogen wie ein Vorschlaghammer, den ein hundertzehn Kilo schwerer Verrückter schwang. Der Kerl erkannte die Gefahr. Er begann sich wegzuducken. Versuchte, seine Pistole zu ziehen. Aber er war zu langsam. Reachers Faust krachte an seine Schläfe, und er schlug hin wie ein gefällter Baum.

Der zweite Mann wich zurück. Er riss sein T-Shirt hoch und wollte seine Waffe ziehen. Ebenfalls eine Beretta. Reacher kam ihm zuvor. Er war mit zwei Schritten bei ihm, streckte die linke Hand aus, fixierte den Arm des Kerls an seinem Bauch und entriss ihm die Pistole. Dann versetzte er ihm einen Stoß, sodass der Mann wegstolperte und nicht mehr an seine Beretta herankam.

Reacher sagte: »Ihr Freund hat mich fotografiert. Wozu?«

Der Kerl gab keine Antwort.

Reacher sagte: »Ihr wolltet lieber draußen reden. Jetzt sind wir draußen. Reden Sie also.«

Der Kerl schüttelte den Kopf.

Reacher hob die Pistole. »Okay, versuchen wir's anders. Ihr habt diesen Ort ausgewählt. Keine Zeugen. Keine Kameras. Aus welchem Grund?«

Der Kerl hob abwehrend die Hände. »Ich weiß gar nichts. Bringen Sie's einfach hinter sich, wenn Sie mich erschießen wollen.«

»Sie täuschen sich«, entgegnete Reacher. »Sie wissen einiges. Zum Beispiel meinen Namen.«

»Oh. Yeah. Okay.«

»Sie wissen, dass sie hergeschickt worden sind, um Ausschau nach mir zu halten.«

»Das stimmt wohl.«

»Also wissen Sie, wer Sie geschickt hat.«

Der Kerl schüttelte den Kopf.

»Doch, das wissen Sie. Wer?«

Der Kerl gab keine Antwort.

Reacher stieß den zwischen ihnen liegenden Bewusstlosen mit der Stiefelspitze an.

Der Kerl schloss kurz die Augen. »Unser Boss hat uns geschickt.«

»Name?«

»Mr. Brockman.«

»Organisation?«

»Gefängnis Minerva.«

»Sie arbeiten in Winson im Gefängnis?«

Der Kerl nickte.

Reacher fragte: »Woher wusste Brockman, dass ich hier sein würde?«

»Er hat's nicht gewusst. Er hat Leute an alle möglichen Orte geschickt. Für alle Fälle.«

»Wie viele Leute?«

»Keine Ahnung. Acht? Zehn? Es hat keine gemeinsame Besprechung gegeben. Wir haben unsere Anweisungen paarweise bekommen. Dass auch andere unterwegs waren, hat sich unter uns rumgesprochen.«

»An welchen Orten?«

»Ich weiß nur einen bestimmt. Die Greyhound-Station in Jackson. Einer der dort eingesetzten Leute ist mein Schwager. Er hat mich vor ein paar Minuten angerufen. Sie hatten gerade zwei Kerle gestellt, die versucht haben, einen aus Kalifornien gekommenen obdachlosen Jungen zu entführen. Er wollte wissen, ob wir uns ähnlich gut amüsieren. Das war natürlich Bullshit. In Wirklichkeit wollte er mich aufziehen, weil er wusste, dass wir uns untätig langweilen.«

»Das war wohl etwas voreilig. Was sollten Sie tun, wenn Sie mich sehen?«

»Sie identifizieren.«

»Und dann?«

»Sie stoppen.«

»Wodurch genau?«

»Sie daran hindern, nach Winson weiterzufahren.«

»Weshalb?«

»Damit Sie dort keine Probleme machen können.«

»Wie könnte ich in Winson Probleme machen?«

Der Kerl zuckte mit den Schultern. »Mr. Brockman hat gesagt, dass Sie verrückt sind. Verrückte tun verrückte Dinge.«

»Sie mussten mich identifizieren. Wie?«

»Wir haben Ihr Bild Leuten geschickt, die wissen, wie Sie aussehen.«

»Welchen Leuten?«

»Ein paar Kollegen.«

»Wieso würden sie mich erkennen?«

»Sie hatten vor ein paar Tagen mit Ihnen zu tun. In irgendeinem Nest in Colorado.«

Reacher grinste. »Ja, natürlich. Wo sind diese Leute?«

»In Winson, glaub ich. Sie sind weiter krankgeschrieben.«

»Ich muss sie besuchen, wenn ich in der Stadt bin. Ihnen vielleicht ein paar Blumen mitbringen. Nun zu Brockman – ist er ein guter Boss?«

»Ich glaube schon.«

»Ist er ein netter Typ?«

»Wenn er einen mag.«

»Klar. Ich hab gesehen, was Leuten zustößt, die er nicht mag. In Colorado. Ich tue jetzt Folgendes. Ich fahre nach

Winson. Ich mache Mr. Brockman Probleme. Vielleicht mehr, als er erwartet. Und wenn ich fertig bin, erzähle ich ihm, wie sehr Sie mir geholfen haben.«

»Nein! Bitte nicht. Das dürfen Sie nicht tun. Dafür bringt er mich um.«

»Sorry, mein Entschluss steht fest. Außer …«

»Außer was? Was wollen Sie? Geld? Ich kann problemlos welches beschaffen. Ich kann Ihnen …«

»Ich will kein Geld, sondern Informationen. In der Buchhaltung von Minerva passieren seltsame Dinge. Ich möchte wissen, welche.«

Der Mann machte große Augen. »Buchhaltung? Davon weiß ich nichts. Wie denn auch?«

Reacher musterte den Kerl forschend. Im Lauf der Jahre war er ziemlich gut darin geworden, Lügner zu enttarnen. Normalerweise ermutigte er andere, die Wahrheit zu sagen, doch in diesem Fall war eine ehrliche Antwort zu erwarten. Sie bedeutete, dass der Kerl ihm nichts mehr nützen konnte. Also boxte er ihm ins Gesicht und verfolgte, wie er zusammenklappte und liegen blieb.

»War das nötig?« Hannah stand mit in die Hüften gestemmten Armen vor ihm. »Er war nicht mehr gefährlich. Du hattest ihm schon die Pistole abgenommen.«

Reacher fragte: »Was ist mit der kleinen Waffe im Knöchelholster? Und dem Messer in der Socke?«

»Er hat eine zweite Pistole? Und ein Messer?«

»Die könnte er haben. Wartet man ab, um das rauszukriegen, liegt man am Ende selbst am Boden. Und steht nicht wieder auf. Diese Kerle arbeiten mit den Leuten zusammen, die Sam und Angela ermordet haben. Und sie haben uns nicht zu einem Picknick hergebracht.«

Hannah schwieg eine Weile, dann ging sie zu dem ersten Mann, den Reacher von den Beinen geholt hatte. »Ist er tot?«

Reacher zuckte mit den Schultern. »Vielleicht hat er sich das Genick gebrochen.«

»Das ist dir egal?«

»Machst du dir etwas daraus, wenn du auf eine Kakerlake trittst?«

»Er ist keine Kakerlake.«

»Nein, er ist schlimmer. Er ist ein Mensch. Er hatte die Wahl.«

»Weißt du was? Du hast recht.« Hannah machte einen weiteren Schritt und trat den Kerl in die Rippen. »Er hat sich dafür entschieden, den Leuten zu helfen, die Sam ermordet haben. Um sich einen Vorteil zu verschaffen. Das sind Arschlöcher. Ich *hasse* sie. Ich denke, wir sollten sie bis zum letzten Mann ausrotten.«

»Damit rennst du bei mir offene Türen ein.«

»Gut. Wie geht's also weiter?«

26

Alles war eine Frage des Gleichgewichts.

Die Frage stellte sich, weil die Zuschauer bei der für den kommenden Tag geplanten Zeremonie zwei Gruppen bilden würden. Einerseits die persönlich Anwesenden. Und andererseits das Fernsehpublikum und die Onlinezuschauer. Das Problem bestand darin, vor beiden Gruppen gut auszusehen. Blieb er zu statisch, würde er auf die Anwesenden steif und hölzern wirken. War er jedoch zu lebhaft, würde er auf den Bildschirmen einen zappeligen Eindruck machen. Die Kameras müssten häufiger schwenken, um ihn im Bild zu behalten. Es sähe aus, als hätte er einen Anfall. Niemand traute sich, ihm das zu sagen – alle lobten seine Rede in höchsten Tönen –, aber genau das war Bruno Hix passiert, als letztes Mal ein Unschuldiger entlassen worden war. Weil er sich hatte mitreißen lassen. Er hatte die Energie seiner Zuhörer gespürt. Hatte sie aufgesogen. Sich daran berauscht. Das hatte sich im ersten Augenblick gut angefühlt, aber der unvermeidliche Absturz war nicht lustig gewesen. Und dank YouTube und Co. würden diese Szenen online ewig weiterleben.

Die Lösung lag in besserer Vorbereitung. Das wusste er. Seine Rede konnte er längst auswendig. Ihr Inhalt würde die Leute überzeugen, daran hatte er keinen Zweifel. Arbeiten musste er nur noch an seinem Vortrag. Damit sichergestellt war, dass er beide Zielgruppen gleichzeitig erreichte. Die reale und die virtuelle. Das war keine leichte Aufgabe.

Daher hatte er sich eine neue Methode ausgedacht, die alte Technik mit neuer Technologie verknüpfte. Als Erstes hatte er die Rückwand des Konferenzraums von der Gebäudeinstandhaltung mit großen Spiegeln ausstatten lassen. Am anderen Ende befand sich ein Podest mit einem Rednerpult und zwei kleinen sprachgesteuerten Videokameras. Eine Kamera baute Hix auf die Spiegel gerichtet neben sich auf, um das entfernte Bild einzufangen, das die Menge sehen würde. Die andere stand auf einem kleinen Stativ auf dem Rednerpult vor ihm und war auf sein Gesicht gerichtet. Formatfüllend wie bei Nachrichtensprechern im Fernsehen. Nachdem er die Kameras per Sprachsteuerung aktiviert hatte, würde er seine Rede mehrmals halten – mit verschiedenen Gesichtsausdrücken, Gesten und Bewegungen. Dann würde er die Aufnahmen nebeneinander auf seinem Computerbildschirm abspielen und sich für die beste Kombination entscheiden.

Dafür hatte Hix in seinem Terminplan zwei Stunden geblockt. Seinem Assistenten erklärte er, außer bei einem Häftlingsaufstand wolle er unter keinen Umständen gestört werden. Er stieg aufs Podium, schaltete die Kameras ein und wollte zu sprechen beginnen. In diesem Augenblick flog die Tür des Konferenzraums auf.

Er drehte sich um und schrie: »Was gibt's?«

Damon Brockman kam herein. Er hielt Abstand vom Podium, als er sagte: »Du hattest recht.«

Hix blaffte zurück: »Natürlich hatte ich recht.« Er schaute wieder in die Kamera und öffnete den Mund, sagte aber nicht gleich etwas. »In welcher Beziehung recht?«

»Der Herumtreiber aus Colorado. Reacher. Er hat versucht herzukommen.«

»Hat?«

»Unsere Jungs in der Raststätte an der I-20 sind an ihm dran.«

»Sie haben ihn gestoppt?«

»Sie haben ihn eindeutig identifiziert.«

»Schön, sie haben ihn gesehen. Aber haben sie ihn auch gestoppt?«

»Seit sie sein Bild geschickt haben, herrscht Funkstille. Vermutlich sind sie damit beschäftigt, ihn kaltzustellen. Ich habe Harold hingeschickt, damit er ihnen hilft.«

»Harold?«

»Harold Keane, Spitzname ›Tiny‹. Du würdest ihn sofort erkennen, wenn du ihn siehst. Er ist seit zehn Jahren bei uns. Wir haben ihn aus Atlanta mitgebracht. Ein Zweimetermann. Hundertdreißig Kilogramm Muskeln. Als er noch in Georgia beim Staat arbeitete, hat er im Wettbewerb America's Strongest Man zweimal Silber geholt.«

»Nur Silber?«

»Bruno, tu mir einen Gefallen, sprich ihn nicht darauf an, ja?«

»Er ist cholerisch? Gut. Aber er wird einige Zeit brauchen, um hinzukommen. Schick die Kerle aus dem Megamart auch hin. Die Kreuzung mit der US 61 ist viel näher.«

»Wird gemacht.«

»Und, Damon, du kannst die Kerle aus der Greyhound-Station Jackson jetzt abziehen. Für sie gibt's dort nichts mehr zu tun.«

»Ich schicke ihnen eine SMS. Was ist mit den Männern an der Baustelle an der US 87?«

»Lass sie vorerst dort. Für alle Fälle. Bis wir sicher wissen, dass Reacher aus dem Verkehr gezogen ist.«

»Verstanden.«

»Gut. Benachrichtige unsere Leute. He, willst du nicht zurückkommen und zuhören, wie ich für morgen probe?«

»Du weißt, dass ich das liebend gern täte. Aber ich bin mit anderem Zeug ausgelastet. Mit allen möglichen verrückten Sachen. Deshalb muss ich weiterarbeiten, kann dein verlockendes Angebot leider nicht annehmen.«

Als Nächstes überzeugte Reacher sich davon, dass der erste Kerl, den er niedergeschlagen hatte, noch lebte.

Er lebte. Er hatte einen Puls. Der war schnell und schwach, aber immerhin vorhanden. Emotional war Reacher das egal. Er wollte nur wissen, ob er einen weiteren Gegner kaltstellen musste.

Reacher sammelte die Dienstwaffen der Bewusstlosen ein. Er nahm ihnen ihre Handys ab, zertrat sie unter einem Stiefelabsatz und warf die Reste über den Zaun. Dann durchsuchten Hannah und er die Taschen der Männer, die nichts Überraschendes enthielten. Beide besaßen eine Geldbörse mit Führerschein, einer Bankkarte und einem Minerva-Dienstausweis. Einer hatte gut vierzig Dollar darin, der andere sechzig. Das Bargeld behielt Reacher. Schließlich musste er sich noch neue Klamotten kaufen. Auch den Autoschlüssel nahm er mit. Er gehörte zu einem Mercury und hing mit einer Fernbedienung an einem Schlüsselring.

Als Nächstes zog Reacher den Kerlen die Stiefel aus, um sie über den Zaun zu werfen. Dann zog er ihnen die Jeans und T-Shirts aus, die ebenfalls über den Zaun flogen. Ihre Ledergürtel benutzte er dazu, um beiden die Arme auf dem Rücken zu fesseln. Das würde sie wenigstens eine Zeit lang aufhalten. Zuletzt schleifte er die Männer zum Fuß der Außenwand des Hauptgebäudes, wo sie am wenigsten auffielen. Er wollte sie dort zurücklassen, als ihm eine andere Idee kam.

Er fragte: »Hannah? Kommst du einen Augenblick mit?«

Reacher ging zu dem Busparkplatz seitlich neben der Raststätte voraus. Einer der Busse war weggefahren, aber zehn andere standen ordentlich aufgereiht da. Fahrgäste waren nirgends in Sicht. Auch keine Fahrer, keine sonstigen Passanten. Reacher ließ Hannah Schmiere stehen, während er versuchte, die Gepäckabteile des nächsten Busses zu öffnen. Auf beiden Seiten gab es in Bodennähe je drei Griffe. Alle sechs waren abgesperrt. Er nahm sich den nächsten Bus vor. Wieder ohne Erfolg. Beim dritten Bus sah es nicht anders aus. Aber der vierte Bus war älter. Dem Kennzeichen nach kam er aus British Columbia, Kanada. Sein erstes Gepäckabteil war nicht abgeschlossen. Die Abdeckung konnte man mühelos nach oben schwenken. Reacher ließ sie offen. Er hastete zu der Fläche hinter dem Hauptgebäude zurück. Riss den ersten Bewusstlosen hoch, legte ihn sich über die Schulter und trug ihn zum Bus. Schob ihn in das halb leere Gepäckabteil. Er holte den zweiten Mann und legte ihn neben seinen Kumpel. Dann schloss er die Abdeckung, verriegelte sie, stemmte ein Knie dagegen, drehte und ruckte an dem Griff, bis er ihn in der Hand hielt. Diesen Vorgang wiederholte er mit den fünf anderen Griffen, die er mit dem ersten in einem Abfallbehälter entsorgte, bevor er wieder zum Eingang der Raststätte vorausging.

Nachdem Reacher sich auf der Toilette die Hände gewaschen hatte, betrat er den Shop, der in der Abteilung für Fernfahrer einfache Arbeitskleidung führte. Er suchte eine Hose aus, die lang genug zu sein schien, ein T-Shirt, ein wenig Unterwäsche und – weil er schon mal in Mississippi gewesen war – eine leichte Regenjacke. Auf dem Weg zur Kasse nahm er einen Straßenatlas des Staats mit und bestellte zwei große Becher Kaffee. Das alles bezahlte er mit dem Geld, das er den Minerva-Männern abgenommen hatte.

Hannah bedankte sich für den Kaffee, war aber überrascht, als Reacher rechts einstieg und auf der Mittelkonsole zwischen ihnen den Straßenatlas aufschlug.

Sie sagte: »Wieso hast du dafür Geld vergeudet? Mein Handy navigiert sehr genau. Zu jedem beliebigen Ziel. Gleich bis vor die Haustür.«

»Hier geht's nicht um die Navifunktion.« Reacher schlug die Seite mit der Raststätte auf. Hier befanden sie sich fast an der westlichen Staatsgrenze – dem Fluss – und etwa auf halber Strecke zwischen dem Golf von Mexiko im Süden und Tennessee im Norden. Jackson lag östlich von ihnen, ungefähr auf einem Drittel der Strecke nach Alabama. Im Südwesten lag Winson in einer Schleife direkt am Mississippi. »Der Minerva-Kerl hat gesagt, zehn Leute seien dafür eingeteilt worden, Ausschau nach mir zu halten. Sie sollen paarweise unterwegs sein, was fünf Hinterhalte ergibt. Zwei davon kennen wir bereits: die Raststätte hier und die Greyhound-Station Jackson. Wir müssen rauskriegen, wo sich die anderen befinden.«

»Okay. Nun, sie haben sich offenbar ausgerechnet, dass wir auf der I-20 ankommen werden. Aber sie konnten nicht wissen, dass wir einen Abstecher in die Raststätte machen würden. Dazu hätten sie deine Marotte, dich gelegentlich neu einzukleiden, kennen müssen. Ohne die wären wir geradeaus weitergefahren und hier nach Süden abgebogen. Auf die US 61.« Hannah folgte der Straße mit dem Zeigefinger. »Irgendwo entlang dieser Linie wäre der logische Ort für einen weiteren Hinterhalt.«

»Nein, sie würden's an der Kreuzung versuchen. Sie können nicht wissen, dass du mich bis nach Winson fährst, und werden sich ausrechnen, dass ich ein Auto gestohlen habe oder als Anhalter unterwegs bin. Hätte ich ein Auto geklaut, würde ich dort abbiegen. Hätte mich jemand weiter westlich mitgenommen und wäre nach Jackson oder Meridian, sogar nach Tuscaloosa oder Birmingham unterwegs, würde er mich dort absetzen. Dann würde ich da auf die nächste Mitfahrgelegenheit hoffen.«

»Klingt logisch.« Hannah nahm einen Stift und umringelte die Kreuzung zwischen US 61 und I-20. »Das ist der potenzielle Hinterhalt Nummer drei. Wären wir auf der zentraleren Route durch Kansas und Missouri gekommen, hätten wir Jackson über die I-535 erreicht. Und von dort aus wären wir nach Westen weitergefahren. Egal, woher man kommt, es führt nur eine Straße nach Winson. Folglich müssen sie dort einen weiteren Kontrollpunkt eingerichtet haben.«

Reacher kniff die Augen zusammen, während er den Straßenverlauf verfolgte, dann tippte er auf eine Stelle fast an der Stadtgrenze. »Hier. Siehst du diese drei Kurven nacheinander? Das Gelände steigt nur dreißig oder fünfzig Meter an, aber trotzdem ist dies die größte Steigung in hundert Meilen Umkreis. Lastwagen werden dort langsamer – und der übrige Verkehr mit ihnen. Langsame Fahrzeuge sind leichter zu kontrollieren. Und leichter anzuhalten.«

Hannah umringelte auch diese Stelle. »Okay, das wäre Nummer vier. Wo liegt der fünfte Kontrollpunkt?«

»Jackson.«

»Glaubst du? Wozu soll dort ein weiteres Team bereit stehen? Sie überwachen schon die Greyhound-Station.«

»Richtig. Aber was ist, wenn ich mit dem Zug komme? Oder als Anhalter? Wie würde ich die restliche Strecke nach Winson zurücklegen? Bestimmt gibt es einen Shuttle oder eine örtliche Buslinie. Vermutlich von Minerva betrieben. Genau wie die meisten Hotels in der näheren Umgebung des Gefängnisses.«

»Ist das wahrscheinlich?«

»Warum nicht? Wieso nur an den Häftlingen verdienen, wenn man auch ihre Besucher abzocken kann?«

»Du bist so zynisch.« Hannah zögerte kurz, dann umringelte sie auch Jackson. »Aber du hast vermutlich recht. Wo sind sie dort stationiert, glaubst du?«

»Unwichtig. Ich fahre überhaupt nicht nach Jackson. Das wäre ein zu großer Umweg. Ich kümmere mich vorerst nur um die Kreuzung und den steilen Streckenabschnitt.«

»*Kümmern?* Du meinst umgehen?«

Reacher schüttelte den Kopf. »Das ist ein taktischer Grundsatz. Hat man Gelegenheit, den Gegner zu schwächen, ergreift man sie.«

»Oh. Wir wollen *den Gegner schwächen*? Klasse. Da bin ich sofort dabei. Sag mir nur, was ich tun soll.«

»Ein Hotel finden. Für heute Nacht.«

»Okay. In Winson? Damit wir nach dem Schwächen ein Dach über dem Kopf haben.«

Reacher schüttelte erneut den Kopf. »Nein. Ich möchte,

dass du über etwas nachdenkst. Was hältst du davon, dich vorübergehend abzusetzen? Nur für ein paar Tage.«

»Kommt nicht infrage! Ich mache weiter mit. Du kannst dich nicht die ganze Strecke herfahren lassen und mich dann wegschicken. Das wäre ein schäbiger Trick.«

»Das hast du freiwillig getan. Ich schicke dich nicht weg. Aber wir haben neue Informationen. Wir sollten clever sein und danach handeln.«

»Welche neuen Informationen?«

»Wir haben das Überraschungsmoment eingebüßt. Minerva weiß, dass wir kommen. Diese Leute kennen meinen Namen. Haben meine Personenbeschreibung. Jetzt sogar ein aktuelles Foto. Sie sind kompetent. Sie sind in größerer Anzahl unterwegs. In meiner Gesellschaft bist du einem höheren Risiko ausgesetzt. Einem viel höheren.«

»Okay, mein Risiko ist also höher. Das verstehe ich. Aber weißt du, was? Ich kann so viel riskieren, wie mir passt. Darüber entscheidest nicht du.«

»Ich entscheide nichts. Ich gebe dir nur einen guten Rat. Du willst Sams Mörder zur Rechenschaft ziehen. Aber das kannst du nicht, wenn sie dich vorher ermorden. Ich schlage vor, dass ich erst einen Erkundungsvorstoß unternehme. Die Lage sondiere. Ein paar Leute ausschalte, die ich auf der Suche nach uns herumlungern sehe. Ist das Risiko geringer, rufe ich dich an, damit du nachkommst. Und dann nehmen wir uns gemeinsam die Verantwortlichen vor.«

Hannah schwieg einen Augenblick. »Du sagst, dass das Risiko höher ist. Aber du verstehst etwas nicht: Wenn du recht hast, haben die Minerva-Leute Angela ermordet, weil sie Unregelmäßigkeiten in ihrer Buchführung aufgedeckt hat. Sie haben Sam ermordet, weil Angela ihn darüber informiert hat. Wieso haben sie's dann auf dich abgesehen? Welchen Bezug hast du dazu? Was hast du mir bisher verschwiegen?«

Reacher überlegte kurz, dann schilderte er Hannah, was sich ereignet hatte, nachdem er Zeuge des Mordes an Angela geworden war. Er erzählte, wie er den Kerl in dem Hoodie verfolgte und ihm Angelas Schultertasche nahm. Wie er hineingesehen hatte, bevor der Partner des Kerls in dem BMW aufgekreuzt war. Und wie die beiden entkamen, als die Feuertreppe auf ihn herabstürzte.

Hannah boxte ihn an die Schulter. »Wieso hast du das alles für dich behalten? Ich habe mich echt für dich engagiert und ein Recht darauf, alles zu erfahren.«

Reacher zuckte mit den Schultern. »Ich denke, dass diese Kerle bald im Krankenhaus landen werden. Oder im Leichenhaus.«

Hannah runzelte die Stirn. »Gut, ich verstehe, dass du eure Fehde nicht öffentlich machen wolltest. Aber darum geht's hier nicht. Du hast ein paar Minerva-Männer mit blutigen Nasen heimgeschickt. Vielleicht hast du belastendes Material gesehen. Deshalb sind sie hinter dir her, nicht andersrum. Wieso erwarten sie dich? Was verschweigst du mir noch?«

»Nichts.«

»Ehrenwort?«

Reacher nickte.

»Okay«, sagte Hannah. »Vielleicht kennen sie deine Verbindung zu den Morden?«

Reacher schüttelte den Kopf. »Ich habe der Polizei in Gerrardsville gesagt, Angela sei vor den Bus gestoßen worden, aber da wusste ich noch nichts von Minerva. Und die Cops haben mich ohnehin ignoriert. Angelas Ermittlungsakte ist geschlossen. Die von Sam übrigens auch.«

»Dann muss es um Angelas Umhängetasche gehen. Die Minerva-Leute haben sie mitgenommen, also muss sie etwas Wichtiges enthalten haben.«

»Vielleicht. Vielleicht auch nicht. Sie können es vermutet oder nur darauf gehofft haben. Das heißt nicht, dass sich in der Tasche etwas Wichtiges befand.«

»Was hat sie wirklich enthalten?«

Reacher zählte auf, was er darin entdeckt hatte.

»Kann irgendwas im Futter eingenäht gewesen sein?«

»Ich war bei der Militärpolizei. Ich weiß, wo Leute Dinge verstecken.«

»Damit wären wir wieder bei dem Umschlag. Was hast du darin gesehen?«

»Die fotokopierte Akte eines Kerls namens Anton Begovic. Zu Unrecht verurteilt, soll morgen entlassen werden. Minerva hat sein Berufungsverfahren bezahlt.«

»Diese Arschlöcher!«

»Was ist daran falsch, einem Unschuldigen die Freiheit zurückzugeben?«

»Natürlich nichts. Aber bei Minerva läuft alles auf PR-Maßnahmen hinaus. Der Chef ist ein Mann namens Bruno Hix. Er ist für Eigenwerbung berüchtigt. Ich wette, dass irgendein Anwalt, der ihnen einen Gefallen schuldig war, das Verfahren umsonst übernehmen musste. Sie werden eine Riesensache daraus machen und alles so hinstellen, als würde Minerva von Engeln und Heiligen geführt, ohne dass es sie einen Cent kostet. Sam hat sie immer misstrauisch beäugt.«

»Wieso?«

»›Klingt etwas zu gut, um wahr zu sein, ist's nicht wahr.‹ Das hat er immer gesagt. Wie ihre Löhne. Sie zahlen pauschal ein Viertel mehr als im landesweiten Durchschnitt. Sie sorgen auch dafür, dass das alle wissen. Und dann sorgen sie dafür, dass keine Überstunden anfallen.«

»Woher hatte …«

»Augenblick! Ich habe eine Idee. Was ist, wenn dieser Begovic nicht wirklich unschuldig ist? Wenn er Minerva dafür bezahlt hat, dass sie seine Berufung vorantreiben? Wenn seine Familie dafür gezahlt hat? Vielleicht hat Minerva versucht, diese Einnahme zu verheimlichen. Unter Umständen nicht sehr gut. Und Angela könnte Verdacht geschöpft haben.«

»Nehmen wir mal an, es gäbe Schwarzgeld. Wieso würden sie's in die Nähe ihres Unternehmens gelangen lassen? Warum nicht gleich Bargeld verlangen?«

Hannah schüttelte den Kopf. »Siehst du, das ist eine Frage, die nur jemand stellt, der noch nie ein Haus gekauft hat. Oder ein Auto. Oder mehr als eine neue Jeans. Eine Riesenmenge Bargeld lässt sofort alle Alarmglocken schrillen. Auch wenn's ehrlich verdient ist, ist sofort die Finanzfahndung hinter einem her. Nein, ich bin hier etwas auf der Spur, glaube ich. Und du solltest auf keinen Fall damit alleingelassen werden. Also schlage ich dir einen Deal vor: Ich komme mit. Aber während du damit beschäftigt bist, den Gegner zu *schwächen* oder was auch immer, bleibe ich vorerst im Hotel und sammle Informationen zu Begovic' Hintergrund. Stelle fest, weswegen er verurteilt wurde. Wie das Wiederaufnahmeverfahren gelaufen ist. Mit welcher Begründung es beantragt wurde. Warum es so lange gedauert hat. Vielleicht rede ich mit ein paar von Sams alten Kontakten.

Höre mich in der Gerüchteküche um. Kriege die wirkliche Story heraus.«

27

Vier Wörter hallten durch Jed Starmers Kopf, während er in einer Gasse gegenüber der Greyhound-Station hinter zwei Abfallbehältern kauerte: *Ich arbeite im Vollzugsdienst.*

Im Fußraum zwischen den Sitzen hatte die Stimme des Kerls leicht gedämpft geklungen, aber Jed wusste, was er gehört hatte. Allerdings war er sich nicht sicher, was für eine Art Cop der Mann war. Uniform hatte er keine getragen. Sein Partner auch nicht. Also mussten sie Kriminalbeamte sein oder FBI-Agenten. Bestimmt ranghohe, wichtige Männer. Doch eigentlich machte er sich nicht viele Gedanken darüber, welcher Organisation sie angehörten. Oder welchen Dienstgrad sie hatten. Jed war nur froh, dass sie zur rechten Zeit aufgekreuzt waren. Er hatte keine Ahnung, was die jungen Kerle mit ihm vorgehabt hatten, aber man brauchte kein Hellseher zu sein, um nichts Gutes zu vermuten.

Jed war froh, dass die Cops aufgetaucht waren, aber gleichzeitig war er zu Tode erschrocken. Weil das bedeutete, dass sie hier auf der Lauer gelegen hatten. Das ging aus den Gesprächsfetzen hervor, die er aufgeschnappt hatte. Der Typ aus dem ersten Bus musste die Polizei verständigt haben – nach ihrem gemeinsamen Frühstück in Dallas. Er hatte mehrmals darauf gedrängt, Jed müsse zur Polizei gehen. Als Jed sich weigerte, musste er die Sache selbst in die Hand genommen haben. Was wiederum bedeutete, dass Jed seinen Plan ändern musste. Er hatte vorgehabt, in dieser Nacht auf einem der Sitze in der Greyhound-Station zu schlafen und dann morgens zu versuchen, nach Winson zu gelangen. Nun durfte er nicht mehr riskieren, in der Stadt zu bleiben. Nicht an öffentlichen Orten, nirgends im Freien. Ihm blieb nichts anderes übrig, als Jackson zu verlassen. Sofort.

Reacher ließ den Straßenatlas, eine der erbeuteten Berettas und seinen nicht ganz ausgetrunkenen Kaffee bei Hannah zurück und ging ins Hauptgebäude, um sich umzuziehen. Was er anschließend plante, war simpel genug: Er würde die Minerva-Leute an der nahe gelegenen Kreuzung finden und ihnen genau das geben, was sie wollten.

Zumindest vorerst.

Die Männer würden damit rechnen, ihn in einem Auto sitzend oder als Anhalter am Straßenrand stehend anzutreffen. Entdeckten sie ihn in einem Fahrzeug, konnte die Sache kompliziert werden. Wegen des ganzen Identifizierungstheaters würden sie ihn nicht sofort stoppen können. Sie würden ihn fotografieren, das Bild den Personen schicken, die ihn in Colorado gesehen hatten, und ihre Antwort abwarten. Daher standen ihnen zwei Möglichkeiten offen. Sie konnten seinen Wagen verfolgen und anhalten, sobald seine Identität feststand. Oder sie konnten bleiben, wo sie waren, und ihre Kollegen alarmieren, die sich am Stadtrand von Winson postiert hatten. Keine dieser Optionen gefiel Reacher besonders. Ein Auto bei voller Geschwindigkeit und in dichtem Verkehr von der Interstate zu rammen, war potenziell gefährlich. Dabei konnte es Verletzte, sogar Tote geben. Und wenn die Kerle nur meldeten, ihn gesehen zu haben, nützte ihm das auch nichts. Bis dahin war er meilenweit entfernt, außer Reichweite, und hatte es dann umso schwieriger, wenn er Winson erreichte. Die clevere Lösung war, dort zu stehen, wo die

Kerle ihn zu sehen erwarteten, den Daumen hochzurecken und zu hoffen, dass kein gewöhnlicher Autofahrer das Bedürfnis nach Gesellschaft verspüren würde.

Von oben sah die Kreuzung wie ein auf der Seite liegendes großes A mit geschwungenem Querstrich aus. Eine Seite bildete die I-20, die jenseits des Flusses nach Nordosten weiterführte. Die andere Seite war die US 61, die von ihr abzweigend nach Süden verlief. Den Querstrich bildeten die Verbindungen I-20 East mit US 61 South und US 61 North mit I-20 West. Ein weiterer wichtiger Bestandteil dieses Bildes war die Fläche unter dem Querstrich, die von einem riesigen Einkaufszentrum eingenommen wurde. Auf der Karte war nicht zu erkennen, wem es gehörte oder was dort verkauft wurde, aber das kümmerte Reacher weniger. Ihm ging es allein darum, dass es einen für seine Zwecke geeigneten Parkplatz geben würde.

Sein Plan war simpel. Hannah würde kurz vor der Ost-Süd-Auffahrt auf dem Standstreifen halten und Reacher dort aussteigen lassen. Für den Fall, dass sich schon Beobachter vor Ort befanden, würde Hannah auf der I-20 nach Jackson weiterfahren. In Wirklichkeit würde sie die Interstate an der nächsten Ausfahrt verlassen und zu dem Einkaufszentrum zurückkehren, um dort auf dem Parkplatz zu warten. Die Minerva-Männer würden Reacher entdecken und versuchen, ihn zu fotografieren und festzuhalten – gleich auf dem Standstreifen oder in einem Fahrzeug. Damit würden sie nicht mehr Erfolg haben als ihre Kumpel in der Raststätte. Waren sie dann bewusstlos und gefesselt, würde Reacher über die Leitplanke setzen und zum Einkaufszentrum hinabsteigen, um sich auf dem Parkplatz mit Hannah zu treffen.

Der Plan war simpel. Aber er entgleiste, bevor er auch nur Fahrt aufnahm.

Reacher stopfte seine alte Kleidung in einen Abfallbehälter und ging zu dem Pick-up zurück. Er öffnete die Beifahrertür, stieg aber nicht ein. Weil jemand auf seinem Platz saß. Ein Kerl Ende zwanzig, der irgendein europäisches Fußballtrikot, Jeans und Motorradstiefel trug. Sein Haar war seitlich kurz, oben etwas länger. Er hatte einen Spitzbart und hielt eine Pistole in der linken Hand. Eine Sig P320 in Wüstentarnfarbe, mit der er auf Reacher zielte.

Reacher packte das Handgelenk des Kerls und zog daran, bis sein ganzer Unterarm ins Freie ragte. Er drückte ihn gegen die B-Säule zwischen den Fenstern, drehte ihn dabei, sodass die Pistole auf den Boden zielte. Dann knallte er die Tür zu, legte sein ganzes Gewicht hinein. Der Mann schrie auf. Die Pistole fiel ihm aus der Hand. Sie prallte vom Trittbrett des Trucks ab und rutschte scheppernd unter den nächsten Wagen. Reacher spürte das Handgelenk des Kerls schlaff werden. Er hatte Knochen splittern gehört. Als er die Tür wieder aufriss, war der Mann nach hinten gesackt. Sein Gesicht sah plötzlich schweißnass aus, sein Teint fast grünlich. Reacher ballte seine rechte Hand zur Faust. Ein Schlag würde genügen, um den Kerl endgültig außer Gefecht zu setzen.

»Stopp!«, sagte eine Stimme vom Rücksitz. Dort saß ein zweiter Kerl. In Alter und Körperbau glich er seinem Kumpel mit dem gebrochenen Arm. Er trug ein unbedrucktes schwarzes T-Shirt. Sein Kopf war glatt rasiert. Er saß leicht nach vorn gebeugt hinter Hannah und drückte die Mündung seines Revolvers in ihr Genick.

Hannah saß sehr aufrecht, fast als versuchte sie, durch Levitation über ihrem Sitz zu schweben. Ihre Arme waren ausgestreckt. Sie hielt das Lenkrad so fest umklammert, dass die Fingerknöchel beider Hände weiß hervortraten. Sie starrte geradeaus, und ihre Miene wirkte so finster wie bei einer Mutter, die ihre Töchter im Teenageralter mit Freunden bei einer Orgie im Wohnzimmer ertappt.

Der Revolver – ein Ruger LCR, Kaliber .22 – in der Hand des Kerls sah winzig aus. Bestimmt seine Zweitwaffe, dachte Reacher. Für größere Entfernungen unbrauchbar, sodass niemand ihn als Erstwaffe wählen würde. Aber aus dieser Nähe mehr als ausreichend. In dieser Situation sogar ideal. Zielte der Typ richtig, würde das Geschoss nicht durch Hannahs Schädeldecke gehen, sondern ihr Gehirn zerstören, ohne dass Blut und Gehirnmasse an die Frontscheibe spritzten, wo sie jemand sehen konnte. Und ging es doch durch die Schädeldecke, besaß es nicht genug Energie, um das Stahldach des Trucks zu durchschlagen. Insgesamt war dies eine so diskrete Option, wie der Kerl sich nur wünschen konnte. Aber weil das Leben seines Kumpels auf dem Spiel stand, würde er vielleicht nicht so sehr darauf achten, möglichst wenig Aufsehen zu erregen.

Reacher streckte die Finger und ließ die Hand sinken.

»Gute Entscheidung«, sagte der Kerl. »Also, wir suchen zwei unserer Freunde. Die junge Dame hier hat gesagt, Sie könnten uns helfen, sie zu finden.«

Reacher fragte: »Sie haben Freunde?«

»Dies ist keine Zeit für Scherze.«

»Wer hat gescherzt?«

»Sagen Sie mir, wo sie sind.«

»Woher soll ich das wissen?«

Der Mann zog etwas unter seinem linken Oberschenkel heraus. Er hielt den Gegenstand hoch, damit Reacher ihn sehen konnte: die Beretta, die er im Wagen zurückgelassen hatte, als er zum Umziehen weggegangen war.

Der Mann sagte: »Hören Sie auf, meine Zeit zu vergeuden. Sagen Sie mir, wo sie sind.«

Hinter dem Pick-up rumpelte ein Fahrzeug vorbei. Reacher sah kurz hin und erkannte den alten Bus aus British Columbia. Der Bus war bis auf den Fahrer leer. Reacher hoffte, dass er bis hinauf nach Kanada durchfahren würde. Dort vielleicht gleich auf einen Schrottplatz. Wo niemand den Bus genau kontrollieren würde, bevor der in der Schrottpresse landete.

Reacher sagte: »Sie sind nicht weit weg.«

»Wo also?«

»Ich kann's Ihnen zeigen.«

»Sagen Sie's mir.«

»Würden Sie mir glauben?«

Der Kerl dachte kurz nach. »Okay. Tragen Sie einen Gürtel?«

Reacher nickte.

»Ziehen Sie ihn raus. Geben Sie ihn mir.«

Reacher machte keine Bewegung.

Der Kerl verstärkte den Druck mit der Revolvermündung. Sie bohrte sich tiefer in Hannahs Haut. Sie biss die Zähne zusammen, konnte aber ein leises Stöhnen nicht ganz unterdrücken.

Reacher zog seinen Gürtel aus den Schlaufen und hielt ihn in die Lücke zwischen den Vordersitzlehnen. Der Kerl schnappte ihn sich mit der rechten Hand, ohne seinen Revolver von Hannahs Genick zu nehmen. Indem er den Gürtel nah an der Schnalle zwischen die Zähne nahm, konnte er das freie Ende einfädeln, sodass eine große Schlaufe entstand. Er legte den Ruger weg, warf Hannah die Schlaufe über den Kopf und zog sie mit einem Ruck um ihren Hals und die Metallstreben der Kopfstütze straff. Hannah gab keinen Laut von sich, aber ihre finstere Miene wurde noch finsterer.

»Pep?«, fragte der Kerl seinen Kumpel auf dem Beifahrersitz. »Kannst du aussteigen?«

Pep nickte. »Ich denke schon.«

»Gut, dann komm hier rüber. An meine Tür.«

Pep ließ sich aus der Tür gleiten, schlurfte hinten um den Wagen herum. Er hielt seinen gebrochenen linken Arm an die Brust gedrückt und bewegte sich, als fürchtete er, sein Kopf könnte platzen. Irgendwie schaffte er es auf die andere Seite. Der Kerl, der den Gürtel hielt, rutschte zur Seite. Pep stieg hinter Hannah ein und sackte auf dem Rücksitz zusammen. Er sah aus, als müsste er sich gleich übergeben.

»Rutsch nach vorn«, sagte der Kerl, der den Gürtel hielt. »Ganz nach vorn. Bis zur Kante.«

Pep gehorchte ächzend und knotete den Gürtel mit seiner rechten Hand so ums Handgelenk, dass seine Handfläche dicht unterhalb von Hannahs Nacken flach an der Fahrersitzlehne lag.

Sein Kumpel klopfte ihm auf die Schulter, dann rutschte er ganz nach rechts hinüber, öffnete die Tür und stieg neben Reacher aus. Er nickte zu Pep und Hannah hinüber und fragte: »Muss ich Ihnen eine Zeichnung davon machen?«

Reacher schüttelte den Kopf.

»Gut. Heben Sie die Pistole auf, die Pep aus der Hand gefallen ist. Aber nur den Lauf anfassen! Geben Sie sie mir.«

Reacher angelte die Sig P320 unter dem neben ihnen geparkten Wagen heraus und reichte sie ihm.

»Okay.« Der Kerl steckte die Waffe in seinen Hosenbund und zog sein T-Shirt darüber. »Zeigen Sie mir, wo meine Freunde sind. Und beeilen Sie sich um Ihrer Freundin willen.«

Auf dem Rückweg zum Hauptgebäude versuchte Reacher, sich die Fernbedienung an dem Schlüsselring vorzustellen, die er dem ersten der Minerva-Kerle abgenommen hatte. Seiner Erinnerung nach wies sie vier Knöpfe auf. Die beiden unteren waren farbig. Einer war rot, hatte vermutlich etwas mit der Alarmanlage zu tun. Der andere war blau und öffnete den Kofferraum. Die übrigen waren schwarz und mit kleinen Vorhängeschlössern gekennzeichnet. Diese Symbole waren kaum zu erkennen, fast völlig abgewetzt. Reacher glaubte, das Vorhängeschloss links oben sei geschlossen dargestellt.

Er steckte seine Hand in die Hosentasche, tastete nach der Fernbedienung. Er fand den Knopf rechts oben und drückte ihn mit dem Daumen. Dabei sah er sich auf dem Parkplatz um, weil er hoffte, die Blinker eines geparkten Fahrzeugs aufleuchten zu sehen.

Nichts geschah.

Der Kerl hinter ihm fragte: »He, was machen Sie da?«

»Ich ziehe meine Hose hoch.«

Der Kerl grunzte, als nähme er ihm das nicht ab.

Sie gingen weiter. Reacher drückte immer wieder den Öffnungsknopf. Nirgends leuchteten Blinker auf. Inzwischen waren sie fast am Eingang des Hauptgebäudes. Weil der

Wagen außer Reichweite der Fernbedienung geparkt zu sein schien, würde Reacher den Kerl hinter das Gebäude führen müssen. Den Job in zwei Stufen erledigen. Rechts neben dem Gebäude konnte das Auto nicht stehen, weil dort nur Busse parkten. Also würfelte er noch mal. Wandte sich nach links. Drückte den Knopf erneut. Und sah zwei orangerote Lichter mehrmals langsam blinken.

Der dazugehörige Wagen stand in der letzten Reihe an dem Zaun geparkt, der das Gelände umgab. Die Parkplätze auf beiden Seiten waren frei. Aber das Blinken musste ein Zufall gewesen sein, denn dies war die falsche Art Fahrzeug: ein Ford Crown Victoria. In seiner Zeit in der Army und noch später hatte Reacher Hunderte von Crown Vics gesehen. Allerdings war dieser gepflegter als die meisten. Sein dunkelblauer, fast schwarzer Lack glänzte wie frisch poliert. Er hatte orangerote Felgen, einen seltsamen Kühlergrill, dunkel getönte Scheiben. Anscheinend ein privates Fahrzeug, kein Taxi oder Dienstwagen. Als Reacher genauer hinschaute, entdeckte er auf der Motorhaube ein Mercury-Logo. Das war ihm ein Rätsel, aber er hatte nie viel von Autos verstanden und hielt sich jetzt nicht mit Spekulationen auf. Er drückte nur den Schließknopf der Fernbedienung. Die Blinker leuchteten nochmals langsam auf. Dieses zweite Mal konnte kein Zufall sein.

Reacher sagte: »Dort drüben.« Er wandte sich nach links und hielt auf das Heck des Wagens zu, das fast den Zaun berührte. Sein Besitzer hatte rückwärts eingeparkt, um notfalls rasch flüchten zu können. Reacher wartete, bis der Kerl heran war, dann zog er die Fernbedienung aus der Hosentasche. Er drückte den blauen unteren Knopf. Der Kofferraumdeckel sprang auf, ging aber nur eine Handbreit hoch.

Der Kerl fragte: »Für wie blöd halten Sie mich? Den mache ich nicht auf.«

Reacher antwortete: »Kein Problem, das mache ich selbst. Sie können Abstand halten. Vorher nur noch eine Frage. Arbeiten Sie bei Minerva?«

»Schon seit zehn Jahren. Wo sind meine Freunde? Hoffentlich in diesem Kofferraum.«

»Sie sind hergeschickt worden, um Ausschau nach mir zu halten?«

»Wir waren an der Kreuzung stationiert. Sind herbeordert worden, als die anderen Sie erkannt haben. Was ist in dem Kofferraum? Wo sind meine Freunde?«

»Sie hatten hier Leute stationiert. Und an der Greyhound-Station. Wo noch?«

»Keine Ahnung. Ist uns nicht gesagt worden. Hab nicht danach gefragt. Schluss jetzt mit dem Rumgeeiere! Zeigen Sie mir, was in dem Kofferraum ist.«

»Sie haben recht. Quatschen bringt uns nicht weiter. Es wird Zeit, etwas …«

Reacher machte einen blitzschnellen Ausfallschritt und traf den Mann mit einem Kopfstoß ins Gesicht. Er konnte seinen Kopf nicht weit in den Nacken legen, um nicht zu signalisieren, was kommen würde. Weil das Energie kostete, musste Reacher sich auf seine Größe und seine Nackenmuskeln verlassen. Dies war nicht der kräftigste Kopfstoß seines Lebens, aber er war wirkungsvoll genug. Er ließ den Kerl zurücktaumeln: noch auf den Beinen, aber schon bewusstlos. Er krachte in den Zaun, blieb dort einen Augenblick hängen. Dann war Reacher heran. Er fing den Mann auf, bevor er zu Boden ging, riss ihn hoch und schleifte ihn zu dem Wagen. Öffnete den Kofferraumdeckel ganz. Hievte den Kerl hinein.

Dann knallte er den Deckel zu, entriegelte die Türen und setzte sich ans Steuer.

28

Bruno Hix begann seine Rede dreimal.

Er fing damit an, doch er brachte sie nicht zu Ende. Er kam nicht über die ersten paar Sätze hinaus. Er war zu abgelenkt. Er konnte nur an die Raststätte denken und sich fragen, was dort vorging. Er hatte vier Männer losgeschickt, um einen Herumtreiber stoppen zu lassen. Das hätte ein Spaziergang sein müssen. Aber bisher war keine Bestätigung eingegangen. Kein Zwischenbericht. Überhaupt keine Meldung. Und der Herumtreiber hatte den Männern, die er nach Colorado geschickt hatte, bereits übel mitgespielt.

Hix sprang vom Podium. Er verließ den Raum und hastete den Korridor entlang zum anderen Ende des zweiten Gebäudeflügels. Zu Brockmans Büro. Die Tür war geschlossen. Er klopfte nicht an, sondern öffnete sie einfach und ging hinein. Im ersten Augenblick glaubte er, Brockman sei nicht da. Sein Schreibtischsessel war leer. Dann sah er, dass Brockman auf der Couch am Fenster lag. Auf dem Teppichboden neben ihm stand ein leerer Kaffeebecher.

Er verschränkte die Arme. »Beschäftigt, was?«

Brockman öffnete die Augen. Er setzte sich auf. »Sehr. Ich plane.«

»Keine Neuigkeiten?«

»Doch, sogar gute. Eine meiner Strategien hat sich großartig ausgezahlt. Wir wissen jetzt, wie Reacher so schnell nach Mississippi gekommen ist. Er ist mit Sam Roth' Pick-up unterwegs. Roth war der Kerl, den Angela St. Vrain besuchen wollte. Er ist natürlich tot, deshalb hat niemand den Diebstahl angezeigt. Die Kerle, die wir von der Kreuzung zur Raststätte geschickt haben, stöberten den Truck auf dem Parkplatz auf.«

»Sie haben den Pick-up gefunden?«

»Korrekt.«

»Was kümmert mich der Truck? Wo ist Reacher?«

»Er muss noch dort sein.«

»*Muss?* Du weißt das nicht mit Sicherheit?«

»Der Truck steht noch da. Folglich muss sich Reacher in der Nähe befinden. Was soll er sonst tun – die restliche Strecke zu Fuß gehen? Also reg dich ab, Bruno. Unsere Leute sind dort draußen. Sie schnappen Reacher. Sie melden sich, sobald sie ihn haben.«

»Ruf sie an. Sofort. Schalt den Lautsprecher ein.«

»Du solltest ein Valium einwerfen.« Brockman zog sein Handy heraus und wählte eine Nummer. Das Smartphone klingelte. Und klingelte. Und klingelte, bis die Voicemail sich meldete. Brockman legte auf, ohne eine Nachricht zu hinterlassen. Er wählte eine andere Nummer. Auch dieses Mal meldete sich die Voicemail. Brockman rang sich ein Lächeln ab. »Kein Grund zur Besorgnis. Sie müssen ihre Handys stumm geschaltet haben. Um ihre Position nicht zu verraten. Das beweist, dass sie Profis sind. Ein gutes Zeichen.«

»Ruf die beiden anderen an.«

Brockman wählte erneut. Dieses Mal bekam er sofort die Voicemail. Ebenso bei der vierten Nummer, die er versuchte. »Bestimmt sind ihre Akkus leer. Schließlich sind sie seit drei Uhr dort draußen.«

»Irgendwas stimmt hier nicht.«

»Alles ist okay. Lass ihnen Zeit. Sei geduldig.«

»Hast du unsere Männer aus Jackson zurückbeordert?«

»Ja. Gleich vorhin.«

»Ruf sie noch mal an. Schick sie zu der Raststätte.«

»Echt? Wir brauchen dort sieben Kerle?«

»Vier sind schon dort. Jetzt vielleicht sogar fünf. Haben sie ihn aufhalten können?«

Brockman rief die Kerle an, die in der Greyhound-Station gewartet hatten, und übermittelte ihnen Hix' Anweisungen. Er legte auf. Steckte sein Handy ein. Wartete darauf, dass Hix ging. Dann zog er sein Handy wieder heraus und wählte eine andere Nummer. Er hatte die Kerle vergessen, die beauftragt waren, die Haltestelle der lokalen Buslinie zu überwachen. Sie wurden nicht mehr in Jackson gebraucht, was schade war. Brockman konnte es sich als Verdienst anrechnen, dass er Reacher mit Roth' Pick-up in Verbindung gebracht hatte. Aber noch viel besser hätte er dagestanden, wenn Reacher in eine Falle gegangen wäre, die zu stellen Hix nicht mal eingefallen war.

Reacher parkte den Mercury rückwärts neben Sam Roth' Pick-up ein. Er hoffte, Pep werde ihn erkennen und glauben, sein Kumpel sei gekommen, um ihn abzulösen. Oder er würde ihn für irgendeinen Wagen halten, dessen Besitzer ins Hauptgebäude wollte. Wichtig war nur, dass er ihn nicht als bedrohlich empfand. Dass er nicht anfing, Hannah mit dem Gürtel zu erdrosseln.

Wenn er sie nicht schon erdrosselt hatte.

Reacher sprang aus dem Auto. Er zog am hinteren Türgriff des Trucks. Die Tür war verriegelt. Wegen der auf die Scheibe geklebten dunklen Folie konnte er nicht hineinsehen. Konnte nicht erkennen, in welchem Zustand Pep sich befand. Oder in welchem Zustand Hannah war. Er versuchte, die Fahrertür zu öffnen. Auch sie war verriegelt. Er klopfte an die Scheibe. Hinter ihr bewegte sich nichts. Hannah entriegelte ihre Tür nicht.

Sie tat es nicht. Oder konnte es nicht.

Reacher zog die Beretta aus seinem Hosenbund, drehte sie um und hielt sie am Lauf fest. Dann schlug er mit dem Griff wie mit einem Hammer gegen das Glas. Er traf die Scheibe an ihrer schwächsten Stelle in der rechten oberen Ecke. Das Glas zersprang sofort und bildete ein Netz aus undurchsichtigen Kristallen. Reacher drückte dagegen. Das Netz gab nach, hielt aber weiter zusammen. Die dunkle Folie auf der Scheibe war zu zäh. Reacher schlug mit einem Handballen dagegen. Eine Seite löste sich. Der nächste Schlag lockerte die andere Seite. Als er nochmals zuschlug, gab die ganze Scheibe nach, brach heraus und sackte wie in Zeitlupe nach innen.

Pep starrte Reacher durch den leeren Fensterrahmen an. Sein Teint wirkte noch grüner als zuvor. Auf seiner Stirn standen Schweißperlen. Und er zerrte mit aller Kraft an dem Gürtel. Hannah versuchte mit beiden Händen, ihn vom Hals wegzubekommen. Sie warf den Kopf von einer Seite zur anderen, gab jedoch keinen Laut von sich. Sie bekam keine Luft mehr. Reachers Faust traf Pep seitlich am Kopf. Er kippte zur Seite, rutschte halb in den Fußraum und blieb dort unbeweglich liegen. Er war k.o. und konnte nicht mehr an dem Gürtel ziehen, der noch um sein Handgelenk geknotet war. Sein Gewicht hielt ihn weiter straff.

Hannah bekam noch immer keine Luft.

Reacher beeilte sich, den Türgriff zu finden, konnte ihn aber nicht erreichen. Die von der dunklen Folie zusammengehaltene Scheibe hing wie ein Schutzschild davor. Er wollte die Folie abreißen, aber dafür war sie zu zäh. Also packte er eine Kante und zog sie nach oben. Mit der anderen Hand ergriff er die gegenüberliegende Kante und drückte die beiden zusammen, bis es ihm gelang, die Folie aus dem Fenster zu ziehen. Er drückte sie nach unten, bis sie ihn nicht mehr behinderte, und streckte den rechten Arm wieder hinein. Entriegelte die Tür und riss sie auf.

Reacher zerrte Pep hoch und schob ihn auf dem Rücksitz nach vorn. Hannah hustete, prustete und ächzte, als der Druck auf ihren Hals nachließ. Sie schob ihre Finger unter den Gürtel, lockerte ihn noch etwas mehr, um keuchend tief Luft zu holen. Reacher versuchte, den Knoten zu lösen, der sich während des Kampfes fest zugezogen hatte. Peps Arm hing noch immer daran. Reacher brauchte noch eine halbe Minute, um den Gürtel aufzuknoten und durch die Schnalle zu schieben.

Hannah sackte nach vorn aufs Lenkrad. Sie tastete blind nach dem Türgriff, fand ihn und glitt aus dem Wagen. Blieb auf dem Kofferraum des Mercurys liegen. Starrte zum Himmel auf. Und atmete.

Die Luft war schlecht. Sie roch nach Diesel- und Benzindämpfen von all dem Verkehr auf dem Parkplatz und der nahen Interstate. Normalerweise wäre sie Hannah, die in der klaren Gebirgsluft von Gerrardsville aufgewachsen war, zuwider gewesen. Aber in diesem Augenblick konnte sie sich nichts Wunderbareres vorstellen.

Irgendetwas veranlasste Jed Starmer dazu haltzumachen. Nach seiner Flucht aus dem Auto der jungen Männer hatte er sich zehn Minuten lang in der Gasse versteckt. So lange hatte er gebraucht, um wieder zu Atem zu kommen. Und um sich zu überlegen, was er als Nächstes tun sollte. Sein Entschluss, die Stadt zu verlassen, war eine Sache, aber wie er das anstellen sollte, war eine andere. Er hatte gehofft, die letzte Etappe nach Winson mit einem Gefängnis-Shuttle zurücklegen zu können, doch diese Idee beruhte nur auf einer Werbetafel, die er in Texas gesehen hatte. Ob es in Mississippi etwas Vergleichbares gab, wusste er nicht. Das Schild hatte er in der Greyhound-Station in Dallas entdeckt. Hier in Jackson war ihm keines aufgefallen. Aber es war ihm keine Zeit geblieben, sich nach einem umzusehen, bevor der Blonde ihn mitgenommen hatte. Und jetzt konnte er nicht mehr dorthin zurück. Die Cops konnten ihm wieder auflauern. Er besaß kein Handy mit Internetzugang, also war er nicht in der Lage, Informationen zu googeln. Und er durfte nicht riskieren, ziellos durch Jackson zu irren. Die Gefahr, entdeckt zu werden, war zu groß. Aber er erinnerte sich, an mehreren Telefonzellen vorbeigelaufen zu sein. Und er hatte noch ein paar Münzen in der Tasche.

Als Erstes rief er die Auskunft an, danach das Minerva-Gefängnis in Winson. Der Telefonistin erklärte er, er sei der Verwandte eines Häftlings, den er besuchen wolle, und wisse nicht, wie er hinkommen solle. Er fragte, ob es einen Shuttlebus aus Jackson gebe. Das verneinte die Telefonistin, aber sie sagte ihm, von welcher Haltestelle aus ein örtlicher Bus nach Winson verkehrte. Sie nannte ihm sogar die Abfahrtszeiten.

Der nächste Bus fuhr in vier Minuten. Jed kam nahe genug heran, um seinen Motor zu hören, der gleich um die Ecke im Leerlauf tuckerte. Er war die letzte Viertelmeile gerannt, um diesen Bus noch zu erwischen. Der nächste fuhr erst in einer Stunde. So lange wollte er sich nicht auf der Straße herumtreiben. Doch dann fiel ihm plötzlich etwas ein. Die Cops hatten sich in der Greyhound-Station aufgehalten. Auf der Suche nach ihm. Kriminalbeamte oder Agenten, was auch immer. Folglich konnten andere diese Bushaltestelle überwachen. Er konnte ihnen direkt in die Arme laufen. Dann war eine Festnahme unvermeidlich. Ebenso gut hätte er sich stellen können.

Jed blieb stehen. Er war schon fast an der Kreuzung. Dann prallte ein Radfahrer mit ihm zusammen. Irgendeine Art Fahrradkurier. Er hatte einen Messenger Bag umgehängt und radelte auf dem Gehsteig. Der Aufprall ließ Jed noch weiterstolpern, an der Gebäudeecke vorbei. Gleichzeitig drehte der Schwung ihn zur Seite, und er geriet mit einem Fuß in den Spalt zwischen zwei Gehsteigplatten. Er verlor das Gleichgewicht, ging zu Boden, blieb halb auf dem Gehsteig, halb im Rinnstein liegen und in Sichtweite der noch nicht eingestiegenen Busfahrgäste.

Leute starrten Jed an. Vielleicht ein halbes Dutzend Menschen. Er nahm sie nur undeutlich wahr. Und er blieb nicht lange genug ausgestreckt liegen, um Köpfe zu zählen. Er rappelte sich nur auf und verschwand um die Gebäudeecke, wo er außer Sicht war.

Der Kurier hatte sein Rad an das Gebäude gelehnt, sah Jed entgegen und wartete. Sobald Jed heran war, rammte er ihm seine flache Hand gegen die Brust. »Idiot!«, blaffte er. »Pass gefälligst besser auf. Ich hätte mir den Hals brechen können.« Er versetzte Jed noch mal einen Stoß und verschwand dann durch eine Drehtür in dem letzten Gebäude vor der Kreuzung.

Jed dachte an die Leute, die er auf der Querstraße gesehen hatte. Vielleicht hatten sie nur darauf gewartet, in den Bus steigen zu können. Oder sie beobachteten ihn. Vielleicht nur zwei von ihnen. Zwei Cops in Zivil oder zwei Agenten. Jed wandte sich ab, um zu flüchten. Und blieb dann doch stehen. Er konnte nirgends hin. Hatte außer dem Bus keine andere Fahrmöglichkeit. Ihn nicht zu nutzen, wenn er sicher war, wäre verrückt gewesen.

Wenn.

Jed musste sich vergewissern. Also schlich er zur Ecke des Gebäudes zurück. Ging in die Hocke und spähte um die Ecke. Und sah zwei Männer. Einer von ihnen steckte sein Handy ein und sagte etwas zu seinem Begleiter, der sich sofort in Bewegung setzte. Die beiden kamen geradewegs auf Jed zu.

Beide Kerle waren über einen Meter achtzig groß und breitschultrig. Sahen kräftig aus. Ihr Haar war kurz geschoren. Sie trugen Jeans, T-Shirts und Sportsakkos. Genau wie die Cops in der Greyhound-Station. Gleiche Größe, gleicher Körperbau. Und die gleiche bedrohliche Ausstrahlung. Sie waren nur noch wenige Meter entfernt, kamen rasch näher.

Jed wusste, dass er erledigt war. Er hatte gesehen, wie die anderen Cops seine jugendlichen Entführer behandelten. Einer von ihnen war sekundenschnell bewusstlos gewesen. Den anderen hatten sie mit einer Pistole bedroht. Beides wollte Jed auf keinen Fall. Aber ihm war klar, dass er niemals würde flüchten können. Nicht zu Fuß. Diese Cops waren garantiert schneller als er und dafür ausgebildet, Leute zu schnappen. Außerdem konnten sie Verstärkung anfordern. Vielleicht Spürhunde. Vielleicht sogar einen Hubschrauber. Jed sackte gegen das Gebäude. Er war so weit gekommen, seinem Ziel so nahe. Dann streifte seine Hand etwas: den Lenker des Kurier-Fahrrads.

Das Rad stand gleich neben ihm. Es war nicht abgesperrt. Das schien ihm ein Zeichen zu sein, es zu benutzen. Jed war kein Dieb. Er wollte es nicht stehlen, aber er wollte auch nicht gefasst werden. Und der Kurier war ein richtiges Arschloch gewesen. Deshalb fühlte Jed sich berechtigt, sich sein Fahrrad nur auszuleihen. Weil die Umstände es erforderten. Nur für kurze Zeit. So kurz wie nur möglich. Dann würde er's irgendwo abstellen. Radfahren war nicht Jeds Lieblingsbeschäftigung, aber es kam ihm deutlich besser vor als alles, was er von den beiden Kerlen zu erwarten hatte.

29

Reacher rechnete halb damit, dass der Pick-up verschwunden sein würde, wenn er von seinem Vorhaben, den Mercury zu verstecken, zurückkam. Er stellte ihn in einer abgelegenen Ecke am rückwärtigen Zaun neben einem Sammelbehälter für Textilien ab, der nicht so aussah, als würde er oft benutzt. Dann ging er in gemächlichem Tempo zurück. Hannah sollte viel Zeit zum Nachdenken haben, alle Optionen abwägen können. In den letzten Tagen hatte sie eine Menge mitgemacht. Sie hatte Sam Roth tot aufgefunden. Hatte erfahren, dass er ermordet worden war. Hatte gehört, dass Angela St. Vrain ebenfalls umgebracht worden war, und war nun selbst fast Opfer eines Mordes geworden. Reacher hätte Verständnis dafür gehabt, wenn sie sich ans Steuer gesetzt hätte, um möglichst schnell möglichst viele Meilen zwischen sich und ihn zu bringen.

Der Truck stand noch da, Hannah daneben. Mit einem kleinen roten Koffer, über dessen Griff eine Leinentasche hing, und ihrer Umhängetasche über der Schulter.

Sie sagte: »Wir müssen reden.«

Reacher sagte: »Du brauchst mir nichts zu erklären. Danke, dass du dageblieben bist, um dich zu verabschieden. Und danke für deine Hilfe.«

»Wovon redest du überhaupt? Glaubst du, dass diese Arschlöcher mir Angst einjagen? Zum Teufel mit ihnen! Seit sie mich angegriffen haben, bin ich erst recht dabei. Nein, wir müssen über Sams Truck reden. Den können wir nicht mehr benutzen.«

»Ist er defekt?«

»Außer der Scheibe, nein. Das ist nicht das Problem. Diese Kerle, die mich überfallen haben, die haben ihn irgendwie erkannt. Sie sind auf dem Weg zum Hauptgebäude vorbeigekommen und haben plötzlich angehalten. Ich habe gesehen, wie sie das Kennzeichen studierten. Bevor mir klar war, was das bedeutet, wurden die Türen aufgerissen, und die beiden Kerle haben mich als Geisel genommen. Der springende Punkt ist, dass sie dich mit Sam in Verbindung gebracht haben. Und wenn sie davon wussten, wissen es auch ihre Kumpel, die im nächsten Hinterhalt lauern. So kommen wir niemals durch. Wir brauchen einen anderen Wagen.«

»Vermutlich hast du recht, aber wir verfügen nicht gerade über viele Optionen. Auch die Kerle, die dich überfallen haben, müssen mit einem Auto gekommen sein. Das könnten wir finden und es benutzen. Doch ihre Kumpel würden es bestimmt erkennen. Oder wir stehlen hier ein Auto. Nur würde der Diebstahl binnen Minuten entdeckt, und dann wären wir noch schlimmer dran als zuvor, weil die Polizei nach uns fahndet.«

»Das Auto der Kerle benutzen? Oder hier eines klauen?« Hannah schüttelte lächelnd den Kopf. »Ich habe an etwas weniger Extremes gedacht. Etwas Legaleres. Wir könnten uns einen Leihwagen nehmen. In Jackson muss es ein paar Autovermieter geben. Und wenn wir unser Zeug nicht rumschleppen wollen, könnten wir uns einen bringen lassen. Das wäre teurer, aber viel bequemer.«

»Wie lange würde das dauern?«

Sie zog ihr Handy aus ihrer Umhängetasche. »Mal sehen, wer einen Wagen für uns hat. Dann überlegen wir uns die schnellste Option.« Der Bildschirm leuchtete auf, als das Smartphone sich selbstständig entsperrte. »Übrigens noch etwas: Als ich vorhin auf dich gewartet habe – bevor die Männer mich überfielen –, habe ich mir die restliche Strecke nach Winson angesehen. Hier, sieh mal.« Sie hielt Reacher das Display hin. »Dieser rot markierte Abschnitt bedeutet Stau und stockenden Verkehr. Google meldet, dass die Straße wegen einer Baustelle nur einspurig befahrbar ist. Also werden sie den Hinterhalt dort einrichten. Nicht an der Steigung, die du auf der Straßenkarte gefunden hast. Dieser Abschnitt hier ist viel besser. Dort stehen wir oder fahren sehr langsam. Sind wir mit einem bekannten Fahrzeug unterwegs, können sie uns unmöglich übersehen. Und es gibt keine andere Route, die wir nehmen könnten.«

Reacher dachte kurz nach. »Weiß Google, wie der Verkehr dort geregelt wird? Mit Ampeln? Von einem Typen mit einer rot-grünen Kelle?«

»Bei Google findet sich nichts darüber. Aber ich habe ein paar Chatgruppen von Häftlingsangehörigen gefunden. Darin beschweren sich viele über die Probleme, mit denen Besucher zu kämpfen haben. Eine Frau schreibt über ein Lotsenfahrzeug. Du weißt, was das ist? Im Allgemeinen ein Pick-up mit einer großen Leuchttafel auf der Ladefläche, der auf der freien Fahrspur hin und her fährt. Die Autofahrer müssen warten, bis er kommt und sie über die Strecke lotst. Die Frau hat sich über einen bösartigen Fahrer beschwert und behauptet, er habe sich absichtlich so viel Zeit gelassen, dass sie die Hälfte ihrer Besuchszeit verpasste.«

Reacher fragte: »Kann dein Handy die Strecke auch als Satellitenbild zeigen?«

»Klar.« Hannah wechselte die Darstellung und deutete auf den Bildschirm. »Aber das ist kein Live-Feed. Du wirst nicht sehen, wie das Lotsenfahrtzeug hin und her fährt.«

»Danke, nicht nötig.« Reacher studierte das Bild einige Sekunden lang. »Ich wollte nur das Gelände sehen.« Er nickte befriedigt. »Das müsste klappen. Wir könnten uns einen Leihwagen nehmen, aber der Pick-up wäre fürs Erste besser. Wenn du willst, können wir uns später einen Ersatzwagen ins Hotel bringen lassen.«

»Den Truck vorläufig zu behalten, ist die beste Lösung? Weißt du das bestimmt?«

»Hundertprozentig.«

»Es geht nicht ums Geld? Ich zahle den Leihwagen gern.«

»Um die Kosten geht's nicht. Vertrau mir.«

Hannah wies auf die hintere Tür mit der zertrümmerten Scheibe. »Was ist damit? So können wir nicht fahren.«

»Das kriegen wir mit Gewebeband hin.«

»Gewebeband?«

»Mit Gewebeband lässt sich alles reparieren.«

»Im Ernst?«

»Absolut. Schau – die getönte Folie hält alles Glas zusammen. Wir brauchen nur etwas, mit dem sie sich am Fensterrahmen befestigen lässt: Gewebeband.«

»Und hast du welches? Vielleicht in deinem großen Gepäck? Komischerweise ist das nämlich nichts, was ich in der Handtasche mit mir herumtrage.«

»Dort drüben im Shop gibt es so was. Ich hab's vorhin gesehen.«

»Oh, okay. Na schön.«

»Ich gehe rüber und besorge welches. Und ein paar Leuchten zur Absicherung von Unfallstellen. Die brauchen wir auch.«

»Wirklich? Wozu?«

»Wir wollen selbst etwas Verkehrslenkung betreiben.«

Bruno Hix war wieder auf seinem Übungspodium. Die Kameras liefen. Dieses Mal schaffte er es, seine Rede ohne Unterbrechung zu halten. *Ziemlich gut*, dachte er. *Könnte aber besser sein.*

Er war eben beim zweiten Mal, als sich die Tür des Konferenzraums öffnete. Auf der Schwelle erschien Brockman.

Hix fragte: »Was gibt's denn jetzt schon wieder?«

Brockman antwortete nicht gleich. Dann schüttelte er den Kopf und sagte: »Du hattest wieder recht.«

»In welchem Punkt diesmal?«

»In Bezug auf die Raststätte. Dort ist irgendwas faul.«

»Erzähl.«

»Eben hat Harold angerufen. Er ist jetzt dort, aber die anderen Männer waren nirgends aufzufinden. Er hat an allen Orten nachgesehen, die für einen Hinterhalt geeignet wären. *Nada.* Also hat er seinen Suchradius vergrößert und den großen Parkplatz Reihe für Reihe abgesucht. Ganz in der hintersten Ecke entdeckte er Nicks Wagen – seinen Marauder. Sein ganzer Stolz. Harold hat ihn sich genauer angeschaut. Der Wagen war nicht abgeschlossen, die Schlüssel lagen auf dem Fahrersitz. Also hat er den Kofferraum geöffnet. Und er hatte richtig vermutet.«

»Nick war dort drin? Verdammt! Allein? Oder mit seinem Partner zusammen? Steve, nicht wahr? Leben die beiden? Oder sind sie tot?«

»Beide leben. Aber das waren nicht Nick und Steve, sondern Tony und Pep. Die beiden Kerle, die wir von der Kreuzung zur Raststätte geschickt haben.«

»Wie sind sie in Nicks Kofferraum gekommen?«

»Keine Ahnung.«

»Und wo sind Nick und Steve?«

»Weiß ich nicht. Harold hat keine Spur von ihnen gefunden.«

»Was ist mit dem Pick-up, den Pep entdeckt hat? Mit dem Reacher unterwegs war?«

»Der ist weg. Harold glaubt, bei seiner Ankunft einen roten Truck wegfahren gesehen zu haben, aber ob das der richtige war, weiß er natürlich nicht.«

Hix schwieg einen Augenblick. »Okay. Was passiert ist, lässt sich nicht mehr ändern. Ruf die Leute auf der Baustelle an. Beschreib ihnen Reachers Truck. Lass dir das Kennzeichen wiederholen.«

Brockman entgegnete: »Schon erledigt.«

»Ruf sie noch mal an. Vergewissere dich, dass ihnen klar ist, wie gefährlich der Kerl ist. Lass Harold zurückkommen. Und die Männer von der Greyhound-Station. Dieser Reacher ist gemeingefährlich. Ich will ihn nicht in meiner Stadt haben, Nicht morgen.«

Endlich erkannte Jed Starmer den praktischen Wert des Radfahrens. Bisher hatte er kaum Gelegenheit dazu gehabt und ein eigenes Fahrrad nie besessen. Das hätten seine Pflegeeltern ihm nie erlaubt. Aber vor einigen Monaten hatte er einen Freund bequatscht, ihn auf seinem Rad üben zu lassen. Das war anfangs kein großer Spaß gewesen. Jed hatte feststellen müssen, wie schwierig, fast unmöglich das Geradeausfahren war. Er konnte keine gerade Linie halten, traf jeden Riss im Pflaster, ließ kein Schlagloch aus. Prallte gegen ein geparktes Auto, stürzte viermal. Schürfte sich Knie, Ellbogen und Kinn auf. Die anderen Jungen auf der Straße lachten ihn aus. Er war erleichtert gewesen, als es Zeit wurde, den Drahtesel zurückzugeben und nach Hause zu hinken.

Doch an diesem Nachmittag in Jackson, auf dem Rad des Kuriers, war alles anders. Zunächst beherrschte ihn nur ein Gedanke: von den Cops wegzukommen. Heute war es ihm egal, ob er das Gleichgewicht bewahren konnte, sich verletzte oder lächerlich wirkte. Er strampelte einfach den Gehsteig entlang, holperte über den Randstein auf die Fahrbahn und schlängelte sich zwischen Autos und Lastwagen hindurch, die sich durch die verstopften Straßen der Stadt wälzten. Das hielt er zehn Minuten lang durch. Eine Viertelstunde lang. Schließlich dämmerte ihm etwas: Er war davongekommen, hatte die Cops abgehängt.

Jed hielt am Straßenrand. Er musste einen sicheren Ort finden, an dem er das Rad zurücklassen konnte. Gelang es ihm dann, sich an den Namen des Kurierdiensts zu erinnern, den er auf dem Messenger Bag gelesen hatte, konnte er die Telefonnummer rauskriegen. Und dort anrufen, um mitzuteilen, wo der Besitzer sein Rad wiederfinden konnte.

Eigentlich hatte er das Fahrrad nicht lange behalten wollen. Aber er hatte nicht vorausgesehen, wie nützlich es sein konnte. Oder dass Radfahren Spaß machte. Und er hatte ein weiteres Problem. Er musste nach Winson, aber den Bus konnte er nicht nehmen und für ein Taxi hatte er nicht genug Geld. Und er durfte nicht riskieren, sich für jedermann sichtbar als Anhalter an die Straße zu stellen.

Jed besaß seine Notizen nicht mehr. Die befanden sich in dem Rucksack. Er rechnete sich aus, dass er ungefähr fünfzig Meilen zu fahren hätte, höchstens sechzig. Das Fahrrad war schnell. Es lief leicht und gut. Wie lange würde er brauchen, ein paar Stunden? Vier bis fünf? Den Kurierdienst konnte er auch aus Winson verständigen. Dann würde der Bursche eben etwas weiter fahren müssen, um sein Rad zurückzubekommen. Pech für ihn, aber er war ein richtiges Arschloch gewesen. Eigentlich konnte er von Glück sagen, dass er mit Jed zusammengeprallt war. Jeder andere hätte das Rad behalten. Oder verkauft. Daran zweifelte Jed nicht, seit ihm sein Rucksack und sein ganzes Geld gestohlen worden waren.

30

Eine halbe Meile vor der auf ihrem Smartphone angezeigten Baustelle hielt Hannah mit dem Pick-up auf dem Bankett der Fernstraße. Reacher öffnete seine Tür und stieg aus. Hannah hatte das Paket mit den Leuchten griffbereit auf ihrem Schoß liegen. Sie angelte sich ihre Umhängetasche vom Rücksitz und nahm ihre Pistole heraus. Die kleine Sig Sauer, die Reacher erstmals am Stadtrand von Gerardsville gesehen hatte, bevor sie gemeinsam weitergefahren waren. Als sie die Waffe in den Spalt zwischen Fahrersitz und Mittelkonsole steckte, fiel ihr auf, dass Reacher sie beobachtete.

Hannah sah ihn an. »Ich lasse mich von keinem Arschloch mehr überraschen. Nicht noch mal.«

Reacher fragte: »Hast du Übung damit?«

»Teufel, ja. Schießen konnte ich schon als Kind. Das war das Einzige an mir, was mein Daddy nicht gehasst hat.«

»Ihr habt euch nicht vertragen?«

»Leider nicht besonders.«

»Deine Mom?«

»Die ist gestorben, als ich acht war.«

»Das tut mir leid.«

»Nicht deine Schuld. Niemands Schuld. Auch nicht, dass mein Daddy ein bigottes Arschloch war. Aber man spielt eben das Blatt, das man vom Schicksal bekommen hat. Und Daddy hat mich schießen gelehrt, wodurch ich Sam kennengelernt habe. Er hat im Gefängnis gearbeitet, ich war Bewährungshelferin. In unserer Freizeit waren wir oft auf dem Schießstand. Also war letztlich doch nicht alles schlecht.«

Normalerweise hätte Reacher für eine halbe Meile zu Fuß nicht länger als fünf Minuten gebraucht. An diesem Nachmittag vereinbarte er mit Hannah, dafür zwanzig Minuten vorzusehen. Die Straße führte durch bewaldetes Gebiet, aber auf dem Bildschirm konnte man nicht erkennen, wie dicht die Bäume standen. Gewiss war nur, dass auf dem anschließenden flachen Gelände keine Bäume standen. Reacher wollte sich langsam und gleichmäßig bewegen. Notfalls anhalten können. Und er wollte sehr frühzeitig in Position sein.

Tatsächlich legte Reacher die Strecke in einer Viertelstunde zurück. Der Boden war manchmal feucht, und das an einigen Stellen knöchelhoch wachsende Gras durchnässte seine Hose bis zu den Knien. Die Bäume bildeten kleine Gruppen, zwischen denen Lücken klafften, sodass er über ein Dutzend Mal haltmachen und sich vergewissern musste, dass ihn niemand von der Straße aus sah. Nach Westen, in Richtung Winson, waren mit wechselnden Abständen einzelne Autos unterwegs. Und nach Osten fuhren kompakte kleine Konvois mit geringen Abständen zwischen den Fahrzeugen.

Reacher blieb hinter dem Waldrand, bis er die Baustelle erreichte, wo die Straße nur noch eine Fahrspur aufwies. Dort fand er eine flache Senke, vielleicht ein ausgetrocknetes Bachbett. Er streckte sich darin aus, um die Straße zu beobachten. Zwölf Autos warteten hinter der Haltelinie auf dem Asphalt und einem Schild, das die Fahrer aufforderte, auf ein Lotsenfahrzeug zu warten. Auf dem Bankett ging ein Mann die Kolonne entlang. Er trug Jeans, ein graues T-Shirt und schwarze Stiefel. Er hielt ein Schreibbrett in der Hand und hatte einen gelben Schutzhelm auf. Bei jedem Wagen bückte er sich, um einen Blick auf die Mitfahrer zu werfen. Ein zweiter Mann von ähnlicher Statur, aber mit weißem Schutzhelm, hielt auf dem Asphalt mit ihm Schritt und kontrollierte die Fahrer. Die Requisiten konnten Reacher nicht täuschen. Bei diesen Kerlen handelte es sich offenbar um das nächste Minerva-Team. Die Frage war nur, ob sie sehr gründlich arbeiteten oder nichts von Roth' Pick-up erfahren hatten. Reacher lächelte in sich hinein. Vielleicht wussten sie nichts von ihm, aber sie würden ihn früh genug erleben.

Die Fläche zwischen Reacher und der Straße war planiert, mit Kies aufgeschüttet und von Reifenspuren zerfurcht, die sich teilweise überlagerten und aus Reachers Perspektive alle zur rechten oberen Ecke führten, die Anschluss zur Straße hatte. Dort stand ein SUV so geparkt, dass sein Heck Reacher zugekehrt war. Ein Ford Explorer. Burgunderrot mit goldenen Zierstreifen und weiß beschrifteten Breitreifen. Nicht das neueste Modell, aber gepflegt und sehr gut erhalten.

Jenseits der Fahrbahn befand sich eine mobile Toilette aus verblasstem blauem Kunststoff neben einem grauen Metallcontainer, den Reacher für einen Geräteschuppen hielt. Auf der anderen Seite stand ein Abfallcontainer. Er war voller Äste und Zweige, über die man ein Netz gespannt hatte, damit auf der Straße nichts verloren ging. Name, Telefonnummer und Webadresse des Containerdienstes standen in Schablonenschrift auf seiner Seite.

Auf diesem Bild fehlte nur eines: Bauarbeiter. Hinter den in langer Reihe aufgestellten Markierungskegeln waren keinerlei Aktivitäten zu erkennen.

Reacher hörte von rechts näher kommende Motorengeräusche, und dreißig Sekunden später tauchte ein Lotsenfahrzeug auf. Etwa zwei Dutzend Autos folgten ihm wie Entenjunge ihrer Mutter. Der Pick-up bog auf die planierte Fläche ab, hinterließ weitere Reifenspuren im Kies, fuhr um den SUV herum und hielt an der Ausfahrt zur Straße. Die Autos, die er angeführt hatte, wechselten auf ihre eigene Fahrspur und fuhren nach Osten weiter. Das Lotsenfahrzeug setzte sich an die Spitze des sich nach Westen bewegenden Konvois. Als es wieder anfuhr, folgten ihm die wartenden Autos.

Die Männer in Jeans und T-Shirts kehrten zurück und blieben am Straßenrand stehen. Sie warteten, aber aus Osten kamen keine Autos mehr. Reacher verfolgte, wie sie einen Blick wechselten, mit den Schultern zuckten und zu dem Explorer gingen. Sie warfen ihre Schutzhelme und Schreibbretter auf den Rücksitz und stiegen vorn ein. Sie waren seit Langem hier im Einsatz und hatten sich eine Pause verdient.

Sie würden keine kriegen.

Reacher hörte, wie sich erneut ein Motorengeräusch näherte. Ein großer Diesel, der von links herankam. Die Männer in dem Explorer bemerkten ihn zehn Sekunden später. Sie stiegen aus, öffneten die hinteren Türen und suchten ihre Sachen zusammen. Dann sahen sie, welches Fahrzeug dort kam. Ein roter Pick-up mit getönten Scheiben und viel Chrom. Er wurde langsamer, kam an der Haltelinie zum Stehen. Die Männer lasen sein Kennzeichen. Sie bewegten sich darauf zu, auf beiden Seiten je einer, blieben drei Meter davor stehen und zogen ihre Pistolen.

Reacher stand auf und schlich weiter.

Der Kerl auf der Fahrerseite des Trucks rief: »Respekt, dass Sie's bis hierher geschafft haben. Aber nun ist Ihre Glückssträhne gerissen. Los, aussteigen! Und halten Sie die Hände so, dass ich sie sehen kann.«

Aus dem Truck kam keine Antwort.

Reacher bewegte sich weiter.

Der Kerl rief: »Tun Sie, was ich sage, passiert keinem was. Wir wollen nur mit Ihnen reden. Also los, steigen Sie aus!«

Die Türen des Pick-ups blieben geschlossen.

Reacher schlich weiter.

»Letzte Chance!«, rief der Kerl. »Rauskommen oder erschossen werden!«

Am Heck des Pick-ups waren Geräusche zu hören. Erst ein zwei Sekunden langes Pfeifen, dann ein Surren, das mit einem dumpfen Schlag endete. Die Heckklappe des Trucks hatte sich geöffnet. Die beiden Männer hoben ihre Pistolen. Sie bewegten sich langsam und so leise wie möglich darauf zu. Sie schlichen entlang der Ladefläche nach hinten, machten bei den Heckleuchten halt, schauten sich an. Der Kerl auf der Fahrerseite hob die linke Hand, streckte nacheinander den Daumen und zwei Finger hoch, um so das Angriffssignal zu geben. Bei drei machten beide Männer einen großen diagonalen Schritt. Ihre schussbereiten Waffen zielten auf die Ladefläche.

Der Motor heulte auf, als der Pick-up losfuhr. Er beschleunigte mit durchdrehenden Hinterreifen, die Fontänen aus Schlamm und grobem Split aufwirbelten. Die scharfkantigen Steine wirkten wie Munition bei einem Schrotschuss. Die Kerle wandten sich halb ab, zogen die Köpfe ein und hielten sich schützend die Hände vors Gesicht. Aber diese instinktive Reaktion dauerte nur eine Sekunde. Sie richteten sich auf, hoben die Pistolen, begannen auf den Wagen zu schießen, dessen Heckklappe sich wieder schloss. Der Kerl auf der Beifahrerseite erzielte einen Treffer. Sein Partner versuchte, die Reifen zu treffen, beschädigte aber nur den Asphalt. Beide gaben noch einige Schüsse ab, dann setzte sich der Typ auf der Fahrerseite in Bewegung und rannte zu dem Explorer zurück.

»Beeilung!«, rief er. »Weit kommt er nicht!«

Der andere Mann war schon unterwegs. Beide sprangen in den Explorer. Der Kerl am Steuer rammte den Zündschlüssel ins Schloss, ließ jedoch den Motor nicht an.

Reacher saß mit ausgestreckten Armen mitten auf dem Rücksitz. In der linken Hand hielt er die erbeutete Sig Sauer, in der rechten die Beretta. Er drückte die Mündungen an die Hinterköpfe der Männer und befahl: »Vordere Fenster aufmachen.«

Der Fahrer drehte den Zündschlüssel kurz nach rechts und fuhr die beiden Scheiben ganz herunter.

Reacher sagte: »Pistolen rauswerfen.«

Die beiden Männer gehorchten.

»Ihr wisst, wer ich bin?«, fragte Reacher.

Beide nickten.

»Dann wisst ihr, dass ihr kooperieren müsst. Ich brauche Informationen. Bekomme ich die, könnt ihr gehen.«

Der Fahrer entgegnete: »Wir haben keine. Wir wissen von nichts.«

»Ihr arbeitet bei Minerva?«

Der Kerl nickte.

»Hält zwischen hier und Winson noch jemand Ausschau nach mir?«

Keiner der beiden antwortete.

Reacher zog die Pistolen zurück. Die Sig Sauer klemmte er sich zwischen die Knie. Dann beugte er sich durch die Lücke zwischen den Rückenlehnen nach vorn. Sein Faustschlag traf den Beifahrer dicht hinter dem Ohr. Sein Kopf flog zur Seite, krachte an den Türrahmen und federte zurück. Der Kerl sackte nach vorn, blieb mit dem Gesicht auf der Ablage unter der Frontscheibe liegen.

Reacher hob wieder die Beretta. »Hände ans Lenkrad. Keine Bewegung, sonst blase ich Ihnen den Schädel weg. Verstanden?«

Der Fahrer umklammerte das Lenkrad. Seine Hände lagen bei zehn und vierzehn Uhr. Die Knöchel waren weiß wie die eines nervösen Teenagers bei der ersten Fahrstunde.

Reacher fragte: »Wissen Sie, was ich eben gemacht habe?«

»Sie haben Wade k.o. geschlagen.«

»Ich habe Ihnen die Möglichkeit gegeben, glaubhaft zu leugnen.«

Der Fahrer gab keine Antwort.

»Glaubhaft leugnen«, wiederholte Reacher. »Das heißt, Sie können etwas tun, ohne dass es Ihnen nachzuweisen ist. Zum Beispiel können Sie meine Fragen beantworten.«

Der Fahrer äußerte sich nicht dazu.

»Sie können mir sagen, was ich wissen will. Das erfährt niemals jemand. Anschließend können Sie wegfahren, für ein paar Tage untertauchen und später behaupten, entführt worden zu sein. Oder ich kann Ihnen Arme und Beine brechen und Sie in den nächsten Abfallcontainer werfen. Sie haben die Wahl.«

Der Kerl blickte kurz nach rechts, schwieg aber weiter.

Reacher sagte: »Die Kavallerie kommt nicht. Denken Sie darüber nach. Wie viele Fahrspuren sind frei?«

»Eine.«

»Was ist gerade vorbeigefahren?«

»Der Truck, den Sie gestohlen haben.«

»Korrekt. Also dürfte der bald dem Lotsenfahrzeug begegnen, ihm gegenüberstehen. Gefahren wird er von einer unglaublich sturen Frau, die nicht daran denkt, die ganze Strecke zurückzustoßen Es wird Stunden dauern, bis der Verkehr wieder fließt.«

Der Kerl sah nach links.

»Von dort kann Ihnen auch niemand zu Hilfe eilen. Dafür ist gesorgt. Wir sind hier allein. Und Sie müssen jetzt eine Entscheidung treffen.«

Der Mann schwieg noch einen Augenblick, dann fragte er: »Was wollen Sie wissen?«

»Hat Brockman auf der Strecke nach Winson noch jemanden postiert, der nach mir Ausschau hält?«

»Woher soll ich das wissen? Brockman erzählt mir nicht, was er plant.«

»Brockman ist clever, denke ich. Relativ clever. Was hat er mit euch geteilt?«

»Ein Foto von Ihnen. Ziemlich alt. Eine Beschreibung des roten Pick-ups. Und sein Kennzeichen.«

»Welchen Auftrag haben Sie?«

»Sie daran zu hindern, Winson zu erreichen.«

»Warum will Brockman mich nicht in Winson haben?«

»Das hat er nicht gesagt.«

»Was passiert dort in den kommenden Tagen?«

»Nichts Besonderes. Morgen wird irgendein Häftling entlassen. Im Rahmen einer kleinen Feier mit Reden und so. Das passiert mehrmals im Jahr. Aber der Lack ist ehrlich gesagt längst ab. Die Leute haben sich daran gewöhnt.«

»Was noch?«

Der Kerl zuckte mit den Schultern und umklammerte weiter das Lenkrad. »Nichts.«

»Okay. Sie haben das Richtige getan. Lassen Sie den Motor an, Sie können verschwinden.«

Der Kerl zögerte noch einen Augenblick wie gelähmt. Dann schoss seine Hand nach vorn. Er bekam den Zündschlüssel zu fassen, drehte ihn nach rechts. Der große alte Motor sprang stotternd an.

»Noch etwas, bevor Sie wegfahren«, sagte Reacher. »Sehen Sie den Anhänger dort vorn auf dem Bankett?«

Der Kerl nickte.

Reacher sagte: »Halten Sie kurz daneben.«

Der Kerl stellte den Wahlhebel auf D, löste die Handbremse, fuhr über die Straße und hielt bei dem Anhänger mit Ästen und Zweigen.

»Steigen Sie kurz aus«, sagte Reacher. »Sie müssen etwas für mich tun. Den Motor können Sie an lassen.«

Der Kerl öffnete seine Tür und stieg aus. Reacher folgte ihm und ging dann zur Beifahrerseite voraus.

Reacher fragte: »Sehen Sie das Netz, das die Ladung zusammenhält? Hängen Sie eine Ecke aus.«

Der Kerl fummelte an dem elastischen Netz herum und löste es aus zwei oder drei Haken.

Reacher sagte: »Ziehen Sie einige der oberen Äste heraus – und ein paar Zweige. Schaffen Sie etwas Platz.«

Der Kerl riss ein paar größere Äste heraus und ließ sie zu Boden fallen.

»Gut«, sagte Reacher. »Jetzt holen Sie Ihren Kumpel aus dem Auto. Legen Sie ihn dort rein.«

Der Mann fragte: »In den Anhänger?«

»Richtig. Die Sache muss realistisch aussehen. Sonst glaubt Brockman nicht, dass Ihnen die Flucht gelungen ist, sondern vermutet, dass Sie mir geholfen haben. «

Der Mann schwieg einen Augenblick. Sein Mund stand dabei leicht offen. Dann zuckte er mit den Schultern und öffnete die rechte Tür. Er richtete seinen Kumpel, dessen Kopf zur Seite hing, auf und zog ihn aus dem Wagen. Legte ihn sich über eine Schulter, schleppte ihn zu dem Anhänger und hievte ihn über die Bordwand. Dann machte er sich daran, das Netz wieder einzuhängen.

»Augenblick«, sagte Reacher. »Sie müssen mir kurz Ihr Handy leihen.«

Der Mann zuckte mit den Schultern, zog sein Smartphone heraus, entsperrte es und gab es ihm. Reacher legte es erst einmal neben sich auf den Boden.

Er sagte: »Noch eine letzte Frage. Die Kerle, die Brockman zur Greyhound-Station Jackson geschickt hat, mussten alle ankommenden Busse nach mir absuchen. In solchen Stationen kann's ziemlich hektisch zugehen. Da laufen dann alle möglichen Leute herum. Ein schwieriger Auftrag, stimmt's? Und die Kerle an der Raststätte mussten versuchen, Hunderte von Leuten, die kamen und gingen, im Auge zu behalten. Und die Männer an der Kreuzung wussten nicht, ob ich per Anhalter fahren oder schon mit einem gestohlenen Wagen unterwegs sein würde. Das sind eigentlich zwei Aufträge, von denen keiner einfach ist. Aber ihr? Ihr hattet nichts zu tun, außer ein paar Autos zu kontrollieren. Wieso, glauben Sie, sind Sie für diese spezielle Aufgabe ausgesucht worden?«

»Keine Ahnung.«

»Nein?«

Reachers Faust traf das Sonnengeflecht des Kerls, sodass er sich zusammenkrümmte. Dann riss Reacher ein Knie hoch und rammte es ihm ins Gesicht. Er zog den mit hilflos baumelnden Armen Zusammensackenden wieder hoch, stieß ihn gegen den Anhänger und kippte ihn auf die Ladefläche. Packte ihn an den Knöcheln, zerrte und zog, bis der Kerl ausgestreckt neben seinem Kumpel lag. Er bedeckte die beiden mit Ästen und Zweigen. Hakte das Netz wieder ein. Hob zuletzt das Smartphone auf und rief den Autoverleih an.

Nach dem dritten Klingeln meldete sich eine Frau. »Reed Plant Partners. Was kann ich für Sie tun?«

Reacher antwortete: »Ich rufe von der Baustelle an der US 61 an. Wir haben einen Ihrer Anhänger. Könnten Sie nachsehen, wann er zurückgegeben werden soll?«

Eine PC-Tastatur klapperte, dann meldete die Frau sich wieder. »Sie haben ihn bis Ende kommenden Monats gebucht.«

»Könnten wir ihn vorzeitig zurückgeben?«

»Die Mietdauer ist nicht variabel. Geben Sie den Hänger früher zurück, bekommen Sie keine Rückerstattung.«

»Wir wollen auch keine. Uns geht's nur darum, ihn nicht mehr auf der Baustelle herumstehen zu haben.«

»Verstanden. Sie können ihn jederzeit vorbeibringen. Aber die Miete ist wie gesagt bis zum Ende der Vertragsdauer zu bezahlen.«

»Könnten Sie jemanden schicken, der ihn abholt?«

»Ja, aber das kostet extra.«

»Einverstanden.«

»Ich könnte am Montag jemanden rausschicken.«

»Wie wär's mit heute Nachmittag?«

»Sorry, alle unsere Fahrer sind unterwegs.«

»Hören Sie, ich sitze wirklich in der Klemme. Mein Boss will unbedingt, dass der Hänger verschwindet. Ich wäre Ihnen sehr dankbar, wenn sich das irgendwie machen ließe.«

Die Frau gab keine Antwort.

Reacher sagte: »Eine zusätzliche Extragebühr wäre auch in Ordnung. Damit meine ich die Art Gebühr, die auf keiner Rechnung erscheint.«

Die Frau schwieg einen Augenblick länger, dann sagte sie: »Das kostet Sie hundert Bucks. In bar. Halten Sie das Geld bereit.«

31

Geduld ist eine Tugend, hatte Reachers Vater immer gesagt. Wenn das stimmte, waren die Fahrer, die an diesem Nachmittag aus Richtung Winson kamen, weiß Gott keine Heiligen.

Hannah hatte den Auftrag gehabt, die im Baustellenbereich nur einspurige Straße zu blockieren. Das hatte sie wirkungsvoll erledigt, indem sie mit dem roten Truck so lange rangiert hatte, bis er praktisch quer zur Fahrbahn stand. Diese Position war perfekt. Seine Motorhaube blockierte drei Viertel des Banketts, und hinter seinem Heck konnte sich niemand mehr vorbeizwängen. Und sie hatte die ideale Stelle gewählt. Die Gegenfahrbahn wurde durch einen riesigen Straßenrecycler blockiert, sodass es zwecklos war, Markierungskegel zu entfernen, um dorthin ausweichen zu können.

Hannah stand erst seit zwei Minuten dort, als der nächste Konvoi in Sicht kam. Das Lotsenfahrzeug näherte sich. Und es wurde nicht langsamer. Hannah geriet kurzzeitig in Panik und befürchtete, der Kerl werde nicht anhalten. Sie stellte sich vor, wie Fahrzeuge den Pick-up rammten. Eines nach dem anderen. Schlag auf Schlag. Der Truck würde umkippen und sie zerquetscht werden. Oder lebendig verbrennen. Oder beides.

Der Lotse war nicht bei der Sache gewesen. Seit Beginn der Bauarbeiten hatte er Hunderte Male diese Strecke befahren, ohne jemals auf ein Hindernis gestoßen zu sein. Weil er mit keinem rechnete, bemerkte er den Pick-up erst spät, aber noch rechtzeitig. Er legte eine Vollbremsung mit blockierenden Rädern hin und kam nur einen Meter vor dem roten Truck zum Stehen.

Alle Autos hinter dem Lotsenfahrzeug bremsten abrupt. Mit viel Glück gab es keinen Auffahrunfall. Einige Fahrer hupten, als würde das etwas nützen. Ein SUV-Fahrer scherte aus der Kolonne aus und versuchte, sich an Hannahs Pick-up vorbeizuzwängen. Er verließ das Bankett und pflügte durch das Gebüsch am Straßenrand. Als er schon glaubte, das Hindernis umfahren zu haben, und Hannah den Finger zeigte, geriet er mit einem Vorderrad in eine tiefe Rinne. Sein Wagen kam mit starker Schlagseite zum Stehen. Dafür gab es nur eine Erklärung: Achsbruch! Alter und Zustand des Fahrzeugs ließen vermuten, dass seine nächste Station der Schrottplatz sein würde.

Der Fahrer sprang aus dem Wagen und marschierte zu Hannahs Tür. Er zerrte an dem Griff. Als die Tür sich nicht öffnen ließ, begann er das Fenster anzuschreien. Weitere Fahrer stiegen aus und gesellten sich zu ihm. Zuletzt waren sie zu elft – alle bis auf den Kerl im Lotsenfahrzeug. Er blieb am Steuer sitzen und wählte die 911. Das hielt er für seine Bürgerpflicht. Und sobald sie abgehakt war, fühlte er sich berechtigt, weiter nur Zuschauer zu bleiben.

Als Reacher eintraf, waren vier Fahrer hinter Hannahs Truck versammelt. Sie bemühten sich, ihn wegzuschieben, kamen damit aber nicht weiter. Auf der Fahrerseite brüllten, fluchten und schimpften vier Männer, auf der Beifahrerseite waren es drei.

»Schluss damit!« Reacher blieb zwei Meter vom Heck des Pick-ups entfernt stehen. »Haltet die Klappe. Geht zu euren Autos zurück.«

Der Besitzer des beschädigten SUVs sagte: »Kommt nicht infrage. Diese blöde Kuh hat die Straße blockiert. Ihretwegen ist mein Wagen hin. Dafür muss sie zahlen.«

»Wirklich? Dies ist mein Truck. Er steht hier, weil ich die Fahrerin angewiesen habe, die Straße zu blockieren. Wer damit ein Problem hat, hat eines mit mir.«

Reacher sah einen Autofahrer nach dem anderen an. Selbstbewusst. Gelassen. Direkt in die Augen. Die meisten wichen seinem Blick aus, setzten sich in Bewegung. Einige wenige blieben noch. Der SUV-Besitzer trat vor. »Wissen Sie was? Ich habe ein Problem. Mein Wagen ist ein Totalschaden. Geht das auf Ihre Kappe, sollten Sie in die Tasche greifen.«

Die Fahrer, die zu ihren Wagen zurückgingen, machten sofort halt.

Reacher zeigte auf den verunglückten SUV, der in der Erde feststeckte. »Dieses Ding?«

Der Mann nickte.

»Sorry, Kumpel. Meinen letzten Quarter hab ich vorige Woche vertelefoniert. Pech für Sie.«

Der Kerl versuchte, Reachers Kopf mit einem unkoordinierten Schwinger zu treffen. Reacher wich rückwärts aus und sah seine Faust harmlos vorbeizischen. Der Oberkörper des Typs war verdreht, und sein ganzes Gewicht ruhte auf dem linken Bein. Reacher hakte einen Fuß dahinter und ruckte kräftig daran. Der Mann schlug der Länge nach hin. Er bemühte sich, sich aufzurappeln, aber Reacher stellte einen Fuß zwischen die Schulterblätter und nagelte ihn fest.

Reacher sagte: »Leute, seid vernünftig. Ihr wollt weiter, ich will weiter. Aber keiner kommt von der Stelle, solange ihr hier rumhängt.«

Niemand sprach. Keiner bewegte sich. Zumindest nicht gleich. Dann wandte sich ein Fahrer in der hintersten Reihe ab und schlurfte davon. Sein Nachbar folgte ihm. Dann setzten sich immer mehr Leute in Bewegung, bis zuletzt alle Fahrer knurrend und murrend und kopfschüttelnd zu ihren Wagen gingen. Reacher bückte sich und wälzte den Liegenden auf den Rücken. Dann packte er ihn am Hemd, zog ihn hoch. Der Kerl schwankte, aber er blieb auf den Beinen. Reacher schob ihn hinter den Pick-up, wo sie unbeobachtet waren.

Reacher fragte: »Ihr Truck ist wirklich ein Totalschaden?«

Der Mann machte ein finsteres Gesicht. »Ich denke schon. Ich hab gespürt, wie die Achse gebrochen ist.«

»Wie viel war er noch wert?«

»Fünftausend.«

»Wie viel in Dollar hier auf dem Planeten Erde?«

»Tausend. Vielleicht.«

Reacher zog sein Geld aus der Hosentasche, zählte fünf Hunderter von der Rolle ab und drückte sie dem Mann in die Hand. »Hier ist die Hälfte. Die andere Hälfte geht auf Ihre Rechnung. Betrachten Sie das als Lehrgeld. Seien Sie in Zukunft umsichtiger. Wären Sie geduldiger gewesen und auf der Straße geblieben, würde Ihr SUV noch fahrtüchtig sein.«

Jed Starmer musste sich eingestehen, dass er ursprünglich recht gehabt hatte. Radfahren nervte tierisch.

Sein gesamter Körper schmerzte. Der Hintern. Die Waden. Der Rücken. Die Schultern. Der Nacken. Es gab praktisch keinen Körperteil, der nicht betroffen war. Er konnte nur noch denken: *Und das machen Leute aus Spaß? Was, zum Teufel, ist los mit denen?*

Alles war bestens gewesen, solange Jed sich in Jackson aufhielt. Die Straßen waren eben und der Verkehr so dicht, dass alle Autos langsam fuhren. Ihre Fahrer schienen es gewöhnt zu sein, dass Radler sich durch den Verkehr schlängelten. Und Jed musste darauf achten, sich zurechtzufinden. Er erinnerte sich, dass nur eine Straße nach Winson führte. Weil er keinen Stadtplan hatte, musste er besonders auf Wegweiser achten. Zweimal glaubte er, sich verfahren zu haben, aber er strampelte weiter und erreichte den Stadtrand, wo die Häuser weniger und die Abstände zwischen ihnen größer wurden. Die Bäume ragten höher in den Himmel und bildeten Wäldchen, hinter denen sich Felder erstreckten. Jed hob den Kopf und schaute sich um. Er fand seine neue Umgebung hübsch.

Anfangs.

Nicht nur die Szenerie veränderte sich, als Jed weiter aufs Land hinausfuhr. Autos wurden seltener, aber dafür waren sie viel schneller unterwegs und kamen ihm oft gefährlich nahe. Ein halbes Dutzend Mal wurde er fast vom Rad geholt. Die Nervosität seiner ersten Fahrversuche kam wieder. Und es gab immer mehr Steigungen, auf denen jeder Tritt in die Pedale hundertmal mühsamer zu sein schien als in der Ebene. Obwohl die Sonne schon tief stand, war es noch so heiß, dass Jed schwitzte. Er war durstig und hungrig. Er hatte seit über zwölf Stunden nichts mehr gegessen. Er fühlte sich ein wenig schwindlig. Seine Knie waren gummiartig weich. Er hoffte auf eine lange Gefällestrecke, auf der er ein paar Minuten ausruhen und flott hinabrollen konnte, während der Fahrtwind ihn kühlte.

Jed strampelte um die nächste Kurve. Als er den Kopf hob, ragte vor ihm der höchste Berg auf, den er jemals gesehen hatte.

Die Straße nach Winson war lang und gerade und mit Bäumen bestanden. Sanftes Nachmittagssonnenlicht fiel durchs Laub und sprenkelte den grauen Asphalt. Eine ländliche Szenerie, wie Reacher sie aus Sonntagszeitungen mit Vorschlägen für Picknicks in Schulferien kannte. Sie wirkte idyllisch. Nichts wies auf die Kleinstadt hin, zu der sie führte.

Oder ein Gefängnis.

Oder die Leute, die Angela St. Vrain und Sam Roth ermordet hatten.

Einige Meilen weiter, nach dem Schild, das die Stadtgrenze bezeichnete, wichen die Bäume zurück, und die ersten Häuser tauchten auf. Vor allem Bungalows, die auf großen Grundstücken an der Straße standen. Die meisten waren außen mit Holz verkleidet, von dem ehemals weiße Farbe in handtellergroßen Stücken abblätterte. Viele der Dächer sahen aus, als könnte der nächste starke Sturm sie wegfegen.

»Gestern Abend habe ich vor dem Schlafengehen noch einiges über dieses Nest gelesen«, sagte Hannah. »Es hat eine bewegte Geschichte. Ursprünglich war es eine Indianersiedlung, aber die Indianer wurden um 1720 von den Franzosen vertrieben. Später kamen die Briten, die nach dem Unabhängigkeitskrieg von den Spaniern abgelöst wurden. Die Spanier standen angeblich auf unserer Seite, aber sie wollten die Stadt behalten. Also haben wir sie ihnen abgenommen. Als sämtlicher Handel auf dem Fluss abgewickelt wurde, hat sie einige Zeit floriert. Gerüchteweise ist von einer zweiten Stadt, gewissermaßen ihr Schatten, am Fuß der Felswand die Rede. Da gibt es wilde Geschichten über Höhlen und Schnaps, Nutten und gestohlenes Gold sowie geschmuggelte Juwelen. Davon ist heute nichts mehr übrig. In die Luft gejagt oder überflutet. Als der Handel auf dem Fluss weniger wurde, kamen Eisenbahn und Industrie. In dieser waldreichen Gegend vor allem Papierfabriken. Heute sind auch sie wieder stillgelegt. Deshalb gibt's hier so viele alte Häuser, denke ich. Und so viele, die schrecklich baufällig sind.«

Hannah fuhr eine Zeit lang schweigend weiter. Je näher sie der Stadt kamen, desto besser erhalten sahen die Häuser aus. Auch ihre Größe wuchs. Sie standen dichter zusammen, waren häufiger einstöckig. Die meisten waren weiß, manche auch blau oder gelb gestrichen, aber ihre Farbe war frisch und hell. Viele wiesen Jalousien auf. Die meisten besaßen umlaufende Veranden, einige mit markanten Säulen und reich geschnitzten Geländern. Die breiten Gehsteige wurden durch weit ausladende Laubbäume von der Fahrbahn getrennt.

In der Stadt selbst überwog Ziegelbauweise. Auch hier gab es viele Balkone und Veranden, aber mit dünnen Stahlträgern und glänzend schwarz lackierten schmiedeeisernen Geländern. Reacher erinnerte das Ganze an eine verkleinerte Kopie von New Orleans. Die meisten Häuser hatten Flachdächer. Ihre Fenster waren größer, manche quadratisch, einige bogenförmig. Zwischen den Häusern verliefen überall Gassen. Auf beiden Seiten der Straße befanden sich Parkplätze, von denen die Hälfte frei war. Reacher entdeckte ein paar Cafés und einige Bars. Eine kleine Kirche aus Klinkersteinen mit amateurhaft bunten Fenstern. Sie sah aus, als wäre sie vor Kurzem renoviert worden – aber mit begrenzten Mitteln. Die Straße entlang reihten sich alle möglichen Geschäfte. Ein Leihhaus mit zwei Reihen Gewehren und einer Gitarre im Schaufenster. Ein Versicherungsmakler. Ein Reifendienst. Ein Friseur. Eine Handvoll kleiner Pensionen. Ein Fischhändler. Ein Handyshop. Ein Fitnessstudio.

Hannah und Reacher kurvten eine halbe Stunde lang herum. Sie begannen auf der Main Street und fuhren die Blocks auf beiden Seiten ab, bis sie ein Gefühl für den Ort bekamen. Zuletzt hielten sie vor einem Coffeeshop. Hannah ging hinein und holte zwei große Becher Kaffee. Sie stieg wieder ein, gab Reacher seinen Becher und fragte: »Hotel?«

Reacher schüttelte den Kopf. »Erst das Gefängnis, dann Essen, dann ein Hotel.«

32

Jed Starmer saß am Straßenrand. Das Rad des Fahrradkuriers lag links von ihm auf dem Bankett, wo er es hingeschmissen hatte, nachdem er abgesprungen war.

Jed starrte das Fahrrad an und seufzte. Er war nicht wirklich abgesprungen. Das hatte er gewollt und es auch versucht. Aber seine Beine funktionierten nicht mehr wie sonst. Also war er eigentlich vom Rad gefallen, wenn er ehrlich sein wollte. Vielleicht eher getorkelt oder gestolpert, wenn man etwas beschönigen wollte.

Das Ding, das sich nicht beschönigen ließ, lag rechts von ihm: der Berg, der nur ein Hügel war. Jed hatte die Minuten, in denen er hier saß, dazu genutzt, seine Fantasie im Zaum zu halten. Schließlich hatte er nicht den Mount Everest vor sich. Oder das Matterhorn. Oder den Kilimandscharo. Der Anstieg betrug wahrscheinlich nicht mehr als fünfzig Höhenmeter. Aber ob es fünfzig oder fünftausend waren, spielte keine Rolle. Dass er dort hinaufstrampelte, war ausgeschlossen. So wie seine Beine zitterten, würde er das Rad nicht mal hinaufschieben können. Er würde einfach weiter hier sitzen müssen. Vermutlich bis an sein Lebensende, weil niemand käme, ihm zu helfen.

Reacher fand, das Hochsicherheitsgefängnis in Winson gleiche einem Familienporträt auf dem Dachboden. Es war hässlich und unattraktiv. Im Westen der Stadt versteckt. Noch weiter entfernt, hätte es im Fluss gelegen. Aber es hielt die

Stadt am Leben, das war klar. Industrie gab es hier praktisch keine. Andere Einkommensquellen auch nicht. Allein das Gefängnis verschaffte den hiesigen Banken und Waschsalons, Installateuren und Elektrikern ein halbwegs sicheres Einkommen.

Der Gefängniskomplex glich einem großen D, dessen halbrunde Seite durchs Flussufer gebildet wurde. Dahinter lag ein gut zwanzig Meter hoher Steilhang, der in tiefes, schmutziges, reißendes Wasser abfiel. Drei Meter vor dem Abbruch erhob sich ein sechs Meter hoher Doppelzaun, der von Bandstacheldrahtrollen gekrönt war. Dazwischen ragten Gittermasten mit Scheinwerfern auf. Und Überwachungskameras in schützenden Gehäusen. Der Abstand zwischen den Zäunen betrug fünf Meter, und entlang der Mittellinie verlief ein weiterer Zaun, der nur drei Meter hoch war und keine Stacheldrahtrollen trug.

Auf gleiche Weise verliefen die Zäune vor der geraden, Winson zugekehrten Seite. Am äußeren Zaun erhoben sich in gleichmäßigen Abständen vier quadratische Wachttürme. Es gab drei Eingänge, von denen der mittlere in ein Gebäude führte. Dieser ebenerdige massive Bau hatte eine zweiflüglige Tür, die jetzt geschlossen war, und eine Videosprechanlage am Türrahmen. Vermutlich der Besuchereingang, dachte Reacher, aber auch fürs Personal. Die anderen Eingänge befanden sich an den Enden. Dort gab es Ladebuchten mit Rolltoren statt Türen. Und keine Hinweisschilder. Einer davon musste der Lieferanteneingang sein. Der andere würde zur Einlieferung neuer Häftlinge dienen.

Innerhalb des Zauns standen entlang des Flusses fünf X-förmige Gebäude aufgereiht, die Zellenblocks sein mussten. Die restliche Fläche nahmen zwölf weitere Gebäude und fünf Hartplätze für den täglichen Hofgang ein. Die Gebäude waren verschieden groß, aber alle schlicht und funktional. Wären sie nicht mit Bandstacheldraht und Wachttürmen gesichert gewesen, hätten sie Industriebauten oder Lagerhallen sein können. Die Hartplätze waren gleich groß, aber räumlich voneinander getrennt – vermutlich für unterschiedliche Häftlingskategorien bestimmt.

Miteinander verbunden waren die Gebäude und Hartplätze durch vergitterte Laufstege. Selbst aus einiger Entfernung konnte Reacher sehen, wie massiv die Gitterstäbe der Wände und Dächer waren. Wer dort ausbrechen wollte, hätte schweres Werkzeug gebraucht. Um die Gebäude herum und zwischen den Laufgängen breiteten sich Rasenflächen aus. Erstaunlich viele für eine so düstere Einrichtung, fand Reacher. Es gab Quadrate, Rechtecke und Ovale. Und fünf, sechs Meter vor jedem Wachtturm lag ein mit Klinkersteinen eingefasstes Dreieck.

Der Rasen wirkte gepflegt. Kurz gemäht, mit sauberen Kanten. Vermutlich auch gedüngt, sodass sich sein sattes Grün dunkel von den hellen Wänden der Gebäude und dem verschwommenen Grau der Gitterstäbe abhob. Das einzige weitere Gebäude innerhalb des Zauns sah neuer aus. Es war v-förmig und hinter dem Wachgebäude eingezwängt. Äußerlich glich es einer Firmenzentrale – bis hin zu einem überdimensionalen Minerva-Logo, das sich vor dem Eingang auf einem Sockel drehte. Reacher konnte sich vorstellen, dass es bei einer Häftlingsrevolte als Erstes zerstört werden würde.

Er fragte: »Hast du irgendwas gelesen, ob es hier in letzter Zeit Unruhen gegeben hat?«

Hannah antwortete: »Nichts Offizielles, aber in einem Chatroom hat eine Frau sich darüber beklagt, dass ein Aufseher ihren Mann verletzt hat. Das war während einer Schlägerei beim Hofgang. An der waren dreißig bis vierzig Kerle beteiligt, aber der Aufseher hatte es nur auf ihren Mann abgesehen. Auf ihre Beschwerde hin wurde ihr mitgeteilt, er habe zu flüchten versucht. Sie sagten, sie würden ein Auge zudrücken, aber die Gefängnisleitung hat ihr mit einer Verlängerung seiner Haft gedroht, wenn sie Schwierigkeiten wegen seiner Verletzungen machen würde.«

»Sind hier schon Ausbrüche geglückt?«

»Das glaube ich nicht. Ich bin jedenfalls auf keinen gestoßen.«

Das überraschte Reacher nicht. Das Gefängnis wirkte gut geplant. Auch wenn es später privatisiert wurde, war es ursprünglich vom Staat gebaut worden. Diese Leute wussten, was sie taten, wenn es darum ging, Menschen einzusperren. Als ehemaliger Militärpolizist hatte Reacher selbst einige Erfahrungen mit Gefängnissen. Er hatte jede Menge Leute hinter Gitter gebracht. Verdächtigte besucht, um ihre Aussagen zu Protokoll zu nehmen. Ausbrecher wieder eingefangen und sich von ihnen den genauen Ablauf ihrer Flucht erklären lassen. Und selbst schon mehrmals im Gefängnis gesessen.

Die erste Vorsichtsmaßnahme, die Reacher auffiel, war die einleuchtendste. Das Gefängnis war von keiner Mauer, sondern einem Zaun umgeben. So konnte das Personal jeden erkennen, der sich aus irgendeiner Richtung näherte. Es konnte feststellen, ob jemand den Zaun durchbrechen oder etwas darüberwerfen wollte. Und an den Zäunen hingen alle fünf Meter in zwei Meter Höhe rote Warndreiecke. Reacher war zu weit entfernt, um den Text lesen zu können, aber das Symbol eines Strichmännchens, das nach einem elektrischen Schlag zurücktaumelt, war deutlich genug. Die Zäune waren elektrisch geladen. Die äußeren so stark, dass jeder, der einen berührte, zurücktaumelte. Als Warnung. Erst der niedrigere, scheinbar harmlose innere Zaun würde tödlich hohe Spannung führen.

Reacher hätte gewettet, dass in den Boden vor den Zäunen Vibrationssensoren eingelassen waren, die jede unerlaubte Annäherung melden würden. Alarm würde ausgelöst werden, wenn die Hochspannung in den Zäunen abfiel. Hunde konnten eingesetzt werden, wenn die Stromversorgung ausfiel oder sabotiert wurde. Die Eingänge würden speziell gesichert sein – der für Besucher und Personal wie auf einem Flughafen mit Röntgengeräten und Metalldetektoren. Hinter den Ladebuchten würden Luftschleusen liegen, in denen Anlieferungen gründlich kontrolliert werden könnten. Alle Lüftungskanäle innerhalb der Gebäude würden so eng sein, dass niemand hindurchkriechen konnte. Außerdem würden sie durch Drahtgitter und Bewegungsmelder gesichert sein. Die Türen und Tore in den Sicherheitsbereichen würden von der Zentrale kontrolliert werden, sodass es keine Tastenfelder gab, deren Codes die Häftlinge ausspionieren oder erraten konnten, wie man es im Film sah. Und im äußersten Fall gab es noch die Wachttürme. Zwei hätten genügt, aber dieses Gefängnis hatte vier. Mit entsprechender Ausrüstung und Ausbildung konnten Wärter mit Gewehren das gesamte Gefängnis und hundertfünfzig Meter seines Vorfelds kontrollieren.

Das halbkreisförmige Gelände vor dem Doppelzaun bestand aus Rasenflächen und Blumenrabatten. Das Ganze wirkte wie ein bizarrer Versuch, den streng geometrischen

Park eines europäischen Schlosses zu imitieren. Eigentlich fehlten hier nur die Springbrunnen. Reacher wusste jedoch, dass der wahre Grund nichts mit Ästhetik, sondern mit freiem Schussfeld für den Fall eines Ausbruchs zu tun hatte. Oder für den Fall, dass jemand dort einzubrechen versuchte.

Entlang der Außenseite des Halbkreises verlief ein breiter asphaltierter Streifen mit Parkplätzen. Der Personalparkplatz links war halb voll. Dort standen vor allem Pickups. Ältere amerikanische Modelle. Viele nicht besonders gut erhalten. Dazwischen einige wenige Limousinen, alle aus unteren Preisklassen. In einem abgetrennten Teil parkten mehrere neuere Fahrzeuge. Ein Dodge Ram in Silber mit Chromfelgen und einem Werkzeugkasten aus Riffelblech quer auf der Ladefläche. Ein viertüriger BMW, größer als der, mit dem Reacher in Colorado zu tun gehabt hatte, aber ebenfalls schwarz. Er trug das Kennzeichen MC 1. Und ein Mercedes in Weiß mit dem Kennzeichen MC 2.

Der Besucherparkplatz lag rechts. Dort stand nur ein einziges Auto: ein VW Käfer in Grünmetallic. Er hatte zwei platte Reifen. Sein linkes Trittbrett hing vorn herunter. Ob er dort geparkt oder einfach zurückgelassen worden war, ließ sich nicht sagen.

Hannah öffnete die Fahrertür und wandte sich an Reacher. »Bist du so weit? Wir sind schon zu lange hier. Wir sollten los.«

Reacher nickte, dann stieg er neben ihr ein. Hier gab es nichts weiter zu sehen. Aber er wusste jetzt, wie ein Epidemiologe sich fühlte, wenn er eine Gewebeprobe eines Patienten mit einer unbekannten neuen Krankheit vor sich hatte.

Äußerlich schien alles in Ordnung zu sein, aber er wusste, dass irgendwas nicht stimmte. Er wusste nur nicht, was. Noch nicht.

Bruno Hix saß an seinem Schreibtisch. Er starrte auf seinen Bildschirm, von dem ihn sein eigenes Gesicht anstarrte.

Das Bild war vergrößert. Sein Mund stand offen. Seine Augen waren halb geschlossen. Er sah betrunken aus. Oder dement. Oder hässlich, was noch schlimmer war. Hix stampfte wütend mit einem Fuß auf. Zwei Videos gleichzeitig abzuspielen, war unerwartet schwierig. Eines allein stellte kein Problem dar, aber mit zweien kam er einfach nicht zurecht. Er hatte ihren IT-Fachmann angerufen, aber der Kerl hatte für heute schon Schluss gemacht. Er war heimgefahren, um seine Katzen zu füttern. Angeblich wollte er noch mal kommen, aber damit ließ er sich verdammt viel Zeit. Kriechend wäre er schneller gewesen. Hix war verärgert. Er würde mit Riverdale reden müssen. Es wurde Zeit für ein paar Veränderungen beim Personal. Und das sehr bald.

Seine Bürotür öffnete sich. Langsam.

Hix schaute unwillig auf. »Was, zum Teufel …«

Er sah Brockman auf der Schwelle stehen.

»Oh«, sagte Hix erstaunt, »du bist's. Hast du Nachrichten?«

Brockman nickte.

Hix fragte: »Gute Nachrichten?«

Brockman entgegnete: »Nur Nachrichten.«

»Lass hören.«

»Harold hat angerufen. Er ist an der Straßenbaustelle. Unsere Leute sind nicht dort.«

»Sie haben ihren Posten verlassen? Was ist passiert? Sind sie bedroht worden? Bestochen?«

»Sie sind einfach verschwunden. Brads Explorer war da, weiter dort geparkt, wo Harold ihn zuvor gesehen hatte. Aber von Brad oder Wade keine Spur.«

»Was ist also passiert?«

»Keine Ahnung. Harold hat mit dem Fahrer des Lotsenfahrzeugs gesprochen. Der hat von einem seltsamen Vorfall berichtet. Auf der Fahrt nach Osten ist er auf einen quer stehenden Pick-up gestoßen, der die Fahrbahn blockiert hat. Das Kennzeichen wusste er nicht, aber Farbe und Modell stimmen mit dem Truck überein, den Reacher gestohlen hat.«

»Hat er Reacher gesehen?«

»Vermutlich. Der Fahrer des Lotsenfahrzeugs hat angehalten, weil er dachte, der Pick-up versuche aus irgendeinem Grund zu wenden. Danach hätte er weiterfahren können. Aber die Autofahrer hinter ihm sind ungeduldig geworden. Sie haben den Truck brüllend umringt. Haben versucht, ihn wegzuschieben. Natürlich erfolglos. Das war nur so eine verrückte Massenhysterie. Als sie noch rumgezetert haben, ist aus der Gegenrichtung ein riesiger Kerl herangekommen.«

»Reacher?«

»Nun, er hat diese anderen Fahrer verjagt. Alle zehn. Einen weiteren Typen hat er anscheinend zusammengeschlagen. Daraus kannst du eigene Schlüsse ziehen. Dann ist er in den Truck gestiegen und davongefahren.«

»Was hat Harold gemacht?«

»Er hat sich ausgerechnet, dass der Kerl Brad und Wade überwältigt hat, um sie wie Pep und Tony an der Raststätte verschwinden zu lassen. Die Straßensperre hat nur zur Tarnung gedient. Also hat Harold sich auf die Suche nach ihnen gemacht. Ohne Erfolg, aber er sucht weiter.«

»Wir wissen also weiter nicht, wo unsere Leute sind?«

»Nein.«

»Und Reacher?«

»Wo der steckt, wissen wir auch nicht.«

»Nun, offenbar hat er die Straßenbaustelle passiert. Er könnte jederzeit hier eintreffen. Vielleicht ist er schon da. Ruf Harold an. Er soll sofort zurückkommen.«

»Was ist mit Brad und Wade?«

»Was soll mit denen sein? Sie hatten einen Auftrag. Dabei haben sie versagt. Ohne sie sind wir besser dran.«

Während Reacher das Gefängnis begutachtete, hatte Hannah ihr Smartphone benutzt, um zu recherchieren. Diesmal ging es um Essen. Den nächsten Punkt auf ihrer Tagesordnung.

Sie hatte das Schnellrestaurant gefunden, in dem es die besten Burger der Stadt geben sollte. Sie schlug vor, diese dort zu kaufen und ins Hotel mitzunehmen. Damit war Reacher nicht einverstanden. Er zog es vor, sich das Restaurant selbst anzusehen, und schätzte ein gutes Abendessen. Und er war absolut gegen alles, das nach Weglaufen und Verstecken aussah. Reacher war so veranlagt, dass er Gefahren entgegentrat. Um sie zu meistern oder bei dem Versuch zu sterben. Das war in seiner DNA festgelegt. Aber er erkannte, dass Hannah an ihre Grenzen kam. Sie wusste, dass Leute nach ihnen suchten. Dieselben Leute, die sie hatten ermorden wollen. Für sie war es daher logisch, so schnell wie möglich von der Straße wegzukommen. Weil es nicht fair gewesen wäre, sie zu etwas anderem zu zwingen, widersprach Reacher nicht.

Das Schnellrestaurant lag vier Blocks nördlich der Main

Street in einer ehemaligen Tankstelle. Die alten Zapfsäulen standen noch, dienten jetzt mit Leuchtstoffröhren ausgestattet zur Dekoration. Der Vorplatz war in einen Parkplatz umgewidmet worden. Die Tische standen im Hauptgebäude hinter riesigen gewölbten Scheiben und unter einem extravaganten Zeltdach.

Der Drive-in-Schalter befand sich da, wo früher der Nachtschalter gewesen war. Hannah stoppte daneben. Sie bestellte, zahlte und erhielt keine drei Minuten später eine große Papiertüte mit Essen. Für sich hatte sie einen einfachen Hamburger mit Champignons und Trüffelaioli bestellt, für Reacher zwei Doppel-Cheeseburger ohne Grünzeug. Sie wartete noch eine Minute auf zwei große Becher Kaffee, dann fuhr sie zur Ausfahrt weiter. Auf der Straße gab sie auf ihrem Handy die Adresse des gebuchten Hotels ein, worauf eine Roboterstimme *Weiter zur Route* sagte. Reacher fand diese Aufforderung wenig hilfreich.

Sobald sie sich wieder auf der Main Street befanden, dirigierte das Handy sie nach Osten, von der Stadtmitte weg. Das Hotel lag nördlich von ihnen am Mississippi. In der Luftlinie war die Entfernung nicht allzu groß, aber ein Waldstück bedeutete, dass es keine direkte Route gab. Die Sonne stand inzwischen sehr tief. Auf der Straße herrschte so wenig Verkehr, dass ihnen einige Minuten lang kein anderes Auto begegnete. Dann kam ihnen ein Wagen entgegen, auf dessen Dach Blinkleuchten zu erkennen waren. Der Streifenwagen hatte sie kaum passiert, als sie eingeschaltet wurden. In dem engen Korridor unter den Bäumen begann blau-rotes Licht zu pulsieren.

Der Fahrer wendete und nahm die Verfolgung des Trucks auf.

Hannah sagte: »Um Himmels willen! Was machen wir jetzt?«

Reacher erklärte: »Wir haben nichts zu befürchten. Wir haben nichts Unrechtes getan.«

»Echt nicht? Die sechs Kerle, die du zusammengeschlagen hast, würden etwas anderes sagen.«

»Sie sind nicht hier. Und nicht in der Lage, die 911 anzurufen. Glaub mir, das ist nur Routine-Bullshit. Wir haben nichts zu befürchten.«

»Und wenn du dich täuschst?«

Reacher gab keine Antwort.

Hannah bremste und hielt am Straßenrand. Der Streifenwagen stoppte mit eingeschalteten Blinkleuchten dicht hinter ihnen. Der Cop blieb noch eine Weile am Steuer sitzen. Reacher wusste nicht, ob er etwas überprüfte, Verstärkung anforderte oder sie nur nervös machen wollte. Hoffentlich würde der Cop sich nicht allzu lange Zeit lassen. Seine Burger sollten nicht kalt werden.

Endlich stieg der Cop aus und kam auf der Fahrerseite nach vorn. Er hob eine Hand. Er wollte an die Scheibe klopfen, aber Hannah fuhr sie herunter, bevor sein Fingerknöchel das Glas berührte.

Der Cop sagte: »Guten Abend, Sir … äh … Miss. Wissen Sie, warum ich Sie angehalten habe?«

Hannah schüttelte den Kopf. »Keine Ahnung. Zu schnell bin ich nicht gefahren.« Sie blickte kurz zu Reacher hinüber. »Ich habe nichts Unrechtes getan.«

»Sie fahren ein Auto, das auf einen Mann zugelassen ist, der nach offiziellen Unterlagen gegenwärtig gestorben ist.«

»Gegenwärtig? Glauben Sie, dass sich daran noch etwas ändert?«

Der Cop atmete tief durch. »Ich will mich deutlicher ausdrücken. Wieso fahren Sie den Pick-up eines Toten?«

»Der Tote ist mein Ex-Mann. Wir haben uns nahegestanden. Ich durfte seinen Truck fahren. Ich stehe in seiner Versicherung. Und wenn sein Testament eröffnet wird, erbe ich den Wagen.«

»Ihr Name, Miss?«

»Hannah Hampton-Roth.«

»Ausweis?«

»In meiner Umhängetasche. Okay, wenn ich danach greife?«

»Bitte sehr.«

Hannah nahm ihre Tasche vom Rücksitz, kramte kurz darin, fand ihre Geldbörse und zog ihren Führerschein heraus, gab ihn dem Cop.

Der Cop studierte ihn einen Augenblick, dann fragte er: »Zulassung? Versicherung?«

Hannah beugte sich nach rechts, öffnete das Ablagefach und holte eine Klarsichthülle mit den Dokumenten heraus. Sie richtete sich auf und reichte sie aus dem Fenster.

Der Cop sagte: »Warten Sie hier.« Dann ging er zu dem Streifenwagen zurück.

Hannah wollte nach dem Zündschlüssel greifen, um den Motor abzustellen, aber Reacher hielt ihre Hand fest.

»Lass den Motor laufen«, erklärte er. »Kommt der Cop mit gezogener Pistole zurück, gibst du Vollgas. Ebenso wenn ein weiterer Streifenwagen aufkreuzt. Oder ein Auto, das ein neutraler Dienstwagen sein könnte.«

Der Cop blieb lange fünf Minuten in seinem Streifenwagen, dann kam er zu Hannahs Fenster zurück. Seine Pistole steckte weiter im Holster. Er gab ihr den Führerschein und die Dokumente zurück, dann sagte er: »Sie sind weit von zu Hause weg, Miss. Was führt Sie nach Winson?«

Hannah steckte den Führerschein in ihre Geldbörse und gab die Klarsichthülle Reacher. »Mein Ex-Mann hat … hatte hier Freunde. Ich muss sie benachrichtigen, dass Sam uns verlassen hat. Das macht man besser persönlich als per Brief oder E-Mail, finden Sie nicht auch?«

»Wer waren seine Freunde?«

»Angela St. Vrain. Danny Peel. Sie waren Sams Kollegen, bevor Angela und Danny nach Winson gezogen sind.«

»Übernachten Sie bei einem von ihnen?«

»Nein. Wir gehen in ein Hotel.«

»In welches?«

»Wir …«

»Daran arbeiten wir noch«, warf Reacher ein.

Der Cop fragte: »Sie haben nicht daran gedacht, vor der Abreise aus Colorado ein Hotelzimmer zu reservieren?«

Reacher antwortete: »Nein.«

»Was wäre, wenn Sie hier einträfen und alle Hotels voll wären?«

»Passiert das hier häufiger?«

Der Cop schwieg einen Augenblick, dann nickte er nach hinten. »Was ist mit der Scheibe passiert?«

Hannah seufzte. »Irgendwelche Jugendlichen wollten den Wagen aufbrechen.«

»Wann?«

»Heute Mittag. In der Raststätte an der I-20.«

»Das waren Jugendliche?«

»Korrekt.«

»Haben sie was gestohlen?«

»Sie haben gesehen, dass wir von der Toilette zurückgekommen sind. Also sind sie abgehauen.«

»Haben Sie Anzeige erstattet?«

»Das ist uns zwecklos erschienen. Wir haben sie nicht richtig gesehen. Wir hätten sie kaum beschreiben können.«

»Und Ihre Heckklappe?«

»Was ist mit der?«

»Die hat ein Einschussloch. Hat jemand auf Sie geschossen?«

Hannah schüttelte den Kopf. »Auf uns? Nein. Sam, mein Ex, war ein begeisterter Sportschütze. Als er letzte Woche auf dem Schießstand war, hat sich auf dem Parkplatz aus dem Gewehr eines Anfängers ein Schuss gelöst.«

»Hat Sam den Vorfall angezeigt?«

»Das hielt er für überflüssig. Der Schuss war ein Versehen. Der Mann hat den Schaden bezahlt. Wenn das falsch war, können Sie Sam nicht dafür verantwortlich machen. Für die Einhaltung der Vorschriften ist der Klub zuständig.«

»Wie heißt der Klub?«

»Weiß ich nicht genau. Ich war nie selbst dort. Sam hat immer nur vom *Gun Club* gesprochen. Er war Gefängnisaufseher. Auch viele seiner Kollegen waren dort Mitglied. Geleitet wird er von einem ehemaligen Cop. Der hat bestimmt das Richtige getan.«

Der Cop überlegte kurz. Dann sagte er: »All right, Sie können weiterfahren. Aber Sie müssen wenden.«

»Danke. Aber warum?«

»Sie brauchen eine Unterkunft. Das beste hiesige Hotel ist

das Winson Garden. Es ist leicht zu finden. Sie fahren am Gefängnis vorbei und biegen nach links auf die Mole Street ab. Ich bleibe hinter ihnen. Um mich zu vergewissern, dass Sie sich nicht verfahren.«

Niemand würde kommen und ihm helfen. Dieser Realität musste er ins Auge blicken. Also zwang Jed Starmer sich dazu, sich aufzurappeln. Hier konnte er nicht länger bleiben, weil er zu sichtbar war. In Jackson hatten mindestens zwei Cops Ausschau nach ihm gehalten. Sie würden bald erkennen, dass er ihnen entwischt war, und brauchten dann nur noch an einem Ort zu suchen: Jeds Reiseziel Winson. Das nur über die Straße zu erreichen war, an der er jetzt herumlungerte.

Jed wusste weiterhin nicht, wie er es bis zum höchsten Punkt der Steigung schaffen sollte. Er konnte kaum stehen. Er hatte Magenschmerzen. Er konnte nicht richtig sehen, ohne dass die Ränder verschwammen und die Farben flirrten und tanzten. Er fühlte sich erschöpft, doch er war zu weit gekommen, um vor einem Hügel zu kapitulieren.

Jed überlegte und rechnete sich aus, mehrere Faktoren auf seiner Seite zu haben: die Zeit, die Bäume. Er hatte noch über zwölf Stunden Zeit, bis er in Winson zu sein hatte. Jetzt musste er sich vor allem ausruhen. An irgendeinem Ort, der von der Straße aus nicht einzusehen war. Er humpelte zu dem Fahrrad hinüber, das noch immer auf der Seite lag. Stellte es wieder auf. Schob es durchs hohe Gras am Straßenrand. Legte es hin, machte noch ein paar Schritte und blieb dann stehen.

Jed brauchte Erholung, aber auch Sicherheit. Er war in einen Wald unterwegs. Dort konnten Wölfe, Alligatoren oder Pumas lauern. Was für Tiere sie in Mississippi hatten, wusste er nicht. Und er wollte keine schlimmen Erfahrungen machen. Also würde er sein Nachtlager besonders vorsichtig auswählen müssen.

33

Hannah war die mit der Kreditkarte, deshalb übernahm sie den Check-in im Hotel Winson Garden. Reacher war der mit dem angeborenen Misstrauen, deshalb überwachte er den Parkplatz. Der Cop war der, der den Auftrag hatte, den Fremden im Auge zu behalten, deshalb parkte er an einer Stelle, von der aus er den Hoteleingang gut überwachen und er sich davon überzeugen konnte, dass der Fremde und seine Begleiterin hineingingen. Und nicht wieder herauskamen.

Als Hannah die Vordrucke ausgefüllt und die Rechnung bezahlt hatte, rollte sie ihren Trolley durch den Empfangsbereich und gab Reacher seine Schlüsselkarte in einem Kartonmäppchen. Er nickte dankend und steckte sie in eine Hüfttasche. Im nächsten Augenblick klingelte hinter ihnen das Telefon an der Rezeption.

Der junge Mann am Empfang nahm nach dem ersten Klingeln ab. »Winson Garden, Winsons Topadresse. Was kann ich für Sie tun?« Er hörte einen Augenblick zu, dann sprach er mit gedämpfter Stimme weiter. »Ja, Officer. Die Frau war hier bei mir. Auf ihrer Karte steht Hannah Hampton. Sie kommt aus Gerrardsville, Colorado. Sie hat für zwei Personen gezahlt. Zwei Zimmer, eine Nacht.« Er nickte, obwohl der andere das nicht sehen konnte, und legte rasch wieder auf.

Reacher spürte, wie der Rezeptionist ihn anstarrte. Er konnte praktisch hören, was der Mann dachte. Der Junge fragte sich, weshalb die Polizei sich gerade für diese Gäste interessierte. Ob es morgen vielleicht eine Story zu erzählen gäbe. Und ob irgendein Chaos würde aufgeräumt werden müssen.

Der IT-Fachmann von Minerva brauchte zwanzig Sekunden, um Bruno Hix' Bildschirm wie gewünscht einzurichten.

Der Kerl war gezwungen worden, seine Katzen allein zu Abend essen zu lassen. Er hatte in seiner Freizeit ins Gefängnis zurückkommen müssen. Und trotzdem hatte er erstklassige Arbeit geleistet. Niemand hätte das Problem schneller oder effizienter lösen können. Das stand jedenfalls fest. Daher konnte er nicht verstehen, wieso der große Boss ärgerlicher als zuvor wirkte, als der Job erledigt war.

Der Mann war teils gekränkt, teils verwirrt. Er hatte großartige Arbeit geleistet, die nicht anerkannt wurde, folglich musste er sich irgendeinen schlimmen Fauxpas erlaubt haben. Hix' Verhalten machte das mehr als deutlich. Das Problem war nur, dass er keine Ahnung hatte, was er angestellt hatte. Er wollte eben seinen ganzen Mut zusammennehmen, um Hix zu fragen, wo das Problem lag, doch bevor er zu sprechen begann, fiel ihm eine der liebsten Redensarten seiner Mutter ein: *Sitzt du in einem Loch, hör zu graben auf.* Er rechnete sich aus, dass es cleverer war, von hier zu verschwinden, bevor er alles noch schlimmer machte. Also murmelte er eine vage Entschuldigung und hastete zur Tür. Er riss sie auf, schaute sich nach Hix um und wäre fast mit Damon Brockman zusammengeprallt, der vom Flur hereinwollte.

Brockman wartete, bis der IT-Typ davongehastet war, bevor er sagte: »Gute Nachrichten. Dieses Mal haben wir Glück gehabt.«

Hix schaltete seinen Bildschirm aus und fragte: »Tatsächlich? Wie?«

»Dass unsere Leute Reacher nicht an der Raststätte gestoppt haben? Oder an der Straßenbaustelle? Das war letztlich doch ein Segen. Wie sich zeigt, arbeitet Reacher nicht allein. Er hat eine Partnerin. Hätten unsere Kerle Reacher auftragsgemäß aus dem Verkehr gezogen, wüssten wir nichts von ihr. Sie wäre weiterhin dort draußen, unsichtbar, und könnte morgen weiß Gott was anstellen.«

»Wie hast du das erfahren?«

»Einer von Moseleys Männern hat den roten Truck entdeckt, mit dem Reacher unterwegs ist. Knapp außerhalb der Stadt. Er hat ihn angehalten, weil er dachte, Reacher sei allein, aber am Steuer saß eine Frau. Reacher war Beifahrer.«

»Der Cop hat Reacher gefunden? Wo ist er jetzt?«

»Im Winson Garden. Mit der Frau.«

»Sicher?«

Brockman nickte. »Der Cop hat sie dorthin dirigiert. Ist ihnen nachgefahren. Hat sich bestätigen lassen, dass sie eingecheckt haben.«

Hix trommelte mit den Fingern einer Hand auf der Schreibtischplatte herum, dann fragte er: »Was ist mit dieser Frau? Wer ist sie? Was wissen wir über sie?«

»Der Cop hat ihren Führerschein kontrolliert. Sie heißt Hannah Hampton, ist die Ex-Frau von Sam Roth. Dem Cop hat sie erzählt, ihr Verhältnis sei bis zu seinem Tod noch immer eng gewesen. Und sie dürfe seinen Truck benutzen.«

Hix stand auf, trat ans Fenster und blickte durch den Zaun zu dem halbkreisförmigen Parkplatz hinüber. »Das verstehe ich nicht. Wir dachten, Reacher sei nur durch eine rein zufällige Begegnung in diese Sache verwickelt.«

»Richtig.«

»Wir sind davon ausgegangen, er sei nur zufällig in Gerrardsville gewesen. Habe beobachtet, was Angela St. Vrain zugestoßen ist, und seine Nase in Dinge gesteckt, die ihn nichts angehen.«

»Genau so ist's gelaufen.«

»Wieso ist er dann jetzt mit Sam Roth' Witwe zusammen? Das kann doch kein Zufall sein.«

Brockman zuckte mit den Schultern. »Reacher hat seine Nase eben etwas tiefer reingesteckt. Das ist alles. Er hat von Roth' Tod erfahren. Der ist ihm verdächtig erschienen, deshalb hat er nachgegraben. Natürlich hat er auch mit Roth' Witwe gesprochen. Vor allem, weil sie ihn tot aufgefunden hat.«

»Was ist, wenn es dafür eine andere Erklärung gibt? Wir wussten nicht, dass Roth ein enges Verhältnis zu seiner Ex hatte. Alle Geschiedenen, die ich kenne, hassen ihre Ehemaligen. Ich jedenfalls auch. Ich würde beide gern zu Hackfleisch verarbeiten und an die Hunde verfüttern.«

»Ja, ich weiß. Aber was macht es schon aus, zu wem Roth ein enges Verhältnis hatte?«

»Leute vertrauen sich Leuten an, die ihnen nahestehen. Was wäre, wenn Roth ihr erzählt hätte, was er von Angela erfahren hat? Was wäre, wenn die drei rausgekriegt hätten, was hier für morgen geplant ist? Sie würden wissen, dass sie nicht zur Polizei gehen konnten. Vielleicht haben sie deshalb Reacher engagiert. Vielleicht ist er eigens nach Gerrardsville gekommen, um mit ihnen zu reden. Nicht aus Zufall. Unsere bisherige Theorie könnte ganz falsch sein.«

»Das sehe ich nicht so. Wozu sollten sie Reacher engagieren? Wie hätten sie von ihm erfahren? Und wie ihn erreicht? Der Kerl ist ein Herumtreiber.«

»Ist er das? Vielleicht sollen die Leute das nur glauben. Als Tarnung. Er ist ein pensionierter Cop. Viele dieser Leute arbeiten nach dem Ausscheiden aus dem Dienst als Privatdetektive.«

»Er war Militärpolizist. Kein normaler Cop.«

»Na und? Die Fähigkeiten sind gleich. Und er ist gut, das steht fest. Frag die Kerle, die wir losgeschickt haben, um ihn zu stoppen.«

Brockman zuckte mit den Achseln. »Okay, nehmen wir mal an, du hättest recht. Er ist hier, weil die Frau ihn engagiert hat. Welchen Unterschied macht das?«

»Der Unterschied liegt darin, dass wir uns jetzt um zwei Leute kümmern müssen.«

»Kein großes Problem. Wir wissen genau, wo die beiden sich aufhalten. Die Frage ist nur, ob wir Harold und die Jungs nachts gegen sie einsetzen, wenn sie schlafen, oder ob wir bis zum Morgen warten und sie überfallen sollen, wenn sie das Hotel verlassen.«

»Am besten gleich in ihren Zimmern. Und möglichst bald. Lass sie danach auf Krankentragen wegbringen – für den Fall, dass andere Gäste herumschnüffeln.«

»Das bespreche ich mit Harold.«

»Gut. Und wer überwacht bis dahin das Hotel?«

»Der Cop.«

»Zu offensichtlich. Das soll besser einer unserer Leute machen.«

»Wir haben niemanden mehr. Nur die Kerle, die wir nach Jackson geschickt haben – und die sind seit drei Uhr morgens im Einsatz. Heute Nacht müssen sie Harold unterstützen. Vorher brauchen sie etwas Schlaf, damit sie frisch sind.«

»Sieht Reacher einen Streifenwagen vor dem Hotel, weiß er, dass irgendwas geplant ist. Dann kann er …«

»Hat Reacher den Streifenwagen beobachtet, hat er ihn wegfahren gesehen. Ich habe Moseley angewiesen, seinen Typen wieder hinzuschicken und dafür zu sorgen, dass er außer Sicht bleibt. Auf der Straße.«

»Wieder hinschicken? Ist er weggefahren?«

»Nur für ein paar Minuten. Schließlich war er auf Streife. Also ist er zurückgekommen und hat Moseley Bericht erstattet. Moseley hat mich angerufen. Ich habe mich sofort darum gekümmert.«

»Und das hat geklappt?«

Brockman nickte. »Moseley hat veranlasst, dass sein Kerl im Hotel nachgefragt hat, als er wieder in Position war. Der junge Mann an der Rezeption hat gesehen, wie Reacher und die Frau zum Aufzug gegangen sind. Runtergekommen sind sie nicht mehr. Das wäre ihm keinesfalls entgangen. Weil er nach dem ersten Anruf wusste, dass die Polizei sich für sie interessiert, war er besonders wachsam.«

»Okay. Sorg dafür, dass Harold weiß, dass es nun zwei Zielpersonen sind. Und gib ihm die Rückversicherung mit: den Umschlag. Er soll dafür sorgen, dass Reacher ihn unbedingt findet, falls er Sieger bleibt.«

»Das wird Harold nicht gefallen. Er wird denken, dass du ihm nicht genug vertraust.«

»Wieso sollte mich das einen Scheiß kümmern, was Harold denkt? Sag's ihm einfach.«

»Es würde dich mehr kümmern, wenn du ihn in voller Größe vor dir hättest. Er ist kein Typ, den man gegen sich aufbringen möchte. Auch als Direktor nicht.«

Reacher hatte abgewartet, bis der Streifenwagen langsam eine weite Kurve beschrieb und in Richtung Stadtmitte davonfuhr. Dann lief er den Korridor entlang, der zum Aufzug und zu den Gästezimmern führte. Hannah folgte ihm mit ihrem Trolley. Sie gingen an dem Aufzug vorbei bis zum Ende des Korridors, bis zum Notausgang. Dort warnte ein Schild, die Tür sei alarmgesichert. Das glaubte Reacher eher nicht. Die Hotelbesitzer legten es offenbar darauf an, die Betriebskosten zu senken. Das bewies schon die schlecht sitzende Uniform des jungen Mannes an der Rezeption. Und die billigen gerahmten Drucke an den Wänden. Der schmuddelige Teppichboden im Flur. Die unsoliden Türgriffe der Gästezimmer. Leute, die sich mit solchem Schund zufriedengaben, wollten keine Geldstrafen wegen Fehlalarmen. Ihnen war das Risiko zu hoch, dass ein betrunkener Gast die Türen verwechselte, oder ein Raucher hinausschlüpfen wollte, um heimlich zu qualmen. Oder dass jemand ungesehen ins Freie wollte. Jemand wie Reacher oder Hannah.

Reacher drückte den Öffnungsbügel nach unten. Die Tür schwang auf. Keine Lichter blinkten. Keine Sirenen schrillten.

Willst du nicht, dass eine Sache zurückkommt und dich in den Hintern beißt, erledige sie selbst.

Nach diesem Prinzip hatte Curtis Riverdale in seiner gesamten Laufbahn gehandelt. Gewiss, es bedingte mehr Einsatz mit aufgekrempelten Ärmeln, aber der hatte sich gelohnt. Damit war er bisher immer gut gefahren. Doch an diesem Nachmittag war er sich erstmals im Leben nicht sicher, ob das reichen würde.

Die Vorbereitungen für die morgige Zeremonie hatte Riverdale wie immer selbst getroffen. Er hatte für die Bestuhlung unter freiem Himmel gesorgt. Die provisorischen Absperrungen. Das Podium für die Fernsehkameras. Die Erfrischungen für die Journalisten. Die Bühne, auf der Bruno Hix sich produzieren konnte. Ein Zelt für zusätzliche Eingangskontrollen. Bullige Aufseher, die auf den Wachttürmen zu sehen waren. Und Vorsichtsmaßnahmen gegen Demonstranten. Die durfte er auf keinen Fall vergessen.

Riverdale konnte alle diese Punkte abhaken. Er hatte jede Einzelheit doppelt überprüft. Aber etwas anderes machte ihm Sorgen. Von seinem alten Kumpel Rod Moseley, dem Polizeichef, hatte er gerade erfahren, dass sich Reacher in Winson aufhielt. Reacher war eine Wildcard. Ein Faktor, den Riverdale nicht kontrollieren konnte. Und fehlende Kontrolle war Kryptonit für einen Mann, dessen ganze Welt durch Vorschriften, Verfahren und Zeitpläne bestimmt wurde. Und durch Zäune, Zellenblocks und Stahlgitterstäbe.

Ohne dass ihm das bewusst war, berührten Riverdales Finger seine Brust. Sie tasteten einen Gegenstand unter seinem Hemd ab: einen Schlüssel, den er an einer Halskette trug. Diese Kette war dünn genug, um nicht aufzufallen, aber sie bestand aus hochfestem Stahl. Ebenso wie der Schlüssel, der zu einem Vorhängeschloss passte. Zu dem stärksten, sichersten und wetterfestesten Schloss, das man weltweit erwerben konnte.

Riverdale hoffte weiter darauf, dass die Zeremonie ein Erfolg sein würde. Dass sie das Ansehen von Minerva erhöhen und geschäftliche Vorteile bringen würde. Und an diesem Nachmittag einen weiteren speziellen Besuch von der hübschen Frau des neuen Häftlings. Aber sollte das nicht klappen und der Schuss nach hinten losgehen, war er vorbereitet. Er würde verschwinden. Niemand würde ihn jemals finden. Und Hix, Brockman und alle anderen, die über seine übertriebene Vorsicht spotteten? Die konnten von ihm aus in der Hölle braten.

34

Jed Starmer wusste nicht, was er suchte. Nicht genau. Weil er sich auf dem Land befand, stellte er sich vor, irgendwo müsste es eine Farm geben. Mit einer Scheune, einem Stall oder einem Schuppen. Ihm war es egal, ob darin Pferde oder Kühe standen. Oder in Säcken gestapeltes Tierfutter. Oder seltsame stachlige Maschinen. Wenn es nur Wände, ein Dach und vor allem eine Tür gab, die er schließen konnte. Ein sicherer Ort, bis er wieder zu Kräften kam.

Jeder Schritt war mühsamer als der vorherige. Die Bäume bildeten keine ordentlichen Reihen, sodass er sich durch sie hindurchschlängeln musste. Das Unterholz war dicht und verfilzt. Es behinderte ihn bei jedem Schritt, ließ ihn stolpern und beinahe fallen. Der feuchte Waldboden roch modrig. Jed mochte ihn nicht. Er erschien ihm schmutzig. Faulig. Er stellte sich vor, wie er zusammenbrach und das Erdreich ihn umgab, ihn in Besitz nahm und nicht mehr losließ, während er langsam verweste. Als er schneller gehen wollte, scheuchte er ein großes Insekt auf, das sich unter verrottendes Laub flüchtete. Es bestand ganz aus Beinen und Scheren und unheimlichen Antennen. Hatte er sich vielleicht Sorgen wegen Tieren in falscher Größe gemacht? Dann hörte er hinter sich ein Geräusch, das wie ein Knurren klang. Er zwang sich dazu, in Bewegung zu bleiben. Er war schon so weit gekommen und wollte nicht in einem modrigen Wald von irgendeiner Bestie gefressen werden.

Jed zwängte sich zwischen zwei weiteren Bäumen durch und erreichte einen unbefestigten Forstweg. Er war gerade breit genug für ein Fahrzeug und wies deutliche Reifenspuren auf, die tief aussahen, wie von etwas Schwerem. Jed blieb stehen, um sich zu orientieren. Seit er ohne Fahrrad unterwegs war, schien er sich diagonal bewegt zu haben, während der Forstweg rechtwinklig von der Straße abzweigte. Also konnte er nach links gehen und mehr oder weniger an seinen Ausgangspunkt zurückkehren, der ihm zwar vertraut, aber exponiert war. Oder er lief nach rechts, tiefer in den Wald hinein, der gute Deckung bot, in dem aber auch alle möglichen Gefahren lauern konnten.

Dann fiel ihm ein, dass dieser Forstweg irgendwohin führen musste. Das war der Zweck von Wegen. Sie wurden nicht einfach so angelegt, nicht einfach so von Fahrzeugen benützt. Und am Endes des Weges stand vielleicht ein Gebäude, irgendetwas, in dem er sich verkriechen konnte.

Jed wandte sich nach rechts.

Er stapfte gefühlte zehn Meilen weit, aber in Wirklichkeit waren es nur ein paar hundert Meter. Gebäude gab es hier keine. Nichts von Menschenhand Geschaffenes. Nicht mal einen Hochsitz oder ein Baumhaus. Immerhin war das Gehen hier leichter. Jed hielt sich links und zählte seine Schritte. Er versuchte, einen Rhythmus zu finden. Dann vernahm er ein Geräusch, das anders war als das vorige. Zu seiner Erleichterung schien es von keinem Tier zu stammen. Erst glaubte er, Wind in den Bäumen zu hören, aber dafür war die Luft zu still. Zuletzt erkannte er Wasserrauschen. Er schaute nach vorn und entdeckte, dass der Forstweg an einem kleinen See endete. Irgendein unsichtbarer Bach musste sich in ihn ergießen, bevor das Wasser dieses Sees dem reißenden Mississippi zustrebte.

Jed musste an sich halten, um sich nicht enttäuscht auf den Boden zu werfen. Der Forstweg war offenbar nur für allen möglichen Freizeitscheiß angelegt. Für Leute, die Schwimmen, Kajakfahren oder Angeln wollten. Dieser Gedanke führte zu einem anderen: Jed fragte sich, ob er irgendwas Essbares fangen könnte. Vor Hunger hatte er ständig Bauchschmerzen. Selbst ein paar Kaulquappen wären willkommen gewesen. Doch von dieser Idee kam er gleich wieder ab. Er hatte keine Angel, keinen Köder oder was Leute sonst benutzten, um Fische zu fangen. Aber vielleicht konnte er wenigstens etwas Wasser trinken. Wenn es sauber war. Wenn nichts darin herumschwamm. Wenn es ihn nicht vergiftete. Im Fernsehen hatte er gesehen, dass schlechtes Wasser alle möglichen Krankheiten auslösen konnte. Er fürchtete sich davor. Andererseits war er durstig, sogar sehr durstig. Sein Körper lechzte nach Flüssigkeit. Jed machte einen Schritt in Richtung Ufer. Sich fürs Wasser zu interessieren, konnte nicht schaden. Als er weiterging, entdeckte er durchs Laub etwas Unnatürliches, etwas Künstliches, etwas Rechtwinkliges.

Der rechte Winkel war die Ecke eines ziemlich großen und matt olivgrün gestrichenen Blechkastens. Eine Farbe, die Jed mit der Army in Verbindung brachte. Auf der Längsseite stand in weißer Schablonenschrift: FREIWILLIGE FEUERWEHR WINSON COUNTY. Und darunter etwas kleiner: *Kein Gebrauch durch Unbefugte.* Der Deckel konnte mit einem Vorhängeschloss gesichert werden, das jedoch fehlte. Jed öffnete ihn. Der Deckel schwang so weit nach hinten, dass er ihn nicht festzuhalten brauchte. Links in dem Kasten stand eine Maschine, vielleicht eine Art Pumpe, in einem verkratzten roten Rohrrahmen. Sie wies einen Griff auf, wie Jed ihn von Rasenmähern kannte – vermutlich zum Anlassen.

Daneben lag ein aufgerollter Schlauch: dreizöllig, mit einem Drahtkäfig und einer Auftriebsplatte aus Styropor an einem Ende. Den restlichen Platz nahmen zwei Benzinkanister ein und zwei große Plastikbehälter mit einer rosa Flüssigkeit, die laut Etikett mit Wasser vermischt Löschschaum ergab. Außerdem eine Zehnerpackung Batterien, aber keine Stablampen. Und zwei Schrumpfpackungen Mineralwasser, pro Packung sechsunddreißig kleine PET-Flaschen.

Jed war kein befugter Nutzer und auch kein Dieb. Aber er war durstig und kurz davor, aus Flüssigkeitsmangel Halluzinationen zu bekommen, die gefährlich sein konnten. Und Feuerwehren hatten die Aufgabe, Menschen zu retten, ihnen in Notlagen zu helfen. Deshalb griff er nach der nächsten Flasche. Schraubte sie auf und schüttete das Mineralwasser in sich hinein. Dann nahm er die nächste und trank sie ebenfalls aus. Die leeren Flaschen deponierte er in einer Ecke des Blechkastens. Dann holte er die Batterien heraus, die Plastikbehälter, die Benzinkanister und den Schlauch. Die Pumpe war ihm zu schwer, deshalb ließ er sie stehen. Anschließend kletterte er in den Blechkasten, zog den Deckel über sich zu und klemmte an der Längsseite eine leere Wasserflasche hinein. So bekam er genug Luft, konnte den Deckel aber rasch schließen, wenn irgendwelche Tiere eindringen wollten.

Kreuzten Feuerwehrleute auf und sahen ihre Ausrüstung um den Kasten verstreut, würde Jed einiges erklären müssen. Aber er traute sich zu, das zu schaffen. Er war zu weit gekommen, um sich wegen solcher Kleinigkeiten Sorgen zu machen.

Droben in St. Louis, in ihrem zweitklassigen Hotel, wurde es für Lev Emerson und Graeber langsam Zeit, wieder ihre Plätze zu tauschen.

Seit Emerson eingecheckt hatte, waren fast sechs Stunden vergangen. Die Hälfte ihrer Ruhezeit war verstrichen. Emerson hatte die erste Schicht im Hotelzimmer verbracht: bei zugezogenen Vorhängen vollständig bekleidet auf dem Bett liegend. Anschließend war er in den Laderaum des Vans gewechselt, der weiter in der hintersten Ecke des Parkplatzes stand.

Emerson bevorzugte den Van. Aber nicht aus Bequemlichkeit oder wegen seiner Einrichtungen. Hier gab es keine Toilette, keinen Fernseher, keine Kaffeemaschine. Keine Klimaanlage, nicht hinten im Laderaum. Nur drei Polster auf dem Wagenboden. Sie stammten von dem ersten Sofa, das Emerson und seine Frau gemeinsam gekauft hatten. Es war damals einen Monat nach ihrer Hochzeit geliefert worden. Die Polster hatte Emerson gerettet, als sie begonnen hatten, ihr Haus vor über zwei Jahrzehnten neu einzurichten. Sie füllten den Platz wie maßgeschneidert aus, aber ihre abgewetzten Lederbezüge fingen an, rissig zu werden. Auch die Polsterung war so dünn geworden, dass er die Rippen im Wagenboden spürte, wenn er sich zu rasch umdrehte. Aber der Van war ihm vertraut. Emerson mochte den Geruch der Chemikalien. Die Umrisse der Geräte in dem fahlen Licht, das durch die dunkel getönten Fenster der Hecktüren einfiel. Diese Umgebung beruhigte ihn, erlaubte ihm, seine Gedanken zu sammeln.

Im Hotelzimmer stürmten Erinnerungen an Kyle auf Emerson ein. Er konnte die Stimme seines Sohns hören, sein Gesicht sehen, wie er als Jugendlicher gewesen war. Als Kind. Bilder von Kindergeburtstagen zogen vor seinem geistigen Auge vorbei. Von Urlaubsreisen. Von zufälligen Alltagsszenen, die ihm einst nicht besonders wichtig erschienen, aber nun wertvoller als alles andere auf der Welt waren. In dem Van konnte er sich auf seine Arbeit konzentrieren, die eine Kunst war. Er konnte sich an alles erinnern – von seinem ersten Auftrag, als er eine Hot-Tub-Fabrik in Gary, Indiana, niedergebrannt hatte, bis zu der Szene an diesem Morgen in dem Lagerhaus.

Emerson tupfte sich die Stirn ab, dann schickte er Graeber eine SMS. Er schrieb ihm, er könne das Zimmer behalten. Er selbst blieb lieber in dem Van. In dem er sich das Schicksal des Großdealers ausmalen konnte, mit dem sie in Birmingham zusammentreffen würden. Das nächste Glied der Kette, die zu den Leuten führten, die letztlich für Kyles Tod verantwortlich waren. Wie viele solcher Kettenglieder es geben würde, wusste er nicht. Auch nicht, wie schwierig es sein würde, einen Kerl nach dem anderen zum Reden zu bringen. Eines wusste er jedoch sicher: Unabhängig davon, wie lange es dauerte, würde er niemals aufhören, bevor er seinen Sohn gerächt hatte.

Das Problem bestand weniger darin, dass die Besitzer der Riverside Lodge ihr Hotel am falschen Ort, sondern dass sie zum falschen Zeitpunkt gebaut hatten. Mit dem Bau angefangen hatten sie zu einer Zeit, als Winson nicht nur wegen des Gefängnisses bekannt war. Als Besucher noch kamen, um die Naturschönheiten der Umgebung zu genießen, statt nur ein paar Minuten damit zu verbringen, durch eine gelochte Plexiglasscheibe mit einem Angehörigen oder Freund zu reden. Daher ihre Lage am Hochufer des Mississippi mit freiem Blick nach Norden und Süden. Und nach Louisiana drüben im Westen, das so weit jenseits des Wassers lag, dass es zu einem anderen Land zu gehören schien. Weil zwei nach

Winson hineinführende Straßen an der Lodge vorbeiführten, glaubten die ersten Investoren, an Gästen werde es niemals mangeln. Dann wurde weit östlich die Interstate gebaut und zog einen Großteil des Durchgangsverkehrs ab.

Die Lodge bestand aus drei deutlich voneinander abgesetzten Elementen. Der einstöckige Mittelteil enthielt die Rezeption, die Bar, das Restaurant, Toiletten, Wirtschaftsräume und Büros. Ergänzt wurde er durch zwei Flügel mit den Gästezimmern. Alle Gebäudeteile waren in Ziegelbauweise mit Flachdächern errichtet. Das Farbschema war dreigeteilt: Über dem dunklen Band der Fundamente waren die Wände blassgelb, mit regelmäßigen weißen Senkrechtstreifen, auf denen die Architekten beharrten – eine Reverenz an die Säulenvordächer der alten Herrenhäuser in der Region. Ein weiteres Gestaltungselement war die überdachte Wagenauffahrt vor dem Haupteingang. Sie sollte ankommenden Gästen Schutz bieten, wenn sie bei Regen aus ihren Autos stiegen. Doch sie wirkte nicht mehr einladend. Auch nicht mehr sonderlich standfest. Beim jetzigen Zustand riskierte jeder, der sich unter ihr bewegte, Verletzungen durch herabstürzende Bauteile.

Hannah hielt mit dem Truck mitten auf dem Parkplatz der Riverside Lodge und tupfte sich die Lippen mit einer Papierserviette ab. Sie hatte ihren Burger auf der Fahrt von Winson Garden hierher gegessen. Weil sie gehofft hatte, er würde wenigstens noch lauwarm sein. Aber er war fast eklig gummiartig und geronnen gewesen, was sie jedoch nicht davon abhielt, ihn zu verspeisen. Auch Reacher hatte seine zwei Burger längst in sich hineingestopft.

Hannah sagte: »So hat die Lodge auf den Fotos nicht ausgesehen. Diese Leute nehmen es in ihrer Werbung mit der

Wahrheit nicht so genau. Soll ich uns ein anderes Hotel suchen?«

Reacher antwortete: »Nein, das hier ist in Ordnung.«

Hannah schaute sich auf dem Parkplatz um. In der Nähe des Hoteleingangs standen drei Autos. Mittelklassewagen in neutralen Farben. Vielleicht Mietwagen. Und am äußersten rechten Rand ein uralter VW Bus neben einem blauen Abfallcontainer wie der auf der Straßenbaustelle. Ob der Bus noch fahrbereit war, ließ sich nicht ohne Weiteres feststellen. Hannah sagte: »Viele Gäste kann die Lodge nicht haben.«

»Das ist gut.«

»Glaubst du? Normalerweise ist das kein gutes Zeichen.«

»Heute ist kein normaler Tag.«

»Das stimmt wohl.« Hannah nahm den Fuß vom Bremspedal, blickte sich erneut um und parkte den Truck hinter dem Abfallcontainer. »Wer uns sucht, findet ihn auch dort, aber wir brauchen keine Reklame dafür zu machen, wo wir sind.« Sie löste den Sicherheitsgurt, streckte eine Hand nach dem Türgriff aus und ließ sie wieder sinken. »Eines verstehe ich allerdings nicht. Der Cop, der uns angehalten hat, war nicht ganz sauber, stimmt's? Er hat erwartet, dass du allein am Steuer sitzen würdest. Das war offensichtlich. Er war überrascht, als er mich sah. Er stotterte fast, dann interessierte er sich nur für meinen Ausweis und wollte nicht mal meinen Namen wissen. Und die Idee, die Zulassungsbehörde könnte Sams Unterlagen schon berichtigt haben? Lachhaft! Aber warum hat der Cop uns dann nicht gleich erschossen? Oder wenigstens verhaftet?«

»Kennst du den Ausdruck *Der Fisch stinkt vom Kopf her*?«

»Nein. Ich hasse Fisch. Was hat ein Fisch mit dem Cop zu tun?«

»Wie ich die Sache sehe, muss es zahlreiche Kontakte zwischen Polizei und Gefängnis geben. Gemeinsame Übungen mit simulierten Ausbrüchen. Besucher, die bei Schmuggelversuchen ertappt werden. Angehörige von Häftlingen, die in der Stadt randalieren. So hat Minerva reichlich Gelegenheit, sich jemanden zu krallen. Am besten gleich jemanden in leitender Position. Mit Autorität und Einfluss. Die Cops auf Streife sollen bestimmt nur Ausschau nach mir und dem Truck halten und dann melden, was sie sehen.«

»Du glaubst, dass unser Cop melden wird, dass wir ins Winson Garden gegangen sind?«

»Davon gehe ich aus.«

35

Der Empfangsbereich der Riverside Lodge lag unter einer ausgemalten hohen Kuppel, die einen blauen Himmel mit einigen weißen Wolken darstellte. Von ihrem Apex hing ein Kronleuchter herab – direkt über einem in den Marmorboden eingelegten Kompassmotiv aus schwarzen und weißen Fliesen mit goldenen Teilern. Die Empfangstheke aus Mahagoni war über Jahrzehnte hinweg von Putzfrauen poliert worden, bis sie fast leuchtete. Reacher wusste, dass das Hotel mit Computern arbeitete, weil Hannah ihre Zimmer online reserviert hatte, aber sie waren nirgends zu entdecken. Auf der Theke lag nur ein in grünes Leder gebundenes dickes Gästebuch. Daneben stand ein altmodisches Telefon aus Bakelit mit geflochtener brauner Schnur. Und eine Messingklingel, mit der man auf sich aufmerksam machen konnte, wenn die Rezeption nicht besetzt war.

Als Reacher klingelte, dauerte es nur wenige Sekunden, bis ein Mann aus dem Hinterzimmer geflitzt kam. Er war ungefähr Mitte zwanzig und hatte langes blondes Haar, das er zu einem Pferdeschwanz zusammengefasst trug. Die Bügelfalten seiner Hose sahen messerscharf aus. Sein Hemd war frisch gebügelt, seine Krawatte tadellos gebunden.

Der Mann fragte: »Was kann ich heute Abend für Sie tun?«

Reacher sagte: »Ich brauche zwei Zimmer.«

»Haben Sie eine Reservierung?«

»Nein, wir sind spontan unterwegs.«

»Mal sehen, was ich für Sie tun kann.« Der Mann schlug das Gästebuch auf und zog einen Füller aus der Brusttasche seines Sakkos. »Wie viele Nächte?«

»Erst mal nur eine. Weitere können wir bei Bedarf dazubuchen.«

»Kein Problem. Unsere Zimmer kosten fünfundfünfzig Dollar pro Nacht.«

»Sagen wir hundert Dollar in bar für zwei Zimmer, die möglichst weit von anderen Gästen entfernt sind.«

Der Kerl sah erst nach links, dann nach rechts. »Wir haben heute nur drei weitere Gäste. Die sind alle im Südflügel beim Eingang untergebracht. Was halten Sie von zwei Zimmern ganz am Ende? Dort merken Sie nicht mal, dass sich noch andere Leute im Haus aufhalten.«

»Was ist mit dem Nordflügel? Sind dort Zimmer frei?«

»Ja, aber die würde ich Ihnen nicht empfehlen. Dort ist die Renovierung noch nicht abgeschlossen.«

»Das stört uns nicht.«

»Ehrlich gesagt hat die Renovierung noch gar nicht begonnen. Die Zimmer sind ein bisschen übel.«

»Unhygienisch? Mit Gesundheitsrisiken?«

»Nein, nein. Sie sind nur etwas schäbig.«

»Das könnte man von uns auch behaupten.« Reacher sah auf den Plan an der Wand, der die Zimmerverteilung auf die beiden Gebäudeflügel zeigte. Die Zimmer 101 bis 124 lagen im Nordflügel. »Geben Sie mir die 112. Meine Freundin nimmt die 114. Die Zimmer liegen nebeneinander, richtig?«

Der Kerl nickte. »Korrekt. Sagen Sie mir bitte noch Ihre Namen?«

»Ambrose Burnside. Nat Kimball.«

Der Mann schraubte die Füllerkappe ab, aber Reacher beugte sich über die Theke, klappte das Gästebuch zu und sagte: »Hundertzehn pro Nacht. Sie stecken das Geld ein und sparen sich die Mühe, etwas einzutragen.«

Der Mann entgegnete: »Sorry, das kann ich nicht machen.«

»Klar können Sie das. Sie brauchen sich nur zu entscheiden. Hundertzehn Dollar ohne den geringsten Aufwand. Oder … Von der Alternative wollen Sie gar nichts wissen. Seien Sie vernünftig. Nehmen Sie das Geld.«

Der Mann zögerte noch einen Augenblick. Dann schraubte er seinen Füller wieder zu. »Sie zahlen hundertzehn pro Nacht, und zwar pro Zimmer. In bar. Nur an mich. Keiner meiner Kollegen darf davon erfahren.«

Reacher zählte zweihundertzwanzig Dollar ab und legte sie auf die Theke. Der Kerl strich sie ein, steckte sie in seine Hüfttasche. Dann nahm er zwei weiße Plastikkarten aus einer Schublade. »Ein Schlüssel pro Zimmer?«

Reacher schüttelte den Kopf und hielt zwei Finger hoch.

Der Kerl zuckte mit den Schultern und nahm zwei weitere heraus. Er drückte auf einige Knöpfe eines unscheinbaren kleinen Geräts hinter der Theke, schob die Karten einzeln hinein, steckte sie in zwei Kartonumschläge und reichte sie Reacher. »Frühstück von sechs bis acht. Genießen Sie Ihren Aufenthalt in unserem Haus.«

Reacher ging auf dem Korridor im Nordflügel voraus. Hannah, die ihren Trolley zog, folgte ihm. Die geraden Nummern lagen links, die ungeraden rechts. Auf halber Strecke kamen sie an Zimmer 112 vorbei, dann blieben sie vor der Nummer 114 stehen. Reacher gab einen der kleinen Kartonumschläge Hannah. Er klappte den anderen auf, nahm die beiden Karten heraus und steckte sie in seine Hüfttasche. Den Umschlag schob er in den anderen, in dem noch die Schlüsselkarten aus dem Winson Garden steckten.

Hannah öffnete ihre Tür mit der Schlüsselkarte. »Ich rufe Danny Peel an. Vielleicht kann er sich morgen früh mit uns treffen, bevor er zur Arbeit fährt.«

Reacher sagte: »Gute Idee. Aber tu mir einen Gefallen, Hannah – pack nicht gleich aus.«

»Warum nicht? Willst du wegen der Ausstattung jetzt doch pingelig sein?«

»Ich bin in einer Minute wieder da. Dann erkläre ich dir alles.«

Reacher ging zur Rezeption zurück, schlug auf die Klingel und wartete darauf, dass der adrette junge Mann aus dem Hinterzimmer kam. Dann legte er eine der Schlüsselkarten auf die Theke.

Er sagte: »Die hier funktioniert nicht. Können Sie sie noch mal programmieren?«

Der Mann fragte: »Haben Sie sie neben Ihr Handy gelegt. Oder zwischen Ihre Kreditkarten gesteckt?«

»Nein.«

»Oh. Und was ist mit der anderen?«

»Die funktioniert einwandfrei. Ich war in meinem Zimmer. Dann habe ich sie weggelegt und bin noch mal rausgegangen, um mit meiner Freundin zu sprechen. Ich dachte, ich käme mit dieser Karte wieder rein, aber das hat nicht geklappt.«

»Komisch.« Der Mann griff nach der Karte. »Aber das ist kein Problem. Das haben wir gleich.«

Reacher sagte: »Zimmer 121.«

Der Kerl drückte auf einige Knöpfe des kleinen Geräts, führte die Karte ein und gab sie zurück. Reacher steckte sie ein. Dann sagte der Kerl: »Augenblick. Sie haben 112. Das weiß ich noch, weil Ihre Freundin Zimmer 114 nebenan bekommen hat.«

Reacher nickte. »Korrekt. Zimmer 112.«

»Aber Sie haben 121 gesagt.«

»Sie irren sich. Ich weiß genau, was ich gesagt habe.«

»Nun, jedenfalls habe ich die Karte irrtümlich für 121 programmiert. Kann ich sie noch mal haben? Dann korrigiere ich das sofort.«

Reacher zuckte mit den Schultern, zog die andere Karte heraus und gab sie ihm. Der Kerl wiederholte den Vorgang. »Tut mir leid«, sagte er, als er die Karte zurückgab. »Dumm von mir.«

Reacher entgegnete: »Kein Problem. War nur ein Zahlendreher. Kann mal vorkommen.«

Die Zeiger des Weckers standen auf 1.30 Uhr am Freitagmorgen. Bruno Hix lag im Bett. Seit Stunden, ohne eine Minute geschlafen zu haben. Er hatte einfach dagelegen, die Zimmerdecke angestarrt und an den Fremden gedacht, der in seine Stadt eingedrungen war. Anfangs hatte er über das Unternehmen sinniert, durch das der Kerl ausgeschaltet werden sollte. Und auch seine Begleiterin. Harold und die anderen würden sie in ihren Hotelzimmern überfallen. Aber der Überfall war für ein Uhr geplant gewesen. Seither war eine halbe Stunde vergangen. Die Sache hätte leicht und schnell über die Bühne gehen sollen. Er hätte längst eine Nachricht erhalten sollen. Eine Bestätigung dafür, dass das Problem eliminiert war. Es sei denn …

Sein Telefon klingelte. Er griff hastig danach. Auf dem Display stand Brockmans Nummer. Hix meldete sich. »Sag mir, dass wir sie erwischt haben.«

Brockman erklärte: »Noch besser. Dass der Cop sie angehalten hat, muss sie erschreckt haben. Sie sind weg.«

»Was soll das heißen, *sie sind weg*?«

»Sie sind nicht in ihren Zimmern im Winson Garden. Ihre Betten sind unbenutzt. Und ihr Truck steht nicht mehr auf dem Parkplatz. Sie müssen sich irgendwie aus dem Staub gemacht haben.«

»Dann übernachten sie anderswo.«

»Nicht in Winson. Sie hatten eine Reservierung in der Riverside Lodge, von Hannah Hampton im Voraus bezahlt, aber dort haben sie sich nicht blicken lassen. Wir haben bei allen B&Bs in der Stadt nachgefragt, aber sie befinden sich nirgends. Wir haben ihre Namen und Personenbeschreibungen verbreitet – ohne Erfolg. Sie sind weg. Sie stellen kein Problem mehr dar.«

Hix ließ sein Handy aufs Kopfkissen fallen und schloss die Augen. Erstmals in dieser Nacht konnte er befreit aufatmen. Er spürte, wie sein Puls sich langsam beruhigte. Allmählich driftete er in den Schlaf ab. Dann setzte er sich abrupt auf. Er war wieder hellwach, griff nach seinem Handy und rief Brockman an.

Er sagte: »Die Riverside Lodge. In der Reacher und die Frau eine Reservierung hatten, aber nicht angekommen sind. Hast du nach Gästen ohne Reservierung gefragt? Die vielleicht bar gezahlt haben?«

Brockman erwiderte: »Nein, wozu denn auch? Wir wissen, dass sie nicht … verdammt!«

»Na, ist der Penny gefallen? Das ist eine perfekte Irreführung. Oder wäre eine, wenn sie's nur mit dir zu tun hätten. Stell fest, wer gestern Abend an der Rezeption Dienst hatte. Vermutlich ist der Kerl bestochen worden. Oder durch Drohungen genötigt. Oder beides. Nimm ihn in die Mangel. Hält sich Reacher in der Lodge auf, schickst du Harold und die Jungs hin. Sofort. Ich will endlich einen Erfolg sehen.«

»Ich kümmere mich gleich darum. Überlegt man's recht, ist das eine gute Nachricht. Ist Reacher in der Lodge, nachdem er sich aus Winson abgesetzt hat, glaubt er jetzt natürlich, er sei in Sicherheit. Also haben Harold und die Jungs leichtes Spiel.«

Als die LED-Anzeige im Instrumentenbrett des Vans auf dem Hotelparkplatz in St. Louis 1.30 Uhr anzeigte, saß Lev Emerson bereits am Steuer und wartete. Im Laderaum hinter ihm waren die drei alten Polster wieder an ihrem Platz verstaut. So bestand keine Gefahr, dass sie während der Fahrt umherflogen und Behälter mit Chemikalien umwarfen oder Geräte beschädigten. Zwei Minuten später riss Graeber die rechte Tür auf. Weil er wusste, dass der Boss trotz Schlafmangels würde fahren wollen, hatte er sich die Zeit genommen, zwei große Becher Kaffee mitzubringen. Koffein und Konversation. Damit würden sie's bis nach Vicksburg, Mississippi, schaffen. Hoffentlich.

Eine Stunde später, um 2.30 Uhr, betraten sechs Männer die Riverside Lodge knapp außerhalb von Winson durch den Haupteingang. Voraus ging der junge Mann, bei dem Reacher und Hampton am Abend zuvor eingecheckt hatten. Er war barfuß. Er trug einen blau-weiß gestreiften Schlafanzug, und sein ungekämmtes blondes Haar stand nach allen Richtungen ab. Ihm folgten die beiden Minerva-Kerle, die nach Colorado entsandt worden waren. Dann die zwei Männer, die die Greyhound-Station in Jackson überwacht hatten. Der Zweimetermann, der die Nachhut bildete, schien doppelt so breit wie die anderen zu sein. Er brachte gut hundertdreißig Kilo auf die Waage. Seine Brust- und Armmuskeln waren so massig, dass die Arme nicht gerade nach unten hängen konnten. Er hatte praktisch keinen Hals. Sein Schädel war geschoren. Seine Augen wirkten wie kleine böse Punkte unter wulstartigen Brauen. Auf dem rechten Unterarm prangte eine Tätowierung: *Harold & Molly 4ever* in einem von einem Pfeil durchbohrten Herz. Nach einer billigen Laserbehandlung war etwas wie *larol oily leve* in einem Apfel zurückgeblieben.

Harold drängte sich nach vorn und stieß den jungen Mann im Schlafanzug hinter die Theke. Der Junge nahm eine Schlüsselkarte aus der Schublade, steckte sie in das Gerät, um sie zu programmieren, und hielt sie dann Harold hin. Seine Hand zitterte. Er sagte: »112.« Harold schnappte sich die Karte, und der Junge programmierte noch eine. Er sagte: »114.« Harold griff danach, starrte die Karten einige Sekunden lang an. Dann boxte er dem Jungen ins Gesicht.

Der junge Mann sackte zusammen, rutschte an der Theke hinunter und blieb mit dem Kopf an die Seitenwand gepresst liegen. Harold und die vier Kerle würdigten ihn keines zweiten Blicks. Sie marschierten an der Rezeption vorbei und den Korridor des Nordflügels entlang. Einer von ihnen bezog Posten vor 114, Hannah Hamptons Zimmer. Die anderen drängten sich hinter Harold vor 112, Reachers Zimmer.

Harold reckte drei Finger hoch.
Dann zwei.
Dann einen.

Um 2.30 Uhr schlief Jed Starmer schon lange fest. Er lag in der Gerätebox der Freiwilligen Feuerwehr Winson am Ufer des kleinen Waldsees zusammengerollt. Die frische Luft und die körperliche Anstrengung hatten ihren Tribut gefordert. Und der Stress. Er war praktisch bewusstlos.

Jed ahnte nicht, dass eine halbe Stunde zuvor ein Rotfuchs vorbeigeschnürt war. Und ein Schwarzbär herumgeschnüffelt hatte, der sich für den aufgerollten Schlauch interessierte. Für die Benzinkanister. Die Behälter mit dem Schaumkonzentrat. Aber am meisten interessierte ihn der Geruch, der aus dem Spalt zwischen Wänden und Deckel der Gerätebox kam. Der Bär hätte den Deckel mühelos anheben und den Blechkasten sogar aufbrechen können, wenn er mit einem Vorhängeschloss gesichert gewesen wäre. Er hatte Hunger. Er war neugierig. Aber dann drehte der Wind, und der Bär wandte sich ab. Er trabte den Weg entlang zu einer Stelle, wo Jugendliche am Abend zuvor geparkt, Bier getrunken und Burger gegessen, die Packungen ins Unterholz geworfen und Jed damit unabsichtlich vor dem größten Schreck seines Lebens bewahrt hatten.

36

Harold hielt die Schlüsselkarte ans Schloss von Zimmer 112. Der Mechanismus klickte leise, und die rote LED leuchtete grün. Harold drückte die Klinke mit einem Schlag herunter, rammte die Tür auf und stürmte in das Zimmer, als stünde der Korridor in Flammen. Drei der Kerle folgten ihm. Der vierte Mann öffnete die Tür von Zimmer 114. Er war mit der Karte etwas langsamer, weniger gewalttätig und vorsichtiger, als er über die Schwelle trat.

Das Zimmer 112 entsprach dem üblichen Hotelzuschnitt. Links ein einfacher Garderobenschrank, offen, mit einer Stange für Kleiderbügel und einem Ablagefach darüber. Rechts eine Tür ins Bad mit Toilette. Davor lag ein quadratischer Raum mit einem Kingsize-Bett und einem Sessel, beide mit Kissen überladen. Über dem Kopfende des Betts hing ein Gemälde, das ein Riverboat zeigte. Geradeaus ein Fenster mit scheußlich bunten Vorhängen. Links eine Kommode, die auch als Toilettentisch diente. Darüber befand sich ein Wandspiegel. Ausgelegt war das Zimmer mit einem Teppichboden, der an einigen stark beanspruchten Stellen sichtbar abgetreten war.

Harold stürmte auf das Bett zu, dann machte er abrupt halt. Es war leer. Er tippte dem Kerl hinter sich auf die Schulter und deutete auf den Boden. Der Kerl kniete sich hin, hob die Tagesdecke hoch, um unters Bett sehen zu können, stand wieder auf und schüttelte den Kopf. Harold deutete auf die Badezimmertür. Der dritte Mann stieß die Tür auf und knipste das Licht an. Machte zögerlich einen halben Schritt nach vorn. Trat dann ein und spähte hinter den in der Wanne hängenden Duschvorhang.

Der Mann kam aus dem Bad und erklärte: »Es ist leer. Reacher ist weg. Vielleicht war er nie hier.«

Zimmer 114 war ein Spiegelbild von 112. Seine Einrichtung war ebenso geschmacklos bunt, sein Teppichboden genauso abgetreten. Der einzige Unterschied lag in der Luftqualität. Statt etwas modrig und abgestanden zu riechen, schien die Luft frisch, aber leicht feucht zu sein. Der Vorhang war aufgezogen, das Fenster stand offen. Das fiel dem Minerva-Mann – einem der beiden, die die Greyhound-Station überwacht hatten – als Erstes auf. Er blieb auf der Schwelle stehen. Fragte sich, ob das ein Zeichen dafür sein konnte, dass die Frau geflüchtet war. Oder ob dies eine Falle darstellte. Oder ob die Frau einfach eine Frischluftfanatikerin war. Er hatte einmal eine Freundin gehabt, die behauptet hatte, nur bei offenem Fenster schlafen zu können.

Der Kerl setzte sich wieder in Bewegung. Er machte zwei, drei Schritte in den kleinen Vorraum zwischen Bad und Garderobe. Reacher, der im Bad gelauert hatte, tauchte in der Tür auf. Seine Gerade traf den Mann an der Schläfe, ließ ihn nach links gegen den Garderobenschrank torkeln. Bevor er bewusstlos zusammenbrach, räumten seine wild rudernden Arme ein halbes Dutzend Kleiderbügel ab, die laut klappernd zu Boden fielen.

Das hörten die Kerle in 112. Sie drehten sich wie ein Mann um, starrten die Wand zwischen den beiden Zimmern an.

Harold sagte: »Das war Reacher. Er ist nebenan. Bei der Witwe. Schnappt ihn euch.«

Die Kerle stürmten auf den Flur hinaus. Sie rannten zur Tür von 114. Und blieben stehen. Die Tür war geschlossen, und sie hatten keinen Schlüssel.

Reacher kletterte aus dem Fenster. Er sprang vom Fensterbrett und landete im Gras am Rand des Parkplatzes.

Der andere Minerva-Mann von der Greyhound-Station hämmerte an die Tür. Aber sein Partner reagierte nicht.

Reacher hastete zum Fenster von 112. Es war nicht verriegelt. Dafür hatte er zuvor gesorgt.

Harold stieß die drei Kerle beiseite und schlug mit der flachen Hand an die Tür. Die Hälfte oberhalb der Klinke gab vorübergehend nach, aber das Schloss hielt.

Reacher öffnete das Fenster, zog sich hoch und kletterte ins Zimmer.

Harold trat zurück, hob das rechte Bein und verpasste dem Türblatt auf Höhe der Klinke einen gewaltigen Tritt mit der Schuhsohle. Das Sicherheitsschloss gab nach. Die Tür flog auf. Sie knallte gegen die Füße des bewusstlosen Kerls, dann schwang sie wieder zurück.

Reacher durchquerte das Zimmer. Er öffnete die Tür einen Spalt weit und spähte auf den Flur hinaus.

Harold warf sich mit der Schulter gegen die Tür und schob die Beine des Bewusstlosen so weit zur Seite, dass er sich durch den Spalt zwängen konnte.

Reacher betrat den Korridor und fragte: »Sucht ihr mich?«

Der nächste Kerl drehte sich um, der Mann, der in Colorado den BMW gefahren hatte. Reacher war bereits heran. Er rammte ihm den rechten Handballen unters Kinn. Der Kopf des Kerls flog nach hinten. Seine Füße verließen den Boden, und er knallte der Länge nach auf den Rücken. Um nicht mitgerissen zu werden, musste der nächste Kerl zur

Seite springen und sich an die Wand drücken. Er war der Mann, der Angela St. Vrain ermordet hatte. Reacher drehte sich zur Seite und vergrub die linke Faust in seinem Sonnengeflecht. Als der Kerl sich zusammenkrümmte, traf Reachers rechte Faust seinen Hinterkopf wie ein Vorschlaghammer. Die Knie des Mannes gaben nach, und er fiel so über seinen auf dem Rücken liegenden Kollegen, dass seine Stirn sich an die Wand presste. Der dritte Kerl sah, was den anderen zugestoßen war, und wollte zum Notausgang am Ende des Korridors flüchten. Reacher sprang über die Liegenden hinweg und nahm die Verfolgung auf. Aber der Minerva-Mann war leichter und schneller. Und er hatte es verzweifelt eilig. Dagegen war Reacher machtlos. Diesen Wettlauf konnte er nicht gewinnen.

Eine Tür auf der rechten Seite des Flurs öffnete sich, die vorletzte, Zimmer 121. Hannah trat auf den Korridor hinaus. Sie stellte sich dem Flüchtenden in den Weg, stand breitbeinig da und hielt ihre Sig Sauer mit beiden Händen schussbereit.

Sie befahl: »Stopp!« Ihr Tonfall machte klar, dass sie das ernst meinte.

Der Kerl wurde langsamer, hob die Hände und blieb stehen. Dann versuchte er, nach der Pistole zu greifen. Hannah zog sich außer Reichweite zurück und trat ihm dann in den Schritt. Mit aller Kraft. Der Mann krümmte sich zusammen und würgte. Sein Aufschrei erstickte, als Hannahs Knie sein Gesicht traf. Er fiel auf den Rücken, bewegte sich noch, ruderte mit den Armen. Aber nur ein paar Sekunden lang. Dann war Reacher zur Stelle und trat ihn gegen den Kopf.

Hannah nahm ihre Pistole in die rechte Hand, ging in die Hocke und tastete am Hals des Kerls nach seinem Puls. Vom

Korridor her war ein Geräusch zu hören. Es kam von Harold, der die Tür von 114 wieder aufgerissen hatte. Jetzt trat er auf den Flur hinaus. Er war so breit, dass er ihn von Wand zu Wand auszufüllen schien. Hannah richtete sich auf, blieb neben Reacher stehen. Einige Augenblicke lang sprach niemand.

Harold brach das Schweigen. Er sagte: »Lass die Waffe fallen, Kleine. Reden wir lieber.«

Hannah hob die Pistole, hielt sie wieder mit beiden Händen. Sie sagte: »Nein. Und lieber nicht.«

Harold machte einen großen Schritt vorwärts.

»Stopp!«, befahl Hannah.

Auf Harolds Gesicht erschien ein bösartiges Grinsen. Er machte noch einen Schritt.

»Ich mein's ernst«, warnte ihn Hannah. »Stopp!«

Harold machte einen dritten Schritt.

Hannah holte tief Luft, zielte auf seine Körpermitte und drückte ab. Der Schussknall war ohrenbetäubend laut. Die ausgeworfene Patronenhülse prallte von der Wand ab, blieb vor Reachers Füßen liegen. Harold torkelte rückwärts. Er ging zu Boden und bewegte sich nicht mehr.

Hannah trat vor und wollte sich über Harold beugen, um seinen Puls zu fühlen, doch Reacher packte sie am Arm und zog sie zurück.

»Lass mich los!« Hannah versuchte, sich zu befreien. »Ich muss wissen, ob er …«

Im nächsten Augenblick setzte Harold sich auf. Sein Gesicht war wutverzerrt. Unter seinem zerfetzten Hemd trug er eine schussfeste Kevlarweste. Ihre Fasern hatten nachgegeben, wie die Maschen eines Tornetzes einen wuchtig getretenen Ball auffangen. Das Geschoss war platt gedrückt worden, doch das Gewebe hatte seinen Zweck erfüllt, war intakt geblieben.

Für solche Situationen hatte Reacher eine Regel: Ein zu Boden gegangener Gegner darf nicht wieder aufstehen. Man gibt ihm sofort den Rest. Ohne Gnade, ohne Zögern. Aber Hannahs Eingreifen hatte ihn aufgehalten, hatte wertvolle Sekunden gekostet. Und das genügte Harold, um sich wieder aufzurappeln.

Harold stand breitbeinig da. Seine Fäuste streiften praktisch die Wände des Korridors. Seine Arme und Beine waren so lang wie die Reachers. Vielleicht sogar länger. Das stellte ein Problem dar, weil Reacher sonst in diesem Punkt fast immer im Vorteil war. So konnte er sich Gegner vom Leib halten und sie trotzdem wirkungsvoll treffen. Aber bei Harold war das unmöglich, ohne zu riskieren, selbst getroffen zu werden. Vielleicht sogar schwer. Das wollte Reacher vermeiden. Es hätte seine Effizienz verhindert, seine Erfolgschancen verringert.

Harold veränderte seine Haltung und hob die Fäuste wie ein Boxer alter Schule. Er schien Reachers Gedanken lesen zu können. Auf seinem Gesicht breitete sich wieder ein bösartiges Grinsen aus. Seine Fäuste glichen Vorschlaghämmern. Auch mit seinem Gewicht war er im Vorteil. Gelang es ihm, einen Schlag anzubringen, konnte das Spiel aus sein, das wusste er.

Und das wusste auch Reacher. Aber er wusste auch, dass die Nadel manchmal wirkungsvoller war als der Hammer.

»Vorsicht«, sagte Reacher warnend. »Pass auf, dass deine Fingerknöchel nicht auf dem Boden schleifen.«

Harold kniff die Augen zusammen.

»Verletzt du dich, weisen sie dich im Krankenhaus ab und schicken dich zum Tierarzt. Darauf sperren sie dich in einen Zoo oder den Zirkus.«

Harold stürmte auf ihn zu. Er schlug einen gewaltigen rechten Haken. Die Bewegung war fließend, gut eingeübt. Reacher bezweifelte nicht, dass ein Treffer am Kopf vernichtend gewesen wäre. Aber er rechnete damit und bog den Oberkörper blitzschnell zurück. Gerade weit genug, damit Harolds Faust an seiner Nase vorbeizischte. Sie bewegte sich weiter und traf die Wand. Zertrümmerte den Putz und ging durch das als Putzträger dienende enge Lattengerüst. Harold schrie wütend auf, versuchte, den Arm zurückzuziehen, und konnte seine feststeckende Hand nicht gleich wieder befreien.

Reacher tänzelte heran und schlug selbst eine Gerade. Sie war bösartig, brutal, traf Harold am rechten Ohr, ließ seinen Kopf zur Seite fliegen. Die meisten Männer wären danach zu Boden gegangen. Für lange Zeit. Vielleicht für immer. Aber Harold schüttelte nur den Kopf, spuckte aus und grinste.

Reacher nahm einen Zielwechsel vor. Er trat Harold seitlich ans Knie. Dann rammte er seinen Handballen knapp über dem Ellbogen gegen Harolds festsitzende Hand. Das Gelenk wurde überdehnt, Knochen splitterten, Bänder und Sehnen rissen. Harold heulte vor Schmerzen auf. Und vor Zorn. Er packte seinen Unterarm mit der anderen Hand, zerrte daran und bekam ihn endlich frei. Zersplittertes Holz zerkratzte ihm das Handgelenk, die Handfläche und den Handrücken. Sein heftig blutender Arm beschrieb einen unbeholfenen Halbkreis. Die Fingernägel streiften Reachers Wange. Einer hinterließ einen Kratzer.

Harold versuchte, einen Schritt zu machen, dann blieb er stehen und heulte wieder auf. Sein Knie war so stark verletzt, dass es sein Gewicht nicht tragen konnte. Sein herabhängender rechter Arm war nutzlos. Also griff er mit der linken Hand hinter sich und zog seine Pistole aus dem Hosenbund.

Er begann sie zu heben.

Reacher war bereits zur Stelle. Er rannte gegen Harold an. Beschleunigte so gut wie möglich. Doch er hatte nur wenig Platz und kaum Manövrierraum. Ihm war klar, dass es nur diese eine Chance gab. Er brauchte Wucht. Er brauchte Konzentration. Also stürmte er heran, warf sich nach vorn und rammte Harold. Seine rechte Schulter traf genau die Stelle, die Hannahs Schuss getroffen hatte. Wo seine Rippen angeknackst sein mussten. Wo sie hoffentlich gebrochen waren.

Harold ging zu Boden, fiel auf den Rücken, ließ die Pistole fallen. Er heulte, strampelte mit den Beinen, schlug mit dem linken Arm um sich. Reacher kam näher, suchte eine Stelle, um zuschlagen oder zutreten zu können. Aber Harold drehte und wand sich so hektisch, dass Reacher kein richtiges Ziel fand. Dann setzte er sich plötzlich schnell auf, als trainierte er in einem Fitnessstudio. Er warf sich nach vorn und umschlang Reachers Oberschenkel mit seinem gesunden Arm. Ließ seine Hand nach unten gleiten, bis er die Knie umfasste. Dann warf er sich nach hinten und zerrte mit aller Kraft an ihnen.

Reachers Knie gaben nach. Er konnte nicht verhindern, dass Harold ihn auf sich zog. Das wusste er. Deshalb kämpfte er nicht gegen die Schwerkraft an. Leistete keinen Widerstand, sorgte stattdessen dafür, dass er mit beiden Knien mitten auf Harolds Brust landete.

Vielleicht war Harolds Brustkorb durch den Schuss verletzt worden, oder der Rammstoß von Reachers Schulter hatte ihn geschwächt. Vielleicht waren lediglich seine Knochen porös. Jedenfalls brach sein Brustkorb ein. Seine Lunge und auch Herz und Leber wurden zerquetscht. Und noch weitere innere Organe. Sein Körper zuckte ein letztes Mal krampfhaft, ehe sein Kopf zur Seite fiel. Und dann lag er still.

Bruno Hix war noch immer wach. Er hatte alles nur Denkbare versucht, um zu schlafen. Kräutertee. Whiskey. Meditation. Nichts hatte gewirkt. Er wurde immer wütender. Seine große Rede musste er in wenigen Stunden halten. Er wollte keine dunklen Ringe unter den Augen haben, nur weil er nicht genug Schlaf bekommen hatte. Sein Vortrag sollte nicht darunter leiden, dass er sich nicht konzentrieren konnte.

Er starrte die Zimmerdecke an und stellte sich vor, er liege auf einer Tropeninsel am Strand. Irgendwo hatte er gelesen, dies sei eine wirkungsvolle Entspannungstechnik. Hix malte sich die Szene aus. Stellte sich vor, welchen Drink er in der Hand hielte. Vielleicht eine Piña Colada oder einen Daiquiri. Er versuchte noch, sich für ein Getränk zu entscheiden, als das Handy auf seinem Nachttisch piepste. Wegen einer SMS von Brockman.

»Freunde aufgespürt. H. & Co. vor Ort. Nur mehr eine Frage der Zeit …«

Wunderbar. Also würde alles gut werden. Harold würde Reacher ausschalten. Die Glückssträhne des Kerls musste irgendwann ein Ende haben. Und wenn's nicht dieses Mal war, weil Harold versagte, spielte das auch keine Rolle. Jetzt nicht mehr, seit der Kontakt wiederhergestellt war. Sie konnten auf ihre Versicherung zurückgreifen. Die hatte er selbst arrangiert, also brauchte er sich ihretwegen keine Sorgen zu machen. Er war zuversichtlich, dass sie, falls nötig, funktionieren würde.

Hix hatte Vertrauen zu ihrer Versicherung. Die Mitteilung klang völlig glaubhaft. Er hatte viel Gedankenarbeit darauf verwendet. Die Frage, ob Reacher sie glauben würde, beunruhigte ihn nicht sonderlich. Aber damit Reacher sie glauben konnte, musste er sie lesen. Doch zuerst musste er sie finden. Wenn er gegen Harold Sieger geblieben war. Und Brockman hatte angedeutet, Harold könnte sich aus lächerlichem Stolz weigern, sie zu überbringen. Hix stellte sich vor, wie der Umschlag in Harolds Apartment lag. Wie er in seinem Auto zurückgelassen worden, im Mülleimer gelandet war. Dann riss er sich zusammen. Zwang sich dazu, wieder von tropischen Strandszenen zu träumen. Sein Plan war elegant. Raffiniert. Unmöglich, dass das Universum ihn von einem bockigen Rindvieh würde torpedieren lassen.

37

Reacher machte sich Sorgen wegen des Schussknalls. Irgendjemand würde ihn gehört haben. Der Nachtportier oder die anderen Gäste im Südflügel. Bestimmt würde jemand die 911 anrufen. Vielleicht sogar alle. Vielleicht hatten sie das schon getan. Folglich würde bald die Polizei aufkreuzen. Und Reacher wollte weg sein, wenn sie hier eintraf. Die diskrete Methode hatte nicht funktioniert. Die Drahtzieher würden jetzt einen Notruf und eine Leiche erklären müssen. Eine perfekte Ausrede dafür, noch ein paar Leute loszuschicken, die gleich schossen, ohne lange zu fragen.

Winson war nicht New York oder Chicago. Es war nicht mal Jackson. Reacher bezweifelte, dass die Cops Tag und Nacht auf Streife waren. Um diese Zeit war bestimmt nur das Polizeirevier besetzt. Im Idealfall mit nur einem Mann, der in der Hackordnung ganz unten stand. Mit einer Thermoskanne Kaffee und einer Schachtel altbackener Donuts. Er würde Verstärkung anfordern und auf seinem Posten bleiben müssen, bis ein Kollege eintraf. Schlimmstenfalls würden zwei erfahrene Cops Dienst tun, zuverlässige Leute. Sofort einsatzbereit. Und immer bereit, alles zu tun, was ihr Chef ihnen befahl.

Reacher plante stets für den schlimmsten Fall. Die Stadt lag nicht weit entfernt. Verkehr würde es keinen geben. Und die Cops stammten von hier. Sie konnten schnell fahren, weil sie die Strecke kannten. Er rechnete sich aus, dass Hannah und ihm fünfzehn Minuten blieben, um aus der Riverside Lodge zu verschwinden.

Hannah kniete neben Harolds Kopf. Sie hatte versucht, am Hals seinen Puls zu ertasten, als Reacher aufgestanden war. Sie hatte keinen gefunden – aber jetzt versagten die Beine ihr den Dienst. Sie konnte nicht mehr aufstehen. Bis zum Beginn dieser Woche hatte sie noch nie einen Toten gesehen. Jetzt musste sie zwei Todesfälle aus nächster Nähe erleben. Und speziell für diesen fühlte sie sich persönlich verantwortlich. Aus dem eingesunkenen Brustkorb quoll Blut. Sie starrte es wie hypnotisiert an.

Reacher zog Hannah hoch, brachte sie in ihr Zimmer und forderte sie auf, ihre Sachen zusammenzusuchen. Schnellstens. Während sie packte, ging er mit einem Kopfkissenbezug auf den Flur und machte sich daran, ihn mit dem Tascheninhalt der Minerva-Kerle zu füllen: mit ihren Waffen. Handys. Geldbörsen. Schlüsseln.

Hannah und Reacher liefen den Korridor entlang und betraten den Empfangsbereich. Nach seiner Rechnung blieben ihnen noch sechs Minuten. Also reichlich Zeit. Dann fielen Reacher zwei nackte Füße auf. Hinter der Rezeption lag jemand auf dem Boden. Er machte einen Umweg, um nachzusehen. Im Schlafanzug lag dort der junge Mann, bei dem sie eingecheckt hatten. Lebendig, aber bewusstlos.

Reacher kam zu Hannah zurück, und gemeinsam gingen sie auf den Parkplatz hinaus. Die drei Mietwagen standen wie zuvor in der Nähe des überdachten Haupteingangs. Der VW Bus befand sich jetzt näher am nördlichen Rand. Zwei weitere Fahrzeuge waren dazugekommen, parkten ganz in seiner Nähe: ein Dodge Neon und ein Ram als Lieferwagen. Der Dodge schien ein hartes Autoleben hinter sich zu haben. Das war offensichtlich. Er hatte verbeulte vordere Kotflügel, Schlammspritzer um die Radkästen, einen senkrechten

Sprung in der Frontscheibe und mehrere Einkerbungen in den Stoßstangen. Im Gegensatz dazu wirkte der dunkelblaue Van makellos. Obwohl er keine Aufschrift, keinen Firmennamen trug, sah er wie ein Wagen aus, der für interne Transporte zwischen Filialen eingesetzt wurde.

Sie hatten noch fünf Minuten Zeit, von hier wegzukommen.

Reacher deutete auf die Fahrzeuge und sagte: »Siehst du, wie sie aufgereiht sind? Ein Kerl ist mit dem Van direkt hergekommen. Die anderen sind zu dem jungen Mann von der Rezeption gefahren. Haben ihn aus dem Bett geholt und dazu gezwungen, mit seinem VW Bus herzufahren, weil in ihrem Auto kein Platz für ihn war. Das könnte uns nützen. Warte einen Augenblick hier.«

Reacher ging wieder hinein. Beugte sich hinter der Theke über den jungen Mann. In der Brusttasche seiner Pyjamajacke fand er einen Schlüssel mit einer Hasenpfote als Anhänger. Aus dem Kissenbezug angelte er eine Geldbörse. Nahm alle Scheine heraus und steckte sie in die Brusttasche des Jungen. Auf einen Notizblock auf der Theke schrieb er:

Bringe den Bus zurück. Melden Sie ihn nicht als gestohlen.
Weitere $ folgen. Ambrose Burnside.

Jetzt blieben noch drei Minuten.

Reacher hastete nach draußen und warf Hannah den Schlüssel zu und sagte: »Die Cops werden Ausschau nach Sams Truck halten. Versuch, den Bus zu starten. Mit dem rechnet niemand.« Dann ging er nach hinten zum Heck des Vans, dessen zweigeteilte Tür unversperrt war. Als Lackschutz hatte jemand Boden und Wände des Laderaums mit

Sperrholz verkleidet. Auf der rechten Seite stapelten sich zwei mit Spanngurten gesicherte Krankentragen. Neben ihnen lag ein voller schwarzer Müllsack. Reacher schaute hinein und stellte fest, dass er weiße Uniformen für Rettungssanitäter enthielt. Damit konnte er nichts anfangen, deshalb ging er auf der rechten Seite nach vorn und öffnete das Ablagefach. Es enthielt zwei Dokumente in Klarsichthüllen: Zulassung und Versicherung des Vans. Reacher überflog die Angaben. Er hoffte auf einen Firmennamen, den er noch nicht kannte, der einen neuen Hinweis auf die illegalen Transaktionen geben würde, über die Angela St. Vrain mit Sam Roth gesprochen hatte. Aber seine Hoffnung wurde enttäuscht. Der Van gehörte der Minerva Correctional Corporation mit Sitz in Delaware. *Steuerflucht*, dachte Reacher sofort, ohne eine Verbindung zu den Morden herzustellen.

Noch zwei Minuten.

Reacher hörte den VW-Motor anspringen und stotternd weiterlaufen. Er blickte sich im Inneren des Vans um. Es schien blitzsauber und leer zu sein. Als er zurücktrat, um die Tür zu schließen, sah er unter dem rechten Sitz etwas Weißes herausragen: die Ecke eines Briefumschlags. Er musste auf der Instrumentenabdeckung gelegen haben und während der Fahrt heruntergerutscht sein. Reacher zog ihn heraus. Der Umschlag in Normgröße war dünn, als enthielte er nur ein einzelnes Blatt Papier. Und er war an Danny Peel adressiert. Wie der Umschlag, den Reacher in Angela St. Vrains Schul tertasche gesehen hatte, aber mit einer anderen Handschrift. Das wusste Reacher bestimmt.

Bruno Hix war längst der größte Talkshow-Moderator der Welt, aber die Posse, die gleich auf Sendung ging, würde seinen Status als Legende des Showbusiness zementieren. Sie würde mit mehr Stars aufwarten als jemals eine Show zuvor. Dies würden die teuersten acht Stunden Fernsehen werden, die man jemals produziert hatte. Gedreht wurde vor Cannes, an Deck seiner Jacht. Das Publikum war längst da: tausend Personen auf weniger luxuriösen Schiffen, die um seine Jacht herum ankerten. Er hatte einen Drink in der Hand. Die Kameras liefen. Aber seine Gäste waren nicht gekommen. Und aus irgendeinem Grund war er nackt. Seine Haare fielen aus. Seine Haut …

Sein Smartphone klingelte. Er riss die Augen auf, war in Schweiß gebadet. Er schlug die Steppdecke zurück, blieb noch einen Augenblick liegen und versuchte, seine Atmung zu kontrollieren. Dann sah er aufs Display. Der Anrufer war wieder Brockman.

Hix fragte: »Was gibt's?«

Brockman antwortete nicht gleich. Dann sagte er: »Er ist wieder entwischt.«

»Wer? Reacher?«

»Ja.«

»Und die Frau?«

»Die auch.«

»Harold hat Scheiße gebaut?«

»Harold ist tot. Reacher hat ihn buchstäblich zerquetscht.«

»Harold. Wieder der Zweitbeste. Vielleicht sollten wir das auf seinen Grabstein schreiben. Was ist mit den anderen Kerlen?«

»Die sind verletzt, aber sie leben.«

»Wo ist Reacher jetzt?«

»Das wissen sie nicht. Moseleys Leute fahnden nach ihm.«

»Okay. Halte mich auf dem Laufenden.«

»Bruno? Ich hab über heute Morgen nachgedacht. Du weißt, dass ich von Anfang an gegen Änderungen war. Aber vielleicht hatten die anderen recht. Wenn Reacher sich irgendwo dort draußen rumtreibt, ist's vielleicht nicht ratsam, die Zeremonie wie vorgesehen abzuspulen. Vielleicht sollten wir zu Plan B wechseln.«

»Es gibt keinen Plan B. Wir haben nie einen gebraucht.«

»Dann wird's vielleicht Zeit, sich einen zu überlegen. Verschieben können wir den Termin wegen der richterlichen Verfügung nicht, aber die Zeremonie ist nebensächlich. Wichtig ist allein, dass unser Mann pünktlich entlassen wird. Wir könnten eine Pressmitteilung herausgeben. Die Absage damit entschuldigen, dass er zu traumatisiert ist, um den PR-Rummel ertragen zu können.«

»Natürlich geht's in erster Linie um seine Entlassung. Aber wir wollen das Kind nicht mit dem Bade ausschütten. Auch die Zeremonie ist sehr wichtig. Das gute Presseecho ist unbezahlbar. Und du vergisst die Versicherung. Die schafft uns Reacher vom Hals. Heute um zehn Uhr ist er meilenweit entfernt. Und falls er jemals zurückkommt, ist's für sein Eingreifen zu spät.«

»Klappt das auch?«

Hix nahm ein zweites Mobiltelefon von seinem Nachttisch. Ein billiges Einfachhandy. Er kontrollierte den Akku, überzeugte sich davon, dass es Netz hatte. »Selbstverständlich. Die Bestätigung müsste bald kommen. Bis neun Uhr. Spätestens um Viertel nach.«

Der VW Bus wirkte weniger auffällig als Roth' Pick-up, aber in einer so kleinen Stadt war er trotzdem nicht zu übersehen. Die Leute würden wissen, dass er dem jungen Mann im Hotel gehörte. Das wusste vermutlich auch die Polizei. Reacher hätte gewettet, dass die Cops ihn oft anhielten. So wie der Bus nach Gras roch, hatten sie vermutlich häufig Grund dazu. Außerdem war seine Zuverlässigkeit fraglich. Reacher wollte nicht, dass abgenutzte Teile oder mangelnde Wartung den Cops die Arbeit abnahmen, indem sie Hannah und ihn irgendwo am Straßenrand stranden ließen. Deshalb beschlossen sie, für den Rest der Nacht unsichtbar zu bleiben. Dafür bot sich ein Ort am Fuß des Hügels außerhalb der Stadt an. Reacher erinnerte sich daran, unterwegs eine abzweigende Forststraße gesehen zu haben, die in einen dichten Wald führte. Dort konnten sie sich bis zum Morgen verstecken.

Hannah nahm eine Hand vom Lenkrad und griff nach dem Briefumschlag auf der Instrumentenabdeckung – zum dritten Mal, seit sie unterwegs waren. »Wie sind sie zu einem an Danny adressierten Brief gekommen, was glaubst du? Vielleicht hat er ihn in die Arbeit mitgenommen, um ihn später zu lesen, und dort verloren? Ob jemand ihn gefunden hat und bei ihm abliefern wollte?«

Reacher sagte: »Das fragen wir ihn am besten selbst. Wann treffen wir uns mit ihm?«

»Es gibt noch keinen Termin. Ich konnte ihn nicht erreichen. Er ist Frühaufsteher, daher werde ich's gleich morgens versuchen. Und meldet er sich nicht, können wir ihn immer noch überraschen.«

Der VW war mit einem Bett, einer kleinen Küche, einem Tisch, einer Couch und Einbauschränken als Wohnmobil ausgestattet. Reacher hatte Respekt vor dem Erfindungsreichtum, der aus diesem Design sprach. Der Innenraum wurde optimal genutzt, doch an der Tatsache, dass er winzig war, führte kein Weg vorbei. Reacher hielt es für besser, den Bus ganz Hannah zu überlassen. In einem der Einbauschränke fand er alte Wolldecken, von denen er zwei auf dem Erdboden ausbreitete. Dann streckte er sich darauf aus, um unter den Sternen zu schlafen.

Kurz bevor Reacher einschlief, beschäftigten ihn zwei Wörter: *Brockman* und *Lockdown*. Brockman war ein Name, den er mehr als nur einmal gehört hatte. Der Kerl von Minerva, der die Schlägertrupps in Marsch gesetzt hatte. Reacher wollte ihn gern finden. Mitten in der Nacht seine Tür eintreten, um zu sehen, wie ihm das gefiel. Und um rauszubekommen, was er über die Unregelmäßigkeiten wusste, die Angela St. Vrain offenbar aufgedeckt hatte.

Das Problem war, dass Brockman vielleicht nichts wissen würde. Überfälle auf Minerva-Leute in ihren Häusern konnten Panik auslösen. Und ein Lockdown war die automatische Panikreaktion von Leuten, die Gefängnisse leiteten. Das lag in ihrer DNA. Also würde er sich in Geduld üben müssen. Es gab zwei Spuren, die sie verfolgen konnten: Danny Peel und die Entlassungszeremonie. Er würde abwarten, was dabei herauskam. Ergab sich nichts Produktives, würde er sich Brockman vorknöpfen – und etwaige weitere Beteiligte, bis er zufriedenstellende Antworten erhielt.

38

Hannah weckte Reacher um 7.31 Uhr. Sie rüttelte an seiner Schulter und sagte: »Danny meldet sich immer noch nicht am Telefon. Allmählich mache ich mir Sorgen. Ich denke, wir sollten zu ihm fahren. Sofort.«

Die Strecke zu Dannys Haus war bereits in Hannahs Smartphone eingegeben. Die elektronische Stimme wies sie an, zur Straße zurückzufahren und nach rechts in Richtung Winson abzubiegen. Hannah brauchte ein paar Minuten, um mit dem VW Bus zu wenden. Die Straße war schmal, die Lenkung schwergängig, die Kupplung rupfte. Hannah fuhr einige Male vor und zurück, bis der Bus richtig stand. Dann gab sie Gas, wurde etwas schneller und erreichte die Einmündung. Und überfuhr fast einen Fußgänger. Einen Jugendlichen von fünfzehn oder sechzehn Jahren, der ein schickes Fahrrad den Hügel hinaufschob. Sehr langsam. Das Ganze sah wie ein Wettbewerb aus. Als versuchte das Fahrrad, ihn wieder herunterzuziehen.

Clevere würden auf das Fahrrad wetten, dachte Reacher.

Der Junge blieb stehen. Er hatte einen Schreck bekommen, als der alte Bus plötzlich unter den Bäumen hervorschoss. Er starrte einen Augenblick durch die Frontscheibe. Dann kippte er rückwärts um, sodass sein Fahrrad auf ihn fiel.

Hannah sprang aus dem Bus und lief zu dem Jungen. »Gott, das tut mir so leid! Alles okay mit dir?«

Der Junge gab keine Antwort.

Sie zog das Fahrrad von ihm weg. »Bist du verletzt? Hast du dir den Kopf angeschlagen?«

»Mir fehlt nichts.« Der Junge rappelte sich auf und griff nach der Lenkstange. »Geben Sie mir mein Rad. Ich muss weiter.«

»Wohin? Warum hast du's so eilig? Hast du genug Wasser? Wissen deine Eltern, dass du hier bist?«

»Ich muss nach Winson. Ich darf mich nicht verspäten.«

»Setz dich einen Augenblick hin. Ruh dich aus, damit du wieder zu Atem kommst.«

»Nein, ich hab's eilig.«

»In deinem Zustand kannst du kaum gehen. Erst recht nicht fahren.« Hannah griff wieder nach der Lenkstange. »Wir fahren ein Stück weit in deine Richtung. Unser Bus hat einen Dachgepäckträger. Komm, wir laden dein Rad auf und nehmen dich mit.«

Der Bus schnurrte den Hügel hinauf. Das Fahrrad hüpfte und ratterte auf dem Gepäckträger. Der Junge saß hinten auf der Couch, steif und sorgenvoll.

Hannah verstellte den Innenspiegel, damit sie ihn sehen konnte, ohne den Kopf drehen zu müssen. Sie fragte: »Wie heißt du?«

Der Junge sagte: »Jed Starmer.«

»Nun, Jed, warum ist es so wichtig, dass du heute Morgen nach Winson kommst?«

»Dort passiert etwas. Ich darf mich nicht verspäten. Ich bin von zu weit hergekommen, um es zu verpassen.«

»Was passiert? Und wo?«

»Jemand wird aus dem Gefängnis entlassen.« Jed atmete tief durch. »Mein Dad.«

Reacher sagte: »Davon hab ich gelesen. Anton Begovic?«

Jed nickte. »Meine Mom und er waren nicht verheiratet. Daher haben wir verschiedene Nachnamen.«

»Weiß er, dass du kommst?«

»Er weiß nicht mal, dass es mich gibt.«

Auf dem höchsten Punkt des Hügels kündigte Hannahs Smartphone an, sie müssten nach einer halben Meile links abbiegen.

Reacher fragte: »Wo kommst du her?«

Jed antwortete: »L.A.«

»Die ganze Strecke auf dem Rad?«

»Mit dem Bus, dem Greyhound. Mit dem Rad bin ich aus Jackson gekommen.«

»Du hast das Rad mitgebracht?«

»Ich hab's mir sozusagen geliehen.«

Hannah seufzte. Reacher schwieg.

Jed sagte: »Ich hab's nicht gestohlen. Ich hatte alles geplant. Ich wollte in einem Hotel bleiben, dann mit einem Taxi fahren, aber mein Gepäck wurde geklaut und mein Geld auch, zwei seltsame Männer wollten mich entführen, und dann sind zwei Cops gekommen und …«

Reacher sagte: »Schon okay. Niemand wirft dir was vor.«

»Aber dies ist wichtig. Ich bin kein Dieb, okay? Der Kerl auf dem Rad war ein Arschloch. Er hat mich angefahren, mich rumgeschubst und angeschrien. Dann hat er sein Rad einfach abgestellt, ohne es abzusperren. Ich musste es nehmen. Aber ich bring's zurück, wenn ich mit allem fertig bin. Ehrenwort!«

Hannah sagte: »Na, du scheinst einiges durchgemacht zu haben. Hast du alles verloren?«

»So ziemlich. Ich hab nur noch meine Zahnbürste. Die steckte in meiner Tasche.«

»Was ist mit deiner Mom? Konnte die dir nicht helfen? Möchtest du, dass ich sie anrufe?«

»Das können Sie nicht. Sie ist tot – an Bauchspeicheldrüsenkrebs gestorben. Überraschend schnell.«

»Oh, das tut mir leid.«

Reacher fragte: »Was hast du vor, wenn du beim Gefängnis bist?«

Jed zuckte mit den Schultern. »Meinen Dad kennenlernen, denke ich.«

»Wie? Dort ist irgendeine große Show geplant. Presse, Fernsehen, der ganze Zirkus. Du kannst nicht einfach hingehen und sagen: *Hi, ich bin dein Sohn.*«

Jed zuckte erneut mit den Schultern. »Bis hierher hab ich's geschafft. Mir fällt schon was ein.«

Sie erreichten die Kreuzung, an der sie links abbiegen sollten. Winson lag geradeaus vor ihnen. Hannah hielt am Straßenrand und sagte: »Ab hier verläuft die Straße eben. Der Rest müsste mit dem Rad zu schaffen sein. Ich helfe dir beim Abladen.«

Jed öffnete die Schiebetür. »Das kann ich selbst. Danke fürs Mitnehmen.«

Hannah sagte: »Warte noch einen Augenblick. Wir müssen rasch etwas besprechen.«

»Was denn?«

»Wenn ich dich richtig verstehe, wirst du deinem Dad erstmals begegnen. Das ist eine Riesensache – für euch beide. Sie muss richtig angegangen werden, weil sie sich auf den Rest eures Lebens auswirken wird.«

Jed äußerte sich nicht dazu.

Hannah fragte: »Kennst du jemanden, der mal im Gefängnis war?«

Jed schüttelte den Kopf.

»Ich schon. Ich kenne sogar viele. Ich arbeite bei einer Wohltätigkeitsorganisation, die entlassenen Häftlingen hilft. Die kommenden Monate werden für deinen Dad sehr schwer. Selbst wenn er es gehasst hat, wenn er zu Unrecht eingesessen hat, ist er doch ganz und gar an das Leben im Gefängnis gewöhnt. Die Welt außerhalb der Mauern ist völlig anders. Er wird sich vorkommen wie in einem fremden Land, dessen Sprache und Gebräuche er nicht versteht. Das wird ihn einschüchtern, ihn ängstigen. Die vielen Veränderungen werden ihn überwältigen, er wird mit Überraschungen zu kämpfen haben. Er könnte … auf eine Weise reagieren, die er später bereuen würde.«

»Was wollen Sie damit sagen? Dass ich mich nicht mit meinem Dad treffen soll? Dann …«

»Durchaus nicht. Dir zu begegnen, dich kennenzulernen – das wird das schönste Erlebnis seines Lebens werden. Aber zu erfahren, dass er einen Sohn hat, kann angesichts der vielen anderen Veränderungen schwierig sein. Dieser Übergang muss sorgfältig geplant werden. Allmählich. Und heute – der Entlassungstag – ist vielleicht nicht der ideale Zeitpunkt dafür.«

»Aber er weiß nicht mal, dass ich auf der Welt bin. Er weiß nicht, wo er mich suchen soll. Treffen wir uns nicht heute, verschwindet er. Dann finde ich ihn nie wieder.«

»So funktioniert das nicht.« Hannah wühlte in ihrer Umhängetasche, zog eine Karte heraus und gab sie Jed. »Pass auf, ich schlage dir Folgendes vor. Geh zu der Zeremonie vor dem

Gefängnis. Schau zu, wie dein Dad seine Freiheit zurückbekommt. Das ist eine große Sache. Auch für dich, sonst wärst du nicht aus L.A. gekommen. Und ihm wird es viel bedeuten, dass du die weite Reise auf dich genommen hast. Aber lass ihm ein, zwei Tage Zeit, bevor du dich bei ihm meldest. Ruf mich an, wenn du so weit bist. Ich weiß, wie das System funktioniert. Ich kann dir helfen, deinen Dad ausfindig zu machen.«

»Was soll ich denn ein, zwei Tage in Winson machen? Ich hab kein Geld, nichts zu essen, keine Unterkunft.«

Reacher kramte eine weitere Geldbörse aus dem Kissenbezug und nahm die Scheine heraus. Zweihundertvierzig Dollar, die er Jed gab. »Hannah hat recht. Hör lieber auf sie. In deinem Leben bist du jetzt an einer Weggabelung angelangt. Jetzt kommt's darauf an, die richtige Entscheidung zu treffen.«

Jed hob mühsam sein Rad herunter, schwang sich darauf und strampelte in Richtung Winson davon. Hannah trat die Kupplung durch und ließ sie wieder los.

Sie sagte: »Das ist eine schlimme Situation. Ich mache mir Sorgen um den Jungen.«

Reacher meinte: »Du hast recht. Er beherrscht sein Rad kaum. Wir hätten dafür sorgen sollen, dass er zu Fuß geht.«

»Ich rede nicht von Verkehrssicherheit. Mir geht's um die Sache mit Begovic' Entlassung. Minerva wird sich darum kümmern, dass er versorgt ist. Das Ganze ist ein riesiges PR-Manöver, deshalb wird Hix dafür sorgen, dass alles klappt. Er will keine Pressemeldungen darüber, dass Begovic Selbstmord begangen oder eine Straftat verübt hat, nur um wieder hinter Gitter zu kommen. Aber Jed? Wer kümmert sich um ihn? Ist seine Mutter wirklich tot, hat er niemanden auf der Welt. Solche Fälle kenne ich zur Genüge. Ich weiß, wie sich so was entwickeln kann. Der arme Junge steuert auf eine Katastrophe zu.«

Das Smartphone forderte sie erneut zum Abbiegen auf, also bog Hannah links ab. Ihre Route führte nach Süden ums Stadtzentrum herum. Die Straße mauserte sich zu einer stattlichen Allee, an der jedoch über eine halbe Meile weit keine Häuser standen. Dann kamen sie zu einem Haus. Es war riesig und leuchtete weiß. Vier Säulen trugen ein Vordach und einen Balkon. Im Erdgeschoß gab es eine umlaufende verglaste Veranda. Die Villa hatte die Größe eines Hotels und war von einer Mauer mit einem schmiedeeisernen Tor umgeben. Die Zufahrt führte um ein Oval mit Blumenrabatten und einem Springbrunnen. Vor dem Eingang parkte eine Limousine, ein protziger schwarzer BMW. Reacher erkannte ihn sofort wieder. Erst gestern hatte er ihn auf dem halbkreisförmigen Parkplatz vor dem Gefängnis gesehen.

Sie fuhren eine Dreiviertelmeile weiter, dann bogen sie nach Westen ab. Auf beiden Seiten der Straße tauchten nun Häuser auf. Sie wurden größer, standen dichter beisammen und wirkten einheitlicher, bis das Smartphone sagte, ihr Ziel liege fünfzig Meter voraus auf der linken Straßenseite. Also hätte sich Dannys Haus auf dem letzten Grundstück vor einer nach Süden wegführenden schmalen Straße befinden müssen. Allerdings gab es ein kleines Problem: Das Grundstück war unbebaut.

Als Hannah gegenüber hielt, sahen sie, dass das nicht ganz stimmte. In der hintersten Ecke stand eine Doppelgarage mit einer kurzen gepflasterten Zufahrt von der Seitenstraße aus. Und es gab einen Briefkasten auf einem dünnen Rohr. Er hatte ursprünglich eine rote Farbe gehabt, aber die Farbe war im Lauf der Jahre verblasst, sodass er jetzt rosa wie ein Flamingo aussah. Und der Hauptteil des Grundstücks war noch nicht lange leer, sondern mit Asche bedeckt. Schwarz und grau und uneben, an einigen Stellen aufgehäuft, an anderen eingesunken, mit den rauchgeschwärzten Überresten eines offenen Kamins ungefähr in der Mitte.

Reacher stieg aus dem Wagen. Er bildete sich ein, noch Rauch riechen zu können. Hannah gesellte sich auf dem Gehsteig zu ihm. Sie blinzelte heftig. Ihr Mund stand offen, aber sie brachte keinen Ton heraus. Viel gab es ohnehin nicht zu sagen, dachte Reacher … Eine Minute später kam ein Mann aus dem Nachbarhaus. Er war Mitte sechzig, groß und hager, hatte silbergraues Haar und trug ein kariertes Hemd und Jeans, die drohten, von den Hüften nach unten zu rutschen.

»Morgen«, sagte der Mann. »Neu bei uns, Leute?«

Reacher fragte: »Was ist hier passiert?«

»Es hat gebrannt.«

Reacher glaubte die Stimme seiner Mutter zu hören: *Wer dumm fragt, bekommt dumme Antworten.* Er sagte: »Wirklich? Wann?«

»Letzten Samstag. Früh am Morgen.«

»Wie ist's passiert?«

»Der Hausbesitzer hat geraucht. Das haben die Ermittlungen ergeben. Er ist aufgewacht, hat sich die erste Kippe angezündet und ist wieder eingeschlafen.«

»Hieß er Danny Peel?«

Der Mann nickte.

Reacher fragte: »Wo ist er jetzt?«

»Wir haben ihn feuerbestattet. Eine Ironie des Schicksals, wenn man die Todesursache bedenkt, aber er hatte es so bestimmt. Die Trauergemeinde war nicht sehr groß. Nur ich und ein paar seiner Arbeitskollegen.«

»Aus dem Gefängnis?«

Der Mann nickte wieder.

»Hatte er oft Besuch von Arbeitskollegen?«

»Manchmal hat ihn eine Frau besucht. Weiß aber nicht, wie sie heißt.«

»Sonst noch jemand?«

»Er war eher ein stiller Typ. Hatte nicht viel Umgang mit anderen Leuten. Wenigstens nicht zu Hause.«

»Hat ihn jemand am Samstagmorgen besucht? Bevor das Feuer ausgebrochen ist?«

»Das bezweifle ich. Das Feuer ist wie gesagt sehr früh ausgebrochen. Und hätte jemand bei ihm übernachtet, hätten ja zwei Leichen gefunden werden müssen?«

»Haben Sie irgendwen in der Nachbarschaft gesehen? Jemanden, der normalerweise nicht hier lebt? Oder irgendwelche fremden Autos?«

»Nein.«

»Ist Ihnen aufgefallen, ob am Samstagmorgen in seinem Haus ein Fenster offen stand?«

»Nein. Ich bin früh rausgegangen, um die Zeitung zu holen. Dann habe ich die Sirenen gehört. Gesehen habe ich nichts. Was sollen all diese Fragen? Sie sind kein Cop. Sind Sie von der Versicherung?«

»Ich? Nein, ich bin nur von Natur aus neugierig.«

39

Hannah ging wortlos über die Straße zurück. Sie stieg wieder in den Bus, stützte die Ellbogen aufs Lenkrad und hielt sich mit beiden Händen den Kopf. Reacher beschloss, sich noch ein bisschen umzuschauen. Allzu viel würde er nicht finden. Das Feuer hatte ganze Arbeit geleistet, aber alte Gewohnheiten ließen sich schlecht abschütteln. Er war neugierig. Und er wollte Hannah etwas Zeit für sich allein lassen.

Der Rasen zwischen Haus und Straße war von schweren Feuerwehrstiefeln zertrampelt und von tiefen Rillen zerfurcht, durch die Löschwasser abgeflossen war. Weil das Haus bis aufs Fundament niedergebrannt war, konnte die Feuerwehr nicht sehr schnell da gewesen sein. Das erweckte den Anschein sorgfältiger Planung: zu spät, um wenigstens Teile von Danny Peels Haus retten zu können, und rechtzeitig genug, um ein Übergreifen der Flammen auf Nachbarhäuser zu verhindern. Reacher stapfte über den unebenen Boden, bis er vor der ehemaligen Außenwand stand. Er fragte sich, wo sich die Haustür befunden hatte. Die Küche. Das Schlafzimmer. Dass der Brand dort ausgebrochen war, klang glaubwürdig. Und vielleicht hatte dabei tatsächlich eine Zigarette eine Rolle gespielt. Aber nach einem Unfall sah das nicht aus. Reacher war zu erfahren, um sich eine Story dieser Art aufschwatzen zu lassen.

Reacher blickte in den Briefkasten. Er enthielt vier Sendungen. Nur Werbung. Vermutlich vor dem Brand zugestellt. Dann ging er zu der Doppelgarage weiter. Ihre beiden Rolltore wiesen zur Seitenstraße hin; die Tür in der linken Seitenwand musste ins Haus geführt haben. Als Reacher an der Klinke rüttelte, zeigte sich, dass die Tür abgeschlossen war. Sie wirkte nicht sonderlich massiv, deshalb warf er sich mit einer Schulter dagegen und spürte, wie das Schloss nachgab. Dann betrat er die Garage, in der zwei Autos standen, beide Chevrolets. Der eine Wagen, eine Limousine, war vermutlich weniger als fünf Jahre alt, klein weiß und praktisch. Bei dem anderen Chevy handelte es sich um eine Corvette aus den Sechzigerjahren. Sie war lang und grün und machte bestimmt Spaß, wenn man ein Oldtimer-Fan war. Entlang der Garagenrückwand erstreckte sich eine hölzerne Werkbank, über der an Lochplatten so viel Werkzeug wie in einer Kfz-Werkstatt hing. Auf der Arbeitsfläche lagen eine Kladde und ein Kugelschreiber. Reacher blätterte kurz darin. Die fünf Jahre zurückreichenden Eintragungen schilderten detailliert alle Arbeiten Dannys an der Corvette Stingray. Er hatte die Bremsen überholt. Rost an den Schwellern beseitigt. Ein Kühlerleck abgedichtet. Elektrische Probleme behoben. Eine Menge großer und kleiner Arbeiten, alle akribisch notiert. Er war gewissenhaft gewesen, so viel stand fest.

Reacher stieg wieder in den Bus ein. Hannah hob den Kopf, schaute zu ihm hinüber. Ihre Augen waren gerötet.

Sie fragte: »Wie geht's jetzt weiter?«

Reacher griff nach dem Briefumschlag, den er in dem Van auf dem Parkplatz der Riverside Lodge gefunden hatte, und hielt ihn hoch. »Wir machen den hier auf. Vielleicht enthält er etwas, das ein Licht auf Dannys Tod wirft. Und den von Sam und Angela. Ich glaube nicht, dass die Minerva-Typen ihn zufällig dabei hatten.«

Hannah schwieg erst, dann sagte sie: »Okay, wenn du meinst. Aber ich kann nicht. Du musst ihn aufmachen.«

Reacher riss den Umschlag auf. Er enthielt eine Mitteilung in sauberer Handschrift auf dem Briefbogen einer Firma. Dabei handelte es sich um die Steuerberater Moon, Douglas & Flynn in Hattiesburg, Mississippi. Der nur wenige Zeilen lange Text lautete:

Danny,
ich habe, was Sie wollten. Was Sie bisher gesehen haben, ist nur die Spitze des Eisbergs. Ich kann Ihnen genug liefern, um das ganze Schiff zu versenken. Kommen Sie an diesem Freitag um 11.30 Uhr ins Coal Creek Coffee in Harrisburg.
Alan
PS:
Rufen Sie bitte an, um zu bestätigen, dass Sie kommen. Ich muss mit Terminen jonglieren. Rufen Sie mich auf dem Handy an, nicht unter der Büronummer. 399–307–1968

Reacher gab das einzelne Blatt Hannah. Sie las die Mitteilung, dann ließ sie das Blatt auf die Instrumentenabdeckung fallen.

Sie sagte: »Das verstehe ich nicht. Ist das die Sache, wegen der sich Angela an Sam gewandt hat? Die Buchhaltungssache? Ich sehe keine Verbindung. Aber es wäre verrückt, wenn wir's mit zwei Straftaten gleichzeitig zu tun hätten.«

Reacher sagte: »Es ist die gleiche Sache. Du erinnerst dich an die Informationen aus Angelas Umhängetasche? Über Begovic' Entlassung? Sie befanden sich in einem an Danny Peel adressierten Umschlag.«

»Woher hatte sie die?«

»Genau das wollte ich Danny fragen.«

»Dann hat Danny also mit einem Hinweisgeber korrespondiert. Er muss Angela in diese Sache hineingezogen haben, die ihr den Tod brachte. Und indirekt auch Sam. Mannomann! Der arme Danny war bestimmt am Boden zerstört.«

»Das war nicht Dannys Schuld. Er scheint ein Verbrechen aufgedeckt zu haben. Er hat selbst keines verübt.«

»Aber irgendjemand bei Minerva. Dieselben Leute, die uns diese ganzen Schlägertypen auf den Hals gehetzt haben. Wir müssen ihr Schiff versenken. Wir brauchen diese hammerartigen Beweise. Wie auch immer sie aussehen. Vorausgesetzt, dass dieser Alan wirklich liefern kann.«

Hannah zog ihr Smartphone heraus und begann zu tippen und zu wischen. Einige Minuten später zeigte sie Reacher das Display.

Sie erklärte: »Okay, die Firma existiert. Adresse, Webseite, soziale Medien, Logo … alles passt. Einer der Partner heißt Alan, Alan McInnes. Und noch etwas: Die Firma wirbt damit, Minerva als Mandanten zu haben. Na, was denkst du?«

Reacher sagte: »Ruf die Nummer an.«

Hannah wählte, schaltete den Lautsprecher ein und tippte auf das Anrufsymbol. Nach dem dritten Klingeln meldete sich ein Mann.

Er sagte: »McInnes. Wer sind Sie?«

Reacher antwortete: »Danny Peel. Ich habe Ihre Mitteilung erhalten. Wir sehen uns um halb zwölf im Coal Creek.«

»Augenblick. Ich weiß nicht, ob das sicher ist.«

»Sollen wir uns woanders treffen? Machen Sie einen Vorschlag.«

»Nicht der Ort. Sie. Woher weiß ich, dass Sie Danny sind?.«

»Woher wüsste ich sonst Ihre Nummer?«

»Keine Ahnung. Okay, wie lautet Ihr zweiter Vorname?«

Reacher sah Hannah an. Sie schüttelte den Kopf. Er sagte: »Ich hab keinen.«

»Wo haben Sie vor Ihrem Umzug nach Winson gelebt?«

»Gerrardsville, Colorado.«

»Der Name Ihres letzten Chefs, bevor Sie bei Minerva angefangen haben?«

»Sam Roth.«

»Okay.« Kurzes Schweigen am anderen Ende. »Wir treffen uns dort. Aber kommen Sie allein. Und kommen Sie nicht zu spät.«

Bruno Hix beendete das Gespräch. Er saß im Schlafanzug in seiner Küche. Er mochte es nicht, an Entlassungstagen zu früh im Gefängnis aufzutauchen. Es gab immer irgendeine Katastrophe in letzter Minute, und er durfte nicht riskieren, mit etwas konfrontiert zu werden, das ihm vor seiner Rede die Laune verdarb. Er nahm einen Schluck Kaffee, dann wechselte er zum Festnetztelefon und rief Brockman an.

»Kein Plan B«, sagte er. »Die Sache ist fix. Reacher kommt nicht mal in die Nähe der Zeremonie.«

Brockman erwiderte: »Fantastisch! Aber, Bruno … weißt du das bestimmt?«

»Positiv. Ich hab's von ihm selbst.«

Hannah wollte auf der Straße wenden, doch die Lenkung des alten VWs war so träge und schwergängig, dass sie auf den anderen Gehsteig geriet und beinahe Peels Briefkasten umgefahren hätte. Sie stieß etwas zurück, schlug die Vorderräder ganz ein, holperte auf die Fahrbahn und konnte dann Gas geben. Der Bus beschleunigte im Schneckentempo.

Reacher sah sich nach dem Briefkasten um und sagte: »Stopp!«

Hannah hielt am Randstein. Reacher stieg aus, ging zurück und öffnete den Deckel. Die Werbebriefe lagen noch darin: vier einzelne Umschläge. Unter ihnen lag ein Gummiband, wie Briefträger es benutzten, um alle Sendungen an eine Adresse zusammenzufassen. Jemand hatte es abgestreift und die Briefe vereinzelt.

Reacher marschierte über den matschigen Rasen zur Garage, trat durch die Tür und schlug Dannys Kladde mit Einzelheiten über die Corvette-Wartung auf. Er blätterte darin, bis er bestimmte markante Buchstaben gefunden hatte: zwei Großbuchstaben, einige Kleinbuchstaben. Dann ging er zu dem Bus zurück, stieg ein und sagte: »Wir fahren nicht nach Hattiesburg.«

40

Der Kaffee war stark, konnte Lev Emerson aber trotzdem nicht mal bis zur Staatsgrenze wachhalten. Ihm blieb nichts anderes übrig, als Graeber eine Zeit lang ans Steuer zu lassen. Er hatte eigentlich nur ein Nickerchen machen wollen, bis er wieder fit war, aber als er aufwachte, waren fünf Stunden vergangen. Der Van parkte vor einem quadratischen Klinkergebäude vier Meilen außerhalb von Vicksburg, Mississippi. Das Gebäude schloss eine Dreierreihe auf einem asphaltierten Gelände unweit des Flusses ab. Es war von Bäumen und einem verrosteten Maschendrahtzaun umgeben. Das Einfahrtstor war nicht abgesperrt. Jedes Gebäude besaß zwei Eingänge. Links ein Rolltor, das breit und hoch genug für Kleinlaster war, rechts einen Personaleingang. Jedes Gebäude hatte im ersten Stock vier Fenster, die unter bröckelnden Fenstersturzen aus Beton dunkel und abweisend wirkten.

Graeber wartete, bis Emerson sich orientiert hatte, dann sagte er: »Morgen, Boss.«

Emerson grunzte etwas und sah nach, ob in seinem Becher noch ein Rest Kaffee übrig war.

Graeber sagte: »Die beiden anderen Gebäude stehen leer. Dieses sieht nicht besser aus als die anderen, aber die Schlösser sind neu und massiv. Es wird genutzt.«

»Hat der Kerl sich schon blicken lassen?«

»Noch nicht.«

Emerson schaute auf seine Uhr. Kurz vor halb neun. Er grunzte erneut, dieses Mal etwas lauter.

Zwanzig Minuten später fuhr ein Auto am Tor vor. Ein riesiges, schwerfälliges Cadillac-Coupé aus den Siebzigerjahren Es war burgunderrot. Sein Lack glänzte wie neu. Der Fahrer stieg aus. Er schien etwa so alt zu sein wie sein Wagen. Ungefähr einen Meter achtzig groß, stämmig, mit rundem Gesicht und braunen Locken. Zu Jeans trug er eine schwarze Lederjacke. Er stieß das Tor auf, passierte es und schloss es wieder. Fuhr zu dem dritten Gebäude weiter und parkte dort neben Emersons Van.

Emerson wartete ab, bis Graeber mit einem Schreibbrett in der Hand ausstieg, zu dem Mann ging und ihm erklärte, er brauche ein Angebot für eine größere Sendung. Dann schlüpfte er aus dem Van, schlich um das Heck herum und drückte dem Mann ein mit Chloroform getränktes Tuch auf Mund und Nase. Nicht so lange wie am Vortag in St. Louis, weil sie den Kerl nicht sehr weit transportieren mussten. Er sollte nur keinen Widerstand leisten, während sie alles vorbereiteten. Und weil sie hier nicht beobachtet werden konnten, brauchten sie nicht diskret zu sein. Als das Chloroform wirkte, ließen sie den Kerl einfach zusammensacken und schleiften ihn dann zu dem Gebäude.

Graeber zog den Schlüsselbund des Kerls heraus und fand den Schlüssel, mit dem sich das große Tor öffnen ließ. Drinnen standen zwei schwarze Lieferwagen. Einer war mehrere Jahre alt und wies Kratzer und Beulen auf, die von einem Leben als Arbeitsgerät zeugten. Der andere sah fast neu aus. Der erste Van war leer. Der zweite Wagen hatte ein Klimagerät auf dem Dach und auf Rollen ausfahrbare Warenkörbe im Laderaum.

Der rückwärtige Teil der Ladebucht war als Werkstatt ausgebaut. An der Rückwand waren drei fahrbare Werkzeugschränke aufgereiht. Der Betonboden wies Ölflecken auf. Von einem massiven Dachträger hing ein Flaschenzug herab, mit dem sich Motoren herausheben ließen. Seine Kettenglieder waren angerostet, als wäre er jahrelang nicht mehr benutzt worden.

Graeber fuhr die schwarzen Vans ins Freie, dann bewachte er den Kerl aus dem Cadillac, während sie darauf warteten, dass er wieder zu sich kam. Emerson durchsuchte inzwischen das kleine Büro, einen Glaskasten in einer Ecke des Erdgeschosses. Er fand nichts Außergewöhnliches. Einen Kalender an der Wand. Einen PC auf dem Schreibtisch. Schriftstücke und Papier in seinen Schubladen. Aber nichts, was Aufschluss über die geheime Seite des Geschäfts des Mannes mit dem Cadillac gegeben hätte. Das einzig Interessante war eine Pad-Kaffeemaschine auf einem niedrigen Karteischrank. Emerson schaltete sie ein und machte zwei Becher Kaffee für Graeber und sich.

Als der Cadillac-Besitzer aufwachte, war er nackt. Er stand fast auf Zehenspitzen in einer dickflüssigen öligen Masse. Seine über dem Kopf ausgestreckten Arme waren mit Kabelbindern an die Ketten des Flaschenzugs gefesselt. Knapp außer Reichweite seiner Füße befand sich ein großes Plastikfass mit einem ungewöhnlich großen Schöpflöffel. Der Mann schwieg einen Augenblick lang, blieb still stehen. Runzelte verwirrt die Stirn. Dann gewann sein Zorn die Oberhand. Er schrie. Er riss an den Ketten, hängte sich daran. Trat nach allen Seiten um sich. Aber damit schürfte er sich nur Fußballen und Handgelenke auf.

Emerson hörte den Lärm und kam aus dem Büro herüber. Er wartete, bis der Kerl sich etwas beruhigt hatte, und sagte dann: »Sie haben's wahrscheinlich schon gemerkt, aber wir sind nicht daran interessiert, irgendwas von Ihnen transportieren zu lassen.«

Der Kerl riss die Augen auf. »Woran sind Sie dann interessiert?«

»An Ihren Lieferungen in der Vergangenheit.« Emerson zog das Smartphone heraus, das er dem Mann in St. Louis abgenommen hatte, und rief das Foto von Carpenter auf. Er hielt es hoch, damit der Kerl es sehen konnte. »Speziell Lieferungen an diesen Mann.«

»Was soll mit denen sein? Ich hab einen Container abgeholt. Meistens nur einen. Habe ihn nach New Jersey gefahren.«

»Wo haben Sie diese Container abgeholt?«

»An verschiedenen Orten. Insgesamt fünf. Den Abholort habe ich am Tag vorher erfahren. Alle liegen im Umkreis von dreißig Meilen.«

»Sie wussten, was in den Containern war?«

»Nein.«

»Lügen Sie nicht!«

»Ich hab's nicht gewusst. Ich hab nie gefragt. Sie haben's nicht gesagt. Aber ich bin nicht dumm. Ich hatte eine ziemlich gute Vorstellung davon.«

»Okay. Nun zu Carpenter. Wie finde ich ihn?«

»Keine Ahnung.«

Emerson schöpfte etwas von dem Gel aus dem Fass und kippte es zwei Meter von den Füßen des Kerls entfernt auf den Betonboden.

Der Kerl bemühte sich, etwas davon abzurücken. »Was ist das?«

»Etwas, das Ihnen helfen soll, sich zu konzentrieren.« Emerson riss ein Streichholz an und setzte die kleine Pfütze in Brand. »Ein anderer Name dafür ist Napalm.«

Emerson füllte den großen Schöpflöffel und trat damit auf den Mann zu, der auf einem Fuß zu hüpfen begann. Sein anderes Bein war angehoben, um zutreten zu können, falls sich eine Gelegenheit bot. Emerson schleuderte das Gel. Es verteilte sich im Schritt und auf den Oberschenkeln des Kerls.

Der Mann schrie auf.

»Was?«, fragte Emerson. »Ich hab's noch gar nicht angezündet. Sagen Sie mir, wie ich Carpenter finden kann.«

»Sie können ihn nicht finden. Das kann niemand. Er ist verschwunden. Seit ungefähr einem Monat. Ich habe selbst versucht, ihn zu erreichen – erfolglos. Er ist fort, ist Geschichte.«

»Weitere Kontakte in seiner Organisation?«

»Er war der Einzige. Aus Sicherheitsgründen.«

»Das ist schade. Dann sind Sie für mich wertlos, nur ein ärgerliches Stück Dreck. Und wir wissen alle, wie Müll sich am umweltfreundlichsten entsorgen lässt.« Emerson zog das nächste Streichholz heraus.

»Nein, hören Sie doch! Vor drei, vielleicht vier Wochen ist ein neuer Typ auf der Bildfläche erschienen. Er kommuniziert nur schriftlich und behauptet, eine andere Organisation zu vertreten, aber ich glaube, dass es dieselbe wie früher ist.«

»Wieso?«

»Der Mann wusste bereits, welche Referenzen ich verlangen würde, und hat sie prompt beigebracht. Das Produkt war gleich. Die Container waren gleich. Die Orte waren gleich. Zweimal war ich schon an Abholorten der alten Organisation. Auch die dritte Lieferung soll von einem der bekannten Orte abgeholt werden. Soll das ein Zufall sein?«

»Das dämmert Ihnen erst jetzt? Sie waren nicht schon vorher misstrauisch?«

»Was kümmert mich das? Ich hab mir ausgerechnet, dass sie einen Grund für seinen neuen Namen haben würden. Für seine neue Identität. Vielleicht hat jemand versucht, sie aus dem Geschäft zu drängen. Vielleicht hatte es Qualitätsprobleme gegeben, sodass sie einen Neustart brauchten. Solange es regelmäßig Aufträge, gutes Geld und keine Feds gab, war ich zufrieden.«

»Wann ist dieser dritte Abholtermin?«

»Heute.«

»Zeit? Ort?«

»Um dreizehn Uhr. Ehemalige Papierfabrik zehn Meilen südöstlich einer Kleinstadt namens Winson.«

»Irgendwelche besonderen Abläufe, die zu beachten sind, wenn Sie aufkreuzen?«

»Ich fahre einfach hin und warte. Ein weiterer Van fährt vor. Die Kerle öffnen meine Hecktüren und schieben den Container rein – und schon sind wir wieder weg. Das dauert nur zwei Minuten, und ich muss nicht mal aussteigen.«

»Sie benutzen den fast neuen Wagen?«

Der Mann nickte.

Emerson sagte: »Der Plan für heute hat sich geändert. Wir fahren an Ihrer Stelle hin.«

»Von mir aus gern. Was soll ich tun? Eine Zeit lang abtauchen? Ein paar Monate lang verschwinden? Das kann ich machen. Und ich kann Ihre Gesichter vergessen. Fragt jemand, waren Sie nie hier. Wir sind uns nie begegnet. Okay?«

Emerson wandte sich den Werkzeugschränken zu. Er zog ein Fach nach dem anderen auf, bis er eine große Blechwanne mit sechs Zentimeter hohen Rändern fand, wie sie Mechaniker beim Ölwechsel unter den Motor stellten. Er sagte: »Es gibt noch was, das Sie wissen sollten. Eine der Sendungen, die Sie in Carpenters Auftrag transportiert haben, war für meinen Sohn bestimmt.«

»Ihr Sohn hat also bekommen, was er brauchte? Das ist gut, stimmt's? Die Nachfrage muss irgendwie befriedigt werden. Aber wenn Ihnen der Preis zu hoch war, sind Sie bei mir an der falschen Adresse. Hören Sie, ich mache Ihnen einen Vorschlag. Ich spende, was ich für diese Fuhre bekommen habe. Ihm. Ihnen. Wem immer Sie wollen.«

Emerson tauchte die Blechwanne in das Napalm ein und holte sie voll heraus. »Sie glauben, dass der Preis hoch war?«

»Ich kenne den Preis nicht. Ich habe nur laut gedacht.«

»Ich will Ihnen sagen, welchen Preis mein Sohn gezahlt hat.« Emerson trat vor und leerte das Gel über die Füße des Kerls aus. »Er hat mit seinem Leben bezahlt.«

»Nein. Bitte nicht. Stopp! Ihr Sohn ist gestorben? Das ist schrecklich. Aber nicht meine Schuld.«

»Ich denke doch.« Emerson riss das nächste Zündholz an. »Und ich finde es fair, Sie denselben Preis zahlen zu lassen.«

Hannah nahm den Gang heraus, ließ ihren Fuß auf dem Bremspedal. »Wie kann das ein Trick sein? Die Firma gibt es wirklich. Der Brief ist echt. Gehst du nicht hin, verschreckst du den Kerl vielleicht. Er macht ohnehin einen nervösen Eindruck. Vielleicht bekommen wir nie wieder eine Chance, mit ihm zu reden. Zu erfahren, was Danny entdeckt hatte. Was die einzige Verbindung zu Sams Mördern sein könnte.«

Reacher fragte: »Hast du die Informationen über die Firma noch auf deinem Handy?«

Hannah nickte.

Reacher sagt: »Ruf dort an. Verlange Alan McInnes.«

Hannah zuckte mit den Schultern, tat aber wie geheißen.

Die Telefonistin sagte: »Tut mir leid, aber Mr. McInnes ist heute nicht im Büro. Möchten Sie seine Voicemail? Allerdings befindet er sich auf einer Fachtagung in Australien, sodass es eine Weile dauern kann, bis er antwortet.«

Hannah beendete das Gespräch. Sie fragte: »Woher wusstest du das?«

Jed Starmer wollte, dass das Fahrrad sicher war, bis er es dem Kurier zurückgeben konnte, deshalb hob er es hundert Meter vor dem Gefängnis über eine kleine Mauer an der Straße und legte die restliche Strecke zu Fuß zurück.

Einen Komplex wie das Gefängnis hatte Jed noch nie gesehen. Er gefiel ihm nicht. Kein bisschen. Der Metallzaun mit den Stacheldrahtrollen machte ihm Angst. Er stellte sich vor, er wäre dahinter gefangen. Er malte sich aus, wie die Aufseher auf den Wachttürmen auf ihn schossen. Wie die Kameras auf ihren Masten ihn verfolgten, wenn er zu flüchten versuchte. Wie die Scheinwerfer ihn erfassten, wenn er sich verstecken wollte. Trotz der warmen Morgensonne lief ihm ein kalter Schauder über den Rücken.

Jed schlängelte sich zwischen ordentlich aufgereihten Klappstühlen hindurch, bis er eine provisorische Absperrung erreichte. Sie bestand aus halbkreisförmig angeordneten Sägeböcken, die der Grenze der kleinen Anlage vor dem Gefängnis folgten. Er entschied sich für eine Stelle, von der aus er das unter freiem Himmel aufgebaute kleine Podium gut sehen konnte. Dort würde vermutlich die Action stattfinden. Aufgebaut war das Podium neben einem Haus, das Jed für das Eingangsgebäude des Gefängnisses hielt. Der Haupteingang war nur zu erahnen, weil er hinter einem Zelt verschwand. Auf der anderen Seite des Podiums parkte eine Limousine: ein glänzend schwarzer BMW. Auf dem Podium selbst waren zwei Fernsehkameras aufgebaut, eine große auf einem Stativ und eine kleine, die fast auf dem Boden stand. Die einzigen Leute, die schon zu sehen waren, trugen alle Uniform. In ihren grauen Uniformen mit gelben Biesen und Schirmmützen erinnerten sie Jed an Sicherheitsleute, die er mal in einem Einkaufszentrum gesehen hatte.

Jed war müde, und seine Gedanken begannen abzuschweifen. Er dachte an seinen Dad. In diesem Gefängnis. Jahrelang eingesperrt, obwohl er nichts verbrochen hatte. Verzweifelt bemüht, dort rauszukommen. Jed konnte sich nicht vorstellen, wie schrecklich sich das anfühlen musste. Wie sehr das einen Menschen verändern konnte. Er begann sich zu fragen, ob die Frau in dem alten VW Bus möglicherweise doch recht gehabt hatte. Vielleicht war es falsch, einfach so aufzukreuzen.

Reacher sagte: »In der Garage habe ich eine Kladde gefunden, in der Danny sich Notizen über Wartungsarbeiten gemacht hat. Die Handschrift war die gleiche wie auf dem Briefumschlag, den ich in Angelas Schultertasche gesehen habe.«

Hannah fragte: »Also hat Danny sich diesen Brief selbst geschickt?«

Reacher nickte.

»Wieso?«

»Als Vorsichtsmaßnahme. Er hatte etwas entdeckt, das er nicht wissen durfte. Ihm war bewusst, dass er in Gefahr schwebte. Vielleicht ist er zur Polizei gegangen und hat wie du gestern Abend festgestellt, dass mit den Cops etwas nicht stimmt. Jedenfalls hat er sich überlegt, dass niemand den Beweis finden kann, wenn er sich in der Post befindet. Ich wette, dass dieser Vorgang sich ständig wiederholt hat. Kaum war die Sendung zugestellt, hat er sie wieder aufgegeben.«

»Aber eines Tages ließ er den Beweis Angela zukommen? Wieso hat er seine Routine aufgegeben?«

»Er hat ihn ihr nicht zukommen lassen, sondern sie hat ihn gefunden.«

»Wo?«

»Am Samstagmorgen in Dannys Briefkasten. Sie hat von dem Brand gehört und ist vorbeigekommen, als sie ihn telefonisch nicht erreichen konnte. Ich habe vorhin selbst dort nachgesehen. Er enthält ein paar Werbebriefe und ein Gummiband. Die Briefe sind gebündelt eingeworfen worden. Dann hat jemand einen Umschlag herausgenommen. Ich dachte, das Minerva habe den Brief, den wir gerade geöffnet haben, entwenden lassen. Aber das war ein Irrtum. Angela hat ihn an sich genommen.«

»Wieso sollte Angela in Dannys Briefkasten sehen?«

»Aus dem gleichen Grund, aus dem du in Sams gesehen hast. Ein Freund war gestorben. Sie wollte herausfinden, ob es etwas Wichtiges gab, das erledigt werden musste. Sie hat seine Schrift erkannt und gemerkt, dass hier irgendwas faul war. Vielleicht hatte er ihr gegenüber schon angedeutet, er habe schlimme Dinge entdeckt. Vielleicht hat sie die Verbindung selbst hergestellt. Das werden wir nie erfahren.«

Hannah schwieg einen Augenblick. Dann sagte sie: »Der zeitliche Ablauf passt, denke ich. Den Umschlag hat sie am Samstagmorgen erhalten. Nachmittags schrieb sie Sam eine E-Mail. Winson hat sie am Sonntag verlassen, weil sie erst die

Betreuung ihrer kleinen Tochter organisieren musste. Vielleicht ist sie erst ziemlich spät weggekommen. Und weil sie allein gefahren ist, musste sie einmal zusätzlich übernachten. So hat sie Gerrardsville am Dienstagmorgen erreicht.«

Reacher nickte. »Passt alles zusammen.«

»Und jemand von Minerva wusste, dass du in den Umschlag, den Angela besaß, gesehen hast, bevor sie ihn zurückbekommen haben. Sie haben versucht, dich daran zu hindern hierherzukommen. Vergeblich. Also wollten sie dich mit einem weiteren an Danny adressierten Umschlag täuschen, damit du wieder abhaust. Sie haben vermutet, dass du nach dem ersten Umschlag auch in diesen siehst.«

»Das hätte beinahe funktioniert.«

»Macht nichts. Aber eines verstehe ich noch immer nicht: Der erste Umschlag war voller Unterlagen über das erfolgreiche Wiederaufnahmeverfahren, das dieser Begovic angestrengt hat. Das scheint legitim gewesen zu sein. Andererseits hat Angela Sam erklärt, ihre Entdeckung habe etwas mit Buchführung zu tun. Wo gibt's einen Zusammenhang zwischen Buchführung und Begovic?«

»Ich sehe keinen. Noch nicht.«

»Vielleicht sollten wir versuchen, das rauzukriegen, statt die Zeremonie zu besuchen.«

»Ich gehe hin. Du brauchst nicht mitzukommen.«

»Was könnten wir dort in Erfahrung bringen? Und es könnte gefährlich sein. Minerva-Leute werden uns erkennen.«

»Das wäre gefährlich – für sie.«

»Pass auf, ich hab einen Vorschlag. Wir könnten die Zeremonie online verfolgen. Minerva hat einen eigenen You-

Tube-Kanal. Wir brauchen nicht selbst hinzugehen.«

»Doch, ich muss hin.«

»Warum?«

»Jemand hat sich größte Mühe gegeben, mich fernzuhalten.«

41

Ohne Hannah und ihm selbst zählte Reacher außerhalb des Gefängnisses neununddreißig Personen.

Von elf Leuten wusste er, weshalb sie hier waren. Jed Starmer war gekommen, um die Freilassung seines Vaters mitzuerleben. Zwei Kameramänner und sechs Wachleute, die bezahlt wurden. Bruno Hix, der sich als Minervas Gründer und CEO vorgestellt hatte und sich gern reden hörte. Und Damon Brockman, der Minerva angeblich mitgegründet hatte, stand ebenfalls auf dem Podium und lächelte selbstgefällig. Die Motivation der übrigen achtundzwanzig war Reacher nicht ganz klar. Er wusste nicht, was sie dazu gebracht hatte, hier ihre Zeit zu vergeuden.

Bedeutend lebhafter ging es nach etwa zehn Minuten zu. Hix hatte Statistiken heruntergeleiert, Philosophen zitiert und zeitweise die Arme geschwungen, als arbeitete er in einem Auktionshaus, nur um gleich wieder stocksteif dazustehen. Dann hörte er mitten im Satz zu reden auf. Hinter den Zuhörern erschien ein klappriger alter Pick-up. Auf seiner Ladefläche drängten sich sechs junge Leute. Als der Fahrer hupte, machten einige Zuhörer widerstrebend Platz. Eine Sekunde lang schien der Truck die Absperrung rammen zu wollen. Reacher trat neben Jed Starmer, um eingreifen zu können, falls es ein Problem gab. Dann hielt der Pick-up. Die sechs Kerle sprangen ab. Sie hielten Tafeln mit Slogans über Gewinn und Gerechtigkeit hoch. Auf einem war zu sehen, wie Frau Justizias Waage mit Geldscheinen beladen auf einer

Seite herabsank. Der Fahrer schnappte sich einen Handlautsprecher und begann die Schließung des Gefängnisses zu fordern. Das gefiel den Leuten nicht. Die Stimmung schlug um. Buhrufe waren zu hören. Die Demonstranten wurden beschimpft und angerempelt. Die Sicherheitsleute kamen mit zum Einsatz erhobenen Gummiknüppeln an die Absperrung gerannt.

Hix sprang mit dem Mikrofon in der Hand vom Podium und marschierte mit großen Schritten auf die Absperrung zu. Er sagte: »Stopp! Lasst die Leute reden.«

Der Kerl mit dem Handlautsprecher nahm das Mikrofon. Er zögerte kurz, dann leierte er eine ganze Liste von Beschwerden und Anschuldigungen herunter.

Hix nickte und machte mehrmals ein besorgtes Gesicht, dann griff er wieder nach dem Mikrofon. Der Ton war sofort besser, als er sagte: »Meine jungen Freunde, ich bin froh, dass Sie heute gekommen sind. Ich bin froh …« Seine Stimme versagte, als er plötzlich Reachers Blick begegnete. Er riss sich los und sprach weiter. »Ich bin froh, dass Ihnen Gerechtigkeit und Menschlichkeit am Herzen liegen. Stünden Sie vor irgendeinem anderen Gefängnis, könnten Sie recht haben. Aber hier, das kann ich zum Glück sagen, haben Sie unrecht. Minerva kümmert sich um die Gesundheit der Menschen, die hinter unseren Mauern leben. Minerva sorgt für Sicherheit, für Bildung, für die Hebung verborgener Ressourcen. Und …« Hix wandte sich ab und eilte aufs Podium zurück. »… wir kämpfen gegen Ungerechtigkeit, wo immer wir sie antreffen. Aber lassen Sie sich das aus berufenem Mund bestätigen, Ladies und Gentlemen. Hier ist Anton Begovic!«

Eine Klappe des Zelts, das über dem Haupteingang errichtet war, öffnete sich, um einen Mann ins Freie treten zu lassen. Er trug einen dunklen Anzug mit Krawatte, und sein Haar schien frisch geschnitten zu sein. Er blieb einen Augenblick in der Sonne blinzelnd stehen. Dann sprang Brockman, der bis dahin nicht in Erscheinung getreten war, vom Podium, fasste den Mann am Arm und half ihm aufs Podium.

Der Mann nahm das Mikrofon und sagte: »Ich danke Ihnen allen, dass Sie gekommen sind. Danke, Mr. Hix. Danke, Mr. Brockman. Und vor allem danke ich der Minerva Corporation und allen ihren Mitarbeitern. Als andere mich wegsperren wollten, haben sie gekämpft, um mir die Freiheit zurückzugeben. Dafür bin ich aufrichtig dankbar. Und ich schwöre vor Ihnen allen, in Zukunft das Beste aus jeder Sekunde zu machen, die mir wieder geschenkt worden ist.«

Der Mann winkte, und Hix und Brockman geleiteten ihn vom Podium und zu dem wartenden BMW.

Jed duckte sich und wollte unter der Absperrung durchschlüpfen.

Reacher packte ihn, zog ihn zurück und schlang einen Arm um seinen Oberkörper.

Jed strampelte und wand sich. »Loslassen! Ich muss zu meinem Dad. Er ist nicht verwirrt. Ihr habt euch getäuscht.«

»Ich kann dich nicht loslassen, Jed«, erklärte Reacher. »Weil dieser Mann nicht dein Vater ist.«

Lev Emerson hatte am Tor der Werkstatt in dem Gebäude knapp nördlich von Vicksburg gestanden und beobachtet, wie die Flammen meterhoch loderten. Er hatte zugesehen, wie der Körper sich zuckend wand. Heller und schneller, dann sanfter und milder, bis die Ecke, in der Ketten von der Decke hingen, wieder düster wie sonst war. Er überquerte den Vorplatz, auf dem Graeber wartete, nachdem er das Napalm umgefüllt und auf seinem Navi eine ehemalige Papierfabrik südöstlich der Kleinstadt Winson gesucht hatte.

Sie fuhren im Konvoi, Graeber in dem fast neuen schwarzen Van voraus, der in der Papierfabrik erwartet wurde, Emerson mit seinem schäbigen weißen Arbeitswagen hinter ihm. Sie fuhren ein kurzes Stück weit nach Osten, dann nach Süden weiter, bis sie die Außenbezirke von Jackson erreichten. Dort hielt Graeber an einer Tankstelle. Als sie vollgetankt hatten, zeigte Graeber auf das benachbarte Schnellrestaurant. Es wirkte nicht sonderlich luxuriös: nur ein langer ebenerdiger Bau mit Flachdach und einer Werbetafel, die gutes Essen versprach.

»Was meinst du?«, fragte Graeber. »Eine Kleinigkeit essen? Einen Kaffee trinken? Wir haben reichlich Zeit.«

Emerson sah sich das Diner an. Vor seinen Fenstern gab es mehrere freie Parkplätze. Also würde es kein Problem sein, seinen weißen Van im Auge zu behalten. Er sagte: »Klar, warum nicht?«

Das Innere des Restaurants war so schlicht und funktional wie sein Äußeres. Zehn Vierertische in zwei Reihen zu je fünf Tischen. Eine Serviertheke mit zwei Kaffeemaschinen. Eine Uhr an der Wand. Eine gerahmte Karte des Bundesstaats Mississippi. Und ein großer Flachbildfernseher, das einzige neue Möbelstück im Raum. Der Fernseher war auf einen Lokalsender eingestellt, der Ton ausgeschaltet, aber am unteren Bildrand fasste ein Lauftext die gezeigten Ereignisse zusammen.

Emerson saß so, dass er einen guten Blick aus dem Fenster hatte. Er studierte die Speisekarte, ohne sich entscheiden zu können, als Graeber ihn am Arm packte.

»Boss!«, rief er aufgeregt. »Schau dir den Kerl da im Fernsehen an!«

Auf dem Bildschirm war eine Szene außerhalb des Gefängnisses in Winson zu sehen. Ein Mann mit frischem Haarschnitt stand in einem Anzug auf einem Podium und sprach in ein Mikrofon. Der dazugehörige Text lautete: *Der rehabilitierte Häftling Anton Begovic kommt dank der Unterstützung der Minerva Corporation im Wiederaufnahmeverfahren frei. Minerva-Vorstand Bruno Hix führt aus …*

»Begovic?« Emerson zog das erbeutete Handy heraus, rief das Foto von Carpenter auf und hielt es hoch.

»Oder Carpenter«, sagte Graeber. »Das ist derselbe Kerl. Todsicher.«

Die Kamera folgte dem Mann im Anzug, als er von zwei Männern zu einem wartendem BMW geleitet wurde. Wegen der Leute fuhr die Limousine nur langsam davon.

»Merk dir das Kennzeichen – MC 1«, meinte Emerson. »Ruf Fassbender an. Er ist uns einen Gefallen schuldig. Er soll rauskriegen, wem dieser BMW gehört. Schnellstens, am besten noch gestern.«

Eine Buchhaltungssache, hatte Angela Sam erklärt. Reacher hatte etwas Kompliziertes erwartet. Etwas, das man nur mit Ausbildung und Qualifikationen enträtseln konnte. Aber es erwies sich als der einfachste aller denkbaren Fälle. *Ein Stück zu viel.* Ein Häftling. Ein Frühstück. Ein Mittagessen. Ein Abendessen …

Jed stieg hinten in den VW Bus und fragte: »Wie können Sie so sicher sein, dass das nicht mein Dad war? Sie haben ihn nie gesehen.«

»Ich habe sein Foto vom Tag seiner Verhaftung gesehen.«

»Leute verändern sich«, sagte Hannah und tat so, als würde sie erschaudern. »Hättet ihr mich vor sechzehn Jahren gesehen …«

Reacher sagte: »Dem echten Anton Begovic fehlt ein Stück vom linken Ohr. Ohren wachsen nicht nach. Deshalb war das Foto in dem Umschlag in Angelas Tasche entscheidend wichtig. Ohne diese Aufnahme hätten wir nie gewusst, dass vorhin der falsche Mann entlassen worden ist.«

Hannah fuhr etwas schneller. »Wer ist entlassen worden?«

»Jemand, der eine neue Identität brauchte. Das lässt sich feststellen, wenn wir Hix einholen.«

»Was ist, wenn er nicht nach Hause fährt?«

»Ich denke, dass er's tut. Er hat uns nicht bei der Zeremonie zu sehen erwartet, hat nicht damit gerechnet, flüchten zu müssen. Also igelt er sich jetzt ein oder sucht noch ein paar Sachen für unterwegs zusammen.«

»Und wenn du recht hast?«

»Dann rufe ich Detective Harewood an, damit er das FBI auf ihn ansetzt.«

Jed sagte: »Hören Sie schon auf, von diesem Hix zu reden. Der interessiert mich nicht. Mir geht's nur um meinen Dad.«

»Wir müssen Hix finden, damit wir rausfinden können, was deinem Dad zugestoßen ist.«

»Wieso zugestoßen? Nichts ist ihm zugestoßen! Er ist im Gefängnis. Weiter eingesperrt.«

Reacher äußerte sich nicht dazu. Hannah auch nicht.

Jed fragte: »Wo sollte er sonst sein? Der falsche Kerl ist rausgekommen. Also muss mein Dad noch drinnen sein.«

Reacher sagte: »Der falsche Kerl ist rausgekommen. Mehr wissen wir vorläufig nicht.«

»Dieser Mann hat den Namen meines Vaters gestohlen.« Jed begann zu weinen. »Zwei Leute mit demselben Namen kann es nicht geben. Mein Dad ist tot, stimmt's? Das verschweigen Sie mir jetzt. Er ist tot, ohne dass ich eine Chance gehabt habe, ihn kennenzulernen.«

Hannah fuhr langsam an dem großen weißen Haus vorbei. Der BMW stand wie schon morgens vor dem Eingang.

»Gott sei Dank, er ist hier.« Hannah bremste und hielt am Straßenrand. »Aber was machen wir jetzt? Du kannst nicht einfach klingeln und fragen, ob du reinkommen darfst. Ich wette, dass das Tor zu stabil ist, um es irgendwie aufzubekommen. Es ist vermutlich mit Sensoren bestückt, die Alarm auslösen, wenn man drüberzuklettern versucht. In die Mauerkrone sind Glasscherben einbetoniert. Und wahrscheinlich sind hinter der Mauer Bewegungsmelder ins Erdreich eingelassen.«

»Stoß rückwärts an die Mauer heran.« Reacher zog eine Pistole aus dem Kissenbezug: die sandfarbene Sig P320, die er auf dem Rastplatz an der I-20 vom zweiten Minerva-Team erbeutet hatte. »Jed, sieh im Bettkasten nach. Ich brauche fünf Bettlaken oder dünne Wolldecken. Und das Kissen von der Couch.«

Reacher knotete zwei Bettlaken diagonal zusammen, um die optimale Länge zu nutzen. Er rollte sie schlauchförmig auf und schlang sie sich doppelt um den Hals. Dann knotete er drei dünne Wolldecken auf gleiche Weise zusammen, band das Ende an die Heckstoßstange und stieg aufs Dach des Busses. Hannah reichte ihm das Couchkissen hinauf. Reacher bedeckte damit die in die Mauerkrone einbetonierten Glassplitter. Er legte das improvisierte Seil auf das Kissen, ließ es langsam auf der Innenseite der Mauer herunter und achtete darauf, dass es nicht den Boden berührte. Auf dem Kissen stehend, ohne die Glassplitter zu spüren, überzeugte er sich davon, dass das Seil von unten erreichbar war, falls er wieder hinaufklettern musste. Dann sah er sich um. Am Fuß der Mauer verlief ein eineinviertel Meter breiter Rasenstreifen, in dem wahrscheinlich die Sensoren vergraben waren. Dahinter folgte auf ganzer Länge der Mauer ein sechs bis sieben Meter breiter Baumstreifen. Reacher visierte eine Lücke zwischen zwei Jungbäumen an. Er sprang, warf sich nach vorn, rollte sich ab und ging gespannt horchend in die Hocke. Es gab keinen Alarm. Keine Sirene. Keine Hunde.

Reacher stand auf und arbeitete sich unter den Bäumen vor, bis er einen Punkt erreichte, der einer Hausecke am nächsten lag. So konnte er von keinem Fenster aus direkt beobachtet werden. Er kroch vorwärts, bis er in seiner letzten Deckung angelangt war. Dann blieb er fünf Minuten lang völlig still liegen und beobachtete die Umgebung.

Irgendwo links hinter sich hörte Reacher ein Geräusch. Das Knacken eines Zweigs. Er kroch rückwärts, sprang dann auf und rannte auf die Geräuschquelle zu. Als er um einen Baum bog, entdeckte er einen Mann. Der Kerl hockte an den Stamm gelehnt da und umfasste seine bis zur Brust angezogenen Knie mit beiden Armen. Er blickte zu Reacher auf und flüsterte: »Bitte tun Sie mir nichts. Bitte tun Sie mir nichts. Bitte tun sie mir nichts.«

Auch Reacher sprach flüsternd. »Keine Angst, ich tue Ihnen nichts. Wer sind Sie?«

Als der Mann sich etwas aufrichtete, sodass sein Gesicht deutlicher zu erkennen war, fand Reacher, er sehe wie ein junger Che Guevara aus. Der Mann sagte: »Ich heiße Maurice. Sie?«

»Reacher. Was machen Sie hier?«

»Das möchte ich lieber nicht sagen.«

»Sie arbeiten für Hix? Oder bei Minerva?«

»Gott, nein.«

»Haben Sie vor, die Polizei zu rufen oder sonst was Dummes anzustellen?«

»Mit der Polizei will ich garantiert nichts zu tun haben. Und könnte ich was Dümmeres machen, als mich auf diesem verdammten Grundstück einsperren zu lassen?«

»Also gut. Freut mich, Sie kennengelernt zu haben.« Reacher machte kehrt und setzte sich wieder in Bewegung.

»Warten Sie. Hix ist zu Hause. Mit seiner Nummer zwei. Und irgendeinem anderen Kerl.«

Reacher ignorierte ihn, ging weiter.

Maurice hastete hinter ihm her. »Bitte warten Sie doch. Ich muss Sie etwas fragen. Arbeiten Sie an einer Story? In diesem Fall …«

Reacher fragte: »Sind Sie Journalist?«

Maurice nickte.

»Ich bin keiner. Ich will Ihnen nicht die Show stehlen. Bleiben Sie also hier. Verhalten Sie sich ruhig. Machen Sie niemanden auf sich aufmerksam. Hier steht ein Menschenleben auf dem Spiel.«

»Eines? Das Leben vieler!«

»Sie sind wegen der Drogen hier, oder? Deshalb sind Sie hinter Hix her. Was ist passiert? Haben Sie einen Angehörigen verloren? Einen Freund? In einem Minerva-Gefängnis?«

Reacher packte Maurice am Arm und zog ihn wieder tiefer unter die Bäume. »Erzählen Sie mir, was Sie wissen. Alles. Sofort. In Kurzfassung.«

»Minerva ist ein Krake, richtig? Ein durch und durch übler. Nach außen hin ganz fortschrittlich und aufgeklärt. Aber die Wahrheit? Überall Fangarme. Sie wählen Häftlinge gezielt aus. Lassen sie für sich arbeiten. Setzen sie auch zur Weiterverarbeitung von Drogen ein, mit denen sie die eigenen Insassen versorgen. Deshalb gibt es bei Minerva so viele Drogentote. Das leugnen sie, aber es stimmt. Und sie haben ihre Tätigkeit ausgeweitet. Sie beliefern jetzt auch andere Märkte.«

Das klang logisch, fand Reacher. Alle Gefängnisse hatten ein Drogenproblem. Vielleicht hatte Minerva es als Chance begriffen. Das konnte ein Riesengeschäft sein. Und in dieser Branche kam es immer wieder vor, dass Leute eine neue Identität brauchten. Er fragte: »Über welche Beweise verfügen Sie?«

»Höhere Sterblichkeit. Die habe ich dokumentiert. Sonst nichts. Bisher.«

»Ich statte Hix jetzt einen Besuch ab. Vielleicht wird dieses Thema auch angesprochen. Sollte ich etwas Konkretes finden, gehört es Ihnen.«

42

Reacher verließ seine Deckung unter den Bäumen und näherte sich dem Haus von Südosten. Sein Ziel war eine rückwärtige Ecke. Er kletterte aufs Geländer der Veranda und schlang einen Arm um die Säule, die einen umlaufenden Balkon trug. Mit der rechten Hand zog er das aus Bettlaken improvisierte Seil ab, das er in Schlaufen um den Hals trug. Er hielt es an einem Ende fest und schwang es einmal, zweimal im Kreis. Kurz vor dem höchsten Punkt des dritten Kreises schlug er damit zu, wie ein Löwenbändiger, der mit einer übergroßen Peitsche knallt. Das freie Ende wickelte sich um die Säule, hing auf der anderen Seite gerade herunter. Reacher holte es mit der linken Hand zu sich heran, führte die Hände zusammen und hielt beide Enden fest. Er stemmte seine Stiefelsohlen gegen die Säule, zog sich mit der linken Hand hoch und setzte den rechten Fuß höher. Dann wiederholte er diesen Vorgang mit der rechten Hand und dem linken Fuß. So ging es weiter nach oben, bis er das Balkongeländer erreicht hatte. Er hievte sich hoch, wälzte sich darüber und rollte sich auf dem Balkon ab.

Dann rappelte er sich auf, stand still und horchte. Hier war nichts zu hören.

Entlang der Seite des Hauses führten vier verglaste Türen auf den Balkon. Vielleicht von Schlafzimmern aus. Alle waren geschlossen und die weißen Vorhänge dahinter zugezogen. Vielleicht um zu verhindern, dass die Sonne die Räume aufheizte.

Reacher schlich zur Rückseite des Hauses. Die Bodenbretter des Balkons waren so massiv, dass seine Schritte keine Geräusche verursachten. Er sah auf die an eine Terrasse angrenzende zwanzig mal zwanzig Meter große Rasenfläche hinunter. Hix schien eine Party vorbereitet zu haben. Links war eine gut sortierte Bar mit Silberkübeln für Eis aufgebaut, davor standen weiß gedeckte Tische mit Gläsern auf Tabletts und an der Seite zwei als griechische Amphoren getarnte große Mülltonnen. Auf dem Musikpodium gegenüber gab es ein Schlagzeug, Mikrofone auf Ständern und eine Scheinwerferbrücke auf ganzer Breite.

Reacher ging auf dem Balkon weiter, bis er fand, was er suchte: ein Schiebefenster mit Milchglasscheibe. Ein Bad. Er zog seine Bankkarte heraus und steckte sie in den waagrechten Spalt zwischen den Fensterhälften. Er bewegte sie von einer Seite zur anderen, bis er mit kräftigem Druck die Verriegelung lösen konnte. Er schob das Fenster eine Handbreit hoch und sah eine Wanne, ein Waschbecken, ein WC, aber keinen Menschen. Also öffnete er das Schiebefenster ganz und kletterte hinein. Ging zu Tür, öffnete sie einen Spalt weit, sah niemanden und trat auf den Flur hinaus. Wie ein interner Balkon war die Holztreppe u-förmig von einem massiven Geländer umgeben. Aus dem Erdgeschoss drangen Stimmen herauf. Drei Männer. Sie schienen sich gut zu kennen. Und sie klangen aufgebracht.

Reacher stieg behutsam die Treppe hinunter. Er blieb am inneren Rand, wo die Stufen am wenigsten knarren würden. Erreichte die Eingangshalle und wandte sich der ersten Tür rechts zu. Hinter der die Männer sich anschrien. Ihre Stimmen erkannte er von der Zeremonie vor dem Gefängnis.

Brockman sagte: »Das ist deine Schuld! Hättest du nicht die Nerven verloren und wärst wie ein verängstigter kleiner Junge abgehauen, hätten wir …«

»Du machst aus einer Mücke einen Elefanten.« Das war der Mann, der aus dem Zelt gekommen war und sich als Begovic ausgegeben hatte. »Klar hatte ich Angst. Ich bin schließlich kein Idiot. Aber die Sache hat letztlich doch geklappt. Unsere Kontakte sind wiederhergestellt. Die Lieferungen gehen ab heute Nachmittag weiter. Mit zwei unserer Kunden konnte ich bessere Konditionen aushandeln. Der Bedarf dort draußen ist ungebrochen und unsere Belieferung sichergestellt. Die Frage ist nur: Wie viel wollen wir verdienen?«

»Aber Reacher hat dich gesehen.«

»Na und?«

»Und er hat das Foto gesehen. Er weiß, dass du nicht Begovic bist.«

»Ist das Foto nicht vernichtet worden?«

»Ja.«

»Die Fingerabdrücke durch meine ersetzt?«

»Ja.«

»Begovic' DNA ist nicht gespeichert. Also kann niemand beweisen, dass ich nicht er bin. Ihr hättet gleich mit mir reden sollen. Ich hätte euch gesagt, dass keine Gefahr besteht. Vor allem nicht, weil Begovic keine zwei Stunden mehr zu leben hat. Morgen ist er schon eingeäschert. Das kann weder Reacher noch sonst wer verhindern.«

Reacher öffnete die Tür und betrat den Raum, eine Küche. Sie war offenbar erst vor Kurzem renoviert worden. Alle Oberflächen bestanden aus hellem Holz, Marmor oder Edelstahl.

Auf Hockern an der Frühstückstheke saßen drei Männer. Alle drei fuhren herum.

Brockman stand auf. »Reacher? Was, zum Teufel, machen Sie hier?«

Reacher war mit wenigen großen Schritten heran und boxte Brockman ins Gesicht. Er fiel nach hinten, knallte gegen die Theke und ging zwischen seinen Partnern zu Boden.

Als Nächstes wandte Reacher sich dem Kerl zu, der sich als Begovic ausgegeben hatte. »Sie. Ihr richtiger Name?«

Der Kerl stand vom Hocker auf. Er sagte: »Leck mich.«

»Ungewöhnlich. Hat Ihnen in der Schule bestimmt Schwierigkeiten gemacht.« Reacher verpasste ihm einen Magenhaken. Als der Kerl sich zusammenkrümmte, traf ein Ellbogenstoß seinen Hinterkopf. Seine Beine gaben nach, und er knallte nach vorn aufs Gesicht.

Reacher wandte sich Hix zu.

Hix blieb auf seinem Hocker. Er hielt sein Smartphone in der Hand und sagte: »Sehen Sie mich nicht an. Von mir erfahren Sie nichts.«

Hix drückte dreimal aufs Display seines Handys. Reacher nahm es ihm weg. Angezeigt wurde die Rufnummer 911, aber die Verbindung war noch nicht hergestellt. Reacher ließ das Handy fallen und zertrat es mit dem Stiefelabsatz. Dann ging er um die Theke herum und zog mehrere Schubladen auf, bis er die Besteckschublade gefunden hatte. Er nahm ein Filetiermesser heraus. Nur fünfzehn Zentimeter lang, mit kurzer, aber rasiermesserscharfer Klinge. Er hielt es hoch, damit Hix es sehen konnte, und sagte: »Ich habe Sie heute Morgen auf dem Podium beobachtet. Sie hatten Spaß dabei, denke ich. Haben die Aufmerksamkeit genossen. Vor allem die Kameras. Glauben Sie, dass die Kameras Sie noch lieben würden, wenn ich Ihnen die Nasenspitze abschneide und an Sie verfüttere?«

Reacher war weniger als zwanzig Minuten in der Villa Hix. Als er sie verließ, hatte er einen Dienstausweis fürs Gefängnis um den Hals hängen und hielt einen Autoschlüssel in der Hand. Er ging zu Hix' BMW, öffnete die Fahrertür, beugte sich in den Wagen und drückte auf einen Knopf über dem Innenspiegel. Daraufhin begann das schmiedeeiserne Tor sich zu öffnen. Reacher rief Maurice zu, er solle aus seinem Versteck kommen. Dann ging er ans Tor und rief Hannah zu sich. Er bat sie, das Kissen und das improvisierte Seil von der Mauer zu holen und mit dem VW vors Haus zu fahren.

Hannah parkte vor den zur Haustür hinaufführenden Stufen. Jed saß nun auf dem Beifahrersitz. Maurice stand nervös am Heck des Busses.

»Okay«, erklärte Reacher, »die Sache sieht folgendermaßen aus: Jed – dein Vater lebt. Ich werde versuchen, ihn lebend rauszuholen, aber ich will ehrlich sein. Er ist in großer Gefahr, und ihm bleibt nicht mehr viel Zeit. Deshalb kann ich nichts versprechen. Hannah – ich möchte, dass du Jed in die Riverside Lodge bringst. Nimm dir ein Zimmer, zahle bar und ruf Detective Harewood an, damit er die Fed einschaltet. Sag ihm, dass er hier im Haus anfangen soll. Bin ich in zwei Stunden nicht im Hotel, verlässt du die Stadt. Komm nicht wieder zurück. Maurice – Sie hatten halb recht. Etwas killt Minerva-Häftlinge. Vielleicht auch Außenstehende. Aber es sind keine Drogen.«

Reacher nahm den Kissenbezug mit und ging zu dem BMW zurück. Bis er herausgefunden hatte, welche Knöpfe er drücken musste, um den Sitz so zu verstellen, dass er hinters Lenkrad passte, war Hannah neben ihm eingestiegen.

Sie sagte: »Du versuchst wieder, mich loszuwerden. Das ist eine hässliche Angewohnheit.«

Reacher entgegnete: »Ich will dich nicht loswerden. Du kannst diesmal nur nicht mitkommen. Dies ist ein Job für eine Person. Und du musst dich um Jed kümmern. Falls die Sache schiefgeht und sein Dad nicht überlebt, wird er viel Hilfe brauchen.«

»Sein Dad lebt wirklich noch?«

»Ich denke schon.«

»Wo?«

»Im Gefängnis.«

»Wer ist in seine Rolle geschlüpft?«

»Ein Kerl namens Carpenter. Vielleicht nicht sein richtiger Name. Er ist der Mittelsmann zwischen Minerva und den Kunden, die sie beliefern. Vor zehn Jahren hat er in Paraguay einen Kerl verpfiffen. Carpenter dachte, er würde im Gefängnis sterben, aber das passierte nicht. Er ist wieder hier und will sich an ihm rächen. Minerva konnte Carpenter nicht fallen lassen, weil seine Kundenkontakte gebraucht werden. Deshalb sollte er eine neue Identität erhalten. Begovic' bevorstehende Entlassung war eine ideale Gelegenheit. Carpenter hatte solche Angst, dass er sich bis dahin im Gefängnis versteckt hat. Danny Peel ist aufgefallen, dass die Zahlen nicht stimmten. Er hat nachgeforscht, die richtigen Schlüsse gezogen. Hat Angela eingeweiht, die sich ihrerseits an Sam gewandt hat. Den Rest weißt du.«

»Wo sind die Minerva-Kerle jetzt? Hix und Brockman und dieser Carpenter?«

»Im Haus. In der Küche.«

»Wir dürfen sie nicht unbewacht lassen.«

»Sie gehen nirgends hin.«

»Vielleicht nicht mit eigener Kraft. Aber was ist, wenn ein paar ihrer Leute auf der Suche nach ihnen aufkreuzen?«

»Deswegen müssen wir Harewood bitten, das FBI einzuschalten.«

»Was ist, wenn sie befreit werden, bevor die Feds hier eintreffen?«

»Das müssen wir riskieren. Ich kann nicht bleiben und sie bewachen. Ich muss Begovic rausholen.«

»Dann bewache *ich* sie. Ich laufe nicht weg und verstecke mich, während hier die Haustür offen steht. Sie haben Sam ermordet. Ich bleibe hier, bis sie verhaftet sind. Das ist meine Entscheidung, mein persönliches Risiko. Und ich habe die Pistole. Ich fürchte mich nicht davor, sie zu gebrauchen. Das hast du letzte Nacht gesehen.«

Reacher schwieg.

Hannah fragte: »Dieser andere Mann dort hinten? Ist er ein Revoluzzer? Oder zieht er sich nur schlecht an?«

»Er heißt Maurice und ist Journalist. Harmlos, denke ich.«

»Dann kann er sich um Jed kümmern.«

»Von mir aus.«

»Jed hat recht. Sie werden seinen Dad ermorden. Und ich sehe nicht, wie du sie daran hindern kannst.«

»Ich habe eine Idee.«

»Der Mann sitzt in einer Zelle. Du kannst ihn nicht einfach rausholen. Ist dir das klar? Sam hat sich mit den verschiedenen Ausbruchsmethoden befasst. Man muss monatelang planen. Beobachten. Nachlässigkeiten im Wachdienst erkennen. Defekte Mechanismen aufspüren. Und feststellen, wer vom Personal angreifbar ist, weil er trinkt, Drogen nimmt, spielt oder überschuldet ist. Und selbst dann scheitern neunundneunzig Prozent aller Ausbruchsversuche.«

»In meinem Fall ist die Wahrscheinlichkeit etwas höher.«

»Tatsächlich? Wie kommst du darauf?«

»Harold hat keinen Ehering getragen. Und ich habe vier exakt dreieckige Rasenflächen gesehen.«

Reacher parkte den BMW in Harolds Einfahrt. Das ebenerdige Haus war klein und schäbig. Von seinen Außenwänden blätterte die Farbe ab, die Fenster waren schmutzig, die Veranda war winzig, der ehemalige Rasen mit Unkraut überwuchert. Reacher begann mit dem überquellenden Briefkasten. Er achtete nicht weiter auf die Art der Briefe, sondern suchte nur nach dem Gummiband, das eines der Bündel zusammenhielt. Damit ging er weiter zum Hintereingang. In dem Kissenbezug den richtigen Schlüssel zu finden, war nicht schwierig. Er nahm einfach den zerkratztesten heraus.

Damit sperrte er auf, durchquerte die Küche und ging in Harolds Schlafzimmer. Im Kleiderschrank befand sich nur ein einziger Anzug. Er war schwarz. Auf dem Bügel daneben ein weißes Oberhemd, über dem eine Krawatte hing. Auch sie war schwarz. Trauerkleidung, dachte Reacher. Aber das störte ihn nicht. Er zog Harolds Sachen an, steckte seine eigenen in den Kissenbezug und betrat durch die Verbindungstür die angebaute Garage. Dort war Platz für zwei Autos. An den Wänden hingen Fotos, die Harold zeigten, wie er in bunten Lycra-Anzügen mit allen möglichen schweren Dingen hantierte: mit Traktoren, Lkw-Reifen, Nutztieren, mit einem runden Käselaib. Die zweite Hälfte stand leer. Hier gab es Ölflecken und Farbspuren auf dem Beton, aber keine Kladde mit sorgfältigen Aufzeichnungen wie in Peels Garage. Vermutlich waren hier nie richtige Wartungsarbeiten durchgeführt worden. Reacher trat an die kleine Werkbank. Er nahm ein Schneidmesser, einen Schraubendreher und einen Hammer mit. Und eine Rolle Gewebeband.

Als Reacher wieder im Auto saß, nahm er alles Bargeld aus den Geldbörsen in dem Kissenbezug. Er rollte die Scheine zusammen, streifte das Gummiband darüber und steckte das Geld ein. Dann leerte er den Kissenbezug aus, schob das Werkzeug und die Sig hinein und hängte sich den Dienstausweis um. Und fuhr zum Gefängnis.

Die kleine Menschenmenge hatte sich zerstreut. Auch das Sicherheitspersonal und die Kameramänner waren fort. Die einzigen Leute außerhalb des Gefängnisses waren Arbeiter, die Stühle stapelten und die provisorische Absperrung abbauten. Der Gefängniseingang befand sich noch immer hinter dem Zelt, dessen Wände sich jetzt im Wind blähten. Das Podium war schon halb abgebaut und auf einem Lkw mit festem Aufbau verladen. Reacher parkte neben dem Lkw. Er stieg aus, marschierte an dem Podium vorbei und starrte die Arbeiter an, als wäre er hier der Boss. Die Kerle sahen zur Seite und taten so, als hätten sie ihn nicht bemerkt.

Reacher ging zum Eingang weiter, bückte sich, als inspizierte er etwas, und deponierte die Rolle aus Geldscheinen vorsichtig direkt neben dem Zaun. Dann schlenderte er zu dem BMV zurück. Auf halbem Weg blieb er stehen.

»He, ihr drei!«, schrie er die Arbeiter an. »Schluss jetzt mit der Faulenzerei! Seht zu, dass ihr das Zelt abbaut. Wir erwarten bald Besucher. Wie sollen die den Eingang erreichen können?«

Die Arbeiter grummelten und murrten und bewegten sich Richtung Zelt. Reacher holte den Kissenbezug aus dem BMW, nahm ihn zu dem Lastwagen mit und legte ihn auf den Beifahrersitz. Dann machte er ein paar Schritte zur Seite, um die Arbeiter zu beobachten. Er wartete. Nach einigen Minuten entdeckte einer der Kerle die Geldscheinrolle. Er trat näher an sie heran und bückte sich dann, um sie aufzuheben. Aber Geldgier und Überraschung ließen ihn unvorsichtig werden. Er war zu nahe an den Zaun herangekommen. Die in den Boden eingelassenen Sensoren registrierten seine Schritte und meldeten sie umgehend der Sicherheitszentrale. Eine Sirene begann zu heulen. Rote Warnleuchten blinkten. Alle Scheinwerfer des Komplexes leuchteten auf. Und alle Überwachungskameras in der Nähe drehten sich auf ihren Masten, um dem Wachpersonal ein möglichst deutliches Bild von der Stelle zu liefern, an der es ein Problem gab.

Reacher setzte sich hastig ans Steuer des Lastwagens, ließ den Motor an und stieß bis zum Zaun am Fuß des nächsten Wachtturms zurück. Er griff sich den Kissenbezug. Klemmte sich eine Ecke zwischen die Zähne. Kletterte auf den Lkw-Aufbau. Reckte sich nach oben und umfasste das Geländer des bis in Hüfthöhe verkleideten Laufgangs des Turms. Stieß sich mit den Beinen ab. Machte einen Klimmzug. Brachte ein Bein übers Geländer und wälzte sich darüber. Wurde von niemandem empfangen. Der Wachtturm war unbesetzt. Hier gab es keinen bewaffneten Uniformierten.

Reacher spähte über die Brüstung ins Gefängnis hinter dem Zaun. Die dreieckige Rasenfläche lag schräg voraus unter ihm. Das Gras war so üppig grün, wie es von außen ausgesehen hatte. Aus höherer Warte erkannte man, dass die Klinkersteine, die den Rasen einfassten, rot gestrichen waren, damit ihn niemand betrat. Wegen seines eigentlichen Zwecks als Kugelfang für Warnschüsse von Aufsehern. Der Erdboden wirkte weich, nachgiebig. So konnte es keine Querschläger geben. In letzter Zeit hatte hier mindestens ein Häftlingsaufstand stattgefunden. Das wusste er von Hannah. Aber der Golfrasen dort unten wies keine Einschüsse auf. Folglich waren die Wachttürme nicht länger besetzt, außer wenn Hix einen Werbegag brauchte. Überwachung fand heute hauptsächlich elektronisch statt. Mit Kameras und Sensoren. Reacher lächelte in sich hinein. In der Army hatte es geheißen: Manchmal gibt's eben keinen Ersatz für das menschliche Auge, Modell eins.

43

Auch wenn die Wachttürme nur noch sporadisch genutzt wurden, standen sie weiter in Verbindung mit den vergitterten Laufgängen zwischen den einzelnen Gebäuden. Reacher stieg die Leiter hinunter und machte sich auf den Weg zu dem Gebäude mit dem Kontrollzentrum. Wo es lag, wusste er, weil er Hix dazu gezwungen hatte, ihm einen Grundriss zu zeichnen.

Sein Weg führte durch fünf massive Türen. Sie waren verschlossen, aber Hix' Dienstausweis öffnete sie alle. Die letzte Tür ging ins Kontrollzentrum. Ab dort gab es keine administrativen, sondern nur noch operative Türen. Das bedeutete, dass sie nur ferngesteuert geöffnet werden konnten. Was der eigentliche Grund für Reachers Besuch war.

Als Reacher ins Kontrollzentrum kam, taten dort zwei Männer Dienst. Beide Ende fünfzig. Beide mit genug Erfahrung, um auch unter Stress vernünftige Entscheidungen zu treffen. Das war die Theorie. Eine Hypothese, die mehr von einer Häftlingsrevolte als von einem einzelnen Mann ausging, der ins Kontrollzentrum eindrang. Erst recht nicht vorgesehen war ein einzelner Mann, der allein so viel Schaden anrichten konnte wie ein mittlerer Aufstand. Jedenfalls bewahrheitete die Theorie sich. Reacher erteilte den Männern Anweisungen, die sie widerspruchslos befolgten. Sie sträubten sich nicht mal, als Reacher sie in eine Besenkammer sperrte und den Schlüssel im Schloss abbrach.

Reacher schaute sich den Bildschirm mit den Zugangskontrollen an. Die Darstellung war rudimentär, aber leicht verständlich. Die Symbole aller Türen zwischen dem Kontrollzentrum und dem Hochsicherheitstrakt S1 waren grün, alle übrigen Türen rot. Genau das wollte er sehen. Er zog den Hammer aus dem Kopfkissenbezug und zertrümmerte die Türsteuerung. Danach zerschlug er alle Monitore von Überwachungskameras. Die Kameras entlang seiner Route würde er nicht alle außer Betrieb setzen können. Nicht so leicht. Und nicht so schnell. Aber er konnte wenigstens verhindern, dass eine Ablösung die von ihnen gesendeten Bilder sah.

Um Begovic' Zelle zu erreichen, musste Reacher durch weitere fünf Türen gehen. Die beiden ersten befanden sich in vergitterten Laufgängen, in denen er völlig exponiert sein würde. Er hielt sich mitten im Feindesland auf. Zahlenmäßig und an Feuerkraft weit unterlegen. Falls eine dieser Türen nicht aufging, hatte er ein massives Problem. Oder wenn es hier Abwehrmaßnahmen gegen Eindringlinge gab, von denen er nichts ahnte – bis sie ihn stoppten. Oder einen Reservekontrollraum. Oder automatische Sperren bei Systemausfall. Er wusste, dass viele Möglichkeiten existierten, die verhindern konnten, dass er hier lebend rauskam.

Reacher näherte sich der ersten Tür sehr langsam. Ganz ruhig. Er streckte eine Hand aus. Die Tür ließ sich aufdrücken. Ebenso die zweite Tür. Die dritte führte vom Laufgang in einen engen Korridor. Hier würde er wie eine Ratte in einem Abflussrohr festsitzen, wenn die Türen blockierten. Aber die dritte Tür öffnete sich ebenso wie die vierte, die in den eigentlichen Hochsicherheitstrakt führte. Reacher stand im Erdgeschoss im Mittelpunkt des Kreuzes. Über sich hatte er die drei Räume der Kommandozentrale von

S1. Türen in allen vier Wänden gingen zu den Zellentrakten. Reacher wollte in den Ostflügel. Er identifizierte die fünfte Tür, drückte kräftig dagegen. Auch sie öffnete sich.

Er würde sich die Zeit nehmen, in jede Zelle zu blicken. Hier gab es sechzehn, von denen fünfzehn unversperrt waren, weil dieser Trakt nicht offiziell benutzt wurde. Er diente nur zur Unterbringung »inoffizieller« Häftlinge. Hix hatte geschworen, hier sitze nur Begovic ein. Aber falls er hier ein paar Psychopathen eingesperrt hatte, war das vielleicht eine Lüge gewesen, mit der er durchzukommen hoffte.

Reacher blieb horchend stehen. Er glaubte Bewegungen wahrzunehmen. Zwei Personen. In W1, der ersten Zelle rechts. Hix hatte sie als Vorbereitungsraum bezeichnet. Die Tür war einen Spalt weit offen. Reacher stieß sie ganz auf. Drinnen stand ein Operationstisch. Ein fahrbarer Metalltisch mit chirurgischen Instrumenten. Ein Medizinschrank aus Glas. Zwei Tropfständer. Ein Herzmonitor. Eine menschengroße Kunststoffbox mit einer 12-Volt-Autobatterie an einem Ende, um das Kühlsystem dieses futuristisch anmutenden Reisesargs zu betreiben. Ein an der Wand montierter Defibrillator. Und zwei Männer in OP-Kleidung mit Latexhandschuhen.

Einer der beiden schnappte sich ein Skalpell und griff damit Reacher an. Ohne Vorwarnung. Hatte es auf Reachers Unterleib abgesehen. Aber ohne Energie, ohne Gehässigkeit. Der Mann war kein Messerkämpfer, so viel stand fest. Reacher schlug seinen Arm beiseite, traf ihn mit einer Geraden unter dem Ohr. Der wuchtige Schlag warf den Kerl über den Operationstisch, hinter dem er liegen blieb.

Reacher wandte sich dem anderen Mann zu, der mit erhobenen Händen dastand und sagte: »Tun Sie mir nichts.

Ich mache Ihnen keine Schwierigkeiten. Ich tue alles, was Sie sagen.«

»Sie bereiten alles vor, um Begovic zu *präparieren*?«

»Schon möglich. Namen erfahren wir keine.«

»Sie wollten ihn zerstückeln?«

»Gott, nein. Wir verschicken die Körper intakt.«

»Wer ist der Käufer?«

»Das weiß ich nicht.«

Reacher trat einen Schritt näher.

Der Mann sagte: »Echt nicht! Das ist weit oberhalb meiner Gehaltsgruppe. Aber ich habe ein Gerücht gehört. Dieser geht an unsere größten Abnehmer. Die operieren von einem Schiff aus, das vor New Jersey in internationalen Gewässern liegt. Wo keine US-Gesetze gelten.«

»Die Kerle auf dem Schiff zerstückeln ihn also? Und was machen sie danach? Bewahren sie die Körperteile auf, bis sie gebraucht werden?«

»So ungefähr. Er bleibt am Leben, während er nicht lebenswichtige Organe spendet. Die Hornhäute. Eine Niere. Haut. Bestimmte Knochen, die großen Gelenke. Und Blut. Der Körper produziert neues Blut, deshalb lohnt es sich, ihn möglichst lange am Leben zu erhalten.«

»Wie viel ist all das wert?«

»Wenn er tot ist, werden alle Organe entnommen. Der Gesamtwert liegt bei einer Million Dollar, schätze ich.«

»Sie schicken Leute auf dieses Schiff. Leute, die noch leben, wenn sie abtransportiert werden.«

»Das ist mein Job. Ich tue nur, was mir befohlen wird.«

Reacher empfand einen Brechreiz. Er trat vor und schickte den Kerl mit einem Kopfstoß ins Gesicht zu Boden, bevor er wieder auf den Korridor hinausging.

Die Zellen W2, W4 und W6 waren leer. W3 ebenfalls. W5 war in letzter Zeit benutzt worden. Es gab ein normales Bett mit hellblauer Tagesdecke, und auf einem Hocker stand ein Flachbildfernseher. In dem kleinen Raum roch es vage nach Pizza und chinesischem Essen. Hier hatte Carpenter sich versteckt gehalten, bevor er bei der Entlassungszeremonie Begovic' Rolle übernommen hatte. W7 war leer. Und Begovic befand sich in W8. Als Reacher die Tür öffnete, lag er absolut still auf seinem Bett. Einen Augenblick hielt Reacher ihn für tot. Hatte den Verdacht, das Ganze sei eine Falle. Aber dann blinzelte Begovic.

»Anton?« Reacher sprach nur halblaut. »Mein Name ist Reacher. Ich bin hier, um Ihnen zu helfen. Sie hier rauszuholen. Wir müssen sofort los. Können Sie aufstehen?«

Begovic bewegte sich nicht. Er sprach auch nicht.

Also nicht tot, dachte Reacher, nur katatonisch. Was ihn nicht wunderte. Der Mann war viele Jahre lang zu Unrecht eingesperrt gewesen. Dann hatte man ihm die Freiheit versprochen – und ihn wieder in Einzelhaft gesteckt. Reacher empfand ein gewisses Mitgefühl, aber er wusste auch, dass kostbare Zeit verrann. »Begovic!«, befahl er. »Aufstehen! Vortreten! Vorwärts marsch!«

Begovic stand auf und bewegte sich in Richtung Tür. Reacher suchte die Zelle nach persönlichen Erinnerungsstücken ab, konnte keine entdecken und bugsierte Begovic dann auf den Flur hinaus. Dann zu der Tür, die den Korridor abschloss. Sie hatten es halb geschafft, als das Licht ausging. Mehrere Sekunden lang herrschte völlige Dunkelheit. Gleichzeitig hörte Reacher vor und hinter ihnen ein metallisches Scheppern. Begovic' Atmung wurde schneller, flacher. Dann folgte ein dumpfer Knall, nach dem wieder Licht brannte, allerdings weniger hell als zuvor.

»Was ist passiert?«, fragte Begovic ruhig.

»Der Strom ist ausgefallen«, antwortete Reacher. »Jetzt arbeitet die Notstromversorgung.«

»Okay.« Begovic setzte sich wieder in Bewegung.

Nicht okay, dachte Reacher. *Eher das genaue Gegenteil.* Aber er sagte nichts, bis sie die nächste Tür erreichten. Er wollte den Mann nicht beunruhigen, falls er doch unrecht hatte. Was leider der Fall war. Genau wie er befürchtet hatte.

Die Tür war jetzt abgeschlossen.

44

Emerson und Graeber hatten keine Mühe, den gesuchten Ort zehn Meilen südöstlich von Winson zu finden. Graeber fuhr den schwarzen Van, der bei dem Treff erwartet würde, Emerson den weißen Lieferwagen. Sie fuhren erst mal an der ehemaligen Papierfabrik vorbei und hielten eine Viertelmeile weiter am Straßenrand, um ihr Vorgehen zu besprechen.

Sie waren frühzeitig vor Ort. Die alte Fabrik lag einsam. Ihr Grundriss war übersichtlich. Die einzige Schwierigkeit bestand darin, auf das Fabrikgelände zu gelangen. Es war äußerst stark gesichert, doch die beiden waren es gewöhnt, in verlassenen Gebäuden zu arbeiten. Hier würden sie es mit mindestens einer Person zu tun bekommen. Vielleicht mit mehreren. Und sie mussten ihre Ausrüstung mitnehmen. Vor allem das Napalm. Also mussten sie das Fabriktor öffnen. So unauffällig wie möglich.

Das beste Szenario, das ihnen einfiel, sah vor, dass der Kerl, den sie überraschen wollten, schon da war. In diesem Fall konnten sie das Chloroform seine Arbeit tun lassen und anschließend beliebig viel Lärm machen, wenn sie das Tor öffneten. Wenn sie wollten, konnten sie das verdammte Ding in die Luft sprengen.

Sie verbrachten weitere zwei Minuten damit, ihre Optionen abzuwägen, dann einigten sie sich auf einen Plan. Auf einen einfachen Plan, wie Emerson ihn bevorzugte. Die Fahrzeuge würden sie vorerst stehen lassen. Aus dem weißen Van würden sie die leichte Teleskopleiter, eine Abdeckplane und ein Seil mitnehmen. Über die Mauer klettern. Alle Fabrikgebäude erkunden. Das Chloroform bereithalten und darauf hoffen, dass sie Glück hatten.

»Was ist passiert?«, wiederholte Begovic seine Frage.

Das wusste Reacher, aber er hatte keine Lust, detailliert Auskunft zu geben. Er erinnerte sich an einen viele Jahre zurückliegenden Besuch in Leavenworth, wo er einen Verurteilten abliefern musste. Damals hatte ihm ein technikbegeisterter Korporal erklärt, Gefängnistüren seien keine offenen Türen, die sich absperren ließen. Sie seien ganz im Gegenteil geschlossene Türen, die bei Bedarf aufgesperrt werden konnten. Ihr Schließmechanismus bestand aus einem natürlichen Magneten und einem stärkeren Elektromagneten. Der in die Mauer eingelassene natürliche Magnet zog einen Stahlbolzen an, der die Tür verriegelte. Wurde der Elektromagnet eingeschaltet, zog er den Bolzen in Gegenrichtung ins Türblatt zurück.

Dieses System hatte zwei Vorteile. Türen ließen sich leicht aus der Ferne ver- oder entriegeln, indem man den Elektromagneten stromlos machte oder unter Strom setzte. Und wenn die Stromversorgung auch nur für einen Augenblick unterbrochen wurde, reagierte das System narrensicher: Alle Türen wurden automatisch verriegelt.

Irgendwer hatte bemerkt, dass alle Türen auf Reachers Route entriegelt waren. Auf normale Weise ließen sie sich nicht mehr schließen, weil Reacher die Schalter mit seinem Hammer zerstört hatte. Aber ein kurzer Stromausfall ließ sich leicht herbeiführen. Die Einfachheit dieser Lösung musste Reacher widerstrebend anerkennen. Aber er konnte auch nicht die Augen davor verschließen, wie prekär seine Lage war. An einem Ort gefangen, den Experten ausbruchssicher geplant hatten. Der einzige Ausweg bestand darin, den Elektromagneten in der Tür einzuschalten, was von hier aus völlig unmöglich zu sein schien.

Es sei denn …

Die Experten, die das Gefängnis konstruiert hatten, waren nicht davon ausgegangen, dass eine Zelle mit medizinischen Geräten ausgestattet sein würde. Reacher versuchte in Gedanken nachzuvollziehen, was er in W1 gesehen hatte. Waren seine Schulkenntnisse in Physik nach so vielen Jahren noch abrufbar, hatten sie vielleicht eine Chance. Er drehte Begovic um und forderte ihn auf, ihm zu folgen.

Von der unzerstörbaren Kombination aus Edelstahl-WC und Waschbecken in einer Ecke der Zelle nahm Reacher die Klopapierrolle mit. Er gab sie Begovic und sagte: »Ich möchte, dass Sie das Papier ganz abwickeln. Ich will nur die kleine Papprõhre im Inneren. Okay?«

»Klar«, entgegnete Begovic, nahm die Rolle und begann das Papier abzuwickeln.

Reacher sagte: »Sie bleiben kurz hier. Bin gleich wieder da.« Er hastete in Zelle W3, holte den Hammer aus dem Kissenbezug, streckte sich und benutzte die Klaue, um das Rohr, in dem die Zuleitung der Deckenleuchte verlief, herunterzuziehen. Er riss die Leitung heraus und wiederholte den Vorgang in W5 und W7. Als er in W1 zurückkam, hatte Begovic die kleine Papprõhre fertig. Reacher nahm das Schneidmesser aus dem Kissenbezug und schnitt einen Schlitz in die Isolierung des ersten der abgerissenen Drähte. Er packte die Kupferseele mit Daumen und Zeigefinger, hielt die Isolierung mit Daumen und Zeigefinger der anderen Hand fest und zog in entgegengesetzte Richtungen. Der blanke Kupferdraht schlüpfte heraus wie eine sich häutende Schlange. Diesen Vorgang wiederholte er, bis er zuletzt sechs Dreimeterstücke hatte, aus denen er einen einzigen langen Draht fertigte, indem er die Enden verdrillte.

»Okay«, meinte Reacher. »Sie halten die Röhre. Gut festhalten! Sie soll sich nicht drehen.«

Reacher umwickelte die Pappröhre mit dem Kupferdraht, wieder und wieder, schräg nach oben, nach unten und wieder zurück, bis er eine straffe, dicke Drahtspule in der Hand hielt, aus der zwei fünfzehn Zentimeter lange Enden heraushingen. Als Nächstes nahm er den Defibrillator von der Wand und befestigte die Drahtenden mit Gewebeband auf seinen Elektroden. Dann ging er auf dem Korridor zu der Tür vor ihm. Legte den Ladeschalter des Defibrillators um. Wartete ab, bis das rote Lämpchen grün leuchtete. Stellte die maximale Entladung ein. Packte die isolierten Handgriffe der Paddel. Hielt die Kupferspule etwa auf halber Höhe an die Seite der Tür gegenüber den Angeln. Dann wandte er sich an Begovic und sagte: »Okay. Wenn Sie so weit sind, drücken Sie die rote Taste zur Schockabgabe.«

»Achtung!«, sagte Begovic. Er streckte einen knochigen Finger aus und drückte die Taste.

Es gab einen hellen Lichtblitz und ein lautes Summen wie von einem überlasteten Sicherungskasten. Ein plötzlicher Geruch nach verbrannter Pappe und versengtem Lack breitete sich aus. Und ein leises Klicken war zu hören, als die Kupferspule zu Boden fiel, weil die Drahtenden geschmolzen waren.

Reacher sagte: »Okay, hoffentlich haben wir gerade einen Magneten gebraten.« Er verschwand in Zelle W1 und kam mit der 12-Volt-Batterie von der großen Kunststoffbox zurück. »Das lässt sich nur auf eine Weise feststellen.« Von den Türangeln führte eine Aufputzleitung weg. Reacher riss sie mit dem Klauenhammer von der Wand, zog einen guten Meter Kabel heraus und trennte es mit dem Schneidmesser durch. Nachdem er die beiden Kupferdrähte abisoliert hatte, trennte er sie, um beide Pole der Batterie erreichen zu können. Er stellte Kontakt zum Pluspol her. Dann zum Minuspol. Als er angestrengt horchte, glaubte er, hören zu können, wie der Bolzen elektromagnetisch bewegt langsam ins Türblatt zurückglitt.

Er schnappte sich den Kissenbezug und sagte zu Begovic: »Das war's. Es hat geklappt. Oder auch nicht.«

Es hatte geklappt. Reacher drückte an die Tür. Sie schwang auf – und er stand drei Männern gegenüber: zwei Aufsehern mit AK-15 und einem dicklichen blassen Kerl im Anzug.

45

Reacher packte den Gewehrkolben des nächsten Bewaffneten und drückte ihn in Richtung Decke. Den zweiten Aufseher trat er in den Schritt. Den ersten Kerl schaltete er mit einem Kopfstoß ins Gesicht aus. Dem zweiten trat er an den Kopf, bevor er wegkriechen konnte.

Begovic rannte zu der Tür, die zum Ausgangskorridor führte. Sie war abgesperrt.

Der Mann in dem Anzug hatte sich nicht bewegt. »Sie müssen Reacher sein«, sagte er. »Ein starker Auftritt.«

Reacher hob die Gewehre auf und hängte sie sich über eine Schulter. »Wer sind Sie?«

Der Kerl gab keine Antwort.

Begovic sagte: »Er heißt Riverdale. Ist Chef des Wachpersonals. Ein echter Scheißkerl.«

Reacher fragte: »Riverdale? Okay. Zeit für eine Wiedergutmachung. Diese Türen müssen geöffnet werden.«

Riverdale schwieg eine Weile. Dann sagte er: »Kein Problem. Das kann ich machen. Aber Sie müssen vorher noch etwas für mich tun.«

Reacher schwieg.

Riverdale zeigte auf Begovic. »Legen Sie ihn um. Blasen Sie ihm den Kopf weg. Dann begleite ich Sie hinaus.«

Reacher schüttelte den Kopf. »Ich verstehe, warum Sie nicht wollen, dass er frei herumläuft. Aber das gilt nicht für mich.«

Riverdale entgegnete: »Erschießen Sie ihn, ist das nur ein Toter. Erschießen Sie ihn nicht, kann ich nicht zulassen, dass

Sie ihn mitnehmen. Das versteht sich von selbst. Also bleiben die Türen geschlossen, bis Verstärkung eintrifft.«

»Haben Sie denn überhaupt noch Leute?«

»Jede Menge. Die erschießen Sie beide. Und Sie werden's vermutlich noch schaffen, mich zu erschießen, bevor Sie verbluten. Das sind dann drei Tote. Drei sind schlimmer als einer. Dreimal so schlimm. Das liegt auf der Hand. Deshalb fordere ich Sie auf, moralisch zu handeln. Teufel, diese Logik sieht wahrscheinlich sogar Begovic ein.«

Begovic sagte: »Scheiß auf die Logik.«

Reacher sagte: »Logik hin oder her, für mich funktioniert das nicht.«

Riverdale sagte: »Okay, ich lege noch was drauf. Sie erschießen ihn und kommen mit mir. Ich gebe Ihnen eine Million Dollar in bar. Wie ich höre, sind Sie pleite. Dies ist Ihre Chance, fürstlich zu leben.«

»Ich habe alles, was ich brauche. Alles, was ich mir wünsche. Also bin ich glücklicher als jeder Fürst. Vorschlag abgelehnt.«

»Sehen Sie sich um, Reacher. Wollen Sie wirklich hier sterben? Heute?«

»Jeder muss irgendwann sterben. Irgendwo.«

»Aber hier? Jetzt?«

»Das sehe ich nicht so. Außer wir werden von einem Meteoriten erschlagen.«

»Nein? Wie stellen Sie sich alles Weitere vor?«

»Sie öffnen die Türen. Sehen zu, wie wir rausgehen.«

»Jetzt mal ernsthaft.«

»Sie öffnen die Türen. Schießen sich in den Kopf. Sehen nicht zu, wie wir rausgehen.«

Riverdale überlegte, dann fragte er: »Sind Sie verheiratet, Reacher?«

Reacher sagte: »Nein.«

»Jemals verheiratet gewesen?«

»Nein.«

»Freundin? Lebenspartnerin?«

»Nein.«

»Okay. Weil Sie obdach- und mittellos sind, bekommen Sie vermutlich nicht viel Action. Das bringt mich auf eine Idee. Vielleicht gibt sie den Ausschlag.« Riverdale zog sein Handy heraus und wählte eine Kurzwahlnummer. Als jemand sich meldete, sagte er: »Reacher ist neutralisiert. Ich muss in mein Büro zurück. Schaltet den Strom wieder ein und öffnet die Türen von S1 dorthin.«

Zwanzig Sekunden lang passierte nichts. Dann klickte es auf allen Seiten gleichzeitig, und das Licht wurde eine Stufe heller.

Riverdale wandte sich der Ausgangstür zu und sagte: »Los, mitkommen.«

Reacher und Begovic folgten ihm durch den engen Korridor, der Reacher an eine Rattenfalle erinnert hatte. Er rechnete in jeder Sekunde damit, dass Wachmannschaften durch die Tür hinter ihnen stürmten. Oder dass Riverdale sich auf ein vereinbartes Signal hin zu Boden werfen würde, während sie von vorn durchsiebt wurden. Sie legten die Hälfte der Strecke zurück. Drei Viertel. Bogen am Ende links ab. Und schafften es endlich ins nächste Gebäude. Riverdale führte sie eine Betontreppe hinauf. Er sagte: »Dies ist das alte Verwaltungsgebäude. Alle anderen sind in Hix' neuen Glaspalast umgezogen. Aber ich nicht.«

Oben an der Treppe begann ein lange nicht mehr getünchter Korridor, der ein wenig nach Kohl und verstopften Ausgüssen roch. Die Fenster auf einer Seite führten auf zwei der drei Hartplätze hinaus. Gegenüber lagen ein halbes Dutzend Büros. Am Ende des Korridors war eine Metallstange in die Wand eingelassen. Reacher vermutete, dass man daran Häftlinge mit Handschellen fixieren konnte, auch wenn das kein sehr überzeugender Ort war.

Riverdale führte Reacher und Begovic den Korridor entlang in das letzte Büro. Der Fußboden war blanker Beton. An der Decke hingen Leuchtstoffröhren in Gitterkäfigen, an den Wänden gerahmte Bilder von Motorrädern. An der Rückwand stand eine breite Couch mit einem Überwurf aus goldfarbenem Samt und in der Mitte des Raums ein grauer Metallschreibtisch. Riverdale ging darauf zu und schloss die oberste Schublade auf. Er nahm ein Tablet heraus, schaltete es ein, rief eine Bilddatei auf und reichte das Gerät Reacher. Er sagte: »Sehen Sie sich die Fotos an.«

Reacher scrollte durch die Fotos. Alle zeigten Frauen. Die Jüngsten waren noch Teenager, die Ältesten um die sechzig. Alle waren nackt. Und alle Aufnahmen waren in diesem Büro gemacht.

Riverdale sagte: »Lassen Sie sich Zeit. Suchen Sie Ihre Favoritin aus. Ich kann sie binnen einer Stunde holen lassen. Sie können mit ihr machen, was Sie wollen. Und so lange wie Sie wollen.«

Reacher fragte: »Was ist dabei für Sie drin?«

»Ich bekomme Begovic.«

»Und dann?«

»Sie können gehen. Frei wie ein Vogel.«

»Wie?«

»Genau wie Sie reingekommen sind, denke ich. Welcher Weg das auch war.«

»Sie wissen, wie ich reingekommen bin. Das zeigen die Türen, die ich geöffnet habe. Halten Sie mich für blöd? Diesen Weg gehe ich nicht zurück.«

»Okay. Sind wir uns einig, wenn ich Ihnen einen sicheren Abzug garantieren kann?«

»Auf welchem Weg?«

Riverdale lockerte seine Krawatte, knöpfte sein Hemd auf und angelte einen Schlüssel an einer Stahlkette heraus. »Der sperrt eine Tür auf. Einen Privatausgang, den außer mir niemand kennt.«

»Wo?«

»Rückwand des Lagerhauses. Dort sind Sie außerhalb des Zauns an einem Weg zum Fluss. Ganz bis zu einer der alten Höhlen hinunter. Die sind schon in der Franzosenzeit von Piraten und Schmugglern benutzt worden. Jetzt von mir. Ich habe dort Vorräte gelagert. Und ein großes Schlauchboot.«

»Bullshit.«

»Doch, das stimmt! Ich war hier, als das Gefängnis errichtet wurde. Hab ein paar Extras einbauen lassen. Hatte das Gefühl, ein Tag wie heute würde kommen. An dem jemand eilig verschwinden müsste. Ich dachte, der würde ich sein, aber so ist's auch in Ordnung.«

Reacher nickte. »Noch eine Frage, dann können wir uns die Hand geben. Wann soll Begovic abgeholt werden?«

»Wieso?«

»Weil ich von Natur aus neugierig bin.«

Riverdale zuckte mit den Schultern. »In fünfundzwanzig Minuten, plus oder minus.«

Reacher streckte die rechte Hand aus. Riverdale kam näher, um sie zu ergreifen. Reacher rammte das Tablet mit der linken Hand unter sein Kinn. Riverdales Kehlkopf wurde eingedrückt. Er torkelte rückwärts und fiel auf die Couch. Er bekam keine Luft mehr. Er konnte nicht schreien. Er krallte nach seinem Hals. Tränen strömten ihm übers Gesicht. Reacher warf das Tablet zu Boden und zertrampelte es. Er trat an den Schreibtisch, griff in die offene Schublade und nahm ein dreißig Zentimeter langes Stahllineal heraus. Ging zurück, packte Riverdale an den Schultern und warf ihn herum. Fixierte ihn mit einem Knie auf der Couch. Schob das Lineal unter die Stahlkette mit dem Schlüssel. Und begann es zu drehen. Und noch mal und noch mal.

Als Riverdale kein Lebenszeichen mehr von sich gab, stand Reacher auf und blickte Begovic an. Er sagte: »Was? Ich konnte den Kerl aus Vernunftgründen nicht leiden. Er hat bekommen, was er verdiente.«

Begovic äußerte sich nicht dazu.

Reacher fragte: »Können Sie mit dem leben, was passiert ist?«

»Nichts ist passiert.« Begovic' Gesicht war ausdruckslos. »Ich habe nichts gesehen.«

Reacher nickte und ging zur Tür. »Kommen Sie, wir müssen weiter.«

Begovic blieb stehen. »Was ist mit dem Schlüssel? Dem Geheimausgang?«

Reacher sagte: »Den benützen wir nicht.«

»Wieso nicht?«

»Weil er nicht existiert oder mit einer Sprengfalle gesichert ist.«

»Woher wissen Sie das?«

»Das ist ein universelles Prinzip. Klingt etwas zu gut, um wahr zu sein, ist's zu gut, um wahr zu sein.«

»Das stimmt wohl.« Begovic machte einen Schritt, blieb wieder stehen. »Ich wollte, das hätte ich vor sechzehn Jahren verstanden.«

»Was ist vor sechzehn Jahren passiert?«

»Ich bin verhaftet worden. Zum ersten Mal.«

Reacher schwieg.

Begovic sagte: »Ich war in ein Mädchen verliebt. Wollte ihr einen Ring kaufen. Aber ich besaß kein Geld. Also hat ein Kerl mir welches geliehen. Sogar mehr, als ich brauchte. Ein Freund meines verstorbenen Onkels.«

»Das Geld war schmutzig.«

»Richtig. Aber das war nicht das Problem. Ich bin nicht geschnappt worden. Er hat einen der Scheine mit meinen Fingerabdrücken zurückbehalten. Hat mir gedroht, mich wegen Verbreitung von Falschgeld anzuzeigen, wenn ich nicht noch etwas für ihn erledigen würde. Das war so einfach, dass ich gedacht habe: Warum nicht?«

»Was sollten Sie für ihn tun?«

»Mich an bestimmten Orten aufhalten. Zu bestimmten Zeiten. Wo die Leute mich sehen würden. Das war alles.«

»Er hat Ihre Naivität ausgenützt. Als es für ihn eng wurde, hat er Sie geopfert.«

»Richtig. Dann habe ich weitere Schwierigkeiten bekommen. Die meisten waren selbst verschuldet. Aber mit ihm hat's angefangen.«

»Das tut mir leid.«

»Das braucht es nicht. Nicht Ihre Schuld. Aber sagen Sie mir: Wie wollen wir hier rauskommen, wenn wir den Schlüssel nicht benutzen?«

»Ich hab eine Idee. Aber vorher wäre ein Ablenkungsmanöver gut.«

Reacher schlug die quadratische Scheibe mit dem Ellbogen ein und drückte den Knopf des Feuermelders. Eine Sirene begann zu heulen. Rote Lichter begannen zu blinken. Reacher trat neben Begovic ans Fenster, beobachtete mit ihm die Hartplätze. Aus den Zellenblöcken A und B kamen die ersten Häftlinge. Anfangs noch zögerlich. Die Männer wirkten zweifelnd, unsicher. Dann schwoll der Menschenstrom an. Die Hartplätze fingen an, sich zu füllen. Häftlinge stießen und schubsten sich gegenseitig. Auf den Wachttürmen erschienen bewaffnete Aufseher. Einer hatte einen Handlautsprecher, mit dem er Anweisungen gab. Seine Stimme klang gedämpft. Undeutlich. Die Häftlinge achteten nicht weiter auf ihn.

Reacher wandte sich Begovic zu. »Warum kommt niemand aus Block C?«

Begovic zuckte mit den Schultern. »Weiß ich nicht.«

»Ist der Block belegt?«

»Ich denke schon. Er war's jedenfalls, als ich wieder in Einzelhaft gekommen bin. Beim Essen habe ich manchmal Kerle von dort gesehen. Ich glaube nicht, dass sie den Block seither geschlossen haben. Wozu auch? Wo würden sie die Leute sonst unterbringen.«

Reacher dachte an sein Gespräch mit dem Journalisten Maurice auf dem Grundstück von Hix' Villa. Über Drogen. Über Maurices Theorie, dass Minerva sie herstellte, um die eigenen Häftlinge damit zu beliefern. Von dieser Idee war Reacher abgekommen, als er den Organhandel entdeckt hatte. Nun tendierte er dazu, seine Meinung zu revidieren. Vielleicht war dies keine Entweder-Oder-Situation. Vielleicht war Minerva geldgierig genug, um zweigleisig zu fahren. Er fragte: »Diese Kerle aus Block C? War an denen etwas auffällig?«

»Na ja, sie waren eine Art Clique. Haben immer zusammengehockt. Haben nicht mit anderen geredet. Sind von den Wärtern freundlicher behandelt worden.«

Reacher ging die Betontreppe hinunter voraus, übernahm die Führung durch Korridore und über Laufstege. Ihren Weg fanden sie durch systematisches Ausprobieren. Dreimal standen sie vor Türen, die sich nicht öffnen ließen. Der Feueralarm hatte die zugängliche Zone zwischen Zellenblocks und Hartplätzen vergrößert, aber sie reichte nicht bis zum Zaun. Ihre Grenzen waren unklar. Reacher und Begovic liefen kreuz und quer, mussten vor manchen Hindernissen umkehren oder sie weiträumig umgehen. Reacher war darauf gefasst, aus jeder Tür Aufseher kommen zu sehen. Hinter jeder Ecke auf Bewaffnete zu stoßen. Aber in dieser Hinsicht wirkte das Ablenkungsmanöver: Die Aufmerksamkeit aller konzentrierte sich auf die Hartplätze. Und wegen der Kameras brauchten sie sich keine Sorgen zu machen. In dieser kurzen Zeit hatten die Monitore nicht ersetzt werden können. So erreichten Reacher und Begovic nach fünf langen Minuten auf vielen Umwegen schließlich den Eingang von Block C.

Die Eingangstür des Zellenblocks wurde durch einen Hohlblockstein offen gehalten. Reacher ging wieder voraus. Der Grundriss entsprach dem Block mit Einzelzellen. Von einem quadratischen Vorraum zweigten vier Flügel ab, deren Türen ebenfalls offen waren. Geräusche von Stimmen, Bewegungen und Aktivitäten drangen heraus, als wäre dies der Eingangsbereich eines Großraumbüros oder einer Werkstatt. In der Luft lagen der starke Geruch von Lösungsmitteln und eine Spur von Rauch.

Reacher begann mit dem Westflügel, der einer Kombination aus Künstleratelier und Schlafsaal glich. Sechs Betten waren in regelmäßigen Abständen zwischen Staffeleien mit Leinwänden verteilt. Weitere Gemälde hingen an den Wänden. Auf kleinen Rolltischen türmten sich Ölfarben in Tuben, Behälter mit Malutensilien und ganze Bündel von Pinseln. Überall an der Decke waren blaue Lampen angebracht, sodass der große Raum wie von Tageslicht erhellt zu sein schien, obwohl er keine Fenster besaß. Hier werkelten sechs Männer, die über ihrer Häftlingskleidung ausgebleichte Schürzen mit Farbspuren trugen. Einer arbeitete an einem Monet. Zwei an van Goghs. Einer an einem Mondrian, ein anderer an einem Picasso. Der sechste Mann verteilte Farbkleckse auf einer langen rechteckigen Leinwand, die auf dem Boden lag. Keiner von ihnen achtete auf Reacher und Begovic.

Der Nordflügel stellte das Reich von vier Männern dar, die mit Dokumenten beschäftigt waren. Zwei mit Computern, zwei mit der Hand. Reacher schaute einem der Handarbeiter über die Schulter. Er hatte zwei Blatt Papier in gleicher Größe vor sich liegen. Ein Blatt war ein handschriftliches Testament, das genau bestimmte, welche Leute einen Haufen Geld und Schmuck, Autos und eine Sammlung antiker Schrotflinten bekommen sollten. Das rechte Blatt war erst halb voll. Die Handschrift schien identisch zu sein. Die Angaben über den Nachlass und seinen Wert waren unverändert – aber bei den Erben gab es eine Veränderung: Laut neuer Fassung stand einer Frau, die ursprünglich nicht einmal erwähnt worden war, der Löwenanteil zu.

Reacher fragte: »Könnten Sie einen Brief in jemandes Handschrift schreiben?«

Der Kerl mit dem Füller antwortete: »Klar. Wessen Brief?«

»Den Abschiedsbrief eines Selbstmörders?«

»Klar doch. Die sind einfach. Keine Fachausdrücke. Nicht zu lang. Jedenfalls die meisten nicht.«

Im Ostflügel waren Bildhauer und Goldschmiede am Werk. Drei Kerle bearbeiteten Marmorblöcke mit Hammer und Meißel. Einer hatte Töpferton bis zu den Ellbogen. Ein anderer schweißte riesige Stahlträger zusammen, und wieder ein anderer höhlte einen Baumstamm aus. Fünf weitere Männer arbeiteten mit Gold und Edelsteinen, um Ringe, Broschen und Medaillons herzustellen. An den Wänden hingen Poster mit vergrößerten ikonischen Schmuckstücken von Tiffany, Cartier, Bulgari und anderen. Reacher fand, einige der Stücke auf den Arbeitstischen der Männer sähen ihnen zum Verwechseln ähnlich.

Der Südflügel war die Heimat von sechs Kerlen mit Computern. Sie hockten auf abgewetzten Bürostühlen, starrten auf Bildschirme, die auf verkratzten alten Schreibtischen standen, und ließen PC-Tastaturen klappern. Drei von ihnen saßen roboterhaft starr da. Nur durch Finger- und Augenbewegungen war zu erkennen, dass sie lebten. Die anderen zappelten auf ihren Stühlen herum wie komponierende Rockmusiker aus den Siebzigerjahren.

Reacher tippte einem der zappelnden Kerle auf die Schulter und fragte: »Wäre es für Sie ein Problem, einen fremden Mailaccount zu hacken?«

Der Mann hörte zu zappeln auf und entgegnete: »Yeah, ein Riesenproblem. Das mache ich täglich nur fünfzigmal.«

»Sie könnten jemandes Nachrichten lesen?«

»Lesen. Ändern. Löschen. Kopieren. Was immer Sie wollen.«

46

Die Uhr in Reachers Kopf sagte ihm, dass es Zeit wurde, von hier zu verschwinden. Also zog er Begovic mit sich aus Block C. Er fürchtete immer noch, sie könnten einem Aufseher begegnen. Oder einem ganzen Trupp, der hastig alarmiert worden war, um nach dem Feueralarm wieder Ruhe zu schaffen. Aber ihr Ablenkungsmanöver wirkte weiter. Sie erreichten den Hochsicherheitstrakt S1, ohne aufgehalten zu werden.

Die beiden Kerle, von denen Riverdale sich hatte begleiten lassen, lagen noch immer bewusstlos auf dem Boden. Reacher schleifte sie durch die Tür, die er elektromagnetisch geöffnet hatte, zu den beiden Weißkitteln in den Vorbereitungsraum. Auf dem Operationstisch ließ er ein erbeutetes AK-15K ohne Magazin zurück. Nachdem er seine Sig überprüft hatte, sperrte er die Tür von W1 von außen ab und ging in den Vorraum zurück.

Reacher nahm das Gewehr von der Schulter und sagte zu Begovic: »Legen Sie die Hände auf den Rücken, als wären Sie gefesselt. Schauen Sie zu Boden. Spielen Sie mit, wenn ich etwas sage.«

Eine Minute später öffnete sich die Tür zum Südflügel des Gebäudes. Zwei Männer kamen mit einer fahrbaren Krankentrage herein. Einer zog sie, der andere schob. Der vordere Kerl fragte: »Was läuft hier? Warum …«

Der Kerl verstummte. Er starrte Reacher an. Er konnte nicht verstehen, was dieser Unbekannte hier machte. Jemand mit Autorität, der nicht Teil des Programms war. Er sah kurz zu Begovic hinüber und begriff nicht, wieso der Häftling noch stand. Wieso er noch bei Bewusstsein war. Wieso er nicht abholbereit in der Kühlbox lag. Der Kerl dachte angestrengt nach. Er versuchte, alle Puzzleteile zusammenzusetzen. Dann gab er den Versuch auf. Was genau passiert war, interessierte jetzt nicht. Hier stimmte irgendwas nicht, das war klar. Also ließ er die Trage los und wollte in eine Jackentasche greifen.

Reacher wusste nicht, ob der Mann nach einer Pistole oder seinem Handy griff. Er trat vor, drehte dabei das Gewehr um und rammte den Kolbenboden gegen den Nasensattel des Kerls. Der Mann torkelte rückwärts auf die Krankentrage, rutschte seitlich ab und blieb heftig blutend liegen.

»Keine Bewegung!« Reacher drehte das AK-15K wieder um und zielte auf den zweiten Mann. »Sie können uns den Weg nach draußen zeigen. Oder ich nehme Sie auf einen der Hartplätze mit. Dort warten ungefähr hundert Kerle darauf, Ihnen einen warmen Empfang zu bereiten. Das steht verdammt fest. Okay, Sie haben fünf Sekunden Zeit, sich zu entscheiden.«

Der Selbsterhaltungstrieb siegte. Reacher und Begovic folgten dem Mann durch den Südflügel von S1. Alle Zellentüren standen offen. Aus keiner Zelle drang ein Laut. Das einzige Geräusch stammte von drei Paar Schuhen, die auf dem Kunststoffboden quietschten. Die graue Stahltür am Ende des langen Korridors glänzte wie neu. Der vorausgehende Kerl hielt seinen laminierten Ausweis an ein Lesegerät am Türrahmen. Das Schloss öffnete sich klickend, und der Mann stieß die Tür auf. Dahinter lag ein überdachter Laufgang. Er war etwas schmaler als die anderen, wies keinen Mittelstrich auf und hatte ein Wellblechdach. Der Laufgang führte dreißig Meter geradeaus, knickte nach links ab und endete nach vierzig Metern an einer weiteren grauen Stahltür, die in eine kleine Lagerhalle führte. In wandhohen Regalen auf beiden Seiten lagerten hier Putzmittel, Häftlingskleidung und Konserven. Mitten in der Halle stand rückwärts eingeparkt ein dunkelblauer Van. Er war auf Hochglanz poliert, wie der, den Reacher vor der Riverside Lodge gesehen hatte. Vor seiner Motorhaube befand sich ein Rolltor. Die Halle war menschenleer. Reacher warf einen Blick durchs Fahrerfenster. Der Zündschlüssel steckte.

Reacher fragte: »Wie kommt man hier raus?«

Der Mann sagte: »An der Sonnenblende ist eine Fernbedienung befestigt. Auf Knopfdruck geht dieses Tor hoch. Sie fahren ans Tor des inneren Zauns. Es öffnet sich. Sie fahren bis zum Tor des äußeren Zauns weiter. Das innere Tor schließt sich von selbst. Sie blenden dreimal auf. Das sieht der Kerl im Wachhäuschen und lässt sie raus.«

»Dreimal die Lichthupe. Tatsächlich?«

»Das ist das Signal.«

Reacher bemerkte, dass der Kerl seinem Blick auswich. Er öffnete die Hecktür des Vans und befahl: »Einsteigen! Sie fahren mit Begovic. Sobald wir draußen sind, komme ich nach hinten und lasse Sie raus. Aber erst klopfe ich an die Trennwand. Wird die Tür geöffnet, ohne dass Begovic ein Klopfen gehört hat, zerschießt er Ihnen eine Kniescheibe.«

Der Mann schüttelte den Kopf, trat einen Schritt zurück. »Na gut, Sie blenden nicht dreimal auf. Sie tun gar nichts, halten nur vor dem äußeren Tor. Der Kerl im Wachhäuschen hat Anweisung, diesen Van passieren zu lassen – jederzeit, ohne

Kontrolle, ohne Durchsuchung. Keine Sorge, Sie sind nicht lange eingesperrt.«

Eingesperrt. Ein Wort, dessen Klang Reacher nicht gefiel. Nicht, wenn es ihn betraf.

Reacher ließ den Mann doch nicht hinten einsteigen, denn er kannte Begovic nicht gut genug. Er konnte nicht abschätzen, wie Begovic unter Druck reagieren würde. Wirkte er verwirrt oder ließ sogar Anzeichen von Panik erkennen, konnte der Kerl versuchen, das Gewehr an sich zu bringen. Mit einem Schuss wäre es möglich, den Aufseher im Wachhäuschen zu alarmieren. Begovic konnte versehentlich getroffen werden. Oder sogar absichtlich. Deshalb entschied Reacher sich für eine andere Methode. Er schlug den Mann k.o., schob ihn in ein unteres Regalfach und tarnte ihn mit gebündelten orangeroten Häftlingsoveralls.

Der Motor des Vans sprang sofort an. Das Rolltor ging auf Knopfdruck nach oben. Das Tor im inneren Zaun rollte zur Seite, als der Van darauf zufuhr, und schloss sich hinter ihm sofort wieder. Dann geschah erst einmal nichts. Das äußere Tor bewegte sich nicht. Als wäre es zugeschweißt. Oder als wäre es eines der festen Zaunfelder. Rechts und links reichte der Elektrozaun bis an die Durchfahrt heran. Vorwärts fahren konnten sie nicht mehr. Zurück auch nicht. Selbst wenn sie den Van preisgaben, konnten sie nirgends hin.

Das äußere Tor machte keine Bewegung.

Reacher sah zu dem Wachhäuschen hinüber. Hineinsehen konnte er nicht, weil das Glas verspiegelt war. Vielleicht hielt sich niemand dort auf. Vielleicht hatte der Wachmann bei Feueralarm andere Aufgaben. Oder er wartete auf irgendein Signal, von dem Reacher nichts wusste. Etwas, das er tun musste, weil der Kerl sonst Alarm auslöste. Verstärkung würde von hinten kommen, dachte Reacher. Durch das Lagerhaus. Schwer bewaffnet. Er schaute in den Rückspiegel. Das Rolltor blieb geschlossen. Vorerst.

Das äußere Tor bewegte sich nicht.

Reachers rechter Fuß stand auf dem Bremspedal. Er überlegte, ob er zum Gaspedal wechseln sollte. Zu versuchen, das Tor zu durchbrechen, wäre sinnlos gewesen. Es war zu massiv. Dafür ausgelegt, schwere Fahrzeuge aufzuhalten, die es nicht aus dem Stand, sondern mit Anlauf rammten. Aber er konnte hoffen, das Schiebetor einzubeulen und soliden Kontakt zwischen Tor und Van herzustellen. Dann würde er die Hecktüren öffnen. Im Laderaum waren auf beiden Seiten Metallregale montiert. Die konnte er herausreißen, um den Van mit dem inneren Zaun zu verbinden und einen Kurzschluss zu erzeugen. Einen Stromausfall bewirken, damit sie über den äußeren Zaun klettern konnten. Falls er etwas fand, das er über den Bandstacheldraht werfen konnte.

Das äußere Tor bewegte sich nicht.

Reacher sah nach unten. Beide Fußräume waren mit Matten ausgelegt. Mit dicken Gummimatten, um den Teppich vor Schmutz und Wasser zu schützen. Auch dick genug, um jemanden davor zu bewahren, von Kugeln durchsiebt zu werden. Vielleicht. Das ließ sich nur praktisch feststellen. Reacher begann den Fuß zu heben. Dann hielt er inne und stellte ihn nochmals kurz aufs Bremspedal.

Das äußere Tor erzitterte. Es ruckelte leicht. Dann rumpelte es zur Seite.

Als sie in sicherer Entfernung vom Gefängnis waren, stieg Begovic nach vorn um, aber er sagte auf der restlichen Fahrt zu Bruno Hix' Villa kein Wort. Er saß stocksteif auf dem Beifahrersitz, doch seine Augen blieben in ständiger Bewegung. Auch Reacher sagte nichts. Er wollte Begovic erst mitteilen, dass in dem Haus ein Junge auf ihn wartete, wenn sie fast dort waren. Begovic sollte nicht zu lange darüber nachdenken können. Sollte nicht durchdrehen können. Andererseits kam es Reacher nicht richtig vor, Konversation zu machen, wenn er eine so wichtige Information zurückhielt. Je länger er fuhr, desto mehr zweifelte er an seinem Entschluss. Und dann war er plötzlich doch froh, dass er Begovic' Sohn nicht erwähnt hatte.

Vor dem Hauseingang parkten zwei Vans. Einer war weiß und in Illinois zugelassen. Er schien etliche Jahre alt zu sein und hatte offenbar ein hartes Arbeitsleben hinter sich. Der andere Van war schwarz, fast neu und in Mississippi zugelassen. Auf Hochglanz poliert. In Bestzustand bis auf Kühlerverkleidung, Motorhaube und vordere Kotflügel, die bis zur Frontscheibe gestaucht und verbeult waren. Jemand hatte ihn dazu benutzt, Hix' Tor aufzurammen, mit Anlauf. Ein Wunder, dass er noch fahrbereit war.

Reacher hielt hinter dem weißen Van. Er wies Begovic an, im Wagen zu bleiben, auch wenn er Lärm aus dem Haus hörte. Er stieg mit der Sig in der Hand aus. Als Erstes überzeugte er sich davon, dass sich in den anderen Vans niemand mehr befand. Dann ging er die wenigen Stufen zum Eingang hinauf.

Die Haustür stand offen. Reacher warf einen Blick in die Eingangshalle. Er konnte niemanden sehen. Keinen Laut hören.

Er trat ein und schlich nach links in Richtung Küche, in der er Hix, Brockman und Carpenter unter Bewachung zurückgelassen hatte.

Die Küche war leer.

Reacher machte sich nicht viel aus den Minerva-Kerlen. Aber er machte sich Sorgen um Hannah und den Jungen.

Er sah zwei Möglichkeiten. Die Leute mit den Vans verfügten über ein drittes Fahrzeug, mit dem sie alle aus dem Haus abtransportiert hatten. Oder alle, auch die Unbekannten, befanden sich noch auf dem Grundstück.

Reacher tendierte zu der zweiten Möglichkeit. Die erste hätte ein ziemlich großes Fahrzeug erfordert, das mindestens acht Personen befördern konnte. Und es wäre unvernünftig gewesen, den weißen Van stehen zu lassen. Er schien noch ganz brauchbar zu sein und war mit allen möglichen Werkzeugen und Spezialgeräten bestückt.

Von nebenan war ein Geräusch zu vernehmen. Ein leises Knarren, das sich nicht wiederholte. Aber Reacher hatte definitiv etwas gehört. Er schlich zur Tür, horchte. Hörte nichts mehr und legte eine Hand auf die Klinke. Riss die Tür auf und sprang zurück, um nicht von dem Kerl gerammt zu werden, der an der Tür gehorcht hatte und jetzt vor seinen Füßen zu Boden ging.

Der Journalist Maurice.

Reacher fragte: »Was, zum Teufel, machen Sie da drin?«

Maurice antwortete: »Ich habe mich versteckt, auf Sie gewartet. Wieso haben Sie so lange gebraucht?«

»Wo sind die anderen? Hannah? Der Junge?«

»Draußen, glaub ich.«

»*Glauben* Sie?«

»Sie sind alle draußen, denke ich.«

»Alle?«

»Hannah, der Junge, Hix und Brockman, Carpenter. Und zwei neue Männer.«

»Von Minerva?«

»Nein. Sie sind nicht gekommen, um jemanden zu retten. Definitiv nicht. Sie hatten es eher auf Carpenter abgesehen. Er war ihre Zielperson.«

»Wieso haben sie Sie in Ruhe gelassen?«

»Sie wissen nichts von mir. Ich befand mich im Hauswirtschaftsraum. Ich dachte, das könnte eine Speisekammer sein. Ich war schrecklich hungrig.«

»Sie haben das Haus nicht durchsucht?«

»Ich hab mich versteckt. Darin bin ich geübt.«

»Haben Sie gesehen, was passiert ist? Oder haben Sie's nur gehört?«

»Einen Teil hab ich gesehen. Sie durchsuchten nicht gleich das Haus. Als sie reinstürmten, wollte Hannah ihre Pistole ziehen. Aber sie waren zu schnell für sie.«

»Sind sie bewaffnet?«

»Der jüngere Kerl hat eine Pistole, der ältere eine Plastikflasche und ein Tuch. Er hat Hannah die Waffe aus der Hand geschlagen und ihr das Tuch aufs Gesicht gedrückt. Sie ist zusammengeklappt. Jed wollte sich auf den Kerl stürzen, doch der hat ihn gepackt und ihm ebenfalls das Tuch aufs Gesicht gedrückt. Auch Jed ist zusammengebrochen. Dann haben sie das Haus durchsucht. Alles Weitere konnte ich nur noch hören.«

»Was wollten sie von Carpenter?«

»Einer von ihnen – der ältere Mann, glaube ich, weil er seinem Tonfall nach der Boss war – hat ihn ins Verhör genommen. Das war irgendwie bizarr. Er hat gesagt, Carpenter habe eine Leber verkauft, die nichts getaugt und seinen Sohn umgebracht habe. Er wollte wissen, woher sie stammte. Und ob Hix und Brockman etwas damit zu tun gehabt hätten.«

»Was hat Carpenter geantwortet?«

»Nichts. Er hat eisern geschwiegen. Der ältere Mann hat gesagt, das sei kein Problem, er habe eine bessere Methode, ihn zum Reden zu bringen. Dann hat er sie anscheinend nacheinander mit dem Zeug in der Flasche betäubt. Ich habe mehrere Rangeleien und schwere Stürze gehört. Anscheinend haben sie alle draußen hinter dem Haus betäubt.«

»Wieso hinter dem Haus?«

»Weil ich kein Auto gehört habe und sie nicht vor dem Haus waren. Ich habe nachgesehen. Ehrlich gesagt wollte ich abhauen, aber dann ist mir eingefallen, dass Sie zurückkommen würden. Ich dachte, ich sollte bleiben und Sie warnen.«

»Okay, danke.« Reacher ging zur Tür.

»Ich verstehe nur eine Sache nicht.« Maurice machte keine Anstalten, ihm zu folgen. »Diese Kerle wollen Rache für eine tödliche Vergiftung. Was hat das mit Minerva zu tun? Das Unternehmen besitzt keine eigenen Farmen. Wo bekommt es dann Lebern her?«

»Der Sohn des Mannes ist an keiner Lebensmittelvergiftung gestorben.« Reacher legte eine Hand auf die Klinke. »Und die Leber hat von keinem Tier gestammt. Von keinem mit vier Beinen.«

Reacher durchquerte die Eingangshalle, lief die Treppe hinauf und betrat das mittlere der nach hinten hinausführenden Zimmer. Es war ein Schlafzimmer mit Parkettboden, hellen modernen Möbeln und bodentiefen Fenstern mit zugezogenen weißen Musselinvorhängen. Er trat an eines der

Fenster und zog den Vorhang einen Spalt weit auf. Unter ihm lag die Rasenfläche, die er gesehen hatte, als er hier erstmals eingebrochen war. Der Unterschied bestand aus den Leuten, die jetzt dort unten zu erkennen waren. Hix, Brockman und Carpenter. Nackt. Mit gefesselten Händen an der Scheinwerferbrücke hängend. Bewegungslos. Hannah und Jed rechts neben dem Podium auf dem Bauch im Gras liegend. Vollständig bekleidet. Ebenfalls bewegungslos. Und zwei Reacher unbekannte Männer. Sie schöpften irgendeine Art Gel aus einem großen Fass und füllten damit Eiswannen, die sie hinter der Bar hervorgezogen hatten.

Reacher eilte die Treppe hinunter, stürmte durch die Haustür, rannte ums Haus herum und betrat die erhöhte Terrasse. Die zwei Männer stellten gerade die dritte Wanne auf dem Podium ab. Sie warfen sich herum, als sie Schritte hörten, zogen ihre Pistolen und zielten auf Reacher.

Der ältere Kerl sagte: »Weg mit der Waffe! Hinlegen! Auf den Bauch!«

Ein Windstoß wehte Reacher ins Gesicht. An den beiden Kerlen vorbei. An ihrem Fass vorbei.

Reacher sagte: »Kommt nicht infrage. Ich will keinen Streit mit Ihnen. Ich bin hier, um die Frau und den Jungen zu holen. Sie kommen mit mir. Die Idioten, die Sie aufgehängt haben? Mit denen können Sie machen, was Sie wollen.«

Der Mann schüttelte den Kopf. »Die Frau und der Junge gehen nirgends hin. Sie haben uns gesehen.«

Reacher nahm einen schwachen, irgendwie vertrauten Geruch wahr. »Die beiden haben Sie schlimmstenfalls flüchtig gesehen. Sie stellen keine Gefahr dar.«

»Spielt keine Rolle. Sie könnten aussagen, dass wir am Tatort waren. *Sie* jetzt auch.«

Hauptsächlich Benzin, dachte Reacher. Und Benzol. Und noch etwas anderes. Dann fiel ihm wieder ein, wozu dieses Gemenge diente. Er schaute in das Fass. Es war beinahe, aber doch nicht ganz leer. Er sagte: »Nicht mein Problem. Ich gehe jetzt und nehme meine Freunde mit.«

»Sie sind nicht in der Position, irgendwas erzwingen zu können.«

Reacher entgegnete: »Ich bin in perfekter Position.« Dann schoss er auf das Plastikfass. Das Geschoss durchschlug die Wandung und setzte augenblicklich das restliche Napalm in Brand. Das Fass zerplatzte, und die Druckwelle holte die beiden Kerle von den Beinen. Eine lange Feuerzunge erfasste den Jüngeren. Er wand sich laut schreiend und gab einen ungezielten Schuss ab, bevor ihm die Pistole aus der Hand fiel.

Reacher sprang auf den Rasen hinunter, war mit wenigen Schritten bei den beiden Männern und schoss den Jüngeren in den Kopf. Der ältere Kerl lag auf dem Rücken, ohne sich zu bewegen. Ihn hatten die Flammen nicht erfasst, aber auf seinem Hemd zeichnete sich ein roter Feck ab. Auf der linken Seite seines Unterleibs. Der Fleck war nass und breitete sich aus. Das Geschoss aus der Pistole seines Kumpels hatte seinen Körper glatt durchschlagen.

Der Kerl wälzte sich auf den Bauch, stemmte sich auf allen vieren hoch. Er wollte zum Podium kriechen. Reacher trat vor und blockierte seinen Weg.

»Weg da.« Die Stimme des Kerls war ein flüsterndes Krächzen.

Reacher blieb stehen.

Der Kerl nickte zu Carpenter hinüber. »Er. Ihn muss ich zum Reden bringen.«

Reacher sagte: »Sie sind verletzt, Sie verbluten.«

»Er hat meinen Sohn umgebracht. Er hat einen Lieferanten. Ich brauche einen Namen.«

»Ihr Sohn hat eine Transplantation erhalten?«

Der Mann nickte, dann sackte er auf die rechte Seite. »Seine Leber war kaputt. Er hat eine Reha nach der anderen gemacht. Nichts hat angeschlagen. Die normalen Ärzte wollten ihm nicht helfen. Also habe ich eine Klinik gefunden. An Bord eines Schiffs. Er hat eine neue Leber bekommen. Aber die hat nichts getaugt. Kyle ist gestorben.«

Reacher sagte: »Die anderen Kerle, die Sie aufgehängt haben, sind seine Lieferanten. Sie leiten ein Gefängnis. Sondern Häftlinge aus, die niemand vermisst, und verkaufen sie als Organspender.«

Der Mann hob den Kopf. »Stimmt das?«

Reacher nickte.

Der Mann sagte: »Dann helfen Sie mir. Erschießen Sie sie.«

»Nein.«

»Warum nicht? Sie haben Graeber erschossen. Meinen Freund.«

»Dieser Kerl? Er hat in Flammen gestanden. Das war ein Gnadenschuss. Ich sorge dafür, dass Minerva ausgebootet wird. Endgültig. Aber ich denke nicht daran, jemanden kaltblütig zu erschießen.«

»Bitte! Für meinen Sohn. Er hieß Kyle Emerson. Er war zweiundzwanzig.«

»Nein.«

Der Kerl hievte sich wieder auf Knie und Hände, kroch ein Stück weiter.

Reacher nahm ein Hemd von dem Stapel Kleidungsstücke neben dem Podium. Er hielt es ihm hin und sagte: »Kriechen Sie weiter, verbluten Sie. Bleiben Sie hier, drücken Sie das auf die Wunde und wählen die 911. Dann haben Sie vielleicht eine Chance.«

Der Kerl kroch weiter. Er schaffte es bis zum Rand des Podiums. Griff nach oben. Eine Hand versuchte, einen Halt an dem Holzboden zu finden. Die andere umfasste den Rand einer Eiswanne. Der Mann wollte sich hochziehen, aber er schaffte es nur, die Wanne vom Podium zu ziehen. Sie war mit einem beigen Gel gefüllt, das sich über seine Brust ergoss. Es floss an ihm herab und vermischte sich mit dem Blut, mit dem seine Kleidung durchtränkt war. Er fiel nach hinten. Wälzte sich zur Seite. Richtete sich kniend auf. Drückte den Rücken durch. Zog eine Schachtel Streichhölzer aus der Tasche und blickte zu Reacher auf.

»Jetzt bin ich froh, dass Sie diese Arschlöcher nicht erschossen haben.« Er nahm ein Zündholz heraus. »Jetzt kriegen sie, was sie verdienen.«

Der Mann riss das Streichholz an. Am Zündkopf leuchtete eine kleine Flamme auf. Sie schien ihn eine Sekunde lang zu hypnotisieren. Dann verließen ihn die Kräfte. Er kippte wieder nach hinten und ließ das brennende Streichholz fallen. Es landete auf seinem Magen.

Reacher brachte sich mit einem Sprung in Sicherheit – eine instinktive Reaktion, eine automatische Reaktion auf Feuer, die in seinem Unterbewusstsein verankert war. Unmöglich, ihr zu widerstehen. Er spürte die Hitze auf Gesicht und Armen. Hörte einen dumpfen Knall. Glaubte, den Mann lachen zu hören. Glaubte, sein Lächeln zu sehen. Dann hob er die Sig und schoss ihm zwischen die Augen.

Der Mann bewegte sich nicht mehr. Die Flammen tanzten weiter.

Reacher hörte Schritte hinter sich, die sich vorsichtig näherten. Maurice erschien als Erster auf der Terrasse, dann folgte Begovic. Maurice blieb stehen. Begovic sprang auf den Rasen und lief auf das Podium, auf die Männer zu, die ihn gefangen gehalten hatten. Dann machte er eine Kehre und ging zu Jed, der im Gras lag, und blickte auf den Jungen herab.

Maurice fragte leise: »Sind sie tot?«

Reacher deutete auf die Verbrannten. »Diese beiden sind tot, die anderen nur betäubt. Sie erholen sich wieder.«

»Sollen wir die Minerva-Leute abschneiden?«

Reacher schüttelte den Kopf. »Noch nicht. Ein Mitschuldiger hält sich noch versteckt. Vielleicht mehr als nur einer. Wir brauchen diese Kerle als Köder.«

47

Reacher trug Hannah durch den Spalt zwischen den Flügeln des aufgerammten Tors und legte sie hinten in den Van, mit dem sie aus dem Gefängnis gekommen waren. Begovic folgte ihm mit Jed, den er neben sie platzierte. Maurice kam ebenfalls mit, weil er nicht mit den Toten allein sein wollte.

Reacher schloss die Hecktür des Vans und wandte sich an Begovic. »Können Sie fahren?«

»Ich denke schon«, sagte Begovic. »Früher konnte ich's. Aber das ist sechzehn Jahre her.«

»Das Prinzip hat sich nicht geändert.« Reacher hielt ihm den Schlüssel hin. »Fahren Sie eine halbe Meile auf der Straße weiter. Warten Sie dort, bis ich nachkomme.«

Als der Van fuhr, ließ Reacher sich Maurices Handy geben. Er wählte die 911. Der Dispatcher meldete sich nach dem zweiten Klingeln.

Reacher sagte: »Ich brauche die Polizei. Ein Mann hat in seinem Garten einen Unfall gehabt. Er heißt Bruno Hix und redet dauernd von etwas Bösem, an dem er beteiligt war. Er möchte beichten, sagt er.«

Der Dispatcher fragte: »Sir, können Sie mir die Adresse des Unfallorts nennen?«

Reacher las sie von dem Schild an einer Torsäule ab.

»Ihr Name, Sir?«

»Chivington, John.«

»Okay, Sir, einen Geistlichen kann ich Ihnen nicht schicken, aber die Polizei. Und einen Krankenwagen. Halten Sie die Stellung. Hilfe ist unterwegs.«

Reacher beendete das Gespräch und gab Maurice sein Handy zurück.

Maurice fragte: »Was nun? Soll ich bleiben? Oder verschwinden?«

»Das müssen Sie selbst entscheiden. Interessieren Sie sich nur für Minerva? Oder haben Sie Zeit für eine Enthüllungsstory über korrupte Cops?«

Sieben Minuten später kam ein Polizeiauto angerast. Ein neutraler Dodge Charger. Fabrikneu, mit einer Blinkleuchte mit Magnetfuß auf dem Dach. Er hielt neben dem beschädigten schwarzen Van, der Hix' Tor aufgesprengt hatte. Die Fahrertür wurde geöffnet, ein Cop sprang aus dem Wagen. Er war Mitte fünfzig, Anfang sechzig. Seine frisch gebügelte Uniform spannte über dem Bauch. Er zog seinen Revolver und hastete auf die Villa zu.

Der Cop ging um das Haus herum, betrat die Terrasse. Sein Blick streifte die beiden verkohlten Leichen. Dann sprang er ins Gras, lief über den Rasen und bestieg das Podium. Hix begann gerade, aus seiner Bewusstlosigkeit zu erwachen. Der Cop schlug ihm ins Gesicht. Mehrfach. Ein Hagel von kurzen Schlägen mit Handfläche und -rücken. Er fragte: »Bruno, was, zum Teufel, ist passiert? Wer hat den Notruf gewählt?«

Hix gab keine Antwort. Er konnte nicht reden.

»Wer sind diese toten Kerle? Wie kommt's, dass ihr hier aufgehängt seid? Wo, um alles in der Welt, sind deine Klamotten?«

Hix schaffte nur ein Blinzeln.

»Gibt's noch mehr von denen? Die noch leben?«

Hix grunzte.

Der Cop sprach etwas leiser. »Bruno, was hast du ihnen erzählt?«

Hix versuchte, mit den Schultern zu zucken, was ihm jedoch nicht gelang.

»Reiß dich zusammen. Komm jetzt! Konzentrier dich. Was wissen sie?«

Hix schüttelte den Kopf.

»Wissen sie überhaupt etwas?«

»Sie wissen alles«, krächzte Hix.

Der Cop trat einen Schritt zurück, seufzte übertrieben laut. »Danke, dass du ehrlich warst, mein Freund. Wir waren ein Erfolgsteam. Tut mir leid, dass wir nicht weitermachen können. Aber alle guten Dinge enden irgendwann.« Er steckte seinen Revolver ins Holster zurück. Holte ein Paar Latexhandschuhe aus der Tasche. Streifte sie über und bückte sich, um das rechte Hosenbein hochzuziehen. Öffnete den Klettverschluss seines Knöchelholsters. Zog eine vernickelte kleine Pistole heraus, richtete sich auf und drückte ihre Mündung an Hix' Schläfe. »Ich will's schnell machen.«

»Stopp!« Reacher schnellte hoch und kam hinter der Bar hervor. Die Sig in seiner Rechten zielte auf die Körpermitte des Cops.

Der Uniformierte hob die Hände und trat einen Schritt zurück.

»Werfen Sie die Pistole vom Podium.«

Der Cop tat wie ihm geheißen.

»Jetzt Ihren Revolver.«

Der Cop ließ seine Dienstwaffe folgen.

Maurice kam auf der anderen Seite hinter der Bar hervor. Er hielt sein Smartphone in der Hand. So kam er langsam näher, bis er das Namensschild des Cops lesen konnte. »Glückwunsch, Chief Moseley. Klasse Vorstellung! Wenn Sie im Gefängnis sitzen und ich den Pulitzer-Preis gewonnen habe, stelle ich dieses Video online. Als Musterbeispiel für eine Selbstbeschuldigung. Allerdings werde ich Teile von Mr. Hix verpixeln müssen, glaube ich. Das Ganze soll schließlich keine Komödie sein.«

Der adrett gekleidete junge Mann in der Riverside Lodge war so froh darüber, seinen VW Bus zurückzubekommen, dass er Reacher versicherte, er könne im Nordflügel beliebig viele Zimmer für beliebig lange Zeit in Anspruch nehmen. Reacher sagte, er brauche vier für eine Nacht. Und für sein Zimmer genüge ihm diesmal ein Schlüssel.

Maurice war in Hix' Villa geblieben, um auf das FBI zu warten, bevor er die Rückreise nach Washington, D.C., antrat. Hannah und Begovic blieben im Hotel. Reacher nahm Jed auf eine kurze Fahrt mit Sam Roth' Pick-up in die Stadt mit. Ihr erstes Ziel war ein Drugstore, den Reacher allein betrat. Danach fuhren sie zu dem Schnellrestaurant in der ehemaligen Tankstelle. Jed verlangte wie Reacher einen doppelten Burger ohne Grünzeug, den er verspeist hatte, bevor sie den Parkplatz der Riverside Lodge erreichten.

Am folgenden Morgen fuhr Reacher nochmals mit Jed nach Winson. Sie holten das Fahrrad, das Jed sich, wie er meinte, ausgeliehen hatte, aus seinem Versteck und nahmen es ins Hotel mit. Als sie zurückkamen, wartete der Fahrradkurier aus Jackson auf dem Parkplatz. Jed stieg aus. Der Kurier hob sein Rad von der Ladefläche des Trucks und fing an, es genauestens zu untersuchen.

Der Kerl sagte: »Sieht echt schlimm aus! Du hast den Rahmen verkratzt, den Sattel eingedellt, die Gabel gestaucht, die Felgen demoliert. Das Ding ist jetzt wertlos. Völlig im Arsch. Du kleiner Scheißkerl!«

Jed erwiderte: »Ich hab's vorsichtig behandelt. Sorry, wenn es irgendwie beschädigt ist.«

»Was hab ich von sorry?« Der Kurier versetzte Jed einen Stoß gegen die Brust. »Du miserables Stück …«

Reacher stieg aus.

Der Kurier packte den Lenker und schob sein Rad eilig zu einem Kombi, der in der Nähe des überdachten Eingangs parkte. »Hey, Kumpel, bloß ein Missverständnis. Danke fürs Zurückgeben. Ich fahre jetzt lieber, glaub ich.« Er lud das Rad hinten ein und hastete nach vorn zum Fahrersitz. Ließ den Motor an, stieß etwas zurück, wechselte die Richtung und raste zur Ausfahrt.

Reacher und Jed standen beisammen, bis der Kombi außer Sicht war. Dann reichte Reacher dem Jungen eine kleine Tüte aus dem Drugstore. Jed öffnete sie und zog eine Klappzahnbürste heraus.

Reacher erklärte: »Für deine nächste Fahrt mit dem Greyhound. Passt besser in die Tasche als die Normalgröße.«

Jed sagte: »Danke.«

»Viel Glück mit deinem Dad. Hoffentlich kommt ihr miteinander klar.«

»Wir fahren mit Hannah nach Colorado. Sie sagt, dass wir in Sams Haus wohnen können, bis Dad Arbeit findet.«

»Sams Haus ist hübsch. Ich wette, dass ihr Jungs dort glücklich werdet.«

»Kommst du auch nach Gerrardsville mit?«

»Ich? Nein.«

»Warum nicht? Du hast selbst gesagt, dass es nett ist.«

»Das stimmt auch. Aber dort war ich schon. Wird Zeit, etwas Neues zu sehen.«

»Ein sehr großer, internationaler Stoff. Das schreit ja förmlich nach einem Blockbuster!«

Romy Hausmann

416 Seiten. ISBN 978-3-7645-0833-3

Sommer 2002: In Palermo wird ein Priester erschossen, in Antwerpen stellen Ermittler drei Tonnen Kokain sicher, in Zürich begeht ein Pilot Selbstmord. Drei scheinbar isolierte Vorfälle. Doch bei der Schweizer Bundeskriminalpolizei verdichten sich die Hinweise, dass alle mit dem Ex-Banker Baumann zu tun haben, der in Diensten südamerikanischer Narcos steht. David Keller, Bundesermittler und Mafia-Experte, wird auf den vermeintlichen Routinefall angesetzt. Schnell wird klar, dass er es mit einer internationalen Verschwörung zu tun hat, die alles bedroht, woran er je geglaubt hat – und seine Gegner ihm vertrauter sind, als er ahnen kann …

Lesen Sie mehr unter: **www.blanvalet.de**